HEYNE <

Susanne Saygin

FEINDE

THRILLER

WILHELM HEYNE VERLAG
MÜNCHEN

Sollte diese Publikation Links auf Webseiten Dritter enthalten,
so übernehmen wir für deren Inhalte keine Haftung,
da wir uns diese nicht zu eigen machen,
sondern lediglich auf deren Stand
zum Zeitpunkt der Erstveröffentlichung verweisen.

Verlagsgruppe Random House FSC® N001967

Vollständige deutsche Erstausgabe 10/2018
Copyright © 2017 by Susanne Saygin
Copyright © 2018 der deutschsprachigen Ausgabe
by Wilhelm Heyne Verlag, München,
in der Verlagsgruppe Random House GmbH,
Neumarkter Str. 28, 81673 München
Redaktion: Heiko Arntz
Printed in the Czech Republic
Umschlaggestaltung: Cornelia Niere
unter Verwendung eines Motivs
von © Joe Pedro Domingues/EyeEM/gettyimages
Satz: Leingärtner, Nabburg
Druck und Bindung: CPI books GmbH, Leck
ISBN: 978-3-453-43889-7

www.heyne.de

Wer aber sind sie, sag mir, die Fahrenden,
diese ein wenig Flüchtigern noch als wir selbst …?

RAINER MARIA RILKE

1

Eine Axt. Can wollte eine Axt, um mit einem Schlag den Schädel zu spalten, um die Hirnmasse bloß zu legen und den Schmerz für immer auszulöschen.

Der Anfall hatte während der Besprechung begonnen. Cans rechte Gesichtshälfte wurde taub, das Auge trübte ein, dann kam die Übelkeit in langen Wellen. Irgendwie stand er die Besprechung durch. Danach kotzte er sich auf der Bürotoilette die Seele aus dem Leib. Als er zurückkam, musterte ihn Simone kurz und schickte ihn dann nach Hause. Das diffus-grelle Licht des Spätsommernachmittags fraß sich in Cans Netzhaut. Der August war der heißeste seit Jahren gewesen. Die Stadt lag seit Wochen unter einer Glocke aus Abgasen und Staub. Can ging mechanisch vom Präsidium zur Haltestelle und nahm die erste Bahn. In der abgestandenen Luft des Waggons fiel ihn der saure Schweißgeruch der Frau neben ihm ungeschützt an. Zu Hause, in der kühlen, dämmrigen Wohnung, erbrach er sich nochmals lange. Danach legte er sich aufs Bett und überließ dem Schmerz die Regie.

Isa kam Stunden später nach Hause. Sie hielt Cans Kopf, als er sich gegen halb drei ein letztes Mal übergab. Danach klammerte er sich zitternd ans Waschbecken. Isa legte den Arm um ihn und brachte ihn zurück zum Bett. Sie war fast schon wieder draußen, als Can sich bedankte.

»Beinahe wie früher, was?«, sagte Isa, ohne sich umzudrehen. Dann zog sie die Tür hinter sich zu.

Um halb sechs riss ihn das Telefon aus einem dumpfen Halbschlaf. Graues Licht drang durch die Ritzen der Jalousie.

»Vergiss es, Simone! Der hat die ganze Nacht gekotzt.« Isas Stimme war rau vor Müdigkeit.

Can rappelte sich hoch, öffnete die Tür zum Flur und nahm Isa das Telefon aus der Hand.

»Simone, was ist?«

»Doppelmord. Wir brauchen jemand, der Türkisch kann«, Simone klang angespannt.

»Was ist mit Erdal?«

»Hat Urlaub.«

Can legte die Hand über sein rechtes Auge und lehnte sich an die Wand.

»Wo muss ich hin?«

»Butzweiler Hof. Der Wertstoffhof von der AWB, Sperrmüll-anlieferung.«

»Gib mir 'ne halbe Stunde.«

Can rief ein Taxi und ging ins Bad. Sein Gesicht im Spiegel war aschfahl. Tiefe, leberfarbene Schatten lagen unter seinen Augen. Er duschte und zog sich an.

Als er aus dem Bad kam, wäre er fast über Isas Bullterrierhündin Lilith gestolpert, die sich an einem Kauknochen zu schaffen machte. Isa stand in ihren Laufklamotten in der Küche und schenkte sich einen Espresso ein. Selbst ihrem Rücken war anzusehen, dass sie sauer war. Sollte sie doch. Can hatte seinen Job zu tun. Er griff seine Jacke und ging, ohne sich zu verabschieden.

Im Taxi schlug ihm das klebrig-süße Aroma eines Duftbäumchens entgegen. Can drehte das Fenster herunter und versuchte seine Übelkeit zu unterdrücken.

Am Wertstoffhof standen Dutzende Streifenwagen. Rot-weißes Absperrband war quer über die Straße gespannt. Dahinter war der Erkennungsdienst zugange. Ein Scheinwerfer warf grelles Licht auf zwei Körper, die eng beieinander auf dem Asphalt lagen. Der Staatsanwalt war offenbar schon wieder weg. Journalisten waren auch nicht zu sehen. Simone stand bei einer Gruppe Kollegen. Als sie Can sah, kam sie zu ihm herüber.

»Was ist passiert?«, fragte er.

Simone hatte einen harten Zug um den Mund. Genau wie Müller, der Leiter des Erkennungsdienstes, der mit einem knappen Kopfnicken zu ihnen getreten war. Ein junger, blonder Streifenbeamter, der unruhig am Absperrband auf und ab lief, kam Simone zuvor.

»Zwei Zigo-Stricher. Nasenlöcher mit Tape zugeklebt, in 69er-Stellung gebracht, Schwanz und Eier ins Maul, dann das Ganze mit Spanngurten fixiert. Na, was glaubst du, was die gemacht haben?« Der Blonde machte eine obszöne Hüftbewegung in Cans Richtung und schnappte mit den Zähnen. »Happa-happa!« Blondie kicherte nervös.

Can drehte sich um, ging hinter einen der Streifenwagen und kotzte, bis aus seinem Magen nur noch Galle pumpte. Danach lehnte er erschöpft an dem Wagen. Simone reichte ihm eine Flasche Wasser. Can nahm einen tiefen Zug. Das Wasser schmeckte süß.

»Was für ein Wichser«, sagte Simone.

»Hat halt jeder seine Art, mit so was klarzukommen.« Can nahm noch einen Schluck. »Stimmt, was er erzählt?«

Simone nickte stumm und nagte an ihrem Daumennagel. »Die Jungs waren höchstens zwanzig«, sagte sie schließlich. »Sind vermutlich aus einem fahrenden Wagen abgeworfen worden. Da haben sie noch gelebt.«

»Wann?«

»Drüben im Möbelhaus wird bis elf gearbeitet. Irgendwann danach. Ein Wachmann vom Wertstoffhof hat um halb fünf den Notruf abgesetzt. Den haben wir schon befragt. Der weiß nichts.«

»Und wieso Zigeuner?«

»Roma«, korrigierte Simone. »Zigeuner ist eine negative Fremdbezeichnung.«

»Oh, die Sprachpolizei reitet wieder.«

»Du willst ja auch nicht Kanake genannt werden, oder?«

»Okay, noch mal. Wieso gehen wir davon aus, dass das Roma sind?«

»Klein, dunkel, bulgarische Pässe. Außerdem sind hier am Schrott-strich nur Roma zugange. Da liegt der Schluss nah.«

»Seit wann ist hier ein Strich?«

»Schrottstrich. Betonung auf Schrott. Kein Sex. Morgens, wenn der Wertstoffhof aufmacht, fahren hier die bulgarischen Transporter vor und laden ihre Männer ab. Alles Roma. Die stehen dann an der Auffahrt und versuchen, den Leuten ihren Sperrmüll abzuquatschen, bevor sie den auf die Kippe fahren. Vor allem Waschmaschinen, Kühlschränke und Tiefkühltruhen. Wenn die Männer Glück haben, kriegen sie tatsächlich was ab. Das, was davon brauchbar ist, holt am Abend der Transporter, der Rest fliegt in die Büsche.«

»Wer kontrolliert das Geschäft?«

»Unklar. Aldenhoven und Terzuolo sitzen dran. Um neun ist Ein-satzbesprechung.« Simone starrte auf einen ausgeweideten Kühl-schrank, der am Straßenrand lag. »Du warst länger nicht mehr hier, oder?«, fragte sie unvermittelt. Dann zuckte sie mit den Schultern. »Warum auch. Ihr habt ja nichts mehr zum Wegwerfen.«

Can registrierte die Spitze. Simone war seit Monaten dauerge-reizt, und es fiel ihm immer schwerer, ihre Seitenhiebe zu ignorie-ren. In diesem Fall hatte sie aber zumindest in der Sache recht: Isa und er hatten tatsächlich nichts mehr zum Wegwerfen. Vor ein paar Jahren hatte Isa die Wohnung im Belgischen Viertel gekauft, in der sie schon seit den Achtzigern zur Miete gewohnt hatten. Nach dem Kauf hatten sie radikal entrümpelt. Geblieben waren nur Dinge, die ihnen etwas bedeuteten – der Küchentisch aus der Anfangszeit der WG, die dänischen Teakmöbel von Cans Eltern, das Knoll-Sofa vom Sperrmüll, eine der beiden klassizistischen Kommoden, die Isa An-fang der Neunziger auf einem Flohmarkt in der Eifel gekauft hatte, ein paar alte Stühle. Die blanken Wände waren weiß gekalkt, in manchen Zimmern auch lichtgrau. Isa hatte die Bodendielen mit einem Gasbrenner angeflämmt und mit Wasser abgelöscht. Danach hatte sie die verkohlte Oberfläche abgeschliffen und mit Leinöl versiegelt, bis sich das jetzt schieferfarbene Holz wie Samt unter den Füßen anfühlte.

Simone war nicht die Einzige, die die Wohnung unwirtlich fand. Cans Freund Thomas bezeichnete sie wahlweise als »Eispalast« oder »Reinraumlabor«. Can mochte das so. Klarheit. Keine Sentimentalitäten. Eine feste Burg gegen den Zoo da draußen.

Müller, der Mann vom Erkennungsdienst, riss ihn aus seinen Gedanken. »Identifizierung wird schwierig. An den Pässen sind nur die Fotos echt.« Er reichte Simone und Can einen Farbscan aus dem mobilen Einsatzbüro.

Can studierte die Passbilder der Toten. Die beiden Männer hatten kurzes, schwarzes Haar und bronzefarbene Haut. Der eine war dunkeläugig, mit einem mädchenhaft feinen Gesicht, das nur durch eine auffällige Narbe an der linken Wange überraschende Härte erhielt. Der andere hatte große, helle Augen und einen üppigen Mund.

›Hübsche Jungs‹, dachte Can.

»Wie ist das Streifenhörnchen vorhin eigentlich darauf gekommen, dass das Stricher waren, wenn hier nur in weißer Ware gemacht wird?«, wandte er sich an Simone.

»Die Jungs hatten die Augen mit hellgrünen Halstüchern verbunden und in den Hosentaschen hell- und dunkelblaue Tücher.«

»Und?«

»Hanky Code«, sagte Simone. »In der Szene hat jedes Tuch eine Bedeutung, hellgrün – Stricher, hellblau – Schwanzlutscher, dunkelblau – anal und so weiter. In allen Farben des Regenbogens. Ist eine Queer-Geschichte. Musst du nicht kennen.«

Can musterte Simone verstohlen. Sie war seit zwölf Jahren seine Chefin und wenn es nach ihm ging, waren sie befreundet. Trotzdem gab es Dinge in ihrem Leben, die ihm immer fremd bleiben würden. Simone war gleich nach dem Abitur aus einem erzkatholischen Eifelkaff nach Köln gekommen. Zwei Semester später hatte sie ihr Theologiestudium geschmissen und war zur Polizei gegangen. Ihre Abschlussarbeit an der Akademie hatte sie über das verklemmte Verhältnis der Bullerei zu Schwulen und Lesben geschrieben. Das hatte Simone ein paar anerkennende Berichte in überregionalen Zeitungen eingebracht, ihr aber den Einstieg bei der Truppe nicht unbedingt erleichtert. Die ersten Jahre hatte Simone sich als Streifenpolizistin in Berlin-Kreuzberg durchgebissen, dann war sie nach Köln zur Mordkommission gekommen, die einzige Erste Kriminalhauptkommissarin unter lauter Männern, keine Schönheit, dafür durchtrainiert wie ein Pitbull.

Niemand hatte damals mit ihr arbeiten wollen. Can hatte sich aus purem Gerechtigkeitssinn in ihr Team gemeldet und seine Entscheidung nie bereut. Simone war eine exzellente Polizistin, sie redete wenig und ließ im Normalfall nicht die Chefin raushängen. Wenn sie unter Druck war, wurde sie manchmal rauer im Ton, aber da konnte Can eigentlich immer ganz gut gegensteuern, genau wie Simones Freundin, Claudia, eine große, etwas sperrige Frauenärztin, mit der Simone seit sieben Jahren zusammen war. Im letzten Sommer hatte Claudia einen Adoptionsantrag gestellt. Seitdem warteten die beiden Frauen auf ein Kind. Die Vorstellung, dass sich Claudia und Simone nach Feierabend in der Szene herumtrieben, womöglich noch mit irgendwelchen bunten Tüchern in den Hosentaschen, berührte Can peinlich. Von seinen anderen Kollegen wollte er ja auch nicht wissen, ob sie am Wochenende in den Swinger-Club gingen.

Simone hatte sich inzwischen durch die Passkopien geblättert. Jetzt legte sie die Ausdrucke entnervt weg.

»Kyrillisch war noch nie meins, und wieso der Wachmann behauptet, dass die Bulgaren hier alle Türkisch sprechen, muss ich auch nicht verstehen, oder?«

»Schon mal was vom Osmanischen Reich gehört?«, fragte Can. »Schlacht auf dem Amselfeld? Die Türken vor Wien? Na, klingelt da was?«

»Danke für die Multikulti-Geschichtsstunde, Can Efendi, aber eigentlich will ich hier einfach nur Polizeiarbeit machen. Passt das, oder willst du lieber nach Hause, deine Mädchenmigräne schieben?«

Can sah Simone an. Dieses Mal hatte sie sich im Ton vergriffen. Er würde mit ihr reden müssen. Aber nicht jetzt. Später, wenn sie hier fertig waren.

»Wie willst du's angehen?«, fragte er.

»Der Wertstoffhof macht um acht auf. Kurz danach schlagen die ersten Schrottsammler auf. Von denen brauchen wir eine Aussage. Bis dahin kannst du vielleicht noch mal dein Glück mit dem Wachmann versuchen.«

Der Wachmann, ein verhärmter Mann um die sechzig, sah in seinem akkuraten grauen Synthetik-Anzug wie verloren aus. Er saß mit halb geschlossenen Augen in einem Streifenwagen und murmelte tonlos vor sich hin, während die Perlen einer Gebetskette durch seine Finger glitten. Can sprach ihn behutsam auf Türkisch an.

»Ich habe nichts gesehen. Ich habe damit nichts zu tun, Herr Kommissar.« Der immer gleiche demütige Singsang, in den ältere Migranten oft gegenüber Vertretern der deutschen Obrigkeit verfielen.

»Das glaube ich Ihnen«, sagte Can. »Aber Sie haben meinen Kollegen erzählt, dass die Schrottsammler Türkisch sprechen, und da haben wir gedacht, Sie hätten die Toten vielleicht gekannt.«

»Die waren doch ganz neu da! Und glauben Sie, nur weil die Türkisch sprechen, rede ich mit denen? Betteln und klauen, was anderes können die nicht! Und zu Hause stellen sie sich dann ihre Paläste hin! Dieses Zigeunerpack haben sie in die EU geholt, aber wir Türken sind dafür nicht gut genug.«

›Hoch lebe die internationale Solidarität‹, dachte Can.

»Gehören die Schrottsammler irgendwie zusammen? Waren die vielleicht verwandt?«, fragte er.

»Bei denen sind doch alle miteinander verwandt. Die ficken ihre eigenen Mütter, wenn sie können. Das sind schlechte Menschen. Die haben das verdient, was die mit denen gemacht haben.« Der Wachmann vergrub sein Gesicht in den Händen und begann still zu schluchzen.

Can besorgte eine Thermoskanne Tee und ein paar Päckchen Zucker. Er reichte dem Wachmann einen Becher und schenkte sich selber ein. Dann setzte er sich neben den Mann und hörte dem Klicken seiner Gebetskette zu.

Kurz nach acht rief ihn Simone zu sich.

»Sie sind da«, sie zeigte auf einen verbeulten, weißen Transporter, der an der Auffahrt zum Wertstoffhof stand. »Der wollte gleich wieder abdrehen, als er uns hier gesehen hat. Die Kollegen konnten ihn gerade noch abfangen.«

Can sah zu dem Transporter. Am Lenker saß ein massiger Mann um die vierzig. Er rauchte und starrte gleichmütig zu ihnen herüber. Sein Unterarm hing aus dem Fenster. Can registrierte die Knasttätowierungen, die sich von den Fingern des Mannes bis zu den Ellenbogen zogen und wusste, dass von ihm keine Kooperation zu erwarten war. Blieb die Handvoll Männer, die sich an der Ladeklappe des Transporters drängten. Die Angst vor dem Fahrer stand ihnen ins Gesicht geschrieben.

Can besprach sich kurz mit Simone, dann orderte er zwei besonders hoch gewachsene Streifenpolizisten mit breitem Kreuz zu sich. Sie gingen zusammen zu dem Transporter.

»Raus! Papiere!«, herrschte Can den Fahrer auf Deutsch an.

Der Mann ließ sich Zeit beim Aussteigen. Grinsend reichte er Can seinen abgegriffenen Reisepass. Der Pass war in Ordnung, ebenso wie die anderen Papiere des Fahrers. Trotzdem reichte Can die Dokumente an die Streifenpolizisten weiter und gab dem Fahrer Order, mit den beiden mitzugehen. Der Mann zuckte mit den Schultern und ließ sich von den Polizisten zu einem entfernt parkenden Streifenwagen geleiten.

Sobald der Fahrer außer Hörweite war, wandte sich Can den Männern an der Ladeklappe zu. Er musterte sie schweigend und winkte schließlich den Ältesten zu sich, einen hageren Mittdreißiger mit den verbrauchten Zügen eines Mannes, der seinen Hunger sein Leben lang mit Zigaretten betäubt hatte. Als Can ihn auf Türkisch ansprach, flackerte im Gesicht des Schrottsammlers für einen Moment Überraschung auf, dann verschlossen sich seine Züge wieder.

»Wo kommt ihr her?«, fragte Can.

Der Mann zögerte, bevor er antwortete. »Bulgarien. Plovdiv. Stolipinovo«, sagte er schließlich kaum hörbar.

»Was macht ihr hier in Köln?«

»Wir sammeln Elektroschrott. Den verkaufen wir in Bulgarien. Das ist nicht verboten. Was wollen Sie von uns?«

Can zeigte dem Mann die Scans der Passfotos. »Die beiden Männer hier sind tot. Ermordet. Die Leichen lagen vorne in der Auffahrt. Wir wollen rauskriegen, wer das war. Dazu brauchen wir eure Hilfe.«

Der Schrottsammler sah auf die Bilder. Eine Ader über seiner Schläfe begann zu pochen.

»Nie gesehen.« Er blickte auf. Can sah ihn prüfend an. Der Schrottsammler hielt seinem Blick unbewegt stand. Can wartete ein paar Sekunden, dann bedeutete er dem Mann, dass er gehen konnte.

Simone hatte die Szene an einen Streifenwagen gelehnt beobachtet und gesellte sich jetzt wie beiläufig zu ihm. Neben den Männern wirkte sie bullig, und für einen Moment dachte Can, dass sie mit ihrem ausrasierten Nacken und dem weißblond gefärbten Bürstenschnitt aussah wie eine Skinbraut aus dem Osten. Gut so, ein wenig Einschüchterung konnte nicht schaden.

»Ich werde denen ein bisschen Druck machen müssen. Hast du ein Problem damit?«, fragte er.

»Wenn's der Wahrheitsfindung dient«, Simone zuckte mit den Schultern. »Pass aber auf, dass von der Journaille keiner was mitbekommt. Den Clown vom KM haben Müller und ich vorhin schon verarztet.«

Can wandte sich wieder den Männern zu.

»Zwei von euren Leuten sind umgebracht worden«, sagte er auf Türkisch. »Wir suchen die Mörder. Ich befrage jetzt jeden einzelnen von euch. Danach prüfen meine Kollegen eure Papiere. Falls da was nicht in Ordnung ist, werdet ihr morgen ausgewiesen und bekommt drei Jahre Einreisesperre. Verstanden?«

Die Männer standen stumm. Can führte einen nach dem anderen zum Streifenwagen und zeigte die Fotos. Das Reaktionsmuster war immer das gleiche: Erkennen. Angst. Leugnen. Nur der Jüngste war der Sache nicht gewachsen. Er warf einen Blick auf die Fotos und versuchte im nächsten Moment zu türmen. Nach ein paar Metern hatte Can ihn eingeholt. Er rang ihn nieder, drehte ihm den Arm auf den Rücken und drückte ihm ein Knie ins Kreuz.

Der Pass des Jungen steckte in der hinteren Hosentasche. Jossif Nikolov Babatov, achtzehn, wohnhaft in Plovdiv-Stolipinovo, Bulgarien, laut eingeklebtem Gewerbeschein selbstständiger Trockenbauer. Can betrachtete das Passbild: Babatovs verschlossenes Straßenkatergesicht sah jünger aus als achtzehn, und der Junge war so dünn, dass sich seine Rippen unter dem verwaschenen T-Shirt abzeichneten.

Can drehte sich um. Die anderen Männer waren außer Hörweite. Er drückte den Jungen grob zu Boden und beugte sich zu ihm hinunter.

»Du glaubst, dass sie dir was tun, wenn du uns sagst, was du weißt«, raunte er Babatov ins Ohr. »Du brauchst keine Angst zu haben. Wir können dich schützen. Wir sind die Polizei. Ich taste dich jetzt weiter ab. Wenn ich fertig bin, steckt eine Karte mit meiner Handynummer in deiner Hosentasche. Mein Name ist Can Arat. Falls du uns was erzählen willst, rufst du mich an. Aber auf keinen Fall von einem Handy, nur von einer Telefonzelle. Verstanden?«

Babatov murmelte erstickt Zustimmung.

Wenn sie Pech hatten, würde der Junge untertauchen und nach Bulgarien zurückgehen, ohne sich zu melden. Aber vielleicht hatten sie ja auch Glück, und Babatov würde auspacken. Die Frage war, welche Sicherheiten sie ihm dann bieten konnten. Aber das würden sie klären, wenn es so weit war. Jetzt kam es darauf an, dass die anderen Männer keinen Verdacht schöpften. Can riss den Jungen hoch und stieß ihn zum Transporter.

»Du bleibst dabei, dass du nichts weißt, Wichser?«

»Mit Bullen red ich nicht!«

Babatov stand jetzt breitbeinig vor den anderen Männern und zeigte Can mit beiden Händen den Mittelfinger. »Ich fick deine Mutter, Alter!«

»Meine Mutter ist tot«, sagte Can eher zu sich selbst, während er zu dem Streifenwagen zurückging, in dem Simone saß. Dann signalisierte er den Kollegen, dass sie den Fahrer laufen lassen konnten. Kurz darauf kam der Mann zum Transporter zurückgeschlendert. Er winkte seine Leute in den Wagen, hievte sich auf den Fahrersitz, zeigte Can und Simone das Victory-Zeichen und fuhr mit quietschenden Reifen davon.

»Arschloch«, sagte Can.

Simone ließ wortlos den Wagen an.

Zurück im Präsidium, musste Simone Rückmeldung beim Staatsanwalt geben. Can ging in sein Büro und fuhr den Rechner hoch. Die Festplatte gab mahlende Geräusche von sich und begann dann quälend langsam Updates herunterzuladen.

Can sah durch die Trennscheibe in den Nebenraum zu Tommaso Terzuolo und Benedikt Aldenhoven. Aldenhoven starrte verbissen auf seinen Bildschirm, Terzuolo hatte den Telefonhörer zwischen Kopf und Schultern geklemmt und hämmerte etwas in die Tastatur, während ihm eine störrische schwarze Haarsträhne immer wieder ins Gesicht fiel. Die beiden Sachbearbeiter saßen an der Hintergrundrecherche zu ihrem Fall, und Can wusste aus Erfahrung, ihnen würde kein Detail entgehen. Dass Simone und er seit Jahren die beste Aufklärungsquote im KK 11, dem Kriminalkommissariat für Todesermittlungen, hatten, war nicht zuletzt das Verdienst der beiden Männer im Innendienst.

Terzuolo, klein, durchtrainiert und immer unter Strom, hatte seinen Sinn für Zahlen und die Begabung zum Netzwerken von seinem Vater geerbt. Der war Ende der Sechzigerjahre aus Palermo nach Köln gekommen, hatte ein Mädchen aus der Südstadt geheiratet und mit ihr einen italienischen Supermarkt aufgemacht. Dass sein einziger Sohn nicht in den Familienbetrieb eingestie-

gen, sondern zur Polizei gegangen war, hatte Terzuolo senior tief
getroffen.

»Der Alte soll sich locker machen«, hatte Terzuolo einmal bei
einem Bier zu Can gesagt. »Da, wo der herkommt, müsste er jeden
Monat erst mal fünf Riesen hinlegen, damit ihm die Cosa Nostra
nicht den Laden zerlegt. Der kann froh sein, dass er hier ist und einen
Sohn auf der richtigen Seite hat.«

Neben seinem wendigen Kollegen wirkte Benedikt Aldenhoven
mit seinem schweren Körper und dem rheinischen Rundschädel
auf den ersten Blick grobschlächtig, fast tumb. Dieser Eindruck
täuschte. Schon als Kind hatte Aldenhoven im täglichen Kleinkrieg
zwischen seinem despotischen Vater und seiner dünnhäutigen Mutter ein feines Gespür für falsche Töne entwickelt. Vor dem Unglück
zu Hause hatte er sich in Bücher geflüchtet und sich dabei das irr-
witzige Lesetempo antrainiert, mit dem er sich jetzt durch Akten-
berge und Datenbänke fräste und dabei mit schlafwandlerischer Sicherheit immer genau die Bruchstellen aufdeckte, an denen Can
und Simone bei ihren Ermittlungen ansetzen konnten.

Wie Terzuolo war auch Aldenhoven zur Polizei gegangen, weil es
ihm um Gerechtigkeit ging und weil er Menschen helfen wollte.
Welche Hautfarbe diese Menschen hatten, spielte für die beiden
dabei genauso wenig eine Rolle wie die Frage, was diese Menschen
im Bett trieben oder zu welchem Gott sie beteten.

Can war froh, dass Simone und er Terzuolo und Aldenhoven an
Bord hatten und nicht irgendwelche abgefuckten Schreibtischsöld-
ner. Nach Dienstschluss gingen sie oft noch zusammen auf ein
Kölsch. In den letzten Monaten allerdings weniger. Terzuolo hatte
nie Zeit. Aldenhoven hatte sich vor einem Jahr mit seiner Freundin
ein altes Reihenhaus in Bickendorf gekauft und war seither in jeder
freien Minute mit Renovieren beschäftigt.

Can klopfte an die Trennscheibe und machte den Kollegen Zeichen, ob sie Kaffee wollten. Sie wollten. Er ging in die Küche und
füllte drei Tassen mit dem teerartigen Konzentrat, das seit Stunden
in der Kaffeemaschine vor sich hin simmerte.

Als er ins Büro zurückkam, war auch Simone wieder da. Sie gingen in den Besprechungsraum. Das harsche Morgenlicht, das durch die verstaubten Fenster fiel, leuchtete unbarmherzig jede Rötung und jede Unebenheit in ihren Gesichtern aus. Can fuhr sich mit der Hand über das rechte Auge. In der abgestandenen Luft des Besprechungsraums meldeten sich seine Kopfschmerzen mit Macht zurück.

»Die Pässe sind gefälscht, aber wir gehen davon aus, dass die beiden Toten aus Plovdiv-Stolipinovo waren, genau wie die anderen Schrottsammler«, schloss Simone ihre Zusammenfassung der Tatortergebnisse.

»Die Bulgaren am Wertstoffhof haben die Opfer eindeutig gekannt«, sagte Can. »Aber die machen zu. Um an die ranzukommen, brauchen wir mehr Info.«

»Euer Part.« Simone nickte Terzuolo und Aldenhoven zu und lehnte sich in ihrem Stuhl zurück.

»Die ersten Schrottsammler sind nach der EU-Osterweiterung 2007 aufgetaucht.« Rumänien und Bulgarien haben damals Visafreiheit bekommen. Ein paar Wochen später haben die Roma von da unten angefangen, in den Westen rüberzumachen«, sagte Aldenhoven.

»Auf dem Balkan sind die ungefähr das, was die Afroamerikaner in den Südstaaten sind – Nigger«, sekundierte Terzuolo. »In Rumänien und Bulgarien nennen sie die Roma tatsächlich oft ›die Schwarzen‹. Wegen der dunklen Haut. Ursprünglich kommen die nämlich aus Indien. Die ersten sind wohl so im dreizehnten Jahrhundert vor irgendwelchen Stammeskriegen im Kaschmirgebiet geflüchtet und dann über Persien und die Türkei nach Europa eingewandert.«

»Da hat man aber nicht unbedingt auf sie gewartet«, übernahm Aldenhoven wieder. »In Rumänien waren die Roma bis in die 1850-er versklavt. Woanders auf dem Balkan war es auch nicht besser. Die waren immer Außenseiter. Und im Zweiten Weltkrieg Freiwild für alle – die deutsche Wehrmacht, die Ustascha in Kroatien, die ganz normalen Bauern auf dem Land. Jeder durfte mal. Zigeunerschlachten war damals Volkssport.«

»Die, die überlebt haben, sollten dann nach dem Krieg in die sozialistische Arbeiterschaft integriert werden, so mit Zwangsumsiedlungen, Sprachverbot und Arbeitspflicht«, sagte Terzuolo. »Bis '89 haben die meisten auch tatsächlich Jobs gehabt – in der Landwirtschaft, bei der Müllabfuhr, im Bergbau. Nix Dolles meistens, aber Arbeit, mit der sie irgendwie über die Runden gekommen sind.

»Und dann kam die Wende«, Aldenhoven griff nach seiner Kaffeetasse. »Die Wirtschaft im Ostblock ist zusammengebrochen, und die Roma waren die Ersten, die rausgeflogen sind. Arbeit hat von denen seitdem praktisch keiner mehr. Wenn sie Glück haben, machen sie irgendwelche Gelegenheitsjobs. Die meisten leben inzwischen in Ghettos. Auf Müllkippen oder in abgerockten Plattenbausiedlungen, Ferentari in Bukarest, Fakulteta in Sofia, oder eben Stolipinovo in Plovdiv.«

»Laut Regierungsangaben wohnen in Stolipinovo zwanzigtausend Roma«, sagte Terzuolo. »Die Nichtregierungsorganisationen vor Ort gehen von rund sechzigtausend aus. Neunzig Prozent Arbeitslosigkeit. Keine Heizung, Wasserleitungen marode, keine Kanalisation. Die Müllabfuhr kommt alle paar Wochen. In der Zwischenzeit schmeißen die Leute den Abfall einfach aus dem Fenster, und da bleibt er dann liegen.«

»Du siehst die Bilder und denkst, das ist Kalkutta. Schon klar, warum die alle wegwollen«, sagte Aldenhoven. »Sind halt nur ganz schön viele. Die EU geht von zehn Millionen Roma in Europa aus. Die meisten davon auf dem Balkan. Bisher zumindest.«

Simone hatte den Ausführungen von Aldenhoven und Terzuolo immer angespannter zugehört. Jetzt schüttelte sie unwillig den Kopf. »Das bringt uns nicht weiter«, sagte sie abrupt. »Wir sind hier doch nicht im Proseminar Sozialgeschichte. Wir brauchen polizeitaktisch relevante Informationen.«

Aldenhoven und Terzuolo schwiegen irritiert. Sekundenlang herrschte Stille im Raum. Can beobachtete, wie sich ein Tropfen Kondenswasser vom Rand der Wasserflasche vor ihm löste und ganz langsam seinen Weg nach unten suchte. »Kann ich dich mal sprechen, Simone?«, sagte er und ging zur Tür. Simone folgte ihm widerwillig nach draußen.

»Sag mal, was ist heute eigentlich mit dir los?«, fragte Can, sobald die Tür zu war. »Du bist mich vorhin schon ein paar Mal auf 'ne Art angegangen, die ich nicht okay fand, aber wenn du dich jetzt auch noch auf Aldenhoven und Terzuolo einschießt, ist irgendwann mal Ende Gelände.«

»Komm schon, Can, was die beiden da gerade geboten haben, war doch einfach für die Tonne!«

»Und das ist ein Grund, die so anzuranzen?«

»Natürlich nicht.« Simone ließ sich in einen der abgenutzten Kunststoffschalensitze fallen, die an der Wand montiert waren. »Ist halt nur Scheiße, wenn ich von oben die Ansage bekomme, dass wir maximal eine Woche für den Fall haben und keine zusätzlichen Leute kriegen, weil wir ja Terzuolo und Aldenhoven haben, die – Zitat Staatsanwalt – ›so gut sind wie vier normale Sachbearbeiter‹. Und dann haben die zwei Supernasen nach einem halben Tag Recherche nichts zu bieten außer Best of Allgemeinwissen.«

»Eine Woche?« Can lehnte sich mit dem Rücken an die speckige Wand.

»Yep.«

»Für einen Doppelmord?«

»An zwei bulgarischen Roma.«

»Spielt das eine Rolle?«

Simone sah ihn wortlos an. Mit einem Mal wirkte sie unendlich müde.

Can massierte sich sekundenlang schweigend die Schläfe. Dann stieß er sich mit den Schultern von der Wand ab.

»Egal. Normative Kraft des Faktischen. Wir gehen da jetzt wieder rein. Und du hältst erst mal den Rand. Verstanden?«

Simone nagte einen Moment lang an ihrem Daumennagel. Dann nickte sie resigniert und folgte ihm in den Besprechungsraum.

»Noch mal von vorn.« Can sah Terzuolo und Aldenhoven an. »Was gibt es an internem Material?«

Aldenhoven zuckte mit den Schultern. »Fehlanzeige bei Mordsachen, ein bisschen was bei der Unterleibskriminalität, ansonsten fast nur Eigentumsdelikte und Betrug. Aber selbst da – das meiste sind Memos von irgendwelchen ›Task Forces‹ und ›Schwerpunktarbeitsgruppen‹, die mal für ein paar Monate auf das Thema angesetzt waren, bevor wieder eine neue Sau durchs Dorf getrieben worden ist. Statistiken, Handlungsempfehlungen. Gerne auch mal schon ein paar Jahre alt. Mehr ist da nicht.«

»Übergreifende Ermittlungsansätze?«, fragte Can.

»Was genau schwebt dir da vor?«

»Gezielte Datenerhebungen? Zusammenführung von Ermittlungsergebnissen?«

»Ah, unser Kollege möchte die Zigeunerzentrale wiederaufleben lassen.«

»Was bitte?«, fragte Simone.

»Zigeunerzentrale«, sagte Aldenhoven. »1899 von der Münchener Kripo gegründet. Die haben da dreißig Jahre lang nichts anderes gemacht, als deutschlandweit Daten zu Sinti und Roma zu sammeln, angeblich zur Kriminalitätsprävention. 1936 in die ›Reichszentrale zur Bekämpfung des Zigeunerunwesens‹ überführt. Sehr effiziente Behörde. Besonders, als es um die Deportation der deutschen Sinti ins KZ ging. Das haben die von München aus koordiniert. Unter Rückgriff auf ihre zentralen Datenbanken.«

»Und weil die Reichszentrale sich so um die Belange des deutschen Volks verdient gemacht hat«, ergänzte Terzuolo, »war sie ab 1946 schon wieder operativ. Hieß dann zwar ›Landfahrerstelle‹, das Personal war aber weitgehend das gleiche wie vor '45.«

»1970 wurde der Laden dann endlich wegen Verfassungswidrigkeit zugemacht. Seitdem werden offiziell keine vernetzten Ansätze mehr gefahren.«

»Und inoffiziell?«, fragte Can.

Aldenhoven sah ihn amüsiert an.

»Schon gut«, Can winkte ab. »Buschfunk?«

»Ich kenne einen beim Zoll«, Terzuolo malte Kringel und Kreuzchen auf seinen Block. »Der hat fast nur noch mit Bulgaren und Rumänen zu tun. Seit 2014 dürfen die hier zwar ganz normal wie andere EU-Bürger auch arbeiten. Das greift aber nur für qualifizierte Arbeitskräfte. Alle anderen arbeiten entweder schwarz oder sind scheinselbstständig mit eigenem Gewerbe unterwegs. Oft als Tagelöhner. Den Behördenkram erledigen Profi-Kümmerer, die sich damit auskennen. Das erklärt, warum eure Jungs an der Müllkippe korrekte Gewerbescheine haben. De facto sind die wahrscheinlich komplett abhängig von ihrem Capo.«

Can dachte an den Fahrer am Wertstoffhof und die Tätowierungen auf seinem Arm.

»Was genau geht an der Müllkippe ab?«, fragte er.

»Der KM hat mal 'ne Reportage dazu gemacht.« Aldenhoven reichte Can die Kopie eines Artikels aus dem *Kölnischen Morgen.* Can überflog den Text. Die ausgemusterten Haushaltsgeräte, die die Schrottsammler am Wertstoffhof zusammenbettelten, gingen im Container auf den Balkan, wurden dort repariert und dann weiterverkauft. Offenbar ein einträgliches Geschäft. Die Schrottsammler vor Ort sahen zwar kaum etwas von der Kohle, aber selbst das, was für sie abfiel, lag wohl immer noch deutlich über dem Geld, das sie zu Hause machen konnten. In Bulgarien legten ganze Familien zusammen, damit einer von ihnen nach Köln konnte. Ähnliche Modelle gab es in fast allen deutschen Großstädten.

Can reichte den Artikel an Simone weiter. »Was sagen die von der Organisierten Kriminalität dazu?«, wandte er sich an Terzuolo.

»Zu kleine Fische für die. Behaupten sie zumindest.« Terzuolo zuckte mit den Schultern. »Wenn du mich fragst, haben die einfach keinen Plan, wie sie an die Szene rankommen sollen. Für Kaffern und Ithaker gibt's ja inzwischen solche wie dich und mich bei der Truppe. Aber Zigo-Polizisten? Vergiss es. Wer es bei denen aus dem Ghetto rausschafft, wird was Vernünftiges, Arzt oder Anwalt oder so, aber sicher nicht Bulle. Und von außen kommst du an die nicht ran. Die reden nicht mit Externen.«

»Ich hab mit einem Bekannten bei den Eigentumsdelikten gesprochen«, sagte Aldenhoven. »Die haben seit 2007 fast nur noch mit sogenannten mobilen Tätergruppen aus Südosteuropa zu tun. Dass das überwiegend Roma sind, darf keiner sagen, weil das stigmatisierend ist, aber wahrscheinlich vor allem, weil man sich sonst mal ernsthaft drüber Gedanken machen müsste, warum die Leute keine Jobperspektive haben, außer Klauen.«

»Okay.« Simone bearbeitete ihr Nagelbett. »Unterm Strich haben wir nichts.« Sie sah in die Runde. »Gibt's trotzdem irgendwas, wo wir ansetzen können?«

»Hier ist eine Liste mit den Adressen von Bulgarenhäusern. Bei denen wissen wir, dass da Roma aus Bulgarien wohnen. Die könnt ihr ja mal abfahren«. Aldenhoven schob Simone einen Ausdruck zu. »Ansonsten bleibt nur die Stricherspur. Ich habe euch für halb elf einen Termin mit dem Leiter der Stricherhilfe gemacht. Der ist da erster Ansprechpartner für hübsche Balkan-Boys. Vielleicht fällt dem ja was zu der Taschentuchnummer ein.«

Can und Simone fuhren zum Eigelstein. Die Stricherhilfe saß im Erdgeschoss eines Geschäftshauses aus den Siebzigern.

Giorgi Kardaras, der Leiter des gemeinnützigen Vereins, war Anfang vierzig, dunkel und schmal, mit tief liegenden Augen. Die Holzregale in seinem Büro bogen sich unter der Last der Akten. Auf dem Schreibtisch stand ein großer Karton Kondome. Ein überdimensionierter Gummipenis beschwerte einen Stapel Flyer mit wenig Text in kyrillischen Lettern, dafür umso mehr eindeutigen Abbildungen.

Kardaras folgte Cans Blick. »Die meisten unserer Klienten sind Analphabeten, da kommen wir mit Bildern weiter als mit Text«, sagte er.

Simone reichte ihm die Scans mit den Fotos der beiden ermordeten Männer.

»Nie gesehen«, sagte Kardaras, nachdem er sie eingehend studiert hatte. »Muss aber nichts heißen. Die Freier wollen Frischfleisch. Die Jungs sind ständig auf Achse. Gut möglich, dass die beiden ganz neu in Köln waren. Und selbst wenn nicht, müssen sie nicht unbedingt bei uns aufgelaufen sein. Wieso kommt ihr überhaupt drauf, dass das Stricher waren?«

Simone erzählte ihm von den Tüchern und wie die Jungen gestorben waren. Kardaras sagte nichts.

»Mal angenommen, die beiden haben tatsächlich angeschafft«, fragte Can. »Wie sind die dann nach Köln gekommen?«

»Kommt darauf an.« Kardaras lehnte sich in seinem billigen Bürostuhl zurück. »Bei manchen läuft das wie bei den Mädels – falsche Versprechungen in der Heimat, auf der Fahrt nehmen die Schlepper den Jungs den Pass ab, und dann werden sie in irgendwelchen Wohnungen so lange durchgebumst, bis sie straßentauglich sind. Unsere Klienten sind aber eher die, die auf eigene Faust ihr Glück suchen. Quasi als kleine Ich-AG. Das müsst ihr euch in etwa so vorstellen, irgendwo in Rumänien oder Bulgarien hängen ein paar Jungs ab, zwischen fünfzehn und zwanzig, oft schon verheiratet, manchmal auch mit Kindern. Keine Schulbildung, kein Job, keine Perspektive. Ein Kumpel erzählt, dass es nur ums Schwanzlutschenlassen geht und dass man damit in ein paar Monaten mehr Geld einfahren kann als in einem ganzen Balkan-Loser-Leben. Die Jungs machen eine Kosten-Nutzen Rechnung auf, spekulieren darauf, dass sie in Deutschland schon irgendwo bei Verwandten unterkommen können, setzen sich in den Bus nach Germaniya, und ab ins Vergnügen. Von HIV nie was gehört, dafür ist der finanzielle Druck so groß, dass sie alles machen, was die Freier wollen. Mit Schwanzlutschen ist es da bald nicht mehr getan und schon gar nicht mit Schwanzlutschenlassen, und auf einmal wird den Jungs klar, dass sie den Ekel nicht in ihren Businessplan eingepreist haben, und die Verachtung ihrer eigenen Leute auch nicht.« Kardaras zuckte mit den Schultern. »Einen, der sich in den Arsch ficken lässt, den will man nämlich nicht im Haus haben, selbst wenn es der eigene Bruder ist. Deshalb schlafen die Jungs oft draußen oder im Auto. Spätestens da fangen die meisten mit den Drogen an. Das kostet natürlich. Mit der Kohle, die übrig bleibt, geht es ab und zu nach Hause zur Gattin, mit der man selbstverständlich ungeschützten Verkehr hat. Wenn das so weitergeht, erledigt sich das Zigeunerproblem auf dem Balkan, HIV sei Dank, irgendwann von selbst.«

Simone machte eine ungeduldige Handbewegung.

»Stört Sie das böse ›Z‹-Wort, Frau Kommissarin?« Kardaras grinste.

»Ich darf das. Ich bin selber einer von denen. Meine Eltern sind Anfang der Neunziger als Kriegsflüchtlinge in einem Schwarzwaldkaff gelandet. Aus Bosnien. Mein Vater war damals so schlau, niemandem auf die Nase zu binden, wer wir wirklich sind, und schon hat's geklappt mit den Nachbarn.«

Kardaras starrte für einen Moment geistesabwesend auf den Aktenberg vor sich, dann wandte er sich wieder zu Simone und Can.

»Lasst mir die Fotos da, und schickt mir so bald wie möglich den Zeugenaufruf. Am besten auf Türkisch und Bulgarisch. Wenn's geht, auch auf Rumänisch. Ich hör mich um, ob irgendjemand was weiß. Ich sag euch aber gleich, dass die Jungs nicht über so was reden. Mit mir nicht und mit euch schon gar nicht. Ich glaub aber sowieso nicht, dass die beiden Stricher waren.«

»Wieso nicht?«, fragte Simone.

»Weil man sie dann irgendwo rausgeschmissen hätte, wo Stricher stehen, Aachener Weiher, Herkulesberg, Cranachwäldchen. Aber am Wertstoffhof? Das ergibt keinen Sinn.«

»Und warum waren die Jungs dann als Stricher ausgeflaggt?«, fragte Can.

Kardaras zuckte mit den Schultern. »Die Berufsbilder sind bei uns nicht so klar definiert. Einer, der heute als Tagelöhner auf dem Bau arbeitet, ist morgen Straßenmusiker oder geht putzen. Vielleicht macht er auch einen Bruch oder sammelt Schrott. Und wenn gar nichts anderes geht, muss er halt auch mal den Arsch hinhalten. Vielleicht war das ja die Botschaft – dass die Schrottstricher damit rechnen müssen, auch mal richtig rangenommen zu werden, wenn jemand das so will.«

»Sie meinten vorhin, dass manche von den Jungs über Schlepper nach Deutschland kommen. Gibt es da Verbindungen zu den Leuten, die den Schrottstrich kontrollieren?«, fragte Simone.

»Keine Ahnung. Wir machen hier ein niedrigschwelliges Angebot. Unsere Klienten können sich bei uns aufwärmen, was essen, die Klamotten waschen, mit einem Arzt sprechen. Ob und was da nebenher läuft, interessiert uns nicht. Genau deshalb vertrauen uns die Jungs. Wenn ich anfange, hilfsweise eure Arbeit zu machen, kann ich den Laden dichtmachen.«

»Na, dann können wir uns den Weg hierher ja sparen, wenn demnächst noch mehr Männer an ihren abgebissenen Eiern ersticken«, sagte Simone. Sie stand auf und wandte sich zum Gehen. Can erhob sich ebenfalls.

»So war das nicht gemeint.«

Simone hatte die Hand schon auf der Klinke. »Doch, Herr Kardaras. Das war genau so gemeint.« Sie verließ das Büro, Can im Schlepptau.

»Gibt es Sozialarbeiter eigentlich nur in den Geschmacksrichtungen ›Zyniker‹ und ›Gutmensch‹?«, fragte Can, als sie draußen waren.

»Weiß nicht«, Simone stieg in den Wagen. »Ich kenn mich mit Sozialarbeitern nicht so gut aus wie du.«

›Touché‹, dachte Can. Letzten Winter hatte er sich in eine Sozialarbeiterin verliebt. Für ein paar Wochen hatte er geglaubt, dass er den Rest seines Lebens mit Marie verbringen würde, dann war die Sache plötzlich genauso schnell vorbei gewesen, wie sie begonnen hatte, und über das, was danach passiert war, wollte Can nicht nachdenken.

»Lass uns noch mal zum Wertstoffhof fahren und die Männer dort fragen, wo sie bis letzte Woche gearbeitet haben«, schlug Can vor.

»Ich glaube nicht, dass die heute noch mal zurückgekommen sind«, meinte Simone.

Ein Kollege vom Erkennungsdienst, der noch vor Ort war, bestätigte ihren Verdacht. Sie fuhren zu der Adresse, die die Männer als Wohnanschrift angegeben hatten. Zehn Minuten später standen sie vor einem gepflegten Mehrparteienhaus in Weidenpesch, dessen biodeutsche Bewohner nichts von bulgarischen Nachbarn wussten.

»Wundert uns das?« Can griff nach Aldenhovens Liste mit den Bulgarenhäusern. Die erste Adresse lag in Nippes.

»Alles Übel dieser Welt kommt aus Nippes, Kalk und Ehrenfeld«, zitierte er, als sie über die Neusser Straße stadteinwärts fuhren.

Simone schwieg und schob eine CD ein. K. D. Lang greinte aus den Lautsprechern.

»Ah, aktuelle Hitparade für Kugelstoßerinnen?«

Simone klickte weiter auf der CD. Tocotronic sangen »Ich mag dich einfach nicht mehr so«.

»Besser?«

Can grinste und starrte demonstrativ aus dem Fenster. So war das mit ihnen. Sie waren ein eingespieltes Team.

In den nächsten Stunden fuhren sie eine trostlose Folge von verkommenen Alt- und bröckelnden Neubauten ab. Dunkelhaarige Männer und Frauen mit bronzefarbener Haut und billigen Klamotten standen davor, als würden sie auf etwas warten, während sie Sonnenblumenkerne knackten und stoisch den Kindern zusahen, die im wild verstreuten Müll spielten.

Can und Simone hatten absichtlich keinen Streifenwagen genommen, trotzdem verschwanden die Kinder, sobald sie aus dem Wagen stiegen, und die Erwachsenen zogen sich wie von ungefähr in die Häuser zurück. Niemand reagierte auf ihr Klingeln. Wenn es Can und Simone dennoch gelang, in die Häuser hineinzukommen, standen sie vor verschlossenen Wohnungstüren, die sich auf Klopfen bestenfalls spaltbreit öffneten und sofort wieder zuschlugen, sobald Can die Fotos der ermordeten Männer zeigte.

In anderen Häusern gab es keine Türen mehr. Hinter den leeren Rahmen lagen Wohnungen, in denen auf dreißig Quadratmetern Großfamilien hausten. Die Apathie der Bewohner ersetzte die fehlende Grenze zur Außenwelt. Manchmal mischte sich in den Urin- und Abfallgeruch, der über diesen Absteigen lag, der beißende Geruch von Verdünner oder Klebstoff. Auch in diesen Häusern wollte niemand die beiden ermordeten Männer gekannt haben.

Gegen halb drei machten Can und Simone in einer Dönerbude auf der Merheimer Straße Mittagspause. Can pickte lustlos an seinen Pommes. Sie waren jetzt seit über acht Stunden im Einsatz. Er fühlte sich zerschlagen und ungewaschen, die Migräne hing ihm immer noch in den Knochen. Außerdem nervte ihn Simones Einsilbigkeit.

»Was ist eigentlich los mit dir?«, fragte er. »Kriegst du deine Tage, oder was?«

Simone stellte ihre Diet Coke ab. »Wenn du nicht so auf Macho-arschloch machen würdest, wäre bei mir alles easy.«

»Verstehst du jetzt keinen Spaß mehr?«

»Hängt vom Spaß ab. Das, was du da heute Morgen mit dem Jungen am Wertstoffhof abgezogen hast, fand ich jedenfalls nicht lustig. Wolltest du dem zeigen, wie die deutsche Staatsgewalt aussieht? Oder hast du dir gedacht, bei einem Zigo kannst du als Türke endlich auch mal die Sau rauslassen?

»Das ist jetzt nicht dein Ernst, oder? Ich hab den so hart angepackt, damit die anderen nicht merken, dass ich ihm meine Nummer zugesteckt habe! Der Junge hat Angst. Wenn einer von denen anfängt zu reden, dann der.«

Simone schlug mit der flachen Hand auf den Tisch. »Ich fass es nicht! Sag mal, hast du eine Sekunde lang nachgedacht, was das geben soll? Angenommen, der packt tatsächlich aus, was sagen wir dem, wenn er fertig ist? ›Danke für Ihre Aussage. Guten Tag und guten Weg‹? Was soll aus dem Jungen werden?«

»Zeugenschutz?«

»Das kriegen wir nicht durch.«

»Wollen wir den Fall jetzt klären, oder nicht?«

»Interessiert sich ja sonst niemand dafür.«

»Na dann ist er doch bei der Kampflesbe und dem Kanaken vom Dienst genau in den richtigen Händen, oder? Los, weiter! Raboty, raboty!«

Can ging zum Wagen, Simone hinterher.

Sie fuhren weiter die Bulgarenhäuser in Ehrenfeld ab. Ohne Erfolg. Kurz nach sechs hielten sie vor einem wuchtigen Jahrhundertwende-Bau in Schlachthofnähe. Bis in die späten 1980-er war hier das Ehrenfelder Zentralpostamt gewesen. Dann hatte die Post das denkmalgeschützte Gebäude an einen Immobilienentwickler abgestoßen, der die weitläufigen Büroetagen in Einzimmerapartments umgewandelt und als Anlageobjekte an Zahnärzte, Studienräte und andere Menschen mit zu viel Geld verkauft hatte. Um die Vermietung hatte sich eine Hausverwaltung gekümmert. Meistens waren die Apartments an Studenten gegangen. Früher, als Can noch in Ehrenfeld Streife gefahren war, hatten sie manchmal ausrücken müssen, wenn in dem Haus wieder einmal eine lautstarke Semesterabschlussparty gestiegen war. Jetzt standen auf den mit handgeschriebenen Schildern verkrusteten Klingeln nur noch Namen, die nach Balkan klangen, und bei der Polizei wurde das Haus als Gefahrenort geführt.

Simone drückte sich systematisch durch den Klingelblock. Niemand öffnete. Can erinnerte sich an einen Notausgang zum Hinterhof, der früher oft offen gestanden hatte. Sie gingen um das Haus herum, vorbei an überquellenden Müllcontainern und Sperrmüllhaufen. Auf dem Hof standen ein paar Transporter mit bulgarischen Kennzeichen, mehrere Pkw ohne Nummernschild und eine brandneue, schwarze S-Klasse mit leuchtend roten Sitzbezügen und Augen gegen den bösen Blick am Rückspiegel. Aus einer der Wohnungen wummerte bösartiger Balkan-Techno. Die Basswellen brachen sich an der Wand des gegenüberliegenden Hauses, brandeten von dort zurück und brodelten im Hof als aggressiver Mahlstrom weiter.

Der Notausgang stand offen, das Schloss war herausgeflext. Das neonbeleuchtete Treppenhaus mit den rohen Betonwänden erinnerte an einen Bunker. Die Hausordnung verbot auf Deutsch, Türkisch und in kyrillischen Lettern das Lagern von Unrat, das Verrichten der Notdurft sowie offenes Feuer im Treppenhaus und in den Wohnräumen. Offenbar hielt sich niemand daran.

Can und Simone arbeiteten sich durch die überbelegten Wohnungen. Männer dämmerten auf schmutzigen Matratzen, manchmal auch nur auf Kartonunterlagen, die auf dem blanken Boden lagen. Frauen und Kinder saßen vor alten Fernsehern und verfolgten blicklos deutsche Vorabendserien, den Ton auf Anschlag gedreht. Die Fotos der ermordeten Männer wurden auch hier bestenfalls mit Kopfschütteln quittiert.

Nach anderthalb Stunden gaben Can und Simone auf. Sie setzten sich in das portugiesische Café gegenüber und bestellten Schinken-Käse-Toasts.

»Hier gehen die also frühstücken«, sagte Simone

»Wie kommst du darauf?«

Simone zeigte auf unbeholfene Zeichnungen von Speisen und Getränken mit Preisangaben, die über dem Tresen hingen. »Funktioniert wie bei den Flyern von der Stricherhilfe. Bilder kapiert jeder.«

»Wäre ein Tipp für die Hausverwaltung drüben.« Can folgte mit müdem Blick der schwarzen S-Klasse mit den roten Sitzen, die sich gerade in Richtung Hornstraße entfernte.

»Schichtwechsel im Puff«, konstatierte Simone.

»Scheißtag«, sagte Can.

»Yep.« Simone starrte auf eine aufgeplatzte Mülltüte, die im Hauseingang gegenüber lag. »Ich versteh nicht, wie die das in dem Siff aushalten.«

»Zu viele Menschen auf zu wenig Platz. Früher haben da vielleicht achtzig Leute gewohnt. Wenn's hochkommt. Wie viele haben wir da gerade drinnen gesehen? Zweihundertfünfzig? Dreihundert? Da fällt automatisch mehr Müll an.«

»Sicher, aber das da drüben macht ja eher den Eindruck, als ob die sich in dem Dreck einrichten. Mal abgesehen von der Scheißmucke.«

»Abgrenzung. Revierverhalten. Weißt doch, wie das funktioniert.«

»Schon klar. Trotzdem möchte ich da nicht wohnen wollen.« Simone griff nach ihrer Cola.

»Schön, wer die Wahl hat«, kommentierte der alte Mann am Nebentisch. »Meine Frau will nur noch weg, seit das hier mit den

Zigeuners angefangen hat. Aber mit unseren siebenhundert Euro Rente? Nee, sag ich immer zu meiner Frau. Hier kommen wir nur noch mit den Füßen voran und in der Kiste raus.« Die wässrigen Augen des Mannes suchten den Blick von Can und Simone und verloren sich dann in der Leere des Gastraums.

Simone schob mit dem Messer Toastbrösel auf ihrem Teller herum. Can schwieg. Die Mieten in der Stadt explodierten seit Jahren. Selbst hier am Schlachthof wurden inzwischen zehn Euro kalt aufgerufen.

»Nichts für ungut«, der alte Herr legte ein paar Münzen neben seine Espressotasse. Er stand mühsam auf, querte die Straße und verschwand in dem schäbigen Altbau neben dem Bulgarenbunker.

»Lass uns auf der Veedelswache vorbeifahren«, schlug Can vor. »Ich habe da meinen Streifendienst gemacht. Vielleicht kenne ich da ja noch jemanden.«

Kurz darauf warteten Can und Simone an einer Behelfsampel auf der Liebigstraße. Dicke schwarze Kabelstränge hingen quer über die notdürftig asphaltierte Straße. Can starrte auf die verdreckten Verkehrsbaken.

»Wie lange basteln sie jetzt schon an der Baustelle rum? Fünf Jahre? Sieben?«, fragte er.

Simone machte das Radio an. Im Deutschlandfunk lief ein Feature zum Messehallenskandal. Fast vierhundert Millionen Euro müssten die Kölner Steuerzahler dafür hinlegen, dass die Stadt den Auftrag nicht ordnungsgemäß vergeben hatte, referierte ein Journalist. Simone schaltete auf einen Privatsender um. Eine Jungreporterin berichtete mit atemloser Begeisterung vom Richtfest für das neue Stadion des SV Stellwerk 02. Pünktlich zum Saisonstart würde der SV auf dem Gelände des ehemaligen Eisenbahnstellwerks in Nippes aufspielen können. Dann wurde ein O-Ton des Oberbürgermeisters eingespielt:

»*Der avantgardistische Bau des Liverpooler Star-Architekten Terence Harriss nimmt geschickt die Formsprache des Stadtwappens auf. Mit dem Stadion gewinnt Köln eine weitere architektonische Attraktion von internationalem Rang«*, sagte der OB. *»Gleichzeitig ist der Neubau aber auch Ausdruck der tiefen Heimatverbundenheit des Bauunternehmers Christof Nolden. Mit dem Stadion macht Nolden der Stadt Köln ein großzügiges Geschenk und verbeugt sich vor den historischen Leistungen der Stellwerker.«*

»In welcher Liga spielen die gerade?«, fragte Can.

»Dritte.«

»Die Macht am Rhein.«

»Ey! Nix gegen meinen Verein!«

»Stellwerk, do blievs ming Winner, för immer …«, knödelte Can.

»Arschloch!« Simone schlug mit der Faust in seine Richtung. Claudia und sie hatten seit Jahren Dauerkarten für den SV. Can lachte.

Fünf Minuten später parkten sie vor der Polizeiwache Ehrenfeld, einem Zweckbau aus den Neunzigern. Die Jungpolizistin am Einlass kannte niemanden mehr von der alten Garde, mit der Can damals Streife gefahren war. Nur Dieter Neumann war noch da und für diesen Abend sogar zum Innendienst eingeteilt.

Auf den Fluren der Wache hing der gleiche Geruch aus Putzmitteln und Dönerbudendunst wie früher. Neumanns Büro wurde von einem zahnsteinfarbenen Schreibtisch beherrscht. Rechts neben dem Tisch stand ein überquellendes Aktenregal, links türmten sich Kartons mit ausgemusterten Polizeiuniformen. Das weit geöffnete Fenster gab den Blick auf den Parkplatz eines Discounters frei. Der Bahndamm hinter der Wache schien zum Greifen nahe.

»Can Arat! Welch Glanz in meiner Hütte.«

Dieter Neumann musste jetzt Ende fünfzig sein. Sein nagelneues blaues Polyesterhemd mit den drei Sternen spannte über dem Bauch. Der Polizeiobermeister lächelte, aber sein Blick war müde. Can stellte ihm Simone vor, zeigte die Fotos der beiden Toten und fragte ihn dann nach dem Bulgarenhaus.

Neumann deutete auf zwei Regalmeter Akten. »Das ist das, was wir zu dem Haus haben – Verdacht auf Sozialbetrug, Autoschieberei, Körperverletzung, Prostitution, BTM-Delikte. Das volle Programm. Mord kommt sicher auch noch.«

Simone zog eine Akte aus dem Regal

»Ihr nennt das Haus wirklich ›Mogadischu-Festung‹?«, fragte sie, nachdem sie die ersten Seiten überflogen hatte.

Neumann zuckte mit den Schultern. »Da drin haben die Warlords das Sagen.«

»Und das nehmt ihr so hin?«

»Bei uns sind seit anderthalb Jahren fünf Stellen nicht besetzt. Die Kollegen, die noch da sind, schieben Überstunden ohne Ende, und unser neuer Einsatzleiter gibt bevorzugt das Arschloch vom Dienst. Der Krankenstand ist entsprechend. Und weiter oben interessiert das sowieso keine Sau. Also machen wir da nur eingeschränkten Winterdienst.«

Neumann stand auf und ging ans Fenster.

»Und falls du's wissen willst – ja, es kotzt mich an. Es kotzt uns alle an. Das ist einfach nicht vermittelbar, dass wir nichts tun. Das war hier immer ein Arbeiterviertel, und Zuwanderer hat es auch immer gegeben. Erst die Italiener und Griechen, dann die Türken und Marokkaner, zuletzt die Portugiesen und die Polen und ein paar Afrikaner. Immer, wenn wieder wer Neues dazugekommen ist, hat es am Anfang ein bisschen geruckelt, und irgendwann haben sich dann alle miteinander arrangiert. Aber jetzt die Nummer da am Schlachthof, das sprengt die ganze Struktur. Die Roma halten sich nicht an die Regeln, und die Alteingesessenen haben das Gefühl, dass wir sie im Stich lassen. Die Stimmung ist auf der Kippe. Ist nur noch eine Frage der Zeit, bis es da mal knallt.«

»Was ist da eigentlich los?«, fragte Can. »Das Haus war doch immer ganz solide.«

»Krimineller Hausverwalter.« Neumann lehnte sich an die Fensterbank. »Letztes Frühjahr ist den Eigentümern die alte Hausverwaltung zu teuer geworden. Also musste was Neues her. Einer aus der Eigentümervertretung hat einen Klüngelsbruder aus seinem Karnevalsverein an den Start gebracht, einen Rechtsanwalt, der ihm die Hausverwaltung zum Freundschaftspreis angeboten hat. Sein Geld hat sich unser Prinz Karneval an anderer Stelle wieder reingeholt. Statt an je einen Studenten hat der die Apartments nämlich an acht bis zehn Bulgaren vermietet, die achtzig Euro pro Person und Woche in Cash an den Hausmeister abgedrückt haben. Der hat ständig in dem Portugiesen-Café gegenüber gesessen und jedem, der es nicht wissen wollte, von seinem geilen Bulgarienurlaub erzählt. Goldstrand. All inclusive. Auch die Nutten.« Neumann zündete sich eine Zigarette an. »Einmal in der Woche hat der Hausverwalter die Kohle abgeholt. Den Eigentümern hat er die reguläre Miete überwiesen, den fetten Rest hat er selbst eingesackt. Aufgeflogen ist das erst, als die Nebenkosten explodiert sind. Da war das Geschrei dann groß. Der honorige Herr Rechtsanwalt ist sofort abgetaucht. Seitdem suchen wir den mit internationalem Haftbefehl. Hatte wohl noch ein paar andere solche Dinger am Laufen. Kurz drauf war auch der Hausmeister weg. Der liegt jetzt wahrscheinlich mit Betonschuhen am Goldstrand im Meer. Dafür schlagen sich die Eigentümer mit den Bulgaren rum, weil sie die nicht mehr aus dem Haus kriegen.«

»Räumungsklage?«, fragte Simone.

»Die haben alle vollkommen legale Verträge, und irgendwer ist bis heute auch so schlau, dafür zu sorgen, dass es nie irgendwelche Mietrückstände gibt.«

»Was ist mit dem Ordnungsamt? Die müssten doch schon allein wegen der Überbelegung ran?«, fragte Can.

»Die Kollegen sehen entweder keinen Handlungsbedarf, oder sie behaupten, sie hätten nicht die Kapazitäten, da was zu machen.« Neumann lächelte vieldeutig.

»Versteh ich nicht«, sagte Simone. »Wer soll ein Interesse dran haben, dass das so läuft, wie es läuft?«

»Gute Frage«, sagte Neumann. »Darf man nur so nicht mehr stellen bei uns.«

Simone hob eine fragende Augenbraue. Neumann zuckte resigniert mit den Schultern.

»Vor ein paar Wochen hat mir eine junge Kollegin auf Streife wieder mal ein Ohr abgekaut, so von wegen ›die Bulgaren machen uns das Veedel kaputt, wann tun wir endlich was‹. Ich hab ihr empfohlen, einfach mal die Blickrichtung zu ändern und zu fragen, wer was von der Mietabzocke hat, oder von den Mädels, die im Grünstreifen neben dem Haus für'n Zehner 'ne schnelle Nummer ohne Gummi schieben. ›Follow the money, und du kommst drauf, wieso wir die Füße stillhalten sollen‹, hab ich zu der Kollegin gesagt. Am nächsten Tag habe ich einen Einlauf vom Einsatzleiter bekommen – ich sollte das Team nicht mit meinen Verschwörungstheorien kirre machen.« Neumann zuckte mit den Schultern und drehte sich wieder zum Fenster. »Halt ich eben das Maul. Mir soll's egal sein. Ich hab meine Pensionierung beantragt. Ende des Jahres ist hier für mich Schicht. Dann kümmere ich mich um meine Frau und meinen Garten, und der Rest geht mir am Arsch vorbei.«

Can schwieg.

»Danke für die Hilfe«, Simone stellte die Akte zurück und bedeutete Can, dass sie gehen wollte. Neumann drückte seine Zigarette aus und verabschiedete sie aus seinem Büro.

»Mann, Mann, Mann! Solche Burn-out-Bullen gehen mir so was von auf den Zeiger«, sagte Simone, als sie wieder im Wagen saßen. »Ich geb mir die Kugel, bevor ich so ende.«

»Hat Neumann vor zehn Jahren auch gesagt.« Can schnallte sich an. Simone seufzte genervt und startete den Wagen.

Zehn Minuten später setzte sie Can vor seiner Haustür ab. Es war kurz vor halb elf. Can duschte lange. Dann setzte er sich mit einem Bier in die Küche. Auf dem Küchentisch lag die letzte Ausgabe von *Concrete Gold,* dem Architektur-Magazin, das Isa seit Mitte der Neunziger herausgab. Can blätterte kurz durch das Heft, sah Reportagen über irgendwelche Großprojekte in Frankfurt und Berlin und Promi-Fotos von Bauherren und Stararchitekten und kam wieder einmal zu dem Schluss, dass *Concrete Gold* wohl so etwas wie die *Gala* für Architekten war. Unmutig legte er die Zeitschrift weg. Er fand, dass Isa mit ihrem Talent etwas Besseres hätte anfangen sollen, auch wenn er nicht genau wusste, was. Can leerte sein Bier, dann ging er in sein Zimmer, legte sich aufs Bett und schlief ein.

Mitten in der Nacht fuhr er hoch. Er hatte von dem Bulgarenhaus am Schlachthof geträumt. Die Fassade des Gebäudes hatte unter tief liegenden Winterwolken drohend über ihm aufgeragt. Im Hintergrund hatten Elstern gekrächzt. Mehr war nicht passiert. Trotzdem hatte Can seit Jahren kein Albtraum mehr so erschreckt.

Er sah auf seinen Wecker. Kurz nach drei. Can stand auf, um sich ein Glas Wasser zu holen. Aus der Küche drang schwaches Licht. Isa saß regungslos vornüber gesunken am Küchentisch. Ihr Kopf lag auf der Tischplatte. Can spürte, wie seine Kehle trocken wurde. Dann sah er, dass sich Isas Rücken ruhig hob und senkte. Sie war einfach nur am Tisch eingeschlafen. Als er sie sachte am Arm berührte, zuckte sie zusammen. Im diffusen Nachtlicht wirkte ihr Gesicht verquollen, als hätte sie geweint. Die groben Kerben und Schnitte in der Tischplatte hatten sich in ihre Wange eingeprägt wie tiefe Narben. Sie starrte ihn mit weit aufgerissenen Augen an.

»Was ist? Was willst du?«

»Ssschhh, alles gut. Du bist eingeschlafen. Ich bring dich ins Bett.«

Can half ihr auf und führte sie in ihr Schlafzimmer. Isa legte sich aufs Bett, er zog ihr die Schuhe aus und deckte sie behutsam mit dem alten Leinenlaken zu, das sie seit Jahren als Sommerdecke benutzte. Obwohl Isa so groß war, wirkte sie plötzlich zerbrechlich.

Can hatte sich schon zum Gehen gewandt, als sie flüsterte: »Leg dich zu mir. Bitte, Can. Nur bis ich eingeschlafen bin, ja?«

Er zögerte einen Moment, dann glitt er neben sie unter die Decke. Das Leinen war kühl auf seiner Haut. Isa griff nach seinem Handgelenk und schlief sofort ein. Can lag angespannt neben ihr. Er sehnte sich nach Schlaf, aber es war besser, wenn er am Morgen nicht in Isas Bett aufwachte. Immer wieder durchzuckte ihn die Erinnerung an den Traum von der Hausfassade. Er wusste, dass er das

Bild genau so schon einmal im wirklichen Leben gesehen hatte, aber er konnte sich nicht erinnern, wann. Lange lag er wach und hörte auf Isas ruhigen Atem.

Irgendwann kam Lilith hereingetapert, sprang mit einem schweren Satz aufs Bett, rollte sich am Fußende zusammen und begann kurz darauf röchelnd zu schnarchen. Isa murmelte etwas im Schlaf und ließ Cans Handgelenk los. Er stand vorsichtig auf und ging zurück in sein Zimmer. Der Wecker zeigte kurz nach halb fünf. Can legte sich aufs Bett, schaltete den Fernseher ein, drehte den Ton ab und nickte kurz darauf weg.

2

Anderthalb Stunden später riss ihn der Wecker aus dem Schlaf. Can duschte und machte sich einen Kaffee. Auf dem Tisch lag die neueste Ausgabe des *Kölnischen Morgen*. Isa musste sie in der Nacht mitgebracht haben. »Doppelmord am Schrottstrich« sprang ihn von der Titelseite an. Simone hatte gute Arbeit geleistet: Der Artikel deutete zwar einen sexuellen Hintergrund der Tat an, verschwieg aber, wie die Männer umgekommen waren. Can legte das Blatt zur Seite. Er kippte seinen inzwischen lauwarmen Espresso herunter und machte sich auf den Weg zur Arbeit. Über Nacht hatte es kaum abgekühlt, der Himmel war milchig-weiß, und die Menschen auf der Straße bewegten sich träge wie unter feuchten Lappen.

Um kurz nach sieben war Can im Büro. Zwanzig Minuten später saß er mit Simone, Aldenhoven und Terzuolo in der Einsatzbesprechung.

In der Gerichtsmedizin waren zwei Mitarbeiter ausgefallen, mit den Obduktionsergebnissen war daher erst am nächsten Tag zu rechnen. Die Identität der Toten war weiterhin ungeklärt. Terzuolo und Aldenhoven hatten die Fotos und Fingerabdrücke der Ermordeten an die Kollegen in den anderen Dezernaten und ans LKA gegeben – bislang ergebnislos. Die Rückmeldung vom BKA und von Europol stand ebenfalls noch aus. Auch auf das Amtshilfeersuchen bei der Polizei in Plovdiv hatten sie noch keine Reaktion. Ihr einziger Ansatzpunkt war, dass die Männer am Wertstoffhof die Ermordeten gekannt hatten. Allerdings wusste sie nicht, wo sich die Müllstricher seit gestern aufhielten. Sie konnten nur darauf hoffen, dass sich Jossif

Babatov, der Junge, dem Can seine Karte zugesteckt hatte, melden würde – und selbst dann war die Frage, wie viel seine Aussage wert sein würde.

Sie einigten sich darauf, dass Terzuolo und Aldenhoven im Präsidium die Stellung halten würden, während Can und Simone weiter auf der Straße ermittelten.

Um kurz nach acht fuhren sie los. Can hatte eine Liste mit den Kölner Übergangswohnheimen für Asylbewerber auf dem Schoß.

»Wo fangen wir an?«, fragte Simone. »Silo-Ranch?«

»Der Asylantenbunker in Nippes? Der ist schon seit zwei Jahren geräumt.«

»War auch Zeit.«

Anfang der siebziger Jahre hatte die Stadt einen zwölfstöckigen Stahlbetonkasten mit Sozialwohnungen direkt neben der Nippeser Hochbahntrasse hochziehen lassen. Weil in dem Haus niemand freiwillig wohnen wollte, waren die Behörden dazu übergegangen, dort einen Teil des menschlichen Treibguts zwischenzulagern, das auf der Suche nach Asyl in Köln anlandete. In den schlimmsten Zeiten waren rund fünfhundert Menschen in dem Haus einquartiert gewesen. Viele von ihnen kamen aus Bürgerkriegsgebieten, Gewalt hatte ihren Alltag schon lange vor der Kasernierung in dem völlig überfüllten Heim bestimmt. Can und seine Kollegen waren damals fast täglich vor Ort gewesen. Wenn sie in das Gebäude reinmussten, dann nur mit kugelsicheren Westen.

»Was ist mit den Leuten, die dort untergebracht waren?«, fragte Simone.

»Abgeschoben. Oder auf andere Heime verteilt.«

»Haben sie das Ding danach wenigstens endlich gesprengt?«

»An einen Investor abgestoßen. Der hübscht den Bau gerade auf und will die Wohnungen dann ganz normal vermieten.«

»Wer soll da wohnen? Der Kasten hat doch noch nie funktioniert.«

»Hartz IV geht immer. Das neue Bezirksrathaus ist ja jetzt auch gleich vor der Tür, da haben es die Leute dann nicht so weit zum Jobcenter.«

Simone trat scharf auf die Bremse, um nicht mit dem Mercedes eines Jungtürken zusammenzustoßen, der ihnen nahezu mittig auf der Straße entgegenkam.

»Scheißausländischermitbürger«, murmelte sie.

Eine Viertelstunde später fuhren sie vor einem Übergangsheim in Niehl vor. Die Fassade der dreistöckigen Flachdachbauten aus den sechziger Jahren war frisch gestrichen.

»Sieht doch ganz ordentlich aus«, meinte Can. »Hast du mit dem Leiter einen Termin ausgemacht?«

»Der ist auf einer Fortbildung. Wir sollen da ohne ihn rein« Simone hielt Can die Tür zu einem der Häuser auf.

Neonlicht flackerte auf dem Gang. Der Boden war grün gestrichen, Glassplitter hatten sich in den klebrigen Lack gefressen und knirschten unter ihren Schuhen. Der Putz bröckelte von den Wänden. Es roch nach Schimmel und Scheiße. Aus den oberen Stockwerken hörte man Kindergeschrei und laute Unterhaltungen. Überall schienen Fernseher zu laufen. Auf ihrem Korridor hingegen, war es merkwürdig still. Kein Mensch war auf dem Gang zu sehen. Simone klopfte an einer Zimmertür. Niemand machte auf. Auch hinter den nächsten drei Türen tat sich nichts.

»Die sitzen garantiert da drinnen und halten die Luft an.« Simone schlug frustriert mit der Faust gegen eine Wand.

Bei der nächsten Tür hatten sie Glück. Ein stämmiger Mann öffnete ihnen. Etwas kleiner als Can, ungefähr Mitte vierzig, das dichte schwarze Haar und der Schnurrbart von silbrigen Fäden durchzogen. Der Mann trug dunkle Hosen, ein hellblaues T-Shirt und eine Trainingsjacke. Hinter ihm standen eine schmale Frau und zwei kleine Mädchen. Simone zeigte ihre Polizeimarke. Der Mann bat sie herein. Das Zimmer war vielleicht fünfzehn Quadratmeter groß und schien nur aus Betten zu bestehen. Kein Tisch, keine Stühle, dafür ein sorgfältig drapierter Wolkenstore vor dem Fenster. Alles war blitzsauber.

Simone zeigte dem Mann die Fotos der beiden Ermordeten.

»Kennen Sie diese Männer?«

Der Mann sah sie verständnislos an.

»Wo kommen Sie her?«, fragte Simone. »Serbien? Bosnien?«

»Makedonia«, sagte der Mann.

Can stöhnte innerlich auf. Trotzdem machte er den Versuch und fragte den Mann auf Türkisch, ob er die Ermordeten kannte. Zu seinem Erstaunen verstand ihn der andere. Er sah sich die Fotos lange an. Dann schüttelte er den Kopf.

»Kenne ich nicht. Was ist mit ihnen?«, fragte er.

»Sie sind tot. Umgebracht. Wir suchen die Mörder.«

Der Mann schwieg. Die Kinder drängten sich enger an ihre Mutter. Es war still in dem Zimmer. Aus dem Augenwinkel nahm Can eine fast unmerkliche Bewegung wahr: Eine Kakerlake huschte geschäftig über den sorgfältig gefegten Boden. Die Frau folgte seinem Blick, sah das Ungeziefer und errötete.

In das Schweigen hinein sagte der Mann: »Wir sind ordentliche Menschen. Ich will arbeiten. Ich muss Geld verdienen. So können wir nicht leben. Helfen Sie uns. Bitte. Ich weiß nicht mehr weiter.«

Can senkte den Blick. »Ich kann nichts für Sie tun. Tut mir leid.« Er drehte sich um, signalisierte Simone, ihm zu folgen, und verließ das Zimmer.

»Was wollte der von dir?«, fragte Simone, als sie draußen waren.

»Was Wirtschaftsflüchtlinge aus sicheren Drittstaaten eben so wollen – Bleiberecht. Arbeit. Ordentlichen Lohn. Eine Wohnung. Ein ganz normales Leben halt.« Can klopfte an die nächste Tür. Keine Reaktion.

Anderthalb Stunden später waren sie mit dem Haus durch. Manche Bewohner hatten ihnen aufgemacht, einige sogar etwas gesagt. Erfahren hatten Can und Simone nichts.

Sie fuhren zur nächsten Flüchtlingsunterkunft und dann zur nächsten. Als sie gegen vier ins Präsidium zurückkamen, waren sie nicht weiter als am Morgen. Can fühlte sich schmutzig. Sein T-Shirt war durchgeschwitzt, und er hatte das Gefühl, dass der Geruch nach

Essen, feuchter Wäsche und Desinfektionsmitteln aus den Heimen noch in seinen Klamotten hing.

Simone musste mit Claudia zum Jugendamt, um etwas wegen des Adoptionsantrags zu klären. Terzuolo und Aldenhoven saßen an ihren Rechnern. Auch sie waren nicht weitergekommen. Can ging in sein Büro und hackte den Tagesbericht herunter.

Später stand er am Fenster und starrte nach draußen. Die Stadt wollte auf dem Brachland hinter dem Präsidium eine Musical-Halle bauen, kam aber mit der Finanzierung nicht voran. In der Zwischenzeit verwilderte das Gelände. ›Auch okay‹, dachte Can und beobachtet zwei Elstern, die träge an einem toten Kaninchen herumzerrten.

Plötzlich hatte er den Albtraum der vergangenen Nacht wieder vor Augen, und mit einem Mal wusste er auch, wann sich die Szene aus seinem Traum in sein Gedächtnis eingebrannt hatte. Es war an dem Tag gewesen, an dem sich Marie von ihm getrennt hatte.

Das war jetzt fünf Monate her.

Ohne zu überlegen, griff er zum Telefon und wählte Maries Büronummer.

»Interkultureller Dienst, Hambach!«, raunzte eine Frauenstimme.

Marie war das nicht. Wie auch.

»Hallo?«, fragte die Frau.

Can legte auf. Er setzte sich an den Schreibtisch, loggte sich in die Zentraldatei für Tötungsdelikte ein und gab Maries Daten ein. »Keine Zugriffsberechtigung«, poppte auf dem Bildschirm auf. Can ließ sich in seinem Bürostuhl zurücksinken. Warum sollte sich etwas an seiner Autorisierung geändert haben? Und was wollte er überhaupt mit der Akte? Damals, nach den Vernehmungen beim LKA, war er nach Hause gefahren und hatte versucht, die ganze Geschichte zu vergessen. Aber unter der Oberfläche waren die Fakten weiterhin ständig abrufbereit: Die Fotos von Maries zu Klump geschlagenem Körper, alle Einzelheiten aus dem Obduktionsbericht: Marie Grosbroich, vierunddreißig Jahre, wohnhaft in Ehrenfeld, Leiche am 7. April in Porz aufgefunden. Die Täter hatten Marie zusammen mit einer Katze in einen Kartoffelsack gesteckt und dann mit Knüppeln so lange darauf eingeschlagen, bis sich nichts mehr rührte. Den blutigen Sack hatten sie in einen Müllcontainer gesteckt. Dort war er den Müllwerkern aufgefallen.

Can starrte auf den Sperrvermerk auf seinem Bildschirm. Ihm war plötzlich kalt. Er loggte sich aus, gab Terzuolo und Aldenhoven Bescheid, dass er für heute Schluss machen würde, und ging hinunter zu seinem Wagen. Eine Weile saß er reglos hinterm Steuer, dann fuhr er los.

Zwanzig Minuten später stand er vor dem Roten Haus. Maries Name stand immer noch auf dem Klingelschild, zwischen dem von Louise, Bernhard, Andi, Harry und den anderen, mit denen sie ihr Haus geteilt hatte. Can hatte für ein paar Monate wie selbstverständlich dazugehört. Jetzt starrte er auf die vertrauten Namen und merkte, dass er nirgendwo klingeln mochte.

Bernhards Bäckerei war geschlossen. Betriebsferien, vermutete Can. Auch das Flügeltor der Hofeinfahrt war verriegelt, nur der Seiteneingang war offen. Can durchquerte den Hinterhof. In Harrys Bauwagen war es still. Wahrscheinlich trieb es den alten Anwalt wieder durch die Ehrenfelder Kneipen.

Geistesabwesend registrierte Can die fast mannshohen Blumen vor dem Bauwagen. Die Blüten waren weiß, rosa und tieflila. ›Cosmea‹, dachte er. Seine Mutter hatte diese Blumen geliebt. Er fühlte einen Stich im Herzen. Dann ging er zu Andis Werkstatt, immer der Musik nach, durch die schwere, flächendeckend mit Antifa-Stickern beklebte Tür, rein in die Werkstatt.

Andi stand vor der Druckerpresse, mit dem Rücken zu Can, die blonden Dreadlocks im Nacken zusammengebunden. Über ihm hing einer seiner Siebdrucke, die er auf alternativen Festivals vertickte. Ein Polizist drosch mit einem Schlagstock auf einen am Boden liegenden Mann ein. In kruder Typo darunter: *Fuck the Police!* Can hatte sich immer gut mit Andi verstanden. Darüber, dass er Polizist war, hatten sie nie gesprochen.

Ferdi entdeckte Can als Erster.

»Can! Papa, schau mal, Can ist da!«

Andi zuckte zusammen, dann drehte er sich um. Die Gläser seiner Hornbrille waren so dick, dass die Augen dahinter nur verschwommen zu erkennen waren. »Geh zu Louise, Ferdi«, sagte er zu dem Jungen.

»Was willst du«, fragte er Can, als Ferdi weg war.

»Über Marie reden«, sagte Can.

»Du willst über Marie reden?« Andi baute sich vor ihm auf und musterte ihn drohend. »Du meldest dich monatelang nicht, und dann kommst du mal eben so vorbei und willst über Marie reden? Du bist doch ein totales Arschloch!« Unvermittelt stieß er Can vor die Brust. Can machte einen Schritt nach hinten, er strauchelte und prallte mit dem Kopf gegen die Werkstatttür.

»Hau ab!«, zischte Andi. »Deine Leute haben hier alles kaputt gemacht. Du kannst hier nicht einfach so reinschneien und tun, als wäre nichts passiert.«

Can hielt sich an der Tür fest. Ihm war übel, er hatte Schwierigkeiten, Andi zu fixieren.

»Was ist?«, fragte Andi. »Hast du nicht kapiert, was ich sage? Verpiss dich. Hier ist bullenfreie Zone.«

Can nickte. Er drehte sich um und zog die Tür hinter sich zu. Dann ging er über den Hof zurück auf die Straße. Erst nach mehreren Anläufen brachte er das Wagenschloss auf. Er ließ sich in den Sitz fallen und schloss die Augen. Minutenlang hatte er das Gefühl, dass sich alles drehte. Can lehnte sich zurück und wartete, bis sich der Schwindel gelegt hatte. Dann fuhr er nach Hause.

In der Wohnung war es dunkel. Isa saß vermutlich noch in einer ihrer Redaktionskonferenzen. Can ging ins Bad und stellte sich unter die Dusche. Knapp über dem rechten Ohr, dort, wo er mit dem Kopf gegen die Werkstatttür gestoßen war, konnte er eine zentimeterlange harte Beule ertasten. Er nahm eine Ibuprofen und setzte sich mit einem Bier in die Küche. Wie üblich hatte Isa die Zeitung aufgeschlagen auf dem Tisch liegen lassen.

Das Foto von Christof Nolden war auf der Titelseite des Wirtschaftsteils. Der Bauunternehmer musste jetzt Mitte fünfzig sein. Sein kurz getrimmtes Haar war grau geworden, aber er war immer noch drahtig und das schmale Gesicht mit den wachen blauen Augen wirkte jungenhaft charmant. Auf dem Foto saß Nolden entspannt auf einem Designersofa aus den Sechzigern. Er trug eine schlichte schwarze Tuchhose und ein hellblaues Hemd. Die Qualität des Stoffs war selbst auf dem Foto zu erkennen.

»Rote Karte für den Klüngel« hatte die Zeitung getitelt. Can nahm einen Schluck Bier und begann zu lesen. Christof Nolden stammte aus einer Kölner Beamtendynastie. Nach dem Abitur an einer Jesuitenschule in Bad Godesberg war er für den höheren Dienst vorgesehen gewesen. Aber der junge Rebell hatte mit der Familientradition gebrochen. Er hatte in München Architektur studiert, einen MBA in Harvard drangehängt und danach in London bei einem internationalen Baukonzern gearbeitet. 1989 hatte er sich mit hunderttausend D-Mark Startkapital selbstständig gemacht, in Ostdeutschland investiert und damit die Grundlage für sein mittlerweile dreistelliges Millionenvermögen gelegt.

Der Artikel listete Noldens bekannteste Projekte auf: den spektakulären Neubau des Kronen-Theaters in Dresden, die Museumshalle Mandelbrot in Leipzig, die Sanierung einer Plattenbausiedlung in Magdeburg und – aktuell – die geplante umfassende Erneuerung der Dortmunder Nordstadt.

Noldens Engagement für junge, innovative Architekten wurde in dem Artikel ebenso erwähnt wie seine exquisite Kunstsammlung und die Tatsache, dass der Unternehmer zum Entspannen am Wochenende an seinem alten Citroën schraubte, den er seit dem Abitur fuhr. Nachhaltigkeit war Noldens zentrales Anliegen, seitdem er mit seiner Frau Maheesha, einer indisch-afrikanischen Konzeptkünstlerin, Nigeria bereist und dort die verheerenden Umweltschäden durch die Ölindustrie gesehen hatte. Nicht zuletzt deshalb, wurden im Stellwerk-Stadion nur die modernsten Energietechnologien eingesetzt.

Überhaupt das Stadion: Mit dem von ihm finanzierten Millionenprojekt erfüllte sich Christof Nolden einen Herzenswunsch. Schon als Zwölfjähriger war er bei jedem Spiel der Stellwerker gewesen. Das alte Stadion im proletarischen Nippes war die Wahlheimat des Jungen aus dem feinen Marienburg gewesen. Josef Pütz, den knarzigen Manager des Vereins, hatte der halbwüchsige Nolden als Vaterfigur verehrt. Selbst während des Studiums und später, in England, hatte Nolden den Stellwerkern die Treue gehalten und war so oft wie möglich zu den Spielen geflogen. Als der Verein nach dem Tod von Pütz ins Trudeln geraten war und in die Fänge dubioser Geschäftemacher zu fallen drohte, hatte Nolden für eine Neuordnung der Vereinsfinanzen gesorgt und die Idee für den Stadionneubau entwickelt. Mit Terence Harriss hatte er einen Architekten für das Projekt gewonnen, der genauso fußballverrückt war wie er selbst. Beide waren sich einig gewesen, dass sie ein Stadion nur für Fans bauen wollten, ohne VIP-Lounge, ohne Merchandising. Der Neubau sollte Ehrlichkeit in den Fußball zurückbringen. Das Stadion sollte ein Zeichen gegen den Kommerz setzen, der sich im Fußball breit gemacht hatte wie Krebs.

Nach seinem Verhältnis zum Kölner Klüngel befragt, erklärte Nolden, das Kölsche »Man kennt sich, man hilft sich« sei für ihn gleichbedeutend mit dem Mittelmaß und dem geistigen Stillstand, die er in seinem Elternhaus zu hassen gelernt hatte. »Qualität setzt sich auch ohne Netzwerken durch«, sagte Nolden und erzählte von den Retreats, die er zu Beginn jedes Projekts für alle Mitarbeiter organisierte. »Ich will, dass selbst unsere Putzfrau weiß, woran wir arbeiten. Für mich hat das etwas mit Wertschätzung zu tun. Die Menschen sind unser wichtigstes Betriebskapital.«

Der Artikel kam zu dem Schluss, Köln habe, nach all den Jahren, in denen stiernackige Maurerpoliere und verarmte ostpreußische Junker mit Herrenreitermanieren in der Domstadt das Sagen gehabt hatten, mit Christof Nolden endlich wieder einen echten Hoffnungsträger gefunden.

Can legte die Zeitung sorgfältig zusammen und warf sie ins Altpapier. Seine Kopfschmerzen wurden wieder heftiger. Er warf noch zwei Ibus ein. Dann ging er in sein Zimmer und legte sich hin.

Er dachte über den Zeitungsartikel nach. Mitte der Neunziger hatte Isa eine Zeit lang als persönliche Assistentin für Nolden gearbeitet. Dann war sie krank geworden und über Wochen ausgefallen. Nolden hatte sich absolut korrekt verhalten: Isa hatte die Kündigung genau einen Tag nach Ablauf der gesetzlichen Schutzfrist bekommen. Can drehte sich auf die Seite und schlief ein.

Zwei Stunden später war er wieder wach. Er hatte stechende Kopfschmerzen und ihm war übel. Seine Gedanken wanderten zu Andi und von dort zu Marie, und mit einem Schlag war alles wieder da.

Er hatte Isa zu einer Halloween-Party in der luxuriösen Wohnung von Bekannten in Klettenberg begleitet. Als sie ankamen, wurde Isa sofort von irgendwelchen Leuten in eine Unterhaltung verwickelt. Can ging sich ein Bier holen.

»Euer Gutmenschentum kotzt mich an!«, sagte eine Frau in dem Moment, in dem er in die Küche kam. Sie drehte sich jäh um und stieß mit ihm zusammen. Der Inhalt ihres Rotweinglases ergoss sich über sein Jackett.

»Scheiße, Mann. Tut mir leid.«

Die Frau stand erschrocken vor ihm. Kleiner als er, mandelförmige braune, Augen, Kirschmund, tiefroter Lippenstift, Himmelfahrtsnase mit einem Ring im linken Nasenflügel, Sommersprossen, die dunklen Haare in zwei stramme Zöpfe geflochten, rotes Kopftuch, üppige Brüste unter einem locker sitzenden schwarzen Kapuzenpulli, dazu Zimmermannshosen und grobe Schuhe. ›Nicht mein Typ‹, dachte Can. Und im nächsten Moment: ›Das gibt Ärger.‹

Die Frau hatte sich inzwischen wieder gefangen.

»Ich bin Marie. Gib mir deine Nummer, ich bezahl die Reinigung.«

»Ich heiße Can. Mach dir keinen Kopf. Das Jackett hat es eh hinter sich. Über was habt ihr gestritten?«

»Political correctness.«

»Spannend.«

»Nicht, wenn ich darüber mit Grün-ist-das-neue-Schwarz-Wählern aus Klettenberg diskutieren muss.«

»Weil du aus Porz kommst und Pro Köln wählst?«

Marie lachte. »So seh ich aus. Nein, ich bin aus Ehrenfeld, und mit den Nazis habe ich nichts am Hut. Aber ich krieg Pickel, wenn irgendwelche Studienrätinnen aus ordentlich deutschen Stadtteilen von Multikulti schwärmen, und eigentlich meinen sie damit nur, dass sie ihren Parmaschinken beim charmanten Feinkost-Luigi um die Ecke kaufen. Das Geschwätz geht so was von an der Realität vorbei. Zumindest an meiner.«

»Und wie ist die so, deine Realität?«, fragte Can.

»Nur mit Alk zu ertragen. Holst du mir noch einen Wein?«

So hatte es angefangen. Can hatte ihr einen Wein besorgt, und Marie hatte ihm von ihrer Realität erzählt. Sie war Sozialpädagogin. Als Springerin arbeitete sie immer genau dort, wo es gerade brannte: Chorweiler, Kalk, Vingst, Höhenberg. Sie war Ansprechpartnerin für missbrauchte Kinder, geschlagene Frauen und suchtkranke Männer. Armut, Verwahrlosung und Gewalt waren ihr Tagesgeschäft. Meistens konnte sie kaum mehr tun, als das Elend zu verwalten, weil die Stadt immer weniger Geld für qualifizierte Sozialarbeit hatte.

»Was ist mit der Polizei?«, fragte Can.

»*The police, the police always come late – if they come at all*«, sang Marie.

Can hatte Tracy Chapman nie gemocht. »Du hast eine schöne Stimme«, sagte er und meinte es.

»Ich weiß«, sagte Marie. »Und du? Du bist doch sicher einer von diesen sensiblen Kreativen mit Geld.«

»Kann ich nicht mit dienen, sorry. Ich bin bei der Kripo.«

Maries Augen verengten sich für den Bruchteil einer Sekunde, und Can beobachtete amüsiert, wie ihr die Röte ins Gesicht stieg. Dann lachte sie hell auf und stieß mit ihm an. »Auf dein Wohl, Bulle! Ich wusste gar nicht, dass man da auch ohne großen Ariernachweis mitspielen darf. Oder gibst du bei denen nur den Quoten-

49

migranten? Und warum geht einer wie du überhaupt zur Trachten-
truppe?«

Can hätte ihr die Wahrheit sagen können. Stattdessen erzählte er
etwas von Gerechtigkeitssinn, von Teamgeist und Herausforderung.
Marie hörte zu, fragte nach, schien interessiert. Das war ihm schon
länger nicht mehr mit einer Frau passiert.

Plötzlich hatte Isa in der Tür gestanden und auf ihre Uhr gedeutet.

»Ich glaube, deine Freundin möchte gehen«, sagte Marie.

»Wir wohnen nur zusammen.«

Can signalisierte Isa, dass er noch bleiben wollte. Sie zuckte mit
den Schultern und ging.

Kurz darauf verließen Can und Marie die Party, auf der sie beide
nicht richtig dazugehörten, und versackten danach in einer Autono-
men-Kneipe in Neuehrenfeld. Erst als der Wirt um halb fünf die
Stühle hochstellte, nahm Marie Can mit zu sich ins Rote Haus. Das
bunt bemalte alte Bauernbett, in dem sie sich liebten, stand inmitten von üppigen Zimmerpflanzen und Bergen von Büchern. Zwei
Katzen glitten lautlos durch den Raum. Das Letzte, was Can wahrnahm, bevor er einschlief, war der Duft von frisch gebackenem Brot,
der aus der Bäckerei im Erdgeschoss in Maries Wohnung zog.

Stunden später riss ihn eine Kinderstimme aus dem Schlaf. »Auf-
stehen, Marie! Du sollst kochen! Ich hab Hunger!«

Can schlug die Augen auf. Vor dem Bett stand ein etwa fünfjäh-
riger Junge mit weißblondem Haar in einem Stellwerk-T-Shirt. Marie lachte, als sie Cans Gesicht sah.

»Das ist Ferdi, mein Patensohn. Sein Vater wohnt unten im Hof.
Am Sonntag essen wir immer alle zusammen. Ich bin mit Kochen
dran. Hilfst du mir?«

Eine halbe Stunde später stand Can frisch geduscht in der großen
Gemeinschaftsküche und hackte Nüsse für den vegetarischen Sonn-
tagsbraten, während Marie ihm vom Roten Haus erzählte und wie sie
dazu gekommen war.

Ihr Vater, ein Immobilienmakler, hatte Maries Mutter knapp nach
ihrem siebzehnten Geburtstag geschwängert. Er war gerade noch so

anständig gewesen, sie zu heiraten, hatte danach aber keine Gelegenheit ausgelassen, seine Frau zu betrügen. Maries Mutter hatte mit dem Trinken angefangen und sich zu Tode gesoffen, noch bevor ihre Tochter in die Schule kam. Maries Vater hatte das Kind bei seiner Tante abgegeben und sich dann aus dem Staub gemacht.

Elisabeth Grosbroich war Mitte sechzig, als Marie zu ihr kam. Sie stammte aus einer der großen alten Kölner Familien, hatte aber schon früh gegen alles Bürgerliche aufbegehrt und den Statthalter einer Ehrenfelder Bäckersdynastie geheiratet, den sie aus dem sozialistischen Ruderclub kannte. Die Verbindung war kinderlos geblieben, und vielleicht hatte die Tante nach dem Tod ihres Mannes deshalb ihr Haus, einen Gründerzeitbau aus rotem Backstein, als Anlaufstelle für alle möglichen Gestrauchelten geöffnet, die dort Obdach fanden, ohne dass Lisbeth Grosbroich darum großes Gewese machte. »Et rude Huus« – »das rote Haus« – wurde ihr Haus im Viertel genannt, und »Rot« bezog sich dabei nicht nur auf die Farbe der Fassade.

Marie hatte im Roten Haus zum ersten Mal im Leben so etwas wie geordnete Verhältnisse kennengelernt. Dass sie nach der Grundschule auf das Ursulinengymnasium kam und gute Noten nach Hause zu bringen hatte, verstand sich von selbst. Als sie mit fünfzehn in die Hausbesetzer-Szene einstieg, hatte es harte Auseinandersetzungen mit der Tante gegeben, aber irgendwie waren sie da durchgekommen. Wäre es nach Lisbeth Grosbroich gegangen, hätte Marie nach dem Abitur Jura oder Medizin studiert. Stattdessen hatte sie sich für Sozialpädagogik entschieden, und das war auch okay gewesen.

Marie war vierundzwanzig, als die Tante starb. Von ihrem Vater hatte sie seit Jahren nichts mehr gehört. Der Einzige aus der Familie, zu dem sie noch Kontakt hatte, war ihr Großonkel Hans. Der Bruder von Lisbeth Grosbroich war Steuerberater und Wirtschaftsprüfer und verwaltete das Vermögen, das Marie zusammen mit dem Roten Haus von der Tante geerbt hatte. Alle paar Wochen lud Hans Grosbroich seine Nichte zum Mittagessen ein, um mit ihr über ihr Leben und über ihre Finanzen zu sprechen. Marie mochte ihn nicht sonderlich.

Weil das Rote Haus für sie allein zu groß war, hatte Marie ein paar Freunde eingeladen, mit ihr zusammenzuwohnen. Jeder hatte seine eigene Wohnung, für die er nur so viel zahlte, wie er sich leisten konnte. Bernhard, ein alter Freund von Marie, hatte im Erdgeschoss eine Biobäckerei aufgemacht. Seine Frau Louise schrieb an ihrer Doktorarbeit, die Dachwohnung war an Louises Doktorvater vermietet, der für seinen Lehrauftrag an der Kölner Uni zweimal im Monat aus Berlin einflog. In der Wohnung darunter wohnte Birgit, die als Sekretärin für eine Hausverwaltung arbeitete. Unten im Hof hatte Andi seine Druckerei, und in dem Bauwagen lebte Bernhards Onkel Harry, ein ehemals erfolgreicher Anwalt für IT- und Internetrecht. Seit einem Burn-out vor einigen Jahren praktizierte Harry nicht mehr und lief seitdem ruhelos die Straßen und Kneipen des Veedels ab. Der einzige Fixpunkt in seinem Leben war der Veedels-Tanztee jeden Sonntagnachmittag in der Gemeinschaftsküche, bei dem er die Platten auflegte. Dieser Rentnerschwoof gehörte ebenso zum festen Programm im Roten Haus wie die regelmäßige Soliküche für die Obdachlosen und Hartz-IV-Empfänger aus dem Viertel.

»Ich dachte, Gutmenschentum kotzt dich an?«, sagte Can, als Marie fertig erzählt hatte.

»Nur bei anderen.« Sie bückte sich, um die Auflaufform in den Ofen zu schieben, und lachte Can von unten herauf an.

Exakt in diesem Moment hatte er sein Herz an sie verloren.

Can war zum Essen geblieben und zum Tanztee und zu allem, was danach kam. In seine eigene Wohnung war er erst zwei Tage später zurückgekehrt, und das nur, um sich frische Wäsche zu holen. Isa hatte in der Küche gesessen und Zeitung gelesen.

»Dich scheint's ja erwischt zu haben«, hatte sie gesagt und ihn dabei durch den Rauch ihrer Zigarette forschend angesehen. Er hatte die Frage bejaht und gemacht, dass er wegkam. Erst auf halbem Weg nach Ehrenfeld war ihm aufgefallen, dass er Isa seit fast fünfzehn Jahren nicht mehr mit einer Kippe gesehen hatte.

In den kommenden Wochen hatte Can jede freie Minute mit Marie verbracht. Silvester hatte er im Roten Haus gefeiert, felsenfest davon überzeugt, dass er das ab jetzt jedes Jahr für den Rest seines Lebens tun würde. Dass sich Marie kurz nach Karneval Knall auf Fall von ihm trennen würde, war damals unvorstellbar gewesen.

Can sah auf seinen Wecker. Halb drei. Er machte den Fernseher an und schaltete ihn auf stumm. Dann schlief er ein.

3

Als er um sechs aufwachte, hatte er immer noch dröhnende Kopf-schmerzen. Noch im Liegen nahm er zwei Ibuprofen, dann quälte er sich aus dem Bett und ging ins Bad. Sein Gesicht im Spiegel war grau. Ihm war schwindlig und für einen Moment musste er sich am Waschbecken festhalten. Er duschte lange, zog sich an und ging in die Küche.

Isa sah von ihrer Zeitung auf, als er hereinkam.

»Du siehst scheiße aus«, konstatierte sie.

»Nimmst du auch noch einen Kaffee?«, fragte Can

Isa nickte wortlos und las weiter. Erst als Can ihren Espresso ein-schenkte, hob sie wieder den Blick. Sie sah ihm in die Augen, stutzte, stand dann unvermittelt auf und drehte sein Gesicht ins Licht.

»Deine Pupillen sind unterschiedlich groß.«

»Kopfschmerzen.«

»Geh endlich zum Arzt.«

»Ja, Mutti.«

Isa wandte sich wieder dem Wirtschaftsteil zu. Can griff sich das Feuilleton. Beim Versuch, eine Filmkritik zu lesen, flimmerte die Schrift vor seinen Augen. Er legte die Zeitung weg, drehte sich eine erste Zigarette und machte sich dann auf den Weg ins Präsidium. Isa blickte nur flüchtig hoch, als er ging.

Um Viertel nach sieben war er im Büro.

»Geht's dir nicht gut?«, fragte Simone, als er bei ihr reinschaute. Ohne seine Antwort abzuwarten, zeigte sie auf einen Stapel Zeugenaufrufe mit den Fotos der Toten und Text auf Deutsch, Türkisch, Bulgarisch und Rumänisch. »Die haben es in der Druckerei tatsächlich mal geschafft, die Aufrufe sofort fertig zu machen und nicht erst in drei Wochen. Ich hab einen Packen an die Kollegen bei den Eigentumsdelikten weitergegeben. Vielleicht kennt ja bei deren Kundschaft irgendeiner unsere beiden Jungs. Jetzt brauchen wir nur noch jemand, der die Zettel in der ganzen Stadt aufhängt. Wir brauchen überhaupt mehr Leute. Ich werde nachher in der Großen Lage noch mal versuchen, zwei zusätzliche türkischsprachige Ermittler zu beantragen. Erdal kommt heute aus dem Urlaub zurück, und dann hätte ich gern auch noch Murat von der OK. Was hältst du davon?«

»Für mich okay.« Can war schon auf dem Weg in sein Büro.

Während der Rechner hochfuhr, stand er am Fenster und sah nach draußen. Das Brachland vor dem Präsidium lag verlassen, selbst die Elstern vom Vortag waren verschwunden. Es hatte immer noch nicht geregnet, und der milchige Himmel kündigte einen weiteren drückend heißen Tag an. Das Licht blendete Can. Wieder stieg Schwindel in ihm auf. Er legte sich eine Hand vor das rechte Auge und massierte sich den Nacken.

Dann griff er nach seinem Handy und rief Heiko Wichering an. Wichering war mit ihm auf der Polizeischule gewesen, sie hatten sich gut verstanden und trafen sich immer noch alle paar Monate auf ein Bier. Wichering war inzwischen beim LKA in Düsseldorf, zwar nur bei der Arbeitsgruppe »Intensivtäter Gewalt und Sport«, aber LKA war LKA.

Wichering war nach dem ersten Klingeln dran. »Der Herr Arat. Lange nichts gehört. Alles okay?«.

»War schon besser«, sagte Can.

»Warum rufst du an?«

»Ich will die Akte.«

»Vergiss es.«

»Hab ich jetzt fünf Monate versucht. Funktioniert nicht.«

»Das hatten wir doch alles schon, Can. Ich verlier meinen Job, wenn ich das mache.«

»No risk, no fun.«

»Klar. Und Punk rock is not dead.«

»Also ja?

»Fick dich, Can.«

Sie verabredeten sich für den Abend in einem Brauhaus in Nippes. Can legte auf und ging zur Einsatzbesprechung.

Simone teilte die Arbeit für den Tag zu. Sie selbst musste bis zum Nachmittag noch den Bericht für die monatliche Große Lage schreiben. Terzuolo und Aldenhoven würden noch einmal beim BKA, bei Europol und in Plovdiv nachhaken und ansonsten weiter die Straftäterdatenbank durchgehen. Can sollte währenddessen die einschlägigen Bulgaren-Bars, Internet-Cafés und Spielhallen abarbeiten.

Can griff sich einen Packen Zeugenaufrufe und die Adressliste, die Aldenhoven für ihn vorbereitet hatte, und machte sich auf den Weg.

Eine Viertelstunde später saß er in einer Bulgaren-Bar auf der Kalker Hauptstraße. Die Fenster waren mit Sichtschutzfolie abgeklebt. Drinnen war es schummrig. Die Hauptbeleuchtung kam von dem grünen Lichtschlauch, der mit Kabelbindern am Tresen befestigt war. Die Kellnerin war schmal, hochgewachsen und tief dekolletiert. Als Can den Blick hob, war er erschreckt von der Härte in ihren Augen. Er bestellte Frühstück, dann sah er sich um. Die Einrichtung stammte noch aus der Zeit, als der Laden eine rustikale Kölsch-Kneipe gewesen war. Über den klobigen Tischen aus Eichenfurnier hingen Wagenradlampen mit Pergamentschirmen. Die neuen Pächter hatten die Wände grellorange getüncht und rundherum bis auf Augenhöhe billige Orientteppiche angetackert. Darüber waren mit Tesafilm Poster von mehr oder weniger nackten, aber immer blonden Frauen mit dicken Titten angeklebt. An die Wand über dem Tresen hatte ein sehr grobmotorischer Künstler einen Mann und eine Frau gemalt, die Hand in Hand unter einer deutschen und einer bulgarischen Flagge tanzten. Neben dem Eingang dudelten und blinkten drei Spielautomaten in regelmäßigen Abständen vor sich hin. Außer

Can waren noch zwei andere Männer in der Bar. Sie unterhielten sich angeregt, saßen aber zu weit weg, als dass er verstehen konnte, um was es ging.

Die Kellnerin brachte sein Frühstück: schwarzer süßer Kaffee in einer kleinen Kupferkanne, ein Sesamkringel, Butter, scharfe Wurst, Schafskäse und Rosenmarmelade. Danach lehnte sie hinter dem Tresen. Ihr Haar war messingfarben, am Ansatz wuchs es schwarz nach. Sie rauchte und musterte ihn unverhohlen. Can wusste, dass er sie nach den toten Männern fragen musste, aber für den Moment wollte er nur still sitzen und zusehen, wie der Staub im Sonnenlicht schwebte, das sich durch einen Spalt im schweren Türvorhang eine Bahn ins Innere der Bar brach.

Can dachte an Marie. Im Januar hatte er ihr und den anderen im Roten Haus dabei zugesehen, wie sie ihre Karnevalskostüme bastelten. An einem Abend hatte er, der erklärte Karnevalshasser, sich sogar breitschlagen lassen, mit Marie auf eine Party in der Südstadt zu gehen. Der Hausbesetzer-Laden hatte seine besten Zeiten lange hinter sich gehabt. Die meisten Gäste waren mit der Wirtin grau geworden. Marie war in ihrem Frida-Kahlo-Kostüm, inklusive angeklebtem Schnäuzer, die Jüngste und Hübscheste gewesen, und Can hatte in seiner Piratenverkleidung etwas unbeholfen daneben gestanden.

Hatte an diesem Abend die Entfremdung begonnen, oder schon früher? Sicher lag Cans wachsende innere Entfernung von Marie nicht an erotischer Sättigung. Im Gegenteil, je weniger er Marie verstand, desto aufreizender schien sie ihm. Aber egal, wie verzweifelt er versuchte, sich darüber hinwegzuvögeln, er konnte nichts daran ändern, dass Marie andere Bücher las, andere Musik hörte und andere Menschen und Dinge mochte als er. In den ersten Wochen hatte ihm das nichts ausgemacht. Danach hatte Can ein paar Mal versucht, Marie zu erklären, warum er die Welt so sah, wie er sie sah, aber ihre Angewohnheit, ihm ins Wort zu fallen und seine Sätze für ihn zu Ende zu führen, hatte ihn mehr und mehr irritiert, und eigentlich hätte er sich ohnehin gewünscht, dass er Marie nichts erklären müsste, sondern dass sie einfach so wissen würde, um was es ging.

Immer öfter hatte er damals nach der Arbeit im Belgischen Viertel haltgemacht, um in seiner eigenen Wohnung an dem schartigen alten Küchentisch zu sitzen, Espresso zu trinken und dann wieder zu gehen. Manchmal war Isa da gewesen. Sie hatten nie viel miteinander geredet, und auch jetzt saßen sie oft nur gemeinsam am Tisch, rauchten schweigend und lasen Zeitung. Wenn Can danach bei Marie im Roten Haus war und sich in dem ständigen Kommen und Gehen von Mitbewohnern, Nachbarn, Besuchern, Bittstellern, Kindern, Hunden und Katzen wie ein Fremdkörper fühlte, ertappte er sich dabei, wie er sich nach der Stille seiner Wohnung und der sprachlosen Vertrautheit mit Isa sehnte.

In seinen Träumen waren diese beiden Welten nicht so scharf getrennt, und als Marie ihn am Rosenmontag fragte, ob er jemand zum Fischessen an Aschermittwoch ins Rote Haus einladen wollte, hatte er ohne nachzudenken Isa genannt.

Der Abend war der Anfang vom Ende gewesen.

Isa war nach einem Geschäftstermin in Zürich direkt vom Flughafen ins Rote Haus gekommen. Sie sah abgekämpft aus, und Can ahnte, dass sie lieber nach Hause gefahren wäre. Stattdessen saß sie einige Meter von ihm entfernt am langen Tisch zwischen Andi und Marie. Mit ihrem eleganten Hosenanzug, dem teuren Haarschnitt und den sorgfältig manikürten Händen stand sie für alles, was die Bewohner des Roten Hauses ablehnten. Andi schaufelte wortlos sein Essen in sich hinein. Marie war demonstrativ in ein Gespräch mit Louise vertieft. Nur Harry, der wirre Anwalt aus dem Hinterhof-Bauwagen, schien Isa wahrzunehmen. Er starrte sie unentwegt händeringend an und murmelte dabei leise vor sich hin. Plötzlich schlug er sich mit der Hand vor die Stirn und lachte laut auf.

»Herräng! Herräng! Herräng!«

Er sprang auf, rannte um den Tisch, riss Isa ungestüm aus ihrem Stuhl hoch und schwenkte sie im Raum herum. »Königin! Du bist die Königin! Komm, wir tanzen!«

Isa riss sich los. Dann stieß sie Harry grob von sich.

»Fass mich nicht an! Tanzen ist nicht mehr! Verstehst du? Das ist vorbei.«

Sie griff sich ihren Mantel und stürmte nach draußen. Harry stand reglos im Raum, Tränen rannen ihm über die Wangen. Marie legte den Arm um ihn und redete beruhigend auf ihn ein.

»Schau dir an, was deine scheiß Yuppiebitch angerichtet hat!«, fauchte sie Can an. Die anderen musterten ihn feindselig.

Can nahm seine Jacke und lief Isa hinterher. Sie stand schwer atmend an sein Auto gelehnt. Er kämpfte den Impuls nieder, den Arm um sie zu legen. Stattdessen lehnte er sich schweigend neben sie.

»Ich wollte dir nicht den Abend versauen«, sagte Isa nach einer Weile. Ihre Stimme klang brüchig. »Der Typ hat mich einfach total erschreckt. Ich hab das nicht im Griff. Tut mir leid.«

»Mein Fehler. Ich hätte dir sagen müssen, dass Harry 'ne Schacke hat.«

Aber es ging nicht nur um Harry. Der ganze Abend war Cans Fehler gewesen, denn natürlich war ihm irgendwie klar gewesen, dass Marie und ihre Leute nicht mit Isa klarkommen würden.

»Lass uns fahren«, sagte er schließlich.

Auf der Fahrt wechselten sie kein Wort. In der Wohnung angekommen, ließ sich Isa in der Küche ein Glas Wasser ein. »Was findest du eigentlich an der?«, fragte sie mit dem Rücken zu Can.

»Wieso?«, fragte Can.

Isa drehte sich um und lehnte sich an die Spüle. Sie zündete sich eine Zigarette an, dann sah sie Can gerade in die Augen.

»Weil ich nicht verstehe, was du in der Frau siehst. Die ist so verdammt barfuß.«

»Barfuß?«

»Ach komm, du weißt genau, was ich meine. Wände in Wischtechnik, Weltmusik, Zunfthosen. Und so komplett von der eigenen Moral überzeugt. Die heilige Marie der Lichterketten! Über so was haben wir uns immer lustig gemacht, Can. Und jetzt läufst du ausgerechnet so einer Frau hinterher? Was geht da ab? Ich kapier's einfach nicht.«

Can fühlte sich durchschaut. Plötzlich verspürte er den Wunsch, es Isa mit gleicher Münze heimzuzahlen.

»Weißt du was? Deine Scheißarroganz kotzt mich an! Marie findet Wände in Wischtechnik toll? Na und? Gibt Schlimmeres. Sie steht auf Weltmusik? Was soll's. Die paar Bongos bringen mich nicht um. Wenn du's wirklich wissen willst, bei Marie ist es warm. Da ist Familie. Da sind Leute, die sich engagieren. Das ist nicht so unterkühlt wie hier. Marie ist ganz einfach nicht so verdammt verkopft wie du!«

Hinter dem Schleier aus Zigarettenrauch schienen Isas Augen mit einem Mal aschfarben.

»Nicht so verkopft?«, fragte sie. »Oder einfach nur dumm?«

Sie zuckte mit den Schultern, dann drückte sie mit einer jähen Bewegung die Zigarette aus und stand auf.

»Aber dumm fickt ja gut, hab ich mir sagen lassen.«

Sie kehrte ihm den Rücken zu und schenkte sich einen Whisky ein.

»Du widerst mich an, Isa!« Can stand auf und griff sich seine Jacke.

Isa stand vollkommen regungslos. Can starrte auf ihren Rücken, dann ging er.

Auf dem Weg zum Taxistand am Rudolfplatz dachte Can einen Moment daran, sich zu betrinken, aber es gab schon lange keine Kneipe mehr, in der er das gerne getan hätte. Er fuhr zurück nach Ehrenfeld. Marie ließ ihn in die Wohnung, bleich vor Wut. In ihrer kleinen Küche saß sie ihm mit bockigem Gesicht gegenüber.

»Was war das denn? Merkt die Frau gar nichts?«

»Harry hat sie erschreckt.«

»Harry? Erschreckt? Das sieht doch ein Kind, dass der keiner Fliege was zuleide tut.«

»Sie erträgt es halt nicht, wenn jemand sie anfasst.«

»Ach so ist das. Madame, erträgt es nicht, wenn jemand sie anfasst. Und deshalb muss ich herhalten, ja?«

61

»Was soll das denn jetzt?«

»Meinst du, ich merk nicht, wie scharf du auf sie bist? Aber die lässt dich nicht ran, also nimmst du mich.«

»Spinnt ihr jetzt beide, oder was?«

Can sprang auf und rannte aus der Wohnung. Ein paar Straßen weiter fiel er in eine Eckkneipe ein. Dort trank er konsequent, bis der Wirt um drei Uhr morgens die Lichter ausdrehte. Dann fuhr er mit dem Taxi zu seinem Freund Thomas. Thomas und er hatten sich an der Uni kennengelernt, lange bevor Can zur Bullerei gegangen war. Sie hatten gemeinsam in einem Proseminar Soziologie gesessen und schnell einen sehr ähnlichen Geschmack bei Musik, Büchern und Frauen entdeckt. Ab da hatten sie das Uni-Geschehen von der letzten Reihe aus wie einen seltsamen Film betrachtet. Thomas hatte nach fünf Semestern die Konsequenz gezogen und sein Studium für einen gut bezahlten Job bei einer Plattenfirma drangegeben. Can hatte deutlich länger für den Absprung gebraucht. Jetzt, ein Vierteljahrhundert später, war Can bei der Mordkommission. Thomas hingegen, schlug sich als Übersetzer von Underground-Literatur und Moderator einer Nachtsendung für obskure Musik aus den letzten vier Jahrhunderten durch, seitdem ihn die Plattenfirma vor ein paar Jahren mit goldenem Handschlag in die Arbeitslosigkeit entlassen hatte. In seiner Freizeit bastelte er die Architekturentwürfe von Oscar Niemeyer im Modell nach und genoss ansonsten den Eins-a-Panoramablick auf die sechsspurige Güterzugtrasse vor seinem Balkon.

Als Can nach der Trennung von Marie um halb vier morgens bei ihm vor der Tür gestanden hatte, war Thomas gerade aus dem Funkhaus zurückgekommen. Er hatte Kaffee aufgesetzt, dann hatten sie bis zum Morgengrauen in der Küche gesessen. Can hatte erzählt, Thomas hatte zugehört. Als es hell wurde, war Thomas ins Bett gegangen. Can hatte heiß geduscht und war zur Arbeit gefahren. In den folgenden Nächten hatte er auf Thomas' Sofa geschlafen.

Isa hatte nicht von sich hören lassen. Marie hatte sich an einem Samstag, zehn Tage später, gemeldet.

»Wir müssen reden. Morgen Nachmittag bei mir? Um drei?«

Can willigte ein. Natürlich willigte er ein. Er wusste, dass ihm das übliche Trennungsdrama bevorstand, aber irgendwie war er darüber fast erleichtert.

Als er am nächsten Tag am Roten Haus ankam, stand Marie schon an der Tür.

»Wir machen einen Spaziergang«, sagte sie.

Harrys Tanzteemusik wehte über den Hof. Plötzlich hatte Can das unbändige Bedürfnis, dreißig Jahre älter zu sein und den ganzen Unsinn hinter sich zu haben. Ein dicklicher Rentner, der alleine lebte und ab und zu das Tanzbein schwang.

»Können wir dann mal?«, fragte Marie.

Die nächsten drei Stunden liefen sie kreuz und quer durch Ehrenfeld. Marie zeigte ihm alle möglichen sozialen Brennpunkte, beklagte Missstände und prangerte das Desinteresse der Behörden an. Sie redete sich in Rage und hörte selbst dann nicht auf, als sie sich vor der einbrechenden Dunkelheit und der Kälte in eine Kneipe geflüchtet hatten.

»Wieso erzählst du mir diesen ganzen Scheiß?«, fragte Can in ihr Gerede hinein.

Marie starrte ihn an. Er sah, wie ihr das Blut ins Gesicht schoss.

»Das ist also für dich alles Scheiß, was ich erzähle, ja?«

»Nicht zwingend. Aber du gibst jetzt schon seit Stunden die Mutter Teresa, und dabei geht's dir um was ganz anderes. Du versteckst dich hinter dieser Betroffenheitsnummer.«

Maries Augen hatten sich verengt. »Ich verstecke mich, meinst du? Liebelein, wie wär's denn, wenn du dir mal an die eigene Nase packen würdest? Hältst du mich wirklich für so blöde, dass ich dir diese ›Isa und ich wohnen nur zusammen‹-Story abnehme? Findest du nicht, dass du mir langsam mal erklären solltest, was zwischen euch beiden wirklich abgeht?«

Can schwieg lange. »Nein, ich finde nicht, dass ich dir das erklären sollte«, sagte er schließlich.

»Na, dann.« Marie stand auf und wandte sich zum Gehen. »Ruf an, falls du's dir anders überlegst. Sonst lassen wir es besser.«

Dann war sie weg.

Der Trennungsschmerz hatte sofort eingesetzt. In den ersten Tagen hatte Can tagsüber seinen Job gemacht und sich danach so lange methodisch betrunken, bis er schlafen konnte. Nach zwei Wochen hatte Thomas ihn vor die Wahl gestellt: Entweder Can riss sich zusammen oder er würde rausfliegen. Am nächsten Tag war Can beim Amtsarzt gewesen. Der Arzt war eine Thekenbekanntschaft von früher und sorgte dafür, dass Can trotz Urlaubssperre für eine Weile rauskam.

Er war damals in die Türkei geflogen und hatte sich drei Wochen lang in einem Clubhotel am Schwarzen Meer einquartiert. Als der Anruf vom LKA kam, hatte er am Pool gelegen. Sechs Stunden später saß er in einem Vernehmungsraum in Düsseldorf. In den nächsten drei Tagen befragten ihn die Kollegen immer wieder zu Marie, stundenlang. Wie kennengelernt? Warum getrennt? Welche Gefühle nach der Trennung? Gewaltbereitschaft? Rachegedanken? Verbindungen zur organisierten Kriminalität? Can hatte alles wahrheitsgemäß beantwortet. Am Ende, als ihm seine eigenen Worte und Beschreibungen schon fremd geworden waren, hatten ihm die LKA-ler seine Aussage zur Unterschrift vorgelegt und ihn darüber aufgeklärt, dass er als Zeuge in dem Fall genauso wenig Zugriff auf die Akte haben würde wie irgendjemand sonst aus Köln. Anfragen würden nicht beantwortet. Er bekäme Bescheid, wenn es Neuigkeiten gäbe.

Can hatte das abgenickt. Es war das Standardverfahren, das routinemäßig zur Anwendung kam, wenn einer von der Truppe auch nur am Rande in einen Fall involviert war. Ihm war klar, dass es sinnlos war, sich gegen diese Regelung aufzulehnen.

Danach hatten sie ihn gehen lassen. Can war wie auf Autopilot zurück nach Köln gefahren. In den Wochen darauf hatte er jede Zusatzschicht mitgenommen, die sich anbot. Den Rest der Zeit hatte er auf seinem Bett in der alten Wohnung verbracht und die Decke angestarrt. Isa hatte seine Rückkehr in die gemeinsame Wohnung nicht kommentiert. Sie redeten ohnehin kaum noch miteinander. Vom LKA hatte er seitdem nichts mehr gehört.

»Noch einen Kaffee?«

Die Kellnerin stand vor ihm und wartete auf Antwort. Can sah sie sekundenlang verständnislos an, dann nickte er. Als die Frau mit einem dampfenden Kupferkännchen zurückkam, zeigte er ihr den Zeugenaufruf mit den Fotos der beiden Männer.

»Nie gesehen.« Sie zuckte mit den Schultern und zog sich wieder hinter den Tresen zurück.

Can kippte den Kaffee und ging mit dem Zeugenaufruf rüber zu den beiden Männern, die immer noch in ihr Gespräch vertieft waren. Natürlich kannten auch sie die Toten nicht. Can bat die Kellnerin, den Aufruf an der Tür aufzuhängen. Dann zahlte er und ging.

Die Helligkeit draußen schnitt in seine Pupillen. Stechender Schmerz durchzuckte seinen Schädel. Can legte die Hand vor sein rechtes Auge und ging langsam zum Wagen. Handyläden, 1-Euro-Shops und Dönerbuden drängten sich in den heruntergewirtschafteten Altbauten, deren bröckeliger Stuck nicht darüber hinwegtäuschen konnte, dass Kalk immer ein Arme-Leute-Viertel gewesen war.

An einer Kreuzung standen etwa zwanzig Männer. Dunkle Haare, bronzefarbene Haut, aber kleiner und schmaler als die Araber und Türken hier in der Gegend, eher wie die Schrottsammler am Wertstoffhof. Die Männer trugen Arbeitskleidung. Sie rauchten, knackten Sonnenblumenkerne und schienen auf irgendetwas zu warten.

Ein Lieferwagen bog um die Ecke und hielt vor der Gruppe. Ein großer Blonder in Handwerkerhosen stieg aus, lief die Reihe ab und zeigte dann auf fünf der Wartenden. Sie verhandelten kurz mit dem Fahrer und stiegen in den Wagen.

›Arbeitsstrich‹, dachte Can. Dann ging er zu den Männern, die der Blonde verschmäht hatte. Er sprach sie auf Türkisch an und zeigte ihnen den Zeugenaufruf. Wie immer wollte niemand die Toten gekannt haben. Noch während Can mit den Männern sprach, zogen sie sich unmerklich von ihm zurück und drückten sich um die Straßenecke, bis sie aus seinem Blickfeld verschwunden waren.

Zurück im Wagen ließ sich Can schwer auf den Fahrersitz fallen. Ihm war schon wieder übel. Er sah auf die Uhr. Es war halb elf. Er hatte zu viel Zeit in dem Bulgaren-Café verträumt. Bis Dienstschluss musste er noch knapp zwanzig Internet-Cafés und Kneipen im ganzen Stadtgebiet abfahren. Er gab mit unsicheren Fingern die nächste Adresse auf seiner Liste ins Navigationsgerät ein und fuhr los.

Vier Stunden später hatte er gerade einmal die Hälfte der Läden durch, ohne irgendwie vorangekommen zu sein. Dafür hatte er das Gefühl, seine rechte Hirnhälfte würde bald die Schädeldecke wegsprengen, außerdem klangen ihm ständig weit entfernte Martinshörner im Ohr. Can drückte drei Ibuprofen aus dem Blisterpack und würgte sie mit einem Schluck Wasser aus einer Flasche herunter, die schon seit Tagen halbvoll im Wagen herumrollte. Dann lehnte er sich im Sitz zurück und wartete darauf, dass die Wirkung der Tabletten einsetzte. Irgendwann fuhr er weiter zur nächsten Adresse auf seiner Liste. Um sechs rief er Simone an.

»Mein Tag war komplett für'n Arsch«, sagte er. »Und bei dir?«

»Die Obduktionsergebnisse sind da. Kein Hinweis, dass die Jungs Stricher waren. Dafür haben sie grobe Schwielen an den Händen und Abnutzungserscheinungen an der Wirbelsäule, beides wohl eher typisch für Bauarbeiter. Ansonsten haben wir nichts. Keine Rückmeldung vom BKA, Europol oder aus Plovdiv, keine Treffer bei den Täterdateien, keine Rückmeldung von der Ausländerbehörde.«

»Kriegen wir Verstärkung?«

»Hast du nicht mitgekriegt, was los ist?«

»Sag's mir.«

»Heute Mittag hat es eine Schießerei in einer Kurden-Kneipe in Nippes gegeben. Irgendeine Drogengeschichte mit Verfolgungsjagd und Showdown auf dem Wilhelmplatz. Da war um die Zeit noch Markt. Wir haben zwei tote Kurden und neun Verletzte. Vor allem Frauen und Kinder. Alles Deutsche. Erdal und Murat leiten die

Ermittlungen. Die haben bis auf Weiteres jeden türkischsprachigen Kollegen im Großraum Köln abgezogen. Ich habe gerade noch verhindern können, dass sie dich aus unserem Fall rausnehmen. Aber, ganz ehrlich? Nach der Nummer heute interessieren unsere toten Bulgaren sowieso niemand mehr.«

Can schwieg. »Ich habe noch drei Läden«, sagte er dann. »Die mache ich jetzt.«

Um kurz nach acht hatte er auch diese letzten Adressen ohne Ergebnis abgehakt. Nach Hause zu fahren lohnte nicht mehr. Can fuhr direkt zu dem Brauhaus, in dem er mit Heiko Wichering verabredet war. Der Laden lag um die Ecke vom Wilhelmplatz. Überall standen die Übertragungswagen vom Fernsehen. Das ganze Viertel schien unter Strom zu stehen. Im Schankraum des Brauhauses drängten sich die Leute und redeten wild aufeinander ein. Als Can sich einen Weg durch die Menge bahnte, wurde es stiller. »Scheiß Kanaken«, sagte jemand hinter ihm.

Can setzte sich in einen der weitläufigen Gasträume und bestellte ein Kölsch.

Kurz darauf kam Wichering. Durchtrainiert, erste graue Strähnen im dunklen Haar, wachsame braune Augen, D'Artagnan-Bärtchen, T-Shirt, Jeans, Schlüsselkette, GSG 9-Einsatzstiefel.

»Ganz schön grob, das mit der Schießerei«, sagte Wichering und ließ sich auf einen Stuhl fallen. »Bist du in der Mordkommission?«

»Würde ich dann hier sitzen?«, gab Can zurück.

»Auch wahr«, Wichering winkte dem Köbes.

»Hast du die Akte?«, fragte Can.

Der Köbes knallte zwei Kölsch auf den Tisch. Wichering bestellte einen Tatarhappen.

»Was wolltest du eigentlich von der Kleinen?«, fragte er, als der Köbes weg war. »Ich habe das ja nie so richtig verstanden, was zwischen Isa und dir abgeht, aber Isa ist doch eine sehr coole Frau, und ihr kennt euch ewig. Wieso fängst du auf einmal ein Fisternöllchen an? Vor allem mit so einer linken Zecke? Ich hätte nicht gedacht, dass du auf so jemanden abfährst. Du warst doch immer eher der zynische Checker.«

»Vielleicht hast du ja ein falsches Bild von mir«

»Dann stell's richtig.«

Can piddelte an seinem Bierdeckel.

»Das war wie Nachhausekommen, das mit Marie«, sagte er schließlich. »Mein Vater ist Augenarzt, meine Mutter war Kinderärztin. Sie haben sich bei Ärzte ohne Grenzen kennengelernt. Verliebt, verlobt, verheiratet, zwei Kinder. Zuerst meine Schwester Sibel, vier Jahre später dann ich. So weit alles ganz bürgerlich. Nur, dass meine Eltern, auch nachdem wir da waren, so weitergelebt haben wie vorher. Sibel und ich waren für die Hälfte des Jahres bei unseren Großeltern geparkt, während meine Eltern in irgendwelchen Krisenregionen die Welt gerettet haben. Und selbst wenn sie dann mal in Deutschland waren, hatten wir ständig Leute im Haus, um die sich meine Eltern gekümmert haben – Bürgerkriegsopfer, unbegleitete Minderjährige, gefolterte Intellektuelle. Wir hatten einen Therapie-Hund und eine Therapie-Katze, eine Zeit lang sogar einen Therapie-Esel. Die Ortsgruppe von Amnesty hat sich bei uns im Wohnzimmer getroffen. Sibel hat von dem allen so die Schnauze voll gehabt, dass sie mit achtzehn nach München gegangen ist, BWL studiert hat und jetzt im NRW-Wirtschaftsministerium arbeitet. Ihr Mann ist Jurist, blond, blauäugig und sagt ›Sybille‹ zu ihr.« Can lächelte bitter. »Ich war nie der große Rebell. Eher das Muttersöhnchen.« Er nahm einen Zug Kölsch und machte sich weiter an seinem Bierdeckel zu schaffen.»Aber dann hatte meine Mutter zwei Monate vor meinem Abitur einen Unfall«, fuhr er fort ohne hochzusehen. »Zwanzig Jahre war sie in jedem verfickten Bürgerkriegsgebiet der Welt. Nie ist was passiert. Und dann kommt sie in Jülich mit dem Fahrrad unter einen Rübenlaster. Drei Tage später hat mein Vater die Maschinen abgestellt. Ein halbes Jahr danach hat er das Haus und die Praxis verkauft und ist zurück in die Türkei. Inzwischen hat er in Istanbul eine Privatklinik und eine neue Frau, die drei Jahre jünger ist als ich.«

Can sah Wichering kurz an, dann glitt sein Blick wieder weg.

»Egal. Jedenfalls war ich damals auf einmal alleine in Jülich. Ich habe meinen Zivildienst gemacht und danach mit Freunden auf einem Bauernhof gewohnt. Mit frei laufenden Hühnern und so. Ich habe mir die Haare bunt gefärbt, in einer schlechten Band gespielt und drei Jahre lang nur gelesen – alles, was die Stadtbibliothek so hergegeben hat. Und gekifft natürlich.« Er zuckte mit den Schultern. »Kleiner Provinzpunk eben. Mein Vater hat mir regelmäßig Kohle überwiesen. Wenn das nicht gereicht hat, habe ich für ein paar Wochen in der Papiermühle angeheuert. Der Sozialtrip von meinen Eltern hat mir da nicht gefehlt. Auch später in Köln nicht. Dreißig Jahre war das null Thema für mich. Und dann läuft mir auf einer Party diese Frau über den Weg, und plötzlich war das alles wieder voll da und total vertraut und gut. Verstehst du, was ich meine?«

Can suchte Wicherings Blick. Sein Bierdeckel lag in kleinen Fetzen neben dem Glas.

»Ja. Vielleicht. Keine Ahnung.« Wichering kratzte umständlich die Zwiebeln von seinem Tatarhappen. »Was ich nicht verstehe ist, wieso du bei der ganzen Geschichte die Füße still gehalten hast. Du kannst mir doch nicht erzählen, dass du nicht kapiert hast, was für ein Risiko die da mit ihrer Dumpinglöhner-Befreiungsfront gefahren sind.«

»Was meinst du damit?«

»Komm schon, Can, verarschen kann ich mich selbst!«

»Im Ernst, ich habe keine Ahnung, wovon du redest.«

»Hier. Zur Gedächtnisauffrischung.« Wichering schob Can eine schmale Akte über den Tisch und widmete sich seinem Tatarhappen. »Du schuldest mir was, Bro.«

Can schlug die Akte auf und begann zu lesen. Nach den ersten Seiten wurde er unruhig. Wenn das stimmte, was da stand, dann hatten Marie und ihre Freunde über fast anderthalb Jahre Billiglöhnern aus Südosteuropa, die ihren Capos entkommen und ohne Geld und Papiere in Deutschland gestrandet waren, dabei geholfen, zurück zu ihren Familien zu kommen. Marie und ihr Netzwerk hatten sie zunächst in sicheren Wohnungen in Köln versteckt und zurück nach Rumänien und Bulgarien gebracht. Das Ganze war ziemlich professionell aufgezogen gewesen: Die Hausbesetzerkneipe in der Südstadt, in der Can mit Marie Karneval gefeiert hatte, war die erste Anlaufadresse für die abgetauchten Dumpinglöhner gewesen. Von dort waren sie entweder in irgendwelche Soli-Zimmer vermittelt worden oder in leerstehende Wohnungen bei der Hausverwaltung, für die Maries Mitbewohnerin Birgit arbeitete. Andi hatten die LKA-ler im Verdacht, die Papiere für die Leute gefälscht zu haben und Bernhard, der Biobäcker aus dem Roten Haus, hatte sie dann mit seinem Transporter zurück auf den Balkan gefahren, Harry, der durchgeknallte Bauwagen-Anwalt, hatte die nötige IT bereitgestellt. Und Marie? Bei Marie waren bis zum Schluss alle Fäden zusammengelaufen, sie hatte die ganze Sache koordiniert.

Von all dem hatte Can, der Kriminalhauptkommissar, mit der höchsten Aufklärungsrate im KK 11, nichts mitbekommen. Dabei hatten sich Marie und die anderen in den Wochen, in denen er bei ihnen wie selbstverständlich ein und aus gegangen war, noch nicht einmal Mühe gemacht, ihre Aktivitäten geheim zu halten. Can erinnerte sich, wie Andi sonntags einmal zu spät zum Bratenessen gekommen war. »Da kommt ja endlich unser Meisterfälscher«, hatte Marie gesagt, und Can hatte mit den anderen gelacht, obwohl er keine Ahnung hatte, wieso. Wie bescheuert konnte man sein? War er wirklich so verknallt gewesen? Und was hatte sich Marie dabei gedacht? Hatte sie sich die ganze Zeit über ihren blöden Bullen lustig gemacht? Wieso hatte sie sich überhaupt einen wie ihn ins Bett geholt?

Can blätterte sich durch bis zum Abschlussbericht. Die Düsseldorfer hatten ein paar Wochen lustlos vor sich hin ermittelt und den Mord an Marie dann ohne konkretes Fahndungsergebnis als Abrechnung krimineller Balkan-Schlepper ad acta gelegt. Can schlug den Hefter zu und winkte dem Köbes.

»Und?«, fragte Wichering.

Can zuckte mit den Schultern. »Was willst du hören? Der Klassiker halt.«

»Und der wäre?«

»Verknallter Cop, der nicht checkt, was sein Liebchen den ganzen Tag so treibt. Nur dass in diesem Fall das Liebchen nicht anschaffen gegangen ist, sondern am linken Rand unterwegs war.«

»So einfach ist das?«

Can nickte. »Ich fürchte schon.«

»Lass uns eine rauchen«, sagte Wichering.

Kurz darauf standen sie vor dem Brauhaus an eine Fensterbank gelehnt und starrten auf die Neusser Straße. Die Ü-Wagen waren abgezogen, der Verkehr hatte sich wieder normalisiert.

»Sind das irgendwelche neuen Hools?« Wichering zeigte auf den Stromkasten vor ihnen. Er war mit Stickern zugepappt, auf denen *Stellwerk Stadionwacht* stand. Das »S« am Anfang von »Stellwerk« und »Stadionwacht« war gezackt und auf links gedreht, wie spiegelverkehrte SS-Runen.

»Keine Ahnung. Dein Ressort.«

Eine Weile starrten sie beide schweigend auf den Verkehr.

»So richtig druckvoll ermittelt haben deine Kollegen aber nicht, oder?«, fragte Can schließlich.

»Kann man nicht sagen, nein.«

»Irgendeine Ahnung, warum?«

»Gab wohl eine Anordnung von oben, den Ball flach zu halten.«

»Das ist Strafvereitelung im Amt.«

Wichering sah ihn wortlos an.

»Scheiße!« Can trat mit Wucht vor den Sicherungskasten.

Wichering drückte seine Kippe aus. Sie gingen zurück in den Schankraum und tranken noch ein Kölsch zusammen bevor sie zahlten.

»Danke für die Akte«, sagte Can, als sie bei Wicherings Wagen standen.

Wichering zuckte mit den Schultern. »Grüß Isa«, sagte er, dann fuhr er los.

Can sah dem Wagen nach, dabei hämmerte er sich mit der Faust in den Nacken. Manchmal half das. Dieses Mal nicht. Zu Hause nahm er noch drei Ibuprofen. Er legte sich hin, zwang sich, nicht über das nachzudenken, was in dem Bericht gestanden hatte, und schlief sofort ein.

4

Am nächsten Morgen wurde Can von den Kopfschmerzen wach. Er nahm zwei Ibus und schaltete den Fernsehen ein. Die Schießerei am Wilhelmplatz war das Topthema. In der Nacht war eines der verletzten Kinder gestorben. Für zwölf Uhr war ein Schweigemarsch durch Nippes angekündigt. In dem Ausschnitt aus der Pressekonferenz der Polizei hatte Erdal tiefe Augenringe, und Murat hätte sich besser vorher noch einmal rasiert. Viel hatten die beiden nicht zu sagen: zwei kurdische Clans, vermutlich ein geplatzter Drogendeal, die Täter unerkannt entkommen. Danach diskutierte eine Expertenrunde im Studio über kriminelle Ausländerbanden und ob die Polizei mehr Beamte mit Migrationshintergrund brauchte.

Can stand auf und duschte. Er fuhr sich mit den Fingern durchs nasse Haar und ertastete die Schwellung über dem rechten Ohr. Sekundenlang hatte er das Gefühl, jemand würde ihm heiße Nadeln ins Gehirn treiben. Er schloss die Augen und lehnte sich an die Badezimmerwand. Als die Attacke vorbei war, ging er in die Küche. Lilith saß unter dem Küchentisch und nagte an etwas Undefinierbarem. Isa schlief anscheinend noch. Can kippte seinen Espresso und fuhr ins Präsidium.

Über dem Rhein türmten sich tiefschwarze Wolken. Der Wetterbericht sagte Gewitter voraus. Can hielt bei einem Billigbäcker und kaufte einen Karton Donuts.

Zehn Minuten später stellte er den Karton auf Simones Schreibtisch ab.

»Positiv sollten Sie Ihren Tag beginnen«, sagte er.

»Du mich auch.« Simone griff sich einen Donut mit lila Zucker-
guss. Sie sah aus, als hätte sie im Präsidium übernachtet.

Can grinste und ging in sein Büro.

Nach der Lagebesprechung fuhren sie zu einer Schule für Roma-
Kinder in Poll. Im Auto drückte Simone Can einen Flyer der Schule
in die Hand.

»Hier. Mach mal schnell noch deine Hausaufgaben. Die Rektorin
ist nicht gut auf uns zu sprechen.«

»Ganz was Neues«, sagte Can. »Was haben wir dieses Mal falsch
gemacht?«

»Die haben die Schule damals nach der Klaukids-Geschichte
gegründet.«

»Ey, was denn noch?«, stöhnte Can.

Ende der Neunziger hatte Köln ein großes Kontingent Kosovo-
Flüchtlinge aufgenommen, die Mehrheit davon Roma. Die Leute
hatten eine Duldung bekommen und waren auf irgendwelche Über-
gangsheime verteilt worden. Dort hatte man sie so lange vergessen,
bis ein paar von ihnen auf die Idee gekommen waren, ihre Kinder
zum bandenmäßigen Taschendiebstahl auf die Domplatte und in
die U-Bahn zu schicken. Die Kölner Medien hatten in der Folge zur
Hatz auf die »Klaukids« geblasen. Pro Asyl, die Grünen, BAP und
die anderen üblichen Verdächtigen waren dagegen auf die Barrikaden gegangen.

Auf dem Höhepunkt des Skandals war aufgeflogen, dass ein paar
Kollegen in einer Innenstadtwache systematisch die Unterwäsche
der Kinder fotografiert hatten, die sie in der Stadt beim Klauen erwischt hatten. Der Polizeipräsident hatte damals hart durchgegrif-
fen. Für die Alternativen war trotzdem einmal mehr klar gewesen,
dass alle Bullen Rassisten und tendenziell schlimme Finger waren.
Und in Reaktion darauf hatten sie dann offenbar diese Schule gegründet.

Can betrachtete den Flyer. Er studierte die Fotos von knopfäugi-
gen Kindern mit altmodischen Pullundern und überdimensionierten

Schleifen im Haar, die gebannt an den Lippen ihrer Lehrer hingen. Dann arbeitete er sich durch den Text, der auf zu wenig Platz zu viele Informationen an den Mann zu bringen versuchte.

In ihren Herkunftsländern, lernte Can, hatten Roma-Kinder kaum Bildungschancen. Weil es in den Slums, in denen sie lebten, keine Schulen gab, weil die Eltern die Schulgebühren nicht zahlen konnten, weil Roma-Kinder von vornherein in Sonderschulen gesteckt wurden oder weil sie von Lehrern und Mitschülern diskriminiert wurden. Tatsächlich gaben viele Roma an, dass sie sich in Deutschland bessere Bildungsmöglichkeiten für ihre Kinder erhofften. Die Realität sah dann oft anders aus. Selbst wenn es die Eltern mit Unterstützung des Jugendamts hinbekamen, ihre Kinder zur Schule anzumelden, scheiterte es oft an den mangelnden Deutschkenntnissen der Kinder und daran, dass die Eltern selbst nie zur Schule gegangen waren und keine Ahnung hatten, was dort von ihren Kindern verlangt wurde.

Genau hier sah die neue Schule ihre pädagogische Mission. Sie setzte auf zweisprachige Lehrer und aktive Zusammenarbeit mit den Eltern. Der Rest des Textes bestand aus dem üblichen Bullshit-Bingo: »alternative Handlungsstrategien«, »wertschätzende Pädagogik«, »erfolgreiche Bildungs- und Aufstiegsbiografien«, »Pilot- und Modellprojekt mit Leuchtturmcharakter« – die ewig gleiche Antragsprosa, die solche Projekte im Kampf um öffentliche Fördermittel ins Feld führen mussten. Wobei die Schule beim Geldeinwerben offenbar kein allzu glückliches Händchen hatte: Statt der üblichen Logo-Inflation waren am Fußende des Flyers nur die Abzeichen von drei Sponsoren abgedruckt, und selbst die gehörten nach Cans Einschätzung eher in die C-Klasse der Geldgeber.

Can faltete den Flyer zusammen und konzentrierte sich für den Rest der Fahrt auf das Pochen in seiner rechten Schädelhälfte.

Als sie an der Schule ankamen, rissen heftige Böen an der Fahnenstange auf dem Schulhof. Eine Flagge mit rotem Rad auf grünem und blauem Grund hob sich grell gegen den schwarzen Himmel ab.

Das Schulgebäude, eine ehemalige Militärbaracke, war weiß getüncht, auf den Fensterbänken blühten Geranien, der Schulhof war frisch gefegt und die Hecke um das Schulgelände ordentlich geschnitten. Aus den Klassenzimmern drangen gedämpfte Kinderstimmen, ab und zu die Stimme eines Lehrers.

Kurz darauf saßen Can und Simone im Rektorenzimmer. »Gut, dass Sie nicht im Streifenwagen gekommen sind.« Die Rektorin, eine energische Mittsechzigerin, schenkte Kaffee ein.

»Die meisten Eltern haben Angst, dass ihnen die Behörden die Kinder wegnehmen. Sobald hier jemand Offizielles auftaucht, geht das wie ein Lauffeuer durch die Familien. Danach brauchen wir Tage, um wieder Ruhe reinzukriegen.«

Can nippte an seinem Kaffee und sah sich in dem Büro um. Die Fensterrahmen waren morsch, über die Decke zog sich ein großer Wasserfleck. Die Rektorin folgte seinem Blick.

»Erinnern Sie sich an das letzte Konjunkturpaket, das der Bund aufgelegt hat? Wegen der Finanzkrise? An Köln sind hundert Millionen gegangen. Wir haben fünfzigtausend für die Dachsanierung und neue Fenster beantragt. Antrag abgelehnt. Dafür bauen die Stellwerker jetzt für drei Millionen ein Fußballinternat in Nippes.« Die Rektorin sah auf die Geranien vor dem Fenster. Sie wirkte plötzlich erschöpft. »Na ja. Man muss auch gönnen können. Wenigstens zahlt die Stadt immer noch die Lehrergehälter. Die Verträge werden zwar immer nur halbjährlich verlängert, aber das fördert die Identifikation meiner Mitarbeiter mit den Schülern. Die hangeln sich ja auch von Duldung zu Duldung.«

Die Rektorin straffte ihren Rücken und wandte sich wieder zu Simone und Can.

»Irgendwie geht es dann doch immer weiter. Wie kann ich Ihnen helfen?«

Simone zeigte ihr den Zeugenaufruf. Die Rektorin schüttelte den Kopf. »Nie gesehen.«

»Dürfen wir den Aufruf trotzdem am Eingang aufhängen?«, fragte Simone.

»Ganz sicher nicht!« Die Rektorin lachte entgeistert. »Für die Kinder ist das kein Lesestoff, und die meisten Mütter sind Analphabeten. Außerdem leben die Familien in ständiger Angst vor der Abschiebung. Die gehen nicht freiwillig zur Polizei. Und das kann ich ihnen auch nicht verdenken.«

»Wie wollen wir dann verbleiben?« Simone war sichtlich genervt aufgestanden.

Die Rektorin versprach, die Zeugenaufrufe an ihre Sozialarbeiter weiterzugeben. Die würden die Sache dann mit den Eltern besprechen und sich im Bedarfsfall melden.

Auf dem Weg zum Auto checkte Simone ihr Handy. Terzuolo hatte viermal angerufen. Simone hörte ihre Mailbox ab. Danach ließ sie sich schwer auf den Beifahrersitz fallen.

»Wohin jetzt?«, fragte Can.

Simone stierte sekundenlang stumm vor sich hin, dann griff sie nach dem Blaulichtaufsatz auf der Rückbank und setzte ihn aufs Wagendach.

»Sechzigstraße«, sagte sie. »Direkt am S-Bahnhof Nippes. Wir haben noch zwei tote Bulgaren. Gleiche Nummer wie beim letzten Mal.«

Genau in diesem Moment platzten die ersten dicken Regentropfen auf die Windschutzscheibe.

Eine halbe Stunde später standen sie vor einem heruntergekommenen Haus im Schatten des Bahndamms. Regen peitschte die Absperrbänder. Die Männer vom Erkennungsdienst untersuchten einen Baucontainer, über dem sie eine Plane aufgespannt hatten. Offenbar waren Müllers Leute auch im Inneren des Hauses zugange, denn aus einem der Dachfenster drang Flutlicht auf die Straße.

Müller wartete in der Kneipe gegenüber.

»Wieder zwei junge Männer. Wieder die Auffindesituation mit den Spanngurten, dem Tape und den Tüchern. Vermutlich haben die Opfer zuerst auf dem Gehweg gelegen und sind erst später in den Container verbracht worden.«

»Wie kommst du darauf?« Simone gab der Bedienung ein Zeichen und studierte dann die Fotos der Opfer, die Müller auf den Tisch gelegt hatte.

»Die Nachbarn erzählen, dass da drüben im Haus seit Wochen ein paar Männer gewohnt haben. Klein, dunkel, sollen Türkisch gesprochen haben. Eher von der ruhigen Sorte. Unauffällig. Sind immer gegen fünf aus dem Haus gegangen. Hatten also vermutlich Arbeit. Heute Morgen war es aber wohl unruhiger als sonst. Eine Nachbarin hat kurz nach fünf beobachtet, wie einer der Hausbewohner eimerweise Wasser auf den Bürgersteig geschüttet hat. Wir haben die Stelle geprüft, da muss viel Blut gewesen sein. Eine halbe Stunde später hat ein anderer Nachbar gesehen, wie die Männer mit gepackten Taschen vor dem Haus standen. Er meinte, die hätten sehr nervös gewirkt. Irgendwann kam dann wohl ein weißer Transporter mit bulgarischem Kennzeichen und hat sie abgeholt.« Müller nahm einen Schluck Cola. »Wenn ihr mich fragt, sind die beiden Opfer kurz vor fünf vor dem Haus auf dem Bürgersteig abgeworfen worden. Die Männer aus dem Haus haben sie entdeckt, als sie zur Arbeit wollten. Sie haben Panik bekommen, die Toten auf den Container gehievt und sie mit der Plane abgedeckt. Dann haben sie das Blut vom Bürgersteig gewaschen und sind abgehauen. Hätte der Wind die Plane nicht weggerissen, hätten die Leichen vermutlich noch länger da gelegen.«

»Wissen wir dieses Mal, wer die Toten sind?« Simone starrte weiter auf die Scans der Ausweisfotos.

Müller zuckte mit den Schultern. »Die Pässe sind wieder in Plovdiv ausgestellt, aber die sind das Papier nicht wert, auf dem sie gedruckt sind. Ich habe die Fingerabdrücke an Aldenhoven und Terzuolo weitergeleitet. Meine Leute nehmen gerade im Haus Abdrücke. Vielleicht lassen sich dann wenigstens die Hausbewohner identifizieren.«

»Der Fahndungsaufruf nach dem Transporter ist raus?«

»Klar. Aber wir haben kein Kennzeichen. Außerdem haben die fünf Stunden Vorsprung. Wahrscheinlich sind die längst in Belgien, oder so.«

Simone schwieg. Müller riss ein Paket Chips auf. Im Fernseher, der über der Theke hing, kam ein Livebericht über den Trauermarsch durch Nippes. Der Regen hatte pünktlich zu Beginn der Demonstration aufgehört. Ein langer Zug von Männern und Frauen schob sich durch die Neusser Straße. Viele von ihnen hielten Plakate mit dem Foto des Kindes hoch, das in der Nacht gestorben war. Ein Mädchens mit blonden Pippi-Langstrumpf-Zöpfen lachte in die Kamera. *Alma-Sophie. 3 Jahre. Warum?* stand darunter.

Die meisten Demonstranten waren irgendwo zwischen dreißig und vierzig und durch ihre lässig-teuren Klamotten leicht als Bewohner der neuen autofreien Siedlung zu erkennen, die vor einigen Jahren auf einem Teil des alten Stellwerksgeländes gebaut worden war. Die Siedlung war eine Grünen-Hochburg, aber offenbar waren den Bewohnern über Nacht ihre Prinzipien abhanden gekommen, denn sie schienen kein Problem damit zu haben, dass sich unter ihre Reihen auch viele scharf gescheitelte Männer in dunkler Kleidung gemischt hatten, die Banner hochhielten, auf denen »Für die Zukunft unserer Kinder!«, »Nein zur islamischen Parallelgesellschaft« und »Weniger Multikulti – mehr Sicherheit« stand.

›Pro Köln‹, dachte Can. Er sah nach draußen. *Stellwerk Forever –* *Stadionwacht Rules* war in meterhohen rot-weißen Lettern auf den Bahndamm gesprayt, das »S« in »Stellwerk« und »Stadionwacht« wieder jeweils gezackt und spiegelverkehrt nach links gekippt.

»Vielleicht sind das mit den Bulgaren ja auch irgendwelche Rechte«, sagte er versuchsweise.

Simone zuckte mit den Schultern.

»Habt ihr was aus Plovdiv gehört?«, fragte Müller.

»Aldenhoven hat heute Morgen jemand an den Apparat bekommen, der halbwegs Englisch konnte«, sagte Simone. »O-Ton: ›We've got sixty-thousand bloody gypsies in town. Four less, who gives a shit?‹ Der hatte die Europäische Menschenrechtskonvention offenbar noch nicht so verinnerlicht.«

»Wieso haben wir die überhaupt in die EU gelassen?«, fragte

Can. »Dass die da unten keine lupenreinen Demokraten sind, war doch bekannt.«

»Rumänien und Bulgarien sind die wichtigsten europäischen Drehscheiben für Drogen- und Menschenhandel. Das sind stabile Wachstumsbranchen, und Wachstum ist das, was wir für ein zukunftsfähiges Europa brauchen.« Müller grinste staatsmännisch und angelte die letzten Chips aus der Tüte.

»Sehr witzig.« Simone griff ungeduldig nach ihrem Handy. »Ich versuch jetzt erst mal, Verstärkung zu organisieren und dann fahren wir nochmal die Bulgarenhäuser ab.«

Während Simone telefonierte, warf Can zwei weitere Ibuprofen ein und betrachtete die Passfotos der beiden Toten. Auch sie waren sehr jung gewesen. Der eine hatte einen runden Kopf und einen Haarwirbel über der Stirn, der ihn wie eine Comicfigur aussehen ließ. Der andere sah ernst und verschlossen in die Kamera. Can konnte sich nicht erinnern, die beiden schon einmal gesehen zu haben.

Er ging nach draußen zum Wagen. Aus der Liebigstraße gellten Martinshörner. Sekunden später rasten auf der Hartwichstraße acht Mannschaftwagen in Richtig Nippes. Simone ließ sich auf den Fahrersitz fallen und schaltete den Polizeifunk ein. Am Rande der Demonstration war es zu einer Massenschlägerei zwischen den Pro-Köln-Anhängern und etwa fünfzig jungen Türken gekommen. Ein Polizist war durch einen Messerstich schwer verletzt worden. Die Kollegen vor Ort fürchteten, die Situation könnte weiter eskalieren.

Sekunden später klingelte Simones Handy. Sie nahm ab, hörte zu, wollte etwas sagen, wurde unterbrochen, nickte resigniert und nahm Orders entgegen. Irgendwann wurde das Gespräch beendet. Simone legte das Handy weg und starrte lange auf das Haus am Bahndamm, in dem der Erkennungsdienst immer noch zugange war.

»Das war's mit der Verstärkung«, sagte sie schließlich zu Can. »Die Medien machen dermaßen Druck, dass jetzt alles für die Wilhelmplatz-Geschichte zurückgestellt wird. Wir sollen spätestens übermorgen zu Erdal und Murat stoßen.«

Eine halbe Stunde später waren sie mit einer erweiterten Bulgaren-häuser-Liste und einem eilig im Erkennungsdienstwagen zusammengebastelten neuen Zeugenaufruf unterwegs in Richtung Ehrenfeld.

Die Kellnerinnen im Portugiesen-Café hatten keinen der vier Toten erkannt, erlaubten Can und Simone aber, den Aufruf an die Eingangstür kleben. Im Bulgarenhaus gegenüber verbrachten sie eine vergebliche halbe Stunde vor verschlossenen Wohnungstüren, bevor sie schließlich eine Kopie des Aufrufs an die zerflexte Tür zum Hinterhof klebten.

In den nächsten Stunden arbeiteten Can und Simone systematisch die Liste ab. Dieses Mal waren nicht nur ganze Häuser dabei, sondern auch einzelne Wohnungen.

»Woher kommen die neuen Adressen?«, fragte Can.

»Einwohnermeldeamt. Terzuolo hat da jemand gefunden, der ausnahmsweise mal genügend Arsch in der Hose hat, um für uns mit den Daten rüberzukommen.«

Auskunft bekamen Can und Simone allerdings auch an diesen neuen Anschriften nicht. Um halb fünf hielten sie auf einem Parkplatz in Müngersdorf. Dämpfige Hitze stand über dem Asphalt.

»Was wollen wir hier?«, fragte Simone.

»Die Adresse steht auf der Liste.« Can nestelte an einem Blisterpack Ibuprofen. »Da sind dreißig Leute gemeldet.«

Simone stieg aus und ließ sich von Terzuolo die Telefonnummer des Informanten im Einwohnermeldeamt geben.

»Wetten, die sind schon im wohlverdienten Feierabend?«, sagte sie zu Can, während sie die Nummer eintippte. Dann ging aber doch jemand dran. Simone erklärte die Situation. Der Mann vom Amt machte wortreiche Ausführungen. In Simones Gesicht bildeten sich hektische Flecken.

»Habe ich Sie richtig verstanden? Für die Anmeldung brauchen sie keinen Mietvertrag? Sie verlassen sich komplett auf die Angaben im Meldeformular?« Simone gestikulierte fassungslos in Cans

Richtung. »Prüfen Sie wenigstens, ob die Adressen überhaupt existieren, oder ist das für Sie auch ohne Belang?«

Ihr Gesprächspartner gab Widerworte.

»Was mich Ihre Arbeitsabläufe angehen?«, fragte Simone eisig. »Wenn ich hier mit vier Mann eine Mordserie aufklären soll und dafür belastbare Informationen von Ihnen brauche, dann gehen die mich sehr wohl was an, verdammte Scheiße.« Sie drückte das Gespräch weg und trat mit Wucht gegen die Felge des Vorderreifens.

»Wieder ein Kontakt verbrannt«, sagte Can.

»Scheiß drauf. Was soll das ganze Meldeverfahren, wenn du dort irgendwelche Fantasieadressen angeben kannst?«

»Du weißt doch, wie das läuft auf dem Amt.«

»Ja. Sand von rechts nach links schaufeln. Täglich von acht bis vier. Und freitags ab eins macht jeder seins.«

Simone nahm sich zwei Kopien des Zeugenaufrufs und klebte sie an die Laternenmasten am Parkplatz.

»Falls heute noch jemand nach Hause kommt«, sagte sie. Dann fuhren sie weiter.

Gegen halb acht hielten sie vor einem gepflegten Einfamilienhaus im Speckgürtel von Köln. In der Auffahrt stand ein lindgrüner Pontiac Catalina. Zwei Löwen aus Gussbeton wachten über das Gartentor. Der Rasen war mit der Nagelschere getrimmt, Rosenrabatten rechts und links vom Waschbetonweg, der zur Haustür führte, auf dem Klingelschild ein unauffälliger deutscher Familienname.

»Was wollen wir hier?«, fragte Can.

Simone tippte auf ihre Liste. »Sinti-Großfamilie.«

»Na dann.« Can drückte auf die Klingel.

Ein kräftiger Mann Ende vierzig öffnete die Tür und musterte sie schweigend. Seine Augen unter der rötlichblonden Rockabilly-Tolle waren sehr blau.

»Kripo Köln, Erste Kriminalhauptkommissarin Simone Kerkmann. Guten Abend.« Simone hielt dem Mann ihre Marke ins Gesicht. »Das ist mein Kollege, Kriminalhauptkommissar Arat.«

»Hallo Can«, sagte der Mann.

»Hallo Dave.« Cans Blick glitt zum Fenster des Nachbarhauses, wo eine ältere Frau so tat, als würde sie ihre Orchideen gießen.

»Dürfen wir reinkommen?«, fragte Simone.

»Wir sitzen beim Abendbrot.«

»Wir ermitteln in einem Vierfachmord.«

»Und was haben wir damit zu tun?«, fragte der Mann, der Dave hieß.

»Die Opfer sind Roma. Aus Bulgarien. Das sind doch Ihre Leute.« Can registrierte die Verunsicherung in Simones Stimme.

»Meinen Sie?«, sagte Dave.«

Simone schwieg.

»Wann ist dein Vater eigentlich nach Deutschland gekommen, Can?«, fragte Dave. »Mitte der Sechziger?«

Can nickte.

Dave lächelte. »Weißt du, Can, wir sind deutsche Sinti. Unsere Familie ist seit dreihundert Jahren in Köln. Kannst du gern im Landesarchiv nachprüfen, in dem Rassegutachten, das die Nazis über uns angefertigt haben, ordentlich zurückverfolgt bis ins achte Glied. Aber vielleicht kannst du die Unterlagen auch gleich bei euch im Präsidium einsehen. Da sollen ja noch Kopien von damals im Gebrauch sein. Ist aber eigentlich auch egal. Wir waren jedenfalls immer in Köln. Bis auf meine Oma. Die war von Ende 1942 bis Sommer 1944 in Polen. Zigeunerlager Auschwitz-Birkenau, falls ihr die genaue Anschrift braucht. Ansonsten können wir mit Auslandskontakten nicht dienen.«

Can und Simone schwiegen. Dave lächelte bitter. »Das macht keinen Unterschied für euch, richtig? Deutsche Sinti, bulgarische Roma – alles eine Zigeunersoße. Ein Hoch auf die Sippenhaft!« Für einen Moment schien es so, als wollte Dave noch mehr hinterherschicken. Dann entschied er sich anders. »So, und jetzt seid so gut, und lasst mich weiter zu Abend essen«, sagte er. »Habe die Ehre.« Er salutierte ironisch und schloss die Haustür von innen.

Simone und Can traten den Rückzug an. Schweigend fuhren

sie los, zurück durch die Vorstadtsiedlung. Solide Mittel- und Ober-
klassewagen parkten in den Carports, in den Vorgärten standen Gar-
tenstecker mit Hasen, Gänsen oder Tigerenten. Hinter den Hecken
waren Planschbecken und Sonnenschirme zu erahnen. Grillgeruch
lag über den Gärten. Drinnen, in den Wohnzimmern, flackerten die
ersten Minuten der Tagesschau über die bläulichen Bildschirme.

»Wieso steht diese Familie auf unserer Liste, verdammt noch
mal?«, fragte Simone.

»Sippenhaft. Hat Dave doch gesagt.«

»Woher kennst du den überhaupt?«

»Bekannter von Isa. Spielt in einer Rockabilly-Band. Früher zumindest. Ewig her. Der war damals schon empfindlich.«

Simone schwieg. Weit vor ihnen leuchtete der Kölner Dom grün-
lich im Dunkel. Plötzlich gingen die Bogenlampen über der Straße
an. In diesem Teil der Stadt waren sie von Kletterpflanzen überwuchert, die in langen Ranken nach unten hingen und sich sacht im
Wind wiegten.

Can zog mit einer Hand einen Stapel CDs aus dem Seitenfach,
schob eine Scheibe in den Player und drehte die Anlage auf. Weiche
Synthesizerbögen, melodische Zirplaute und eine sanfte Frauenstimme blähten sich zu einer pulsierenden Wohlfühlwolke auf, bis
die Basslinie plötzlich ins Bodenlose stürzte und die Frauenstimme
unter der Wucht der bösartigen Breakbeats zerfaserte, die mit 180 bpm
auf sie eindroschen.

»Was'n das für'n Aggro-Dreck?«, fragte Simone

»Goldie, *Timeless*. Ist mir grade nach.«

Simone starrte schicksalsergeben aus dem Seitenfenster.

Um kurz vor neun waren sie wieder in Ehrenfeld.

»Lass uns was essen«, sagte Can.

Sie setzten sich in einen Biergarten. Simone ließ sich von Terzuolo den aktuellen Stand durchgeben. Das Gespräch dauerte weniger als eine Minute.

»Und?«

»Nichts«

»Was machen wir jetzt?«

»Auf ein Wunder hoffen. Oder so. Ansonsten ist für uns übermorgen Schluss mit der Sache, und wir werden zur Wilhelm-Platz-Kommission abgeordnet.« Simone träufelte Thymianhonig auf ihren überbackenen Ziegenkäse. »Manchmal wünsche ich mir echt, ich könnte das einfach nur als Job sehen. Ich reiß meine Schichten runter, komm nach Hause zu Claudia, Bierchen, Bubu, basta.«

»Wie läuft's mit dem Adoptionsantrag?«

»Wir sind ganz oben auf der Warteliste. Das nächste Kind, das freigegeben wird, ist für uns. Claudia baut schon Kindermöbel.«

Can fingerte zwei Ibuprofen aus der Hosentasche und spülte sie mit einem Schluck Kölsch herunter.

»Hast du mal mit jemand über dein Drogenproblem gesprochen?«, fragte Simone.

»Ich hab Kopping.«

»Wie lang jetzt schon? Vier Tage? Fünf?«

»Wird schon wieder aufhören.«

Simone seufzte genervt und wandte sich wieder ihrem Ziegenkäse zu.

Can zündete sich eine Zigarette an. Ein Zeitungsverkäufer kam mit den Abendausgaben vorbei. »Krieg im Veedel! Türkische Chaoten hetzen Rechte durch Nippes!« hatte der KM getitelt.

»Von mir aus hätten deine Jungs das rechte Pack gleich ganz aus der Stadt jagen können«, sagte Simone. »Das Gesocks braucht kein Mensch.«

»Hast du schon mal was von der ›Stellwerk Stadionwacht‹ gehört?«, fragte Can.

»Warum?«

»Die taggen in Nippes. Beide ›S‹ als Runen, nur spiegelverkehrt.«

»Noch ein paar Idioten mehr auf dieser Welt.« Simones Stimme klang müde. Can winkte dem Kellner und zahlte für sie beide.

»Ich fahr dich nach Hause«, sagte er. »Heute passiert sowieso nichts mehr.

Nachdem er Simone vor ihrem Haus abgesetzt hatte, fuhr Can alleine weiter in die Dunkelheit. Ohne zu wissen, warum, nahm er die Deutzer Brücke auf die Schäl Sick, die ungeliebte, falsche Seite der Stadt. Vor zweitausend Jahren hatten hier die letzten Außenposten des römischen Reichs gestanden, und für viele Kölner waren die rechtsrheinischen Stadtteile bis heute von feindlichen Barbaren bewohnt, nur dass dort längst keine Germanen mehr hausten, sondern Zuwanderer aus der Türkei, aus Russland und Schwarzafrika.

Can cruiste ziellos durch Deutz. Das bessere Leben, für das die schmucklosen Genossenschaftssiedlungen in den Fünfziger- und Sechzigerjahren hochgezogen worden waren, hatte sich längst aus dem Viertel verflüchtigt. Die Straßen lagen menschenleer. Wie jedes Jahr um diese Zeit umschwärmten Milliarden von weißen Eintagsfliegen die Straßenlaternen. Dort, wo die Insekten nach stundenlangem vergeblichem Kampf ums Licht zu Tode erschöpft auf den Boden gesunken waren, bildeten sie einen glitschigen Schleimteppich auf dem Asphalt.

Can zwang sich langsam zu fahren. Er war getrieben von der Rastlosigkeit, die ihn immer erfasste, wenn Simone und er bei einem Mordfall nicht vorankamen. Der Drang, den Täter endlich zur Strecke zu bringen, erzeugte eine dumpfe Wut, die sich in jede Falte seines Bewusstseins fraß und ihm keine Ruhe ließ, bis der Mörder gestellt war.

Normalerweise war es dann irgendein Bauchgefühl, das Can und Simone schließlich doch noch auf die richtige Fährte führte, ein Detail am Tatort, eine Hintergrundinformation von Terzuolo oder Aldenhoven, die Bemerkung eines Zeugen, manchmal auch nur ein Blick oder eine unwillkürliche Bewegung.

Aber dieses Mal hatten sie auch an Tag fünf der Ermittlungen keinerlei Ansatzpunkt. Simone und er fuhren planlos durch die Stadt, und währenddessen lief die Zeit.

Can klickte den CD-Player an. »The Message« von Grandmaster Flash schepperte aus den Lautsprechern und übertönte für einen

Augenblick den hämmernden Schmerz in seinem Kopf. Can drehte die Anlage auf, beim Refrain sang er laut mit.

Gegen halb zwölf saß Can wieder in der Bulgaren-Bar in Kalk, in der er – wann? Gestern? Vorgestern? Vor einer Ewigkeit? – gefrühstückt hatte. Statt der blondgefärbten Bedienung stand jetzt eine Frau Mitte Vierzig hinter dem Tresen, ein kinnloses Wunder mit dem gleichen harten Blick wie ihre junge Kollegin, aber weniger einladendem Dekolleté.

Can bestellte einen Tee und sah sich um. Ein paar Männer saßen in der Ecke. Im Fernseher lief eine Gameshow mit barbusigen Nummerngirls in rosa Hotpants. Ein Mann kam herein und flüsterte so lange mit der Kellnerin, bis sie ihn ins Büro winkte.

Can nippte an seinem Tee und dachte an Dave. Sie hatten sich vor knapp fünfundzwanzig Jahren kennengelernt. Kurz nachdem Can in die WG eingezogen war, hatten Isa und ihr damaliger Freund Robert Can auf einen Gig von Daves Band mitgenommen. Danach hatten sie ein paar Bier mit den Musikern getrunken. Sie hatten sich mit Dave unterhalten, und als die Kneipe zumachte, war er mit zu ihnen nach Hause gekommen.

Robert hatte sein antikes Koffergrammophon in die Küche gestellt und wahllos Platten aus seiner Schellack-Sammlung aufgelegt. Irgendwann hatte Dave seine Gitarre ausgepackt und angefangen, zu den Stücken zu improvisieren – virtuosen Gypsy-Swing. Robert hatte versucht, ihn mit immer unbekannteren Stücken aus der Reserve zu locken, aber Dave, eine Zigarette im Mundwinkel, hatte lässig jede Nummer geknackt.

Gegen halb fünf hatte Isa Yehudi Menuhins Einspielung von Bachs Violin-Partiten aufgelegt. Bei den ersten Tönen hatte Dave den Kopf gehoben und Isa anerkennend taxiert, dann hatte er begonnen, Bachs komplexe Sequenzen mit der trägen Eleganz eines Straßenkaters zu zerlegen. Die Reste hatte er kurz laufen gelassen, um sie dann wieder einzukreisen und mit messerscharfen Gitarrenläufen endgültig zur Strecke zu bringen.

Nach einer Viertelstunde war das Spiel aus gewesen. Dave war unvermittelt aufgestanden und hatte die Gitarre weggepackt.

»Ich hab euch jetzt lang genug den Zigeuner gemacht«, hatte er gesagt und war in die Morgendämmerung verschwunden, bevor einer von ihnen etwas erwidern konnte.

Danach war Can Dave gelegentlich bei Konzerten über den Weg gelaufen. Sie hatten zusammen geraucht und über Belangloses geredet. Es hatte eine unausgesprochene Sympathie zwischen ihnen beiden gegeben. Damit war es jetzt wohl vorbei.

Can nippte an seinem Tee. Er war nur noch lauwarm und schmeckte bitter. Plötzlich fiel ihm auf, dass der Zeugenaufruf vom Vortag nirgendwo hing. Er stand auf und zeigte der Frau hinter dem Tresen den aktualisierten Aufruf mit den beiden neuen Toten.

»Kenn ich nicht.« Keine Regung in ihrem Gesicht.

»Ich möchte, dass Sie das hier aufhängen«, sagte Can.

Die Frau schüttelte den Kopf. »Nicht gut fürs Geschäft.«

»Nicht gut fürs Geschäft? Glaubst du wirklich, mich interessieren eure beschissenen Geschäfte? Die Zockerei? Die Hehlerei? Meinst du, ich habe den Deal da gerade nicht mitbekommen? Mich interessiert auch nicht, ob ihr hier Drogen vertickt, oder ob du ab und zu hinten im Büro für Stammkunden die Beine breit machst. Ist mir egal! Ich will nur wissen, wer eure Männer umbringt. Wie viele Leute müssen noch verrecken, bis einer von euch das Maul aufmacht? Oder seid ihr einfach wirklich so komplett stumpf?«

Die Frau sah Can ausdruckslos an und drehte sich dann zur Spüle. Can schlug mit der Faust auf den Tresen und ging. Die Männer in der Ecke spielten unbeirrt weiter.

Can ließ sich in den Wagen fallen und rang nach Atem. Scharfer Schmerz durchzuckte seine rechte Schädelhälfte. Er rieb sich die Schläfe und würgte zwei Ibuprofen herunter. Dann startete er den Wagen und fuhr langsam in Richtung Präsidium. Es war kurz nach Mitternacht. Wenn er jetzt seinen Bericht schrieb und an Simone schickte, konnte er morgen länger schlafen.

Kurz vor der Garageneinfahrt klingelte Cans Handy. Das Display zeigte eine unbekannte Kölner Festnetznummer. Er nahm das Gespräch an.

»Can, Efendi?« Eine heiser flüsternde Stimme. »Babatov, Jossif. Ich war an der Müllkippe, am Montag.«

»Wo bist du?«

»Am Bahnhof.«

»Ich bin in einer Viertelstunde da.«

Can setzte das Aufsatzblaulicht auf den Wagen und trat aufs Gas.

Zwanzig Minuten später war er mit Babatov auf dem Weg zurück ins Präsidium. Das Blaulicht durchzuckte die Dunkelheit vor ihnen.

Can musterte Babatov verstohlen von der Seite. Da war es also, das Wunder, auf das Simone und er gehofft hatten. Aber statt Erleichterung fühlte Can nur dumpfe Enttäuschung. Babatovs plötzliches Auftauchen hatte nichts mit ihrer Arbeit der vergangenen Tage zu tun. Der Junge hatte es mit der Angst zu tun bekommen, mehr nicht.

Babatov drückte sich in seine Ecke des Wagens. »Ich muss mich waschen«, sagte er. Unter den Ärmeln seines T-Shirts zeichneten sich Salzränder ab. Die Hose war speckig vor Dreck. Can ließ die Fenster herunter. Babatov starrte wortlos nach draußen.

Am Präsidium angekommen, holte Can die Ersatzklamotten, die er immer in seinem Spind hatte, und zeigte Babatov die Dusche neben dem Herrenklo. Dann besorgte er ein paar Flaschen Wasser, Kaffee, Zigaretten und Brötchen. Erst danach rief er Simone an. Durch die Glaswand seines Büros sah er, wie Babatov über die Brötchen herfiel, als hätte er seit Tagen nicht gegessen.

Zwanzig Minuten später war Simone da. Ihre Haare waren noch vom Schlaf zerzaust und das T-Shirt krumpelig, ansonsten aber war sie hellwach.

»Er stellt Forderungen«, sagte Can.

»Zeugenschutz, Bleiberecht, eine neue Identität für sich und seine Familie?«

»So ungefähr.«

»Deal«, sagte Simone.

Can starrte sie an. Sie starrte zurück.

»Was ist?«, fragte Simone.

»Da mach ich nicht mit.«

»Wir brauchen seine Aussage. Wo ist dein Problem?«

»Hast du mir nicht am Montag noch erzählt, dass wir für den Jungen keinen Zeugenschutz bekommen?«, fragte Can. »Was, wenn das LKA den Antrag ablehnt?«

»Dann ist das so. Aber bis dahin sind wir trotzdem schon mal einen Schritt weiter mit den Ermittlungen.«

»Und was wird dann aus dem Jungen?«

»Der reitet glücklich in den Sonnenuntergang. Ernsthaft – Babatov hilft uns, die Täter zu kriegen. Wir bringen sie in den Knast. Babatov ist in Sicherheit. Win-win-Situation.«

»Und Lose-lose, wenn wir sie nicht kriegen.«

»Sag mal, wann haben sie dir eigentlich die Eier amputiert, Kollega? Ich diskutier das nicht weiter mit dir. Da drinnen sitzt ein Zeuge, von dem wir eine Aussage brauchen. Und zwar presto. Wir gehen da jetzt rein und hören uns an, was der Junge zu sagen hat.«

Can zuckte mit den Schultern. Sie gingen zu Babatov und versprachen ihm, was er haben wollte. Im Gegenzug erzählte ihnen der Junge, was er wusste.

Im März war er in Plovdiv zusammen mit ein paar anderen Männern von zwei Bulgaren angeworben worden, die ihnen gut bezahlte Arbeit auf einer deutschen Baustelle versprachen. Sie hatten einen Haufen Papiere unterschreiben müssen, und die Schlepper hatten ihnen gezeigt, wo genau sie Kreuzchen in den Formularen für die Arbeitserlaubnis setzen mussten. Dann war es in einem Transporter nach Deutschland gegangen.

Als die Männer nach zweieinhalb Tagen Fahrt im Morgengrauen in Köln ankamen, wurden sie direkt auf die Baustelle gebracht. Die erste Schicht dauerte zwölf Stunden. Am Abend holten sie deutsche Security-Leute ab und brachten sie in eine Hochhauswohnung. Dort schliefen sie, zehn Mann in einem Zimmer, Matratzen auf dem blanken Boden, keine Laken, keine Decken, im Bad nur kaltes

Wasser, zu essen Toastbrot, Margarine, etwas Käse. Die Wohnungstür war von außen abgeschlossen. Keiner der Männer hatte einen
Schlüssel.

Am nächsten Morgen um sechs waren die Security-Leute wieder
da. An diesem Tag arbeiteten Babatov und die anderen vierzehn
Stunden. Am Abend wurden sie in eine Baracke am Stadtrand ge-
karrt und dort wieder über Nacht eingeschlossen. Dieses Mal gab
es nicht mal mehr Matratzen, nur Pappe und schmutzige Fleece-
decken.

So ging es weiter. Ende April bekamen die Männer ihren ersten
Lohn. Es war weniger als ein Drittel von dem, was man ihnen versprochen hatte. Die Fahrtkosten und die Gebühren für die Arbeitserlaubnis seien abgezogen worden, hieß es. Aber im Mai gab es auch
nicht mehr Geld. Als sich die Männer beschwerten, hatte ihnen der
Security-Chef die Papiere mit ihren Unterschriften gezeigt und gesagt, das wären die Arbeitsverträge, die sie unterschrieben hätten
und sie bekämen genau das, was in diesen Verträgen vereinbart sei.
Niemand traute sich zu widersprechen.

Kurz darauf fiel einem von ihnen ein Stahlträger auf den Fuß.
Als sie ihm den Schuh aufschnitten, war da nur noch blutiger
Brei. Die Security-Leute luden den Mann in einen der Transporter
und fuhren ihn davon. Seitdem hatten sie nichts mehr von ihm
gehört.

Ende August gab es gar keinen Lohn. Die Baufirma hätte nicht
gezahlt, hieß es. Man vertröstete sie auf die Monatsmitte. Als auch
da kein Geld kam, wurden die Arbeiter laut.

Der Security-Chef lud die vier Rädelsführer ein, mit ihm eine
Runde im Transporter zu drehen, um in Ruhe miteinander zu reden.
Die vier, Anastas, Plamen, Meto und Devid, hatten sich darauf eingelassen. Kaum war der Transporter vom Gelände gefahren, hatten
die Security-Leute Babatov und die anderen von der Baustelle ge-
jagt. Sie sollten abhauen, am besten zurück nach Bulgarien. Ihren
offenen Lohn könnten sie vergessen. Wenn sie damit ein Problem
hätten, gäbe es Mittel, sie zum Schweigen zu bringen.

Die Männer waren untergetaucht. Keiner von ihnen hatte Geld, aber noch war es warm, und sie konnten draußen kampieren. Ihr Essen klaubten sie sich aus den Müllhaufen der Wochenmärkte zusammen. Drei Tage später lernte einer von ihnen den Capo vom Wertstoffhof kennen. Der ließ sie in einem Keller in Ehrenfeld schlafen. Dafür mussten sie auf dem Schrottstrich arbeiten. Scheißarbeit zwar, aber besser als nichts.

Am Montag war dann die Polizei am Wertstoffhof gewesen, und Can hatte ihnen die Fotos von Anastas und Devid gezeigt, mit der Info, dass die beiden ermordet in der Auffahrt vom Wertstoffhof aufgefunden worden waren.

Danach wollte keiner der Männer zurück zum Schrottstrich. Sie schliefen wieder draußen. Ein paar von ihnen hatten in dem Haus am Bahndamm Unterschlupf gefunden. Aber als am Morgen Plamen und Meto, die beiden anderen Männer aus ihrer Kolonne, dort tot vor der Tür gelegen hatten, war Panik ausgebrochen. Wer konnte, tauchte unter, haute ab, fuhr in eine andere Stadt. Nur Babatov hatte niemand, zu dem er gehen konnte. Deshalb saß er jetzt bei ihnen im Präsidium.

»Wie heißt das Bauunternehmen, für das ihr gearbeitet habt?«, fragte Can.

»Weiß nicht.«

»Das muss doch in deinem Arbeitsvertrag gestanden haben.«

Babatov starrte auf die Tischplatte.

»Los, Mann! Das kann doch nicht so schwer sein!«

Babatov studierte weiterhin die Tischplatte. »Ich kann nicht lesen.« Seine Stimme war kaum hörbar.

»Geht das auch lauter?«

»Ich kann nicht lesen, verfickt noch mal!«, brüllte Babatov. Er schlug mit der Hand auf die Tischplatte.

»Ich fasse es nicht.« Can stand entnervt auf.

»Was ist?«, fragte Simone.

»Er weiß nicht, wie der Laden heißt, für den sie gearbeitet haben. Er kann nicht lesen.«

Simone verließ den Vernehmungsraum und kam mit einem Block und Stiften zurück.

»Sag ihm, er soll das Logo der Firma aufmalen. Lass ihn die Baustellen beschreiben, auf denen er gearbeitet hat«, sagte sie.

Eine Stunde später schlug Simone den Stapel mit Babatovs krakeligen Zeichnungen auf Kante und legte ihn auf den Tisch. »Das sind fast zwanzig unterschiedliche Logos. Da kommt Freude auf.«

»Wir brauchen jemand vom Zoll«, sagte Can. »Was ist mit deinem Kegelkumpel? Dem Kotowski? Ist der nicht bei Zolls?«

»Ich ruf ihn gleich an.« Simone sah nach draußen. Es war kurz nach vier. Dort, wo die Brache hinter dem Präsidium in den Horizont überging, wurde es unmerklich heller. Der Aschenbecher auf dem Tisch quoll über, kalter Kaffee stand in den Bechern. Babatov war mit dem Kopf auf dem Tisch eingeschlafen.

»Stell erst mal den Antrag auf Zeugenschutz«, sagte Can. »Ich rufe Prangemeier rein, wegen der Phantombilder.«

Die nächsten zwei Stunden verbrachte Can damit, zwischen Babatov und dem Phantombildexperten zu übersetzen. Die Detailgenauigkeit, mit der Babatov die Security-Leute auf den Baustellen beschreiben konnte, verblüffte Can. Muttermale, Narben, Tätowierungen – der Junge schien ein fotografisches Gedächtnis zu haben und korrigierte ungeduldig, wenn Prangemeier seine Anweisungen nicht präzise genug umsetzte.

»Der ist Analphabet, oder?«, fragte Prangemeier, als sie fertig waren.

»Wie kommst du drauf?«

»Analphabeten schauen genauer hin als Leute, die lesen können. Müssen sie, wenn sie klarkommen wollen. Bei den Hackfressen hier würde man aber echt lieber weggucken, oder?« Prangemeier reichte Can die Bilder: Schlägervisagen, jung, die Schädel mal breiter, mal schmaler, aber immer mit kurz geschorenen Haaren.

»Sympathisch«, sagte Can.

»Skins?«

»Bin nicht so sicher.« Can dachte an die gebügelten Chinos und teuren Sneakers, von denen Babatov erzählt hatte. »Schick mir die Bilder. Cc an Simone, Terzuolo und Aldenhoven.«

Danach brachte er Babatov in eine der Verwahrzellen im fünften Stock. Der Junge beäugte die Zelle misstrauisch.

»Wie lange muss ich hierbleiben?«

»Bis wir die Rückmeldung vom Zeugenschutz haben.«

»Du hast doch gesagt, das ist geklärt.«

»Wir warten noch auf eine Bestätigung von der obersten Dienststelle.«

Babatov schnalzte mit der Zunge und machte eine abschätzige Handbewegung. Can stockte der Atem, so vertraut war ihm die Geste. Genauso reagierte sein Vater, wenn er sich wieder einmal von der ganzen Welt betrogen fühlte.

»Schwör, dass du mich schützt, Bulle«, sagte Babatov.

Can sah ihn an.

»Schwör bei deiner Mutter.«

Can verließ wortlos die Zelle. Hinter ihm schlug Babatov mit der Faust gegen die Wand.

»Was soll ich da eintragen?« Der Schließer deutete auf das aufgeschlagene Gewahrsamsverzeichnis.

»Erst mal nichts, der Junge ist freiwillig hier, bis wir den Zeugenschutz durchhaben.«

»Das geht nicht, Kollege.«

»Ist nur für ein paar Stunden.«

»Mann, selbst wenn ich das durchgehen lasse, spätestens wenn Schichtwechsel ist, kriegt ihr Probleme.«

»Wann hat deine Schicht angefangen?«

»Gerade eben, um sechs, wie immer.«

Can atmete auf. Das gab ihnen knapp acht Stunden. »Na komm«, sagte er. »Drück ein Auge zu, ich kümmere mich.«

Unwillig gab der Schließer nach.

Can ging zurück zum Aufzug. Während der Fahrt betrachtete er sein Gesicht im Spiegel: Seine Haut glänzte fettig. Unter seinen

Augen lagen tiefe Schatten. Can fröstelte, in seinem Kopf hämmerte es. Als der Aufzug abrupt anhielt, musste er kämpfen, um nicht in den Flur zu kotzen. Er ging in sein Büro, legte sich auf die alte Schlafcouch hinter dem Schreibtisch und schlief ein, bevor er sich zugedeckt hatte.

5

Um halb acht klingelte sein Handywecker. Can mühte sich mit steifen Gliedern in den Waschraum neben dem Büro. Er duschte und warf sich die ersten Ibuprofen des Tages ein. Dann ging er in die Kantine, über der schon der freitägliche Fischdunst fürs Mittagessen hing. Can holte sich einen Kaffee und eine Mohnschnecke und ging zu Simone ins Büro. Kurz darauf stieß Jürgen Kotowski zu ihnen. Can hatte sich bei der Weihnachtsfeier vor zwei Jahren lange mit ihm unterhalten. Seitdem hielt er den Zollkommissar für einen der Guten in der Truppe.

Simone fasste Babatovs Aussage für Kotowski zusammen. Der schwere Mittfünfziger hörte mit der Anspannung eines Jagdhundes zu, der Witterung aufnimmt. Dann ging er Babatovs Logo-Zeichnungen und die Beschreibungen der Baustellen durch. Als er fertig war, schwieg er.

»Was ist?«, fragte Simone.

»Das sind Baustellen von Nolden-Bau.«

»Und?«

»Keine Chance. An Nolden kommt ihr nicht ran.«

»Ich dachte, der ist sauber?«, sagte Simone.

»Christof Nolden?« Kotowski lachte bitter. »Wie kommst du darauf? Weil der in den Medien so gut rüberkommt? Oder wegen dem neuen Stadion? Der smarte Christof baut in jeder Stadt irgendwas, für das ihn alle lieb haben: ein Theater, ein Museum, ein Fußballstadion. Das gibt gute Presse. Vor allem für die Politiker vor Ort. Und im Gegenzug schanzen die dann ihrem neuen besten Freund die öffentlichen Bauaufträge zu. Nicht ganz so sexy, aber eine sichere Bank. Vor allem, wenn man die Arbeiten mit Dumpinglöhnern durchzieht.«

»Ich sehe jetzt nicht, weshalb wir deshalb nicht an ihn rankommen sollen«, sagte Simone.

Kotowski seufzte. »Okay. Noch mal in einfachen Worten. Christof Nolden ist bestens vernetzt. Der hat Freunde ganz weit oben.«

»Und die decken auch einen Vierfachmord?«, fragte Simone.

»Du willst mich nicht verstehen, oder? Weißt du, um wie viel Kohle es da geht? Vergiss es, Simone! Du kriegst Nolden nicht. Nicht wegen ein paar toter Bulgaren.«

»Seit wann bist du so abgefuckt, Jürgen?«

Kotowski schwieg.

»Was sollen wir dann deiner Meinung nach machen?«

»Den Jungen in Sicherheit bringen.«

»Der Antrag auf Zeugenschutz ist raus ans LKA.«

»Na herzlichen Glückwunsch.«

»Wo ist das Problem?«

»Glaubst du wirklich, denen kannst du trauen?«

»Wie soll ich das denn jetzt verstehen?«

Kotowski sah Simone lange an. »Erinnerst du dich an Mike Herkenrath? Der früher immer beim Kegeln mit dabei war?«, fragte er schließlich.

»Der Alki?«

»Der Alki war früher mein Chef. Sehr fähiger Ermittler. Vor fünf Jahren hat er Christof Nolden ins Visier genommen. Wir haben dafür mit dem Zoll in Dresden und Leipzig zusammengearbeitet. Die Berliner hatten wir auch im Boot. Damals hat Nolden-Bau noch vor allem mit Exjugoslawen gearbeitet, ansonsten lief das aber genau wie jetzt bei euren Bulgaren. Wir hatten wasserfeste Zeugenaussagen zu dem, was auf den Baustellen los war. Aber wir hätten auch Einblick in die Firmenstruktur und die Geldflüsse gebraucht und Zugriff auf die Hintermänner in den Herkunftsländern. Herkenrath hat damals beim LKA Amtshilfe angefordert. Zehn Tage später mussten wir die Ermittlungen einstellen, weil unser neuer Chef andere

Prioritäten gesetzt hat. Herkenrath ist seitdem Leiter einer Sonderkommission für besondere Aufgaben. Die Sonderkommission hat außer ihm keine Mitarbeiter, und worin die besonderen Aufgaben bestehen, weiß Herkenrath bis heute nicht. Also schaut er jetzt jeden Tag von acht bis fünf dem Mauszeiger beim Blinken zu und säuft sich dabei um den Verstand.«

»Jeder ist seines Glückes Schmied.« Simone zuckte mit den Schultern. »Warum erzählst du uns das, Jürgen?«

»Damit du kapierst, mit wem du dich da anlegst. Es bringt nichts, in Schlachten zu ziehen, die man nicht gewinnen kann.«

»Ah. Das Tao des Karrierebullen.« Simone ließ sich schwer in ihrem Stuhl zurückfallen. »Nur kein Risiko eingehen, was? Aber mal angenommen, du hast recht – noch mal die Frage, was sollen wir dann deiner Meinung nach mit dem Jungen tun?«

»Kauft ihm ein Ticket. Setzt ihn in den nächsten Bus nach Bulgarien. Und dann schreibt ihr das Ganze als Abrechnung im Romamilieu ab. Solange die Wilhelmplatz-Geschichte am Kochen ist, kräht da kein Hahn nach.«

Simone sah Can an. Can vermied ihren Blick.

»Nee, nee, mein Lieber. Nicht mit mir«, sagte Simone endlich. »Wir knöpfen uns Nolden vor.«

»Tu, was du nicht lassen kannst, Simone. Aber ich hab dich gewarnt.« Kotowski stand auf und ging.

»Ich habe gedacht, der wäre einer von uns«, sagte Simone, als Kotowski weg war.

»Hast du mal drüber nachgedacht, dass er recht haben könnte?«, fragte Can.

»An dem Tag, an dem ich anfange, über so was nachzudenken, geb ich meine Dienstmarke ab.« Simone schob die Zettel mit Babatovs Zeichnungen zusammen.

»Bis heute Abend müssen wir was Belastbares gegen Nolden zusammen haben, damit ich zum Staatsanwalt gehen kann. Kümmerst du dich um die Akte von den Herkenrath-Ermittlungen? Ich muss jetzt zur großen Lagebesprechung.« Dann war sie weg.

Can ging zurück in sein Büro und fuhr den Rechner hoch. Im elektronischen Archiv war die Herkenrath-Akte nicht zu finden. Can stand auf und trat ans Fenster. Draußen verschwand gerade ein Fuchs im Brombeerdickicht. Die Sonne war herausgekommen, und in der Hitze des neuen Morgens stieg leichter Dampf aus dem vom Regen des Vortags aufgeweichten Boden. Can rieb sich den Nacken. Dann ging er zurück zum Rechner und suchte nach Herkenraths Kontaktdaten.

Eine halbe Stunde später stand er vor Herkenraths Büro im Hauptzollamt. Er klopfte. Keine Antwort, aber hinter der Tür wurde eine Schublade zugeschoben. Can klopfte noch einmal, dann drückte er die Klinke und trat ein.

Der Raum roch nach Schnaps und Kippen. Auf der Fensterbank vertrocknete eine Topfpflanze. Im staubigen Aktenregal an der Wand lag ein achtlos hingeworfener Plüschaffe in Uniform. *Mach et joot, Mike,* stand auf der kleinen Zollkelle, die dem Affen müde aus der pelzigen Hand hing. Der Schreibtisch war vollkommen leer.

Herkenrath saß mit dem Rücken zu Can in seinem Bürostuhl und starrte auf die Brandmauer vor seinem Fenster.

»Ich kann mich nicht erinnern, Sie hereingebeten zu haben.« Der Leiter der Sonderkommission für besondere Aufgaben drehte sich langsam herum und sah Can an. Sein Gesicht war aufgeschwemmt, eine fettige Haarsträhne fiel ihm in die Stirn.

»Erster Zollhauptkommissar Michael Herkenrath?«, fragte Can. »Sie haben damals gegen Christof Nolden ermittelt.«

»Und?« Herkenrath verzog keine Miene.

»Kriminalhauptkommissar Can Arat. Ich bin bei der Mordkommission. Kann sein, dass wir was gegen Nolden in der Hand haben. Sie würden uns helfen, wenn Sie uns Ihre alte Akte überlassen könnten.«

»Wer ist wir?«

»Simone Kerkmann leitet die Ermittlungen.«

»Das Terrierweibchen? So haben wir die beim Kegeln immer genannt.« Herkenrath grinste. »Verbissen. Kann nicht verlieren.« Sein

Blick glitt über den leeren Schreibtisch. »Na ja. Irgendwann kassiert jeder seine Niederlage.«

Er beugte sich abrupt vor, zog einen USB-Stick aus der Schreibtischschublade und warf ihn Can zu.

»Da ist alles drauf«, sagte er. »Könnt ihr behalten. Ich bin durch damit.«

Can bedankte sich und wandte sich zum Gehen. An der Wand neben der Tür hing eine gerahmte Edeka-Tüte. Can drehte sich fragend zu Herkenrath.

»E-De-Ka. Ende der Karriere.« Herkenrath legte die Hand an die Stirn und salutierte. »Leben Sie wohl, Herr Arat.«

Can zog die Tür behutsam hinter sich zu und fuhr zurück ins Präsidium.

Als er ins Büro zurückkam, war Simone noch in der Lagebesprechung. Terzuolo und Aldenhoven grüßten durch die Trennscheibe. Can setzte sich an seinen Rechner, zog Herkenraths Daten auf seine Festplatte und schickte sie an die beiden Sachbearbeiter und Simone.

Während sich das Mailprogramm an den Großdateien abarbeitete, scrollte Can sich durch die Unterlagen. Herkenrath und seine Leute hatten damals knapp anderthalb Jahre gegen Christof Nolden ermittelt. Nach dem, was Can auf den ersten Blick erkennen konnte, hatte das Team alles richtig gemacht. Trotzdem hatte es nicht gereicht. Can fragte sich, wie man mit so einem Rückschlag klarkam. Er massierte sich den Nacken und begann seinen Bericht über die Vernehmung von Babatov zu schreiben.

Gegen zehn rief Simone zur Einsatzbesprechung. Ihr Gesicht war grau vor Müdigkeit, aber sie hatte einen entschlossenen Zug um den Mund.

»Wir konzentrieren uns auf Nolden-Bau«, fasste sie die Ergebnisse der Nacht zusammen. »Allerdings haben wir nur noch bis heute Abend für den Fall. Danach sollen wir ihn erst mal zurückstellen und Erdal und Murat bei den Wilhelmplatz-Ermittlungen unterstützen.«

»Fuck! Was soll das denn?« Aldenhoven schlug mit der flachen Hand auf die Tischplatte.

Simone schob ihm den *Kölnischen Morgen* rüber. Das tote Mädchen vom Wilhelmplatz lachte von der Titelseite. »Alma-Sophies Mörder immer noch frei!« stand in fetten Lettern über dem Foto und kleiner darunter: »Hat die Polizei die Kontrolle über die Kurden-Mafia verloren?«

»Daher weht der Wind«, sagte Aldenhoven. »Volkes Stimme fordert Rache für ein unschuldiges deutsches Kind, deshalb müssen jetzt schnell ein paar Kurdenköpfe rollen, um zu zeigen, dass wir Herr der Lage sind. Und bis dahin spielen vier tote Roma erst mal keine Rolle, ja?«

Simone sah Aldenhoven ausdruckslos an.

»Bis heute Abend hast du was für den Staatsanwalt«, Aldenhoven stand auf und ging in sein Büro. Terzuolo schloss sich an. Um Simones Lippen spielte ein Lächeln.

Can saß wie erstarrt. Offenbar war er der Einzige im Team, der Zweifel an einem Schnellschuss gegen Christof Nolden hatte.

Als Can Simone zehn Minuten später in ihrem Büro abholen wollte, hing sie am Telefon. Sie winkte ihn herein, legte den Finger auf die Lippen und stellte dann auf laut.

»Verstehen wir uns richtig, Herr Röseling?«, fragte sie. »Sie sind Sachbearbeiter beim Zeugenschutz und haben mir gerade auf dem kleinen Dienstweg geraten, unseren Antrag für Jossif Babatov zurückzuziehen und ihn als Zeugen in einem Vierfachmord irgendwie anders aus der Schusslinie zu bringen, korrekt?«

»Korrekt.« Röseling klang gequält.

»Gibt es einen Sachgrund für diese Einschätzung?«, fragte Simone.

Stille am anderen Ende der Leitung.

»Sie sind beim Zeugenschutz, Röseling«, sagte Simone. »Sie sollen Menschenleben schützen.«

»Genau deshalb habe ich angerufen«, sagte Röseling und legte auf.

»Was für ein verfickter Eierschaukler!« Simone knallte das Telefon auf den Tisch. »Der spielt doch wahrscheinlich jeden Abend mit Kotowski Beamtenmikado!«

Can schwieg.

Er schwieg auch noch, nachdem sie die ersten beiden Baustellen abgefahren hatten, die Babatov beschrieben hatte. Simone beschränkte sich darauf, mit einem Teleobjektiv Fotos zu machen. Die zumeist dunkelhaarigen Arbeiter wirkten gehetzt. Ganz im Gegensatz zu den Männern mit kurz geschorenem Haar, beigen Chinos, gepflegten Hemden und teuren Sneakers, deren einzig erkennbare Aufgabe auf den Baustellen offenbar darin bestand, alles im Blick zu haben.

»Mit ein bisschen Glück läuft uns einer von den Typen vor die Linse, die Babatov beschrieben hat.« Simone knipste wie im Rausch vor sich hin.

Can starrte schweigend aus dem Fenster, dann legte er die Hand vor das rechte Auge und tastete nach den Ibuprofen.

Drei Stunden und vier Baustellen später fuhren sie zu einer Lagebesprechung zurück ins Präsidium.

Simone war in Siegerlaune. Terzuolo und Aldenhoven nicht.

»Bei den Nolden-Firmen ist alles sauber«, sagte Aldenhoven. »Die Arbeiter sind ordentlich angemeldet. Bezahlung nach Tarif. Regulär versichert. Lohnabrechnungen stimmen auch. Ohne Insiderinfos kommen wir nicht weiter.« Can hob unwillkürlich den Kopf. Simone sah ihn an.

»Irgendeine Idee?«, fragte sie.

Can zuckte mit den Schultern. »Bringt vielleicht nichts. Isa hat mal für Nolden gearbeitet«, sagte er. »Als persönliche Assistentin. Ist allerdings zwanzig Jahre her. Aber vielleicht hat sie damals was mitgekriegt.«

»Ruf sie an.«, sagte Simone.

Can ging auf den Gang und wählte Isas Nummer.

»*The person you have called is currently not available*«, Can drückte die mechanische Frauenstimme weg und rief Isas Nummer in der Redaktion an.

Isas Telefon klingelte zweimal, dann ging Mira dran, Isas extrem hübsche und extrem fähige Assistentin.

»Isa sitzt im Flieger nach Tokio«, sagte sie. »Die erreichst du erst heute Abend wieder. Nach halb zwölf.«

»Scheiße!«

»Kann ich was ausrichten?«

»Dann ist es zu spät.« Can legte auf. Er atmete tief durch, dann ging er zurück in den Besprechungsraum und ließ sich in seinen Stuhl fallen. »Sitzt im Flugzeug. Ist erst heute Nacht wieder zu erreichen.«

Die anderen schwiegen.

»Mir fällt gerade was ein. Kann aber dauern.« Terzuolo sprang auf und verschwand in seinem Büro.

Simone zuckte mit den Schultern und ging die weitere Tagesplanung durch. Aldenhoven sollte den Backgroundcheck zu Nolden weiterfahren. Simone und Can hingegen würden die Observierung der Baustellen fortsetzen, sobald Simone das Kurzprotokoll der Besprechung runtergeschrieben hatte.

Can ging zurück in sein Büro. Durch die Trennscheibe sah er, wie Terzuolo wild gestikulierend telefonierte. »Du sollst niemand denunzieren, Papa, du sollst mir einfach nur das Prinzip erklären!«, brüllte er in den Hörer.

Can sah auf die Uhr. Es war kurz nach zwei. Er nahm den Aufzug in den fünften Stock und ging zu den Verwahrzellen. Die Schließer hatten schon Schichtwechsel gehabt. Der Neue war ein Mann, den Can nicht kannte. Er war ihm sofort unsympathisch.

»Das ist gegen die Vorschrift.« Der Schließer tippte auf das Gewahrsamsverzeichnis. »Ihr könnt bei uns nicht einfach irgendwelche Leute zwischenlagern. Das ist hier doch kein Kurhotel. Meine Schicht geht bis zwölf, wenn der Zigo bis dann nicht raus ist, setze ich den ganz persönlich vor die Tür!«

Can rieb sich mit der Hand über sein schmerzendes Auge.

»Der Junge heißt Jossif Babatov«, sagte er schließlich. »Er bleibt hier drinnen, bis ich dir was anderes sage, verstanden? Und, wenn du noch mal ›Zigo‹ sagst, hast du ein Disziplinarverfahren am Hals. Ist das klar?«

Der Schließer nickte, plötzlich wieder auf das reduziert, was er war: Befehlsempfänger, Besoldungsgruppe A6.

Can holte Simone in ihrem Büro ab. In den nächsten Stunden arbeiteten sie weiter die Baustellen auf Babatovs Liste ab. Auch dort das immer gleiche Bild: gut durchtrainierte, offenbar deutsche Aufpasser in gepflegter Freizeitkleidung und überwiegend fremdländisch aussehende Arbeiter.

Simone zoomte mit dem Teleobjektiv auf einen Bauarbeiter im fünften Stock eines Neubaus. »Kein Schutzhelm, dafür turnt der da oben tatsächlich mit dünnen Herrenslippern auf dem Gerüst rum. Arbeitsschutz ist für die wohl ein Fremdwort.«

Can sagte nichts.

»Ist was?«, fragte Simone.

»Findest du das nicht ziemlich vermessen, was wir hier machen?«

»Ich versteh die Frage nicht.« Simone tippte die nächste Adresse ins Navi.

»Mein Gott, Simone. Herkenrath hat sich anderthalb Jahre lang an Nolden die Zähne ausgebissen und jetzt willst du das mal eben so an einem Nachmittag abhaken?«

»Herkenrath hat ein Alkoholproblem.«

»Der war mal ein echt guter Bulle.«

»Muss vor meiner Zeit gewesen sein.« Simone setzte den Wagen zurück.

»Du willst das nicht hören, oder?« Can schlug mit der Faust gegen das Armaturenbrett.

Simone trat auf die Bremse und drehte sich abrupt zu Can.

»Genau, Can! Ich will das nicht hören. Weil ich die Schnauze voll habe davon. Seit ich bei der Mordkommission bin, darf ich mir bei jeder Gelegenheit anhören, dass ich dem männlichen Kollegen Soundso nicht das Wasser reichen kann. Ich hab den Papp auf von dieser Hetero-Macho-Kacke, verstehst du? Und nur, weil Herkenrath und Kotowski Nolden nicht rangekriegt haben, heißt das nicht, dass wir das nicht schaffen können. Ich glaube nämlich, dass wir ein bisschen mehr draufhaben als die Hilfssheriffs vom Zoll.«

Can überlegte, an der nächsten Ampel aus dem Wagen auszusteigen und zu gehen. Sollte Simone ihren privaten Kreuzzug doch alleine führen.

Simones Handy klingelte. Sie stellte auf laut.

»Ich hab raus, wie er's macht.« Der Triumph in Terzuolos Stimme war unüberhörbar.

»Schieß los!«

»Die Bulgaren sind regulär angestellt. Steuer, Krankenversicherung, wird alles ordentlich abgeführt. Der Lohn wird auch regelmäßig ausgezahlt. Allerdings auf Girokonten bei der Sparkasse, die auf die einzelnen Arbeiter laufen.«

»Davon hat Babatov nichts erzählt.«

»Da wusste der auch nichts von.«

»Der hat ein Konto und weiß nichts davon?«

»Ich hab eine Freundin bei der Sparkasse. Die hat das mal geprüft. Jeweils am Tag nach Zahlungseingang werden die Bulgarenkonten am EC-Automaten komplett abgeräumt. Immer bei derselben Filiale in Nippes, der Reihe nach, alle Konten durch. Ich hab mir das Überwachungsvideo für den EC-Automaten angeschaut.«

»Lass mich raten, da stehen keine bulgarischen Arbeiter-Kolonnen vor dem Automaten, sondern ein einzelner durchtrainierter Typ in akkuraten Chinos und Freizeithemd?«

»Schlaues Mädchen!« Terzuolo lachte. »Die Bulgaren bekommen mit Glück zweihundert Euro in bar auf die Hand, den Rest gibt der Chino-Mann brav wieder an Nolden zurück. Bei der Methode kommt zwar weniger bei rum als bei gewöhnlicher Schwarzarbeit, dafür ist aber auch das Risiko fast null. Außerdem, weil der liebe Christof so brav die Sozialabgaben für seine Arbeiter zahlt, bekommen die im Winter natürlich auch alle Saison-Kurzarbeitergeld. Dass die Bulgaren spätestens im November wieder zum unbezahlten Heimaturlaub auf den Balkan zurückgekarrt werden, überprüft kein Mensch. Und jetzt kommt überhaupt das Beste. Die Löhne werden ja auch ordentlich versteuert. Und weil sich der gemeine Bulgare nicht die Butter vom Brot nehmen lässt, reichen die Arbeiter von Nolden-Bau jedes Jahr pünktlich im Februar ihre perfekt optimierten Lohnsteuererklärungen ein.«

»Und die Erstattungen vom Finanzamt gehen natürlich auch auf die Girokonten.« Simone nickte anerkennend. »Wie viel Kohle wird da gedreht?«

»Knapp dreitausend Euro Reingewinn pro Arbeiter pro Monat«, sagte Terzuolo. »Da kommt ordentlich was zusammen.«

»Gute Arbeit, Terzuolo«, sagte Simone.

»Ein Kumpel von meinem Vater hat eine Baufirma in der Südstadt. Der ist ziemlich gut im Geschäft.« Terzuolo legte auf.

»So viel zum Thema ›vermessen‹«, sagte Simone.

Can sah schweigend aus dem Fenster. Simone fädelte sich in den zähen Vorabendverkehr ein.

Ihre nächste Station war eine Großbaustelle in Chorweiler. Gegen acht tauchten fünf weiße Transporter auf. Die Bauarbeiter stiegen ein, dann setzte sich die Wagenkolonne in Bewegung. Simone hängte sich an den Konvoi. Die Transporter verschwanden auf dem ehemaligen Bahngelände in Ossendorf. Das offene Brachland bot kaum Deckung. Can und Simone blieb nichts anderes übrig, als die Verfolgung zu Fuß fortzusetzen. Im Schutz von Brombeerhecken und Holundersträuchern näherten sie sich der heruntergekommenen Baracke, vor der die Transporter gehalten hatten. Ein Chino-Mann scheuchte die Arbeiter in das Gebäude und schob ein paar Laibe Brot und eine Palette Wasserflaschen hinterher. Dann schloss er die Stahltür von außen ab und schwang sich auf den Beifahrersitz des vordersten Transporters. Kies spritzte unter den Rädern auf, als die Wagen in Richtung Nippes verschwanden.

Can und Simone pirschten sich vorsichtig an die Baracke heran und umrundeten das Haus. Überwachungskameras waren keine zu sehen, aber die Fenster waren vergittert und von innen mit Kartons abgeklebt. Kein Laut drang heraus.

Can klopfte an eines der Fenster. Stille. Er klopfte noch einmal. Keine Reaktion. Simone zuckte mit den Schultern und fotografierte das schwere Vorhängeschloss an der Barackentür.

Zehn Minuten später waren sie auf dem Rückweg ins Präsidium. Can verspürte große Lust, seiner Chefin mit einem gezielten Schlag in die Fresse die Selbstzufriedenheit aus dem Gesicht zu treiben. Stattdessen warf er sich die letzen zwei Ibuprofen ein, starrte in die beginnende Nacht vor dem Wagenfenster und versuchte, gegen den rasenden Schmerz in seinem Schädel anzuatmen.

Aldenhoven wartete in Simones Büro, als sie ankamen.

»Das LKA gibt uns keinen Zeugenschutz für Babatov«, sagte er.

»Wieso nicht?«

»Unter anderem deshalb.« Aldenhoven zeigte auf einen zweifingerdicken Packen Papier auf dem Schreibtisch. »Das ist seine Akte aus Duisburg. Das meiste aus der Zeit vor seinem vierzehnten Geburtstag. Da lief der Junge noch unter dem Namen Konstantin Dimitrov. Hauptsächlich Taschendiebstahl und Einbruch. Aber vor zwei Jahren hat er bei einem Bruch Schmiere gestanden, bei dem zwei Rentner zusammengeschlagen worden sind. Er ist damals abgeschoben worden. Mit unbefristetem Einreise- und Aufenthaltsverbot für Deutschland.«

»Das ist irrelevant für den Zeugenschutz. Das dürfen die nicht gegen ihn verwenden.«

»Tun sie auch nicht. Die zweifeln nur an seiner Glaubwürdigkeit.«

»Bullshit! Wir waren doch auf den Baustellen. Das läuft da eins zu eins genau so, wie der Junge das beschrieben hat.«

»Angeblich sind die Informationen nicht konkret genug. Deshalb ist er nicht unmittelbar gefährdet. Ergo braucht er auch keinen Zeugenschutz.«

»Seine Kollegen haben auch nicht mehr gewusst als er. Die sind jetzt trotzdem tot.«

Aldenhoven zuckte mit den Schultern. »Ich geb nur wieder, was in der Gefährdungsanalyse steht.«

»Die haben doch den Schuss nicht gehört! Sind das eure Auswertungen?«

Simone griff sich die beiden Ordner, die Aldenhoven für sie vorbereitet hatte. »Ich drucke jetzt noch die Fotos von den Baustellen aus und gehe dann mit dem ganzen Zeug zum Staatsanwalt. Macht ihr beiden mal Feierabend. War ein langer Tag.«

Can wartete, bis Aldenhoven gegangen war.

»Was ist?« Simone scrollte hektisch durch die Baustellenfotos.

»Wie ist der Plan B?«

»Plan B für was?«

»Den Jungen. Es ist gleich zehn. Wir können ihn nicht ewig in der Verwahrzelle behalten. Und wenn wir ihn raus auf die Straße lassen, ist er Freiwild.«

»Wenn du mich hier nicht zulabern würdest, könnte ich den Ermittlungsantrag für den Staatsanwalt fertig machen. Dann brauche ich keinen Plan B.«

»Was, wenn der Staatsanwalt den Antrag ablehnt?«

Simone stieß sich wütend mit ihrem Bürostuhl vom Tisch weg. »Sag mal, was ist eigentlich in den Pillen, die du dir ständig einwirfst? Das Material hier reicht mindestens für einen begründeten Anfangsverdacht. Das kann der gar nicht ablehnen. Wir leben immer noch in einem Rechtsstaat, Can.«

»In dem uns ein sizilianischer Mafioso erklären muss, wie das Geschäftsmodell vom größten Bauunternehmer der Stadt funktioniert. Verdammt, Simone, zähl doch einfach mal zwei und zwei zusammen.«

»Ah! ›Köln, die nördlichste Stadt Italiens‹. Die alte Kamelle, ja? Kann ich jetzt vielleicht mal arbeiten, Can?« Simone wandte sich ihrem Bildschirm zu.

Can stürmte in sein Büro und griff sich den Autoschlüssel.

Er fuhr zur Rheinuferstraße, stellte den Wagen ab und folgte einem Trampelpfad, vorbei an Brombeersträuchern und Brennnesseln, bis hinunter zum Fluss. Er setzte sich auf einen schartigen

Betonblock und starrte ans andere Ufer. Der Musical Dome klebte wie ein hässlicher blauer Pickel zwischen dem Bahnhof und St. Ursula. Es war immer noch warm. Ein leichter Wind ließ die Blätter der Weiden silbern aufschimmern und trug den Duft von Waldreben herüber. Irgendwo in der Nähe wurde gegrillt. Leises Frauenlachen und Musikfetzen wehten übers Wasser.

Vor Jahren war Can hier fast jeden Tag mit Isa spazieren gegangen. Lilith war immer dabei gewesen, zuerst verängstigt, dann immer selbstbewusster. Am Ende des Sommers hatte sie eines Abends praktisch aus dem Stand eine Frisbeescheibe, die zwei Meter über ihr segelte, aus der Luft geholt. Seitdem hatte Can Respekt vor der schwarzen Bestie.

Aber das tat jetzt nichts zur Sache.

Cans Gedanken wanderten wieder zu Babatov, und plötzlich wusste er, was er tun musste.

Zwanzig Minuten später war er zurück im Präsidium. Es war kurz vor elf. Simone saß immer noch über ihrem Bericht. Umso besser. Can fuhr hoch in den fünften Stock und ließ sich Babatovs Zelle aufschließen.

»Was ist mit meinem Zeugenschutz?« Der Junge stand mit dem Rücken zu ihm am vergitterten Fenster. Can sah nur den schmalen, fast kindlichen Umriss seines Körpers.

»Wir sind dran. Wird aber nicht ganz einfach, dich hier rauszukriegen. Wir müssen vielleicht ein bisschen Verstecken spielen. Wie im Film.«

Babatov drehte sich um und musterte ihn.

»In einer Dreiviertelstunde rufst du den Schließer und sagst, dass du raus willst. Du fährst runter ins Erdgeschoss, gehst links die Straße runter und biegst in die erste Straße rechts ein. Da stehe ich mit einem roten Golf. Du steigst hinten ein und legst dich auf die Rückbank. Verstanden?

Babatov nickte. Can verließ die Zelle.

»Ganz schöne Diva, der Kleine, was?«, sagte er zu dem Schließer, als er draußen war.

»Kannst du laut sagen. Wie lange wollt ihr den noch hierbehalten?«

»Lass ihn gehen, wenn er will.«

»Scheißpaselacken«, sagte der Schließer.

Can ging zurück in sein Büro. Simone war nicht an ihrem Platz, aber das Licht brannte noch. Wahrscheinlich war sie beim Staatsanwalt. Er zündete sich eine Zigarette an und starrte in die Dunkelheit.

Um halb zwölf rief Isa an. »Mira meinte, du wolltest mich sprechen?« Ihre Stimme klang sehr weit weg.

»Hat sich erledigt.«

»Um was ging es?«

»Christof Nolden.«

»Ermittelt ihr gegen ihn?«

»Simone ist gerade beim Staatsanwalt.«

»Wie heißt der Staatsanwalt?«

»Tut das was zur Sache?«

»Vielleicht.«

»Norbert Forsbach.«

Isa schwieg. »Ist es wegen der toten Bulgaren am Wertstoffhof?«, fragte sie dann.

»Wie kommst du da drauf?«

»Wie sind die Männer gestorben?«

»Darf ich dir nicht sagen. Wieso?«

»Ich schick dir gleich zwei Dateien«, sagte Isa. »Kannst dir ja überlegen, wie du damit umgehst. Lass uns reden, wenn ich zurück bin.« Sie legte auf.

Die erste Datei war das PDF eines Artikels aus der *Dresdner Morgenpost* von 1992. Zwei unbekannte Männer waren tot und mit Spanngurt aneinander gefesselt an einer Baustellenauffahrt gefunden worden. Der Bericht verschwieg die exakte Todesursache, deutete aber grausame Verstümmelungen an. Die zweite Datei war ein Partyfoto aus der Society-Kolumne von Isas Magazin *Concrete Gold*. Christof Nolden und der Staatsanwalt Norbert Forsbach lachten Arm in Arm in die Kamera. Beide trugen die Kappen einer großen

Kölner Karnevalsgesellschaft. Auf dem Motto-Schal, den sie um die Schultern geschlungen hatten, stand *Echte Fründe ston zesamme.*

Can loggte sich in seinen Rechner ein und ging Mike Herkenraths Ermittlungsergebnisse durch. 1992 hatte Christof Nolden den Neubau des Kronen-Theaters in Dresden betreut. Er druckte Isas Dateien aus, steckte die Ausdrucke in einen braunen Umschlag und legte ihn Simone auf den Schreibtisch.

Dann verließ er das Präsidium. Er postierte sich mit dem Wagen an der Ecke Barcelona-Allee und wartete. Zehn Minuten später stieg Babatov in seinen Golf und kauerte sich wortlos auf der Rückbank zusammen. Can ließ den Wagen an und fuhr los. In seinem Schädel tobte der Schmerz, sein rechtes Auge brach die Bilder wie ein zersplitterter Spiegel.

Als sie am Roten Haus ankamen, war es halb eins. Bei Andi brannte noch Licht. Can wummerte heftig gegen die Werkstatttür. Andi öffnete. Das Licht der Hoflampe spiegelte sich in seiner Brille.

»Habe ich mich letztes Mal nicht klar genug ausgedrückt, Arschloch?«

»Ich brauch dich. Du musst mir helfen.«

»Warum sollte ich?«

»Wegen Marie.«

»Marie ist tot«.

»Genau deshalb. Ich hab einen Deal für dich.«

Andi zögerte. »Und der da?« Er zeigte auf Babatov.

»Ist Teil vom Deal. Lässt du uns rein?«

Andi winkte sie schweigend in die Werkstatt.

Vier Stunden später waren sie sich handelseinig. Draußen kündigte sich ein weiterer milchigschwüler Spätsommertag an. Babatov hatte sich auf Andis Werkstattsofa gelegt und schlief mit offenem Mund. Andi kochte Espresso auf dem alten Kanonenofen. Can drehte sich eine Zigarette. Als er aufstand, um sich sein Feuerzeug zu holen, gab der Boden unter ihm nach. Er stürzte. Dunkelheit umfing ihn und dann nur noch schwarze Stille.

6

Zitrone, eher wohl Bergamotte, mit etwas Rosen. Herbere, holzige Aromen darunter. Can versuchte den Duft einer Person zuzuordnen, aber er konnte sich an niemand erinnern, der dieses Parfum trug. Ihm war leicht übel. Mühsam öffnete er die Augen. Ein weiß getünchter Raum. Durch cremefarbene Vorhänge fiel gedämpftes Nachmittagslicht. Er lag in einem Krankenhausbett. Plötzlich nahm er auch den scharfen Geruch von Desinfektionsmitteln wahr.

»Hi.« Mira beugte sich zu ihm. Der Duft von Bergamotte und Rosen verstärkte sich. »Verstehst du, was ich sage?«

»Wo bin ich?«

»St. Vinzenz.«

»Was ist passiert?«

»Sag du's mir. Isa hat mich um fünf Uhr morgens aus dem Bett geklingelt. Ich sollte zu einem Haus in Ehrenfeld fahren, dich ins Krankenhaus bringen und so lange dableiben, bis du wieder aufwachst.«

»Wie lang ist das her?«

»Anderthalb Tage.«

»Schon mal über einen Jobwechsel nachgedacht?«

»Nein. Aber ich habe Isa gesagt, sie soll sich einen anderen Freund suchen.«

»Wir wohnen nur zusammen.«

»Stimmt. Das ist ja eure Sprachregelung.«

Eine Weile sagten beide nichts. Can musterte Mira unauffällig.

Kastanienfarbenes Haar, kurz geschnitten, der Nacken frisch aus-
rasiert. Grüngraue Augen, schmale Nase, aparter Unterbiss. Miras
betongraues T-Shirt mit dem goldenen Aufdruck *Concrete Gold*
spannte an genau den richtigen Stellen.

»Cooles Top«, sagte Can.

»Ah, uns geht's wieder besser«, Mira grinste. »Dann kann ich ja
jetzt gehen.«

»Danke, dass du da warst. Sagst du dem Typen in Ehrenfeld, dass
ich okay bin?«

»Mach ich. Deine Chefin hat ein paar Mal auf deinem Handy
angerufen. Ich hab ihr gesagt, dass du hier bist.«

Can nickte resigniert.

»Ruf Isa an. Sie macht sich Sorgen. Ich geb draußen Bescheid,
dass du wach bist.« Mira winkte ihm zu und war weg.

Kurz darauf stand ein jungdynamischer Arzt mit randloser Brille
an Cans Bett.

»Sie sind Polizist, Herr Arat?«

»Tut das was zur Sache?«

»Sagen wir so, wenn Ihre junge Freundin Sie nicht ins Krankenhaus gebracht hätte, wären Sie jetzt vermutlich tot. Sie hatten
eine schwere Hirnprellung mit einem erheblichen Bluterguss unter
der Schädeldecke. Wie Sie damit haben rumlaufen können, ist mir
schleierhaft. Sie müssen extreme Kopfschmerzen gehabt haben.
Wir mussten den Schädel öffnen, um den Hirndruck zu normalisie-
ren. Die Wunde ist in ein paar Tagen verheilt. Aber Sie werden sechs
bis acht Wochen nicht arbeiten können. Da macht es für die Berufs-
genossenschaft schon einen Unterschied, ob sie sich Ihre Verletzun-
gen im Dienst oder in der Disco zugezogen haben.«

Can erinnerte sich – Andi hatte ihn gegen die Werkstatttür ge-
stoßen. Wann war das gewesen? Dienstag? Mittwoch? Egal. Das
Einzige, was jetzt zählte, war, dass er einen Deal mit Andi hatte.
Plötzlich hatte er vor Augen, wie Babatov zusammengerollt auf An-
dis Werkstattsofa schlief. Niemand durfte wissen, wo der Junge war.
Keine Spur durfte zum Roten Haus führen.

»Ich möchte jetzt gerne schlafen«, sagte er.

Der Arzt nickte unmutig und ging.

Can lehnte sich im Bett zurück und griff nach seinem Handy. Isa nahm nach dem ersten Klingeln ab.

»Wie geht es dir?« Ihre Stimme klang noch rauer als sonst.

»Muss ja. Woher wusstest du, was passiert ist?«

»Von Andi. Das war der Rastamann, der bei dem Fischessen neben mir gesessen hat, richtig? Er hat von deinem Handy aus die letzte Nummer angerufen, die du gewählt hattest. Du wärst bei ihm in der Werkstatt umgekippt, es wäre zu riskant für ihn, einen Krankenwagen zu rufen. Ich bin noch hier in Tokio, also habe ich Mira Bescheid gegeben.«

»Der Arzt meint, wenn sie mich nicht ins Krankenhaus gebracht hätte, wäre ich jetzt tot.«

»Na, dann sind wir jetzt ja quitt.«

Can schwieg.

»Was ist eigentlich los?«, fragte Isa.

»Wann bist du zurück in Köln?«

»Mitte nächster Woche. Früher kann ich hier nicht weg.«

»Lass uns reden, wenn du wieder da bist.«

»Deal«, sagte Isa und legte auf.

Can drehte sich auf die Seite und schlief ein.

Als er aufwachte, saß Simone an seinem Bett.

»Hallo«, sagte sie.

»Hallo.« Can richtete sich mühsam auf.

»Wie isset?« Simone versuchte ein schiefes Lächeln. Ihre Augen waren verschwollen, die Haut kalkweiß und verpickelt.

»Alles dufte. Und selbst?«

»Danke, dass du den Jungen gewarnt hast.«

»Ich hab das für ihn gemacht, nicht für dich.«

»Trotzdem.« Simone schwieg einen Moment. »Wo ist er jetzt?«, fragte sie.

Can sah sie wortlos an. Simone senkte den Blick und starrte auf ihre Hände. Die Fingernägel waren bis aufs Fleisch heruntergekaut. Lange sagten sie nichts.

»Eigentlich war das alles ganz locker mit mir und meinem neuen Duz-Freund Norbert Forsbach«, sagte Simone endlich. Ihre Stimme war kaum hörbar. »Ich hab ihm unsere Sache vorgetragen. Alles, was wir gegen Nolden hatten. Forsbach hat mir zu unserer guten Arbeit gratuliert. Dann hat er mir das Du angeboten. Und danach hat er gefragt, ob mir klar wäre, was für Konsequenzen derartige Anschuldigungen gegen jemanden wie Nolden haben könnten. Das kam gar nicht mal bösartig oder drohend rüber, eher auf die verständnisvolle, väterliche Tour.« Simone knibbelte an ihrem Nagelbett. »Und weil wir gerade so schön vertraut waren, ging's dann plötzlich auch um persönliche Sachen«, fuhr sie mit ihrem neuen schiefen Lächeln fort. »Der Norbert wollte wissen, wie weit Claudia mit ihrem Adoptionsantrag ist. Für lesbische Paare wäre das ja noch mal eine Ecke schwieriger als für Heteros. Da könnte die Ermessensentscheidung eines einzelnen Sachbearbeiters schnell mal die schönsten Träume zunichtemachen. Ich habe gelächelt und genickt. Danach haben wir noch ganz gemütlich einen Cognac getrunken, bis der Norbert meinte, es wäre doch schon arg spät, und ich sollte noch mal eine Nacht über die Sache schlafen.«

Simone hörte für einen Moment auf, ihre Finger zu bearbeiten, und sah Can an.

»Im Büro lag dann dein Umschlag mit dem Foto und dem Artikel zu der alten Geschichte aus Dresden. Ich bin sofort hoch. Aber Babatov war schon weg. Der Schließer meinte, das wäre mit dir abgesprochen gewesen. Ich hab mich in den Wagen gesetzt und bin rumgefahren, bis es draußen hell war. Zwei Stunden später hatte Forsbach seinen Abschlussbericht von mir. Abrechnung im Romamilieu. Keine brauchbaren Hinweise. Täter haben sich vermutlich nach Bulgarien abgesetzt. Aus die Maus.«

Simone stand auf und begann unruhig auf und ab zu gehen.

»Danach bin in die Eifel gefahren. Unser alter Dorfpfarrer hat mir die Feldkapelle aufgeschlossen. Da habe ich bis zum Abend gesessen und darauf gewartet, dass Gott mir sagt, was ich tun soll.«

»Und? Hat er?«

»War wohl nicht der richtige Ansprechpartner.« Wieder das schiefe Lächeln.

»Weiß Claudia, was los ist?«

Can sah, wie Simone die Tränen in die Augen schossen. Im nächsten Moment hatte sie sich schon weggedreht.

»Im Jugendamt haben sie uns beim letzten Mal gesteckt, dass der Adoptionsantrag nur deshalb so wohlwollend begutachtet worden ist, weil ich bei der Bullerei bin«, sagte sie, den Rücken zu Can. »Wenn ich den Job jetzt schmeiße, wird das Verfahren komplett neu aufgerollt, und wer weiß, was dabei rauskommt. Also bleibe ich bei der Truppe.«

»Red mit Claudia.«

»Und was soll ich der erzählen? Dass ich für ihren Traum von einem Kind meine Seele verkaufe? Nee, du. Das muss ich schon mit mir selber ausmachen.«

Can schwieg.

Simone nestelte ein paar Fünfzig-Euro-Scheine aus ihrer Brieftasche. »Hier. Du hast dem Jungen doch sicher Geld gegeben, oder? Ist mein Anteil.« Can hatte sie noch nie mit hängenden Schultern gesehen.

»So geht das nicht, Simone.«

»Wie denn dann, Can? Was soll ich machen? Sag's mir!« Tränen liefen über Simones Gesicht.

Can fühlte sich seltsam leer.

»Hatte ich dir meine Dienstunfallmeldung gegeben?«, fragte er. »Vom vergangenen Mittwoch? Ein Typ in einer Bulgaren-Bar hat mich zusammengeschlagen. Keine Zeugen, genauere Täterbeschreibung kann ich nicht geben. Hirnprellung. Blackout. Weißt schon.«

Simone sah Can sekundenlang verständnislos an. Dann begriff sie.

»Die muss noch bei mir auf dem Schreibtisch liegen. Ich kümmere mich.« Sie sah auf ihr Handy. »Ich muss. Wir sind jetzt für die Wilhelmplatz-Ermittlungen abgeordnet.«

»Grüß Aldenhoven und Terzuolo.«

Simone winkte ihm müde zu. Dann war sie fort. Kurz darauf nickte Can weg.

Das nächste Mal kam Simone abends nach Dienstschluss.

»Deine Unfallmeldung. Du hattest die Unterschrift vergessen.« Sie reichte Can ein Formular.

Can setzte seinen Namen unter den Wisch. »Danke. Erspart mir Ärger.«

Simone lächelte. »Irgendjemand muss ja was davon haben, dass ich jetzt auf der dunklen Seite der Macht bin.«

»Wie lang willst du das durchhalten, Simone?«

»Rente mit siebenundsechzig. Ich bin sechsundvierzig. Sind noch ein paar Jährchen.«

»Da bist du nicht der Typ für.«

»Jeder ist seines Glückes Schmied, Can. Meine Devise.«

»Ja. Und ich fand die immer schon Scheiße. Red verdammt noch mal mit Claudia.«

»Lass gut sein, Can.« Simone schob die Unfallmeldung in einen Umschlag. Dann verließ sie den Raum und zog sachte die Zimmertür hinter sich zu. Seitdem sie den Rücken nicht mehr gerade hielt, hatte ihr kompakter Körper mit einem Mal etwas Sackartiges.

Sechs Tage später wurde Can entlassen. Es war immer noch drückend heiß. Zu Hause in der Jülicher Straße roch die Luft abgestanden. Der Kühlschrank war leer. Isa würde erst am nächsten Morgen zurückkommen. Can riss die Fenster auf und machte sich einen Espresso.

Behutsam fuhr er mit dem Finger über die Narbe an seinem Kopf. Sie war verschorft und juckte in der Hitze. Für die OP hatten sie ihm im Krankenhaus die rechte Schädelhälfte rasiert Die harten, schwarzen Stoppeln, die inzwischen nachgewachsen waren, standen in groteskem Gegensatz zum Rest seiner Frisur.

Can kippte den Espresso und fuhr in die Weidengasse. Er setzte sich in einen der Berbershops und wies den Friseur an, ihm die verbliebenen Haare so kurz wie möglich zu scheren. Als der Mann fertig war, sah Can aus wie ein in die Jahre gekommener Türsteher. Er war sich selber fremd, aber er wusste, das würde vergehen.

Im türkischen Supermarkt gegenüber kaufte er eine Lammkeule, Bohnen, Kräuter und ein großes Bund blühenden Dill. Danach setzte er sich in eine der neuen türkischen Konditoreien. Während er auf seinen Mokka wartete, drehte er sich eine Zigarette und sah hinaus auf die Straße. Seit der Operation waren die Kopfschmerzen weg. Die Ärzte hatten ihm Ruhe verschrieben. Zum Dienst musste er frühestens in acht Wochen wieder antreten.

Aber vielleicht würde er das auch lassen.

Can griff nach seinem Telefon. Bei Andi erreichte er nur die Mailbox. Er hinterließ eine Nachricht, dass er am Freitag ins Rote Haus kommen würde. Eine junge Kellnerin brachte Cans Mokka und ein Stück Kokos-Baklava. Ihr hellgrünes Kopftuch hatte exakt die Farbe ihrer Augen. Can nippte seinen Mokka, aß das Baklava und sah nach draußen auf die Straße.

Zurück in der Jülicher Straße stellte er den Dill in eine Vase, er schaltete das Radio in der Küche an und begann die Lammkeule zu entbeinen. Während er das Fleisch mit Olivenöl, Knoblauch und den frisch gehackten Kräutern einrieb, versuchte er vergeblich, sich zu erinnern, wann er zum letzten Mal für Isa gekocht hatte.

Gegen vier wurde Can müde. Er ging in sein Zimmer, streckte sich auf der Matratze aus und griff nach dem schweren Bildband, der dort seit Monaten lag: *Nur die Liebe nicht. Robert Selinger. Early Works*. Can hatte das Buch von Isas Exfreund bei einer seiner gewohnheitsmäßigen Touren durch die Buchhandlungen auf der Albertusstraße aufgetan. Zuerst hatte er den Titel peinlich gefunden. Dann hatte er aber doch in dem opulenten Wälzer geblättert und war plötzlich in einer anderen Zeit versunken. Robert hatte seine ganzen bescheuerten Schnappschüsse aus den Achtzigern und frühen

Neunzigern in das Buch gepackt, Kneipenszenen, Freunde auf der Straße, in ihren Wohnungen, im Bett, auf Partys und bei den Abstürzen danach.

Seite für Seite hatte Can Gesichter wiedergefunden, die er einmal gekannt hatte. Isas Freundin Nina zum Beispiel, die mit leicht schrägen, bernsteinfarbenen Augen und hochgetürmtem kupferfarbenem Haar hinter dem Tresen einer längst untergegangenen Bar stand, die Arme leicht aufgestützt, der Blick zugleich abweisend und nach innen gekehrt. Zu einer Zeit, in der sich noch niemand hatte tätowieren lassen, war Nina von einem Trip nach New York mit Bildern auf der Haut nach Köln zurückgekommen, die aussahen, als hätte ihr ein niederländischer Barockmaler mit leichter Hand ein Blumenstillleben auf Rücken und Arme gepinselt, Nachtfalter, Raupen und Käfer inklusive. Cans Freund Thomas hatte früher ganze Nächte bei ihr am Tresen gestanden, um das Zusammenspiel von Farben, Haut und Muskeln zu beobachten. Nina hatte damals Sängerin werden wollen. Sie mochte dieselbe Musik wie Isa: Bessie Smith, Lil Green, Billie Holiday, die ganzen alten Torch-Songs aus den Dreißigern und Vierzigern. Can fand zwar, dass es Nina, an der nötigen Tiefe für den Blues fehlte, aber sie hatte Talent und eine rauchige, durchdringende Stimme. Statt daraus etwas zu machen, hatte sie mit Mitte zwanzig einen zwölf Jahre älteren Rechtsanwalt geheiratet und schnell hintereinander zwei Kinder bekommen. Als sie mit dem dritten schwanger war, hatte sich der Kindsvater nach London abgesetzt. Unterhalt zahlte er keinen. Nina hatte sich und die Kinder eine Weile lang mit irgendwelchen Jobs über Wasser gehalten, bis sie sich bei einem Frankreichurlaub mit Isa in einen Belgier verliebt hatte und Hals über Kopf zu ihm gezogen war. In den Jahren darauf hatte sie noch zwei Kinder bekommen: Georges und Sara. Georges war Isas Patenkind. Fotos von ihm hingen am Kühlschrank in der Küche, und Can hatte sich immer gefragt, wie so ein milchweißes Mädchen wie Nina zu einem so dunklen Kind gekommen war. Nina selbst war seit dem Umzug nach Belgien vollkommen aus seinem Blickfeld verschwunden.

Rudi hingegen, den Can zwei Seiten weiter entdeckte, lief immer noch durch die Kölner Kneipen. Schäbig, mit kaputten Zähnen und eingedrückter Nase, ein verschämter Schatten seiner selbst. Roberts Bilder zeigten Rudi in seiner alten Glorie: nachts um drei lachend und mit Stecknadelpupillen auf der Aachener Straße, das himmelblaue Hemd weit aufgeknöpft, in jedem Arm eine strahlende Blondine. Oder, auf einer anderen Aufnahme, in einem Probenkeller über seinen Kontrabass gebeugt, ein Auge zugekniffen, mit einer Kippe im Mundwinkel. Irgendwann war Rudis Vater, ein hohes Tier bei der EU, dahintergekommen, dass sein Sohn das Kölner Nachtleben aufmischte, statt vereinbarungsgemäß Jura zu studieren. Es hatte böse Szenen gegeben. Rudi hatte Besserung gelobt, sich dann aber nicht an die Abmachungen gehalten. Daraufhin hatte sein Vater den Geldhahn zugedreht. Ohne die regelmäßigen Zahlungen aus Brüssel hatte Rudi seinen großzügigen Drogenkonsum nicht mehr finanzieren können. Er hatte selbst mit dem Dealen angefangen, sich dabei aber so ungeschickt angestellt, dass er bald im Knast gelandet war. Dort hatte man dem Sohn reicher Eltern zur Begrüßung das Nasenbein und die Zähne eingeschlagen. Mit den Drogen hatte Rudi drinnen weitergemacht. Seit seiner Entlassung lebte er mal hier mal dort, schlief bei Freunden auf dem Sofa oder in den Hinterzimmern der Kneipen, in denen er manchmal noch als Spüler hinterm Tresen stand. Wenn Can Rudi irgendwo begegnete, unterhielt er sich meistens kurz mit ihm. Nicht aus echtem Interesse, eher aus Mitleid. Vielleicht aber auch, weil er dunkel ahnte, dass er selbst ähnlich wie Rudi hätte enden können, wäre die Sache mit Isa nicht gewesen. Plötzlich fiel Can auf, dass er Rudi ewig nicht mehr gesehen hatte.

Er schlug um auf die nächste Seite mit der Fotostrecke von *Bibi 365* – dreihundertfünfundsechzig Polaroidaufnahmen von Isas engster Freundin, Bibiana »Bibi« Bacigalupi. Ein Polaroid für jeden Tag des Jahres. Auf jedem dieser Fotos sah Bibi anders aus, genau wie im wirklichen Leben. Bibi kam aus dem gleichen oberhessischen Kaff wie Isa und Robert. Nach einem vergeigten Abitur war sie nach

Düsseldorf gezogen und hatte als Stewardess bei einer Charterflug-
gesellschaft angeheuert. Seitdem inszenierte Bibi ihr Leben als bon-
bonbunten Trashfilm, in dem sie in ständig wechselnden Kostümen
die Hauptrolle spielte. Bibi war keine Schönheit, eigentlich war sie
noch nicht einmal wirklich hübsch, aber sie war so von sich überzeugt, dass diese Maßstäbe ihre Bedeutung verloren. Die Männer
waren verrückt nach Bibi, und Bibi war eine Schlampe vor dem
Herrn. Zumindest damals. Jetzt nicht mehr.

Can blätterte weiter. Für die zentrale Doppelseite hatte Robert
eine grobkörnige Aufnahme in Schwarzweiß gewählt. Altertümlich
gekleidete Männer und Frauen standen in strömendem Regen mit
gesenktem Kopf am Rand eines frisch ausgehobenen Grabs, dahinter Musiker mit großen Blasinstrumenten. Can kannte das Foto. Ein
Großabzug hing in Isas Büro an der Wand vor dem Schreibtisch.
Can hatte nie gefragt, was sie an dem Bild fand. Vermutlich erinnerte es sie an irgendeinen Urlaub mit Robert, in Italien oder Grie-
chenland, oder einem anderen Land, in dem Männer Hüte vor die
Brust drückten und Frauen Kopftücher trugen und in dem man die
Toten mit Musik zu Grabe trug.

Nach dem seltsamen Centerfold kamen wieder Porträts. Irgendwann stieß Can auf eine Aufnahme, die ihn selber zeigte. Robert
hatte ihn beim Frühstück in der Küche erwischt. Can saß am Tisch,
hinter ihm der alte Gasherd mit der kleinen Espressokanne, vor ihm
das aufgeschlagene Feuilleton, eine Kaffeetasse und ein überquel-
lender Aschenbecher aus auberginefarbenem Glas. Can sah von
unten direkt in die Kamera, die fast schwarzen Augen schon damals
tief umschattet. Eine schwere dunkelbraune Haarsträhne fiel ihm
in die Stirn. Unter dem halb offenen, leuchtend orangen Bademantel schimmerte seine Haut olivfarben.

Can hatte das Buch damals spontan gekauft. Es war ein paar Tage
nach der Trennung von Marie gewesen, und er hatte plötzlich die
Idee gehabt, dass Marie, wenn sie diese Fotos sähe, verstehen würde,
wer er war, ohne dass er ihr irgendetwas erklären müsste.

Erst als er zu Hause noch einmal durch den Band geblättert hatte, war ihm klar geworden, dass sein Plan nicht aufgehen würde. Er hatte sich sein eigenes Porträt noch einmal genauer angesehen: gut aussehender junger Mann mit Migrationshintergrund in unaufgeräumter WG-Küche, oranger Bademantel, zornig-müder Blick in die Kamera.

Soweit alles okay.

Dann fiel ihm der Frauenfuß auf, der von der Seite ins Bild ragte. Isa hatte wie immer auf dem Küchenstuhl rechts neben der Tür gesessen. Sie musste also mit auf dem Foto gewesen sein, aber Robert hatte den Ausschnitt so gewählt, dass nur ihr Fuß zu sehen war.

Can wunderte sich. Wenn es einen Menschen gab, den Robert in diesen Jahren täglich fast obsessiv fotografiert hatte, dann war das Isa. Mit einer Porträtserie von ihr hatte er damals seinen Durchbruch auf dem internationalen Kunstmarkt gehabt. Warum also hatte er Isa hier aus dem Bild geschnitten?

Daraufhin hatte Can sich den Band noch einmal vorgenommen. In vielen, in fast allen Aufnahmen hatte er Spuren von Isa entdeckt – ihren grauen Pulli, der über einer Stuhllehne hing, ihr Rennrad, das an einer Wand lehnte, BHs und eines ihrer unsäglichen Motto-T-Shirts auf einem Wäscheständer, das Regal mit den altmodischen Oma-Schuhen, die Isa früher ständig getragen hatte, ihren Schlüsselbund mit dem komischen Axt- und Hammeranhänger. Auf einem Foto entdeckte Can sogar eine warmgoldene Haarsträhne, die Robert vor das Objektiv geweht war und die nur zu Isa gehören konnte. Isa selbst war in keiner einzigen Aufnahme zu sehen. Robert hatte seinen Buchtitel richtig gewählt. Der Band zeigte alles, was damals gewesen war, nur die Liebe nicht. Can fühlte sich verraten: Ohne Isa im Zentrum erklärten Roberts Fotos überhaupt nichts, schon gar nicht jemandem, der nicht dabei gewesen war. Auch dass Robert ans Ende des Buches kommentarlos seine berühmte Selbstporträtserie *About Loss* gestellt hatte, drei quälend genaue Ganzkörperaufnahmen, die unmittelbar nach der Trennung von Isa entstanden waren, tat nichts zur Sache. Das, worum es damals gegangen war, blieb in den Fotos unsichtbar.

Can hatte das Buch nicht an Marie geschickt. Auch sonst hatte er keinen Kontakt zu ihr gesucht.

Und jetzt war sie tot.

Er klappte den Bildband zu, machte den Fernseher an und stellte den Ton ab. Kurz darauf war er eingeschlafen.

Als Can aufwachte, wurde es draußen schon hell. Er stand auf und ging ins Bad. Die Tür zu Isas Zimmer war geschlossen, aber im Flur stand ihr Koffer, und ihre Schlüssel lagen auf der Ablage neben dem quietschbunten Kinderknackfrosch, den sie immer für Lilith dabei hatte. Während der Espresso aufkochte, stellte Can sich ans Küchenfenster und drehte sich eine Kippe. Die Blätter der Kastanie im Hinterhof wurden schon braun. Can rauchte und trank seinen Espresso. Dann ging er auf die Ehrenstraße, um Brötchen und Zeitungen holen.

Isa schlief noch, als er zurückkam. Can machte sich einen zweiten Kaffee und arbeitete sich durch die Zeitungen. Keine Neuigkeiten im Fall Wilhelmplatz. Planmäßiger Baufortschritt beim Stellwerk-Stadion. Die üblichen Finanz- und Immobilienschiebereien. Nachdem er die Lokalblätter durch hatte, machte sich Can an die überregionale Presse. Autos, Stereoanlagen, Food Porn, Urban Gardening, Romane über zerbrechende Mittelschichtehen und Filme über Eltern mit Alzheimer. Ein Schreiberling, den Can noch von früher aus dem Nachtleben kannte, begeisterte sich eine ganze Feuilletonseite lang über einen jugendlichen Ernst-Jünger-Epigonen.

Can legte die Zeitungen ordentlich zusammen. Vielleicht hatte Isa ja recht, wenn sie seit Jahren nur den Wirtschaftsteil las. Er ging in sein Zimmer und begann zu packen.

»Ziehst du aus?« Isa stand im Türrahmen, frisch geduscht, die rotblonden Haare feucht und ungekämmt. Für einen Moment war alles wie damals, als sie sich kennengelernt hatten. Selbst der graue Bademantel war noch der gleiche.

»Ich muss eine Zeit lang weg.«

»Ich dachte, du bist krankgeschrieben?«

»Und?«

Isa musterte ihn schweigend.

»Ich hab Brötchen geholt«, sagte er.

Isa folgte ihm in die Küche.

»Wie war's in Tokio?«, fragte Can, während er Espresso aufsetzte und ein Ei pochierte.

»Fremd. Wie immer. Man versteht die Leute nicht. Selbst die Mimik ist komplett anders. Lesen kannst du sowieso vergessen. Ich hab mich am Schluss nur noch an den Logos orientiert.«

Can dachte an Babatov. So musste es dem Jungen ständig gehen.

»Warum warst du überhaupt dort?«, fragte er.

»Konferenz. ›Rethinking the City – Migration and Urbanity‹. Bla-bla-bla.«

»Was machst du heute?«

»Ich hole Lilith bei Bibi und Volker ab. Dann geh ich laufen und danach für ein paar Stunden ins Büro.«

»Wie lang war dein Flug? Elf Stunden? Vierzehn?.«

»Übermorgen ist Redaktionsschluss.«

»Ich wollte heute Abend für uns kochen.«

Isa hob eine Augenbraue. »Wann soll ich da sein?«

»Gegen acht?«

»Okay.« Isa nahm ihre Espressotasse, klemmte sich die Zeitungen unter den Arm und zog sich zurück. Kurz darauf klang Sidney Bechets »Blues My Naughty Sweetie Gives To Me« aus ihrem Zimmer. Früher, als Robert noch da war, hatte Isa dieses Stück ständig gehört.

Can hatte plötzlich schlechte Laune. Er räumte den Tisch ab und ging weiter packen.

Um kurz nach zwölf rief Thomas an. Sie verabredeten sich zu einem späten Frühstück in ihrem Stammcafé am Brüsseler Platz. Cans Freund saß wie immer an dem einzigen Tisch, von dem aus er den weich geschwungenen Sechzigerjahre-Tresen und die Terrasse gleichzeitig im Blick halten konnte. Als Can kam, blätterte Thomas lustlos durch die Tagespresse und scannte gierig die hübschen Kellnerinnen.

Can ließ sich in einen der durchgewetzten Designersessel fallen und deutete auf den Ernst-Jünger-Epigonen-Artikel, der aufgeschlagen auf Thomas' Tisch lag.

»Du sollst so was nicht lesen. Das regt dich nur wieder auf.«

»Irgendwie muss ich mein Blut ja in Wallung bringen.« Thomas rollte die Zeitung zusammen und steckte die Lesebrille in sein angejahrtes Maßjacket. »Schicke Narbe. Trägt man das jetzt so als hipper Cop?« Er zeigte auf Cans Schädel.

»Erhöht die Chancen bei den Frauen. Isas Mira-Mädchen hat fast zwei Tage Krankenwache an meinem Bett gehalten.«

»Und?«

»Ich war die meiste Zeit bewusstlos.«

»Bisschen übertriebene Reaktion, oder? Wie geht es denn der schönen Mira? Hat sie sich inzwischen von ihrem Dauerstecher getrennt?«

»Mein letzter Stand ist, dass die demnächst heiraten.«

Thomas seufzte und ließ sich in seinem Sessel zurücksinken.

»Da muss ich aber vorher noch mal mit ihr reden. Ich dachte, wenigstens Mira wäre zu smart für diese Biedermeier-Kacke.«

»Gut, dass wir beide anders gestrickt sind, was?«

»Ich vielleicht. Du ja eher nicht so.« Thomas winkte einer der Bedienungen und orderte zwei Ginger Ale. »Wann machst du Isa endlich einen Antrag?«

»Was soll das denn jetzt?«

»Komm, Can. Um das Thema kreist du doch, seitdem wir uns kennen. Da darf ich als dein Freund nach über zwanzig Jahren wohl mal nachfragen, oder?«

Can schwieg. Die Bedienung brachte ihr Ginger Ale. »Und erzähl mir jetzt bloß nicht, dass du noch nicht über die Geschichte mit Marie weg bist. Was ist eigentlich dabei rausgekommen? Haben die vom LKA inzwischen die Schweine, die das gemacht haben?«

»Sie haben die Ermittlungen ohne Ergebnis eingestellt.«

»Dilettanten in Uniform. Meine Rede seit Langem.«

»Ich bin für ein paar Wochen krankgeschrieben. In der Zeit schaue ich mir die Sache noch mal an. Privat. Für die Leute im Roten Haus.«

Thomas summte die Titelmelodie von *Mission Impossible* und trommelte dazu mit den Händen auf den Tisch.

»Ich dachte, das sind totale Bullenhasser?«, sagte er.

»Schon, aber die wollen trotzdem rauskriegen, wer Marie auf dem Gewissen hat.«

»Das erklärt nicht, warum du deinen Heilungserfolg für einen Haufen linker Zecken riskierst.«

»Ich bin denen was schuldig.«

Thomas sah Can fragend an.

»Ich habe einen Jungen bei ihnen untergebracht, für den uns das LKA den Zeugenschutz verweigert hat.«

»Du legst es drauf an, bei deiner Truppe rauszufliegen, oder?«

»Ist vielleicht Zeit für was Neues.«

»Auf die Midlife-Crisis!« Thomas hob sein Glas in Cans Richtung. »Nächstens kaufst du dir'n Ludenschlitten und verknallst dich in Frauen, die deine Töchter sein könnten.«

»Da kann ich dann ja auf deinen reichen Erfahrungsschatz zurückgreifen.«

»Wichser.« Thomas zückte seine Lesebrille und vertiefte sich wieder in seine Zeitung. Can griff sich ein Lifestyle-Magazin, für das er sich zwanzig Jahre zu alt fühlte.

Gegen halb drei verabschiedete sich Thomas. Can sah seinem Freund nach, wie er mit von beginnendem Alter unmerklich gebeugtem Rücken über den Brüsseler Platz nach Hause stakste. Er zahlte und ging dann die Maastrichter Straße hinunter in Richtung Ringe. Der Plattenladen, in dem er früher oft eingekauft hatte, war noch da. Auch die Kellerbar, die ein ehemaliger Tresenkollege aufgemacht hatte, schien es noch zu geben. Dazwischen hatten neue Läden Einzug gehalten, die luxuriöse Lederwaren und teure Küchenutensilien verkauften. In der Auslage eines Geschäfts lagen T-Shirts, auf denen *Kölsche Mädcher sin jefährlich* stand. Zwei Häuser weiter starrte ein überlebensgroßes melancholisches Manga-Mädchengesicht unter langen Wimpern von einer Toreinfahrt, darüber in einer Denkblase: *Berlin - mein Gemüt kriegt Kinderaugen.*

›Genau das war das Problem‹, dachte Can. Die meisten Leute, die Köln früher interessant gemacht hatten, waren längst in Berlin. Zurückgeblieben waren nur die kölschen Kindergemüter und ein paar Versprengte, wie Thomas, Isa und er selbst, die ihrer Stadt nicht aus sentimentaler Heimatverbundenheit die Treue hielten, sondern weil sie partout keine Ahnung hatten, was sie in Berlin sollten.

Zu Hause stand Can ratlos in der Küche. Seine Reisetasche war gepackt, sein ohnehin spartanisches Zimmer penibel aufgeräumt wie immer, und zum Kochen war es zu früh. Er legte sich aufs Bett und schaltete den Fernseher ein. Auf RTL II sächselte ein arbeitsloser Ossi von seinem amerikanischen Traum. Zum besseren Verständnis waren seine Wortbeiträge untertitelt. Can starrte resigniert auf den Bildschirm, bis die Sendung zu Ende war. Dann ging er in die Küche, stellte eine Duke-Ellington-CD auf Repeat und warf den Ofen an.

Isa war pünktlich. Sie ließ die brennenden Kerzen auf der Fensterbank unkommentiert, setzte sich an den Tisch und schenkte sich ein Glas Rotwein ein. Immer noch wortlos beobachtete sie, wie sich Can am Herd zu schaffen machte, und bediente sich an dem selbstgebackenen Fladenbrot, das noch ofenwarm im Brotkorb lag. Als Can die Lammkeule anschnitt, ließ Isa sich zu ein paar anerkennenden Worten herab. Später stocherte sie lustlos in ihrem Essen herum.

»Schmeckt's nicht?«

»Doch, ist okay.« Isa starrte auf ihren Teller und schob ihn dann jäh weg. »Was soll der Candlelight-Dinner-Scheiß, Can? Sag doch einfach, dass du gehst, und gut ist.«

Es war still in der Küche. Unter dem Tisch knackte Lilith auf

einem Knochen herum. Das Kerzenlicht brach sich in ihrem Strasshalsband. Can stand auf, holte die Reisetasche aus seinem Zimmer
und verließ die Wohnung. Isa saß am Küchentisch, den Kopf in die
Hände vergraben. Der Stein an dem schweren Silberring, den sie
nie ablegte, schimmerte graugolden.

Auf der Moltkestraße fand Can ein Taxi. Zehn Minuten später setzte
ihn der Fahrer vor dem Roten Haus ab. In Andis Werkstatt brannte
schwaches Licht. Trotzdem musste Can mehrmals kräftig gegen die
schwere Metalltür bollern, bis der Drucker endlich öffnete.

»Ich dachte, du kommst erst übermorgen?« Andis Boxershorts
waren auf links gedreht. Sonst hatte er nichts an.

»Spontane Programmänderung. Kann ich auf deinem Sofa pennen?«

»Ist gerade nicht so günstig.« Andi zwirbelte seine Dreadlocks im
Nacken zusammen. »Warte«, er verschwand in der Werkstatt und
kam schließlich mit einem Schlüsselbund zurück.

»Hier. Geh hoch in die Wohnung. Kennst dich ja aus.«

Kurz darauf stand Can in Maries Wohnzimmer. Andi hatte er-
zählt, dass das LKA totales Chaos in der Wohnung angerichtet hatte.
Louise hatte Tage damit verbracht, alles in Ordnung zu bringen.
Seitdem war sie jeden Nachmittag da, lüftete, kümmerte sich um
Maries Katzen, goss die Pflanzen und staubte die Möbel ab.

»Ist eben ihre Art zu trauern«, hatte Andi schulterzuckend gesagt.

Tatsächlich sah die Wohnung so aus, als müsste Marie jeden Moment zur Tür hereinkommen. Nur die halbleere Flasche Billig-Bour-
bon und das gebrauchte Wasserglas auf dem Nierentisch im Wohnzimmer passten nicht ins Bild. Marie hatte keine harten Sachen
getrunken. Die Flasche musste von Louise sein. Can versuchte sich
vorzustellen, wie die Modell-Öko-Yogamutti Louise jeden Nachmittag alleine in Maries Wohnung saß und sich die Kante gab.

Er nahm das Glas mit den fettigen Fingerabdrücken, stellte es in
die Spüle und holte sich ein frisches aus Maries Küchenbüfett. Zurück im Wohnzimmer, steckte er Maries mexikanische Chilischoten-
Lichterkette an. Plötzlich war alles in rosiges Licht getaucht. Can

machte es sich in einem der grünsamtenen Cocktailsessel bequem und schenkte sich ein großzügig bemessenes Glas Bourbon ein. Die Stille in der Wohnung machte ihn nervös. Er ging zum CD-Player und drückte auf Play. Damien Rice. Wohl auch eher Louises Geschmack. Aber der weinerliche Ire kam Can jetzt gerade recht. Er nahm einen langen Zug Whiskey und konzentrierte sich auf die Musik.

Als die CD zum zweiten Mal durchgelaufen war und Can das dritte Glas intus hatte, fühlte er sich endlich bettschwer. Er knipste die Schildkrötenlampe auf Maries Frisiertisch an. Die orange marmorierten Glassteine in dem Schildkrötenpanzer glühten auf. Neben der Lampe lag eines der Tücher, die Marie immer getragen hatte, um ihre Zöpfe aus dem Gesicht zu halten. Can nahm es in die Hand. Der Duft nach Maries Haar überwältigte ihn. Er ließ sich auf das Bett fallen, drückte den dünnen Stoff vors Gesicht und weinte plötzlich hemmungslos.

Irgendwann beruhigt er sich wieder. Danach fand er lange nicht in den Schlaf. Can beobachtete die Schatten, die der große Baumfarn neben dem Bett auf die Schlafzimmerwände warf und versuchte sich an Marie zu erinnern. Stattdessen kehrten seine Gedanken hartnäckig zur ersten Zeit mit Isa zurück.

In den Jahren nach dem Abitur, als er auf dem heruntergekommenen Bauernhof gewohnt hatte, war ihm seine damalige Freundin ständig in den Ohren gelegen, zu ihr nach Köln zu ziehen, wo sie zur Uni ging. Als er dann eines Tages tatsächlich ohne Vorankündigung mit seinem Zeug vor ihrer Tür gestanden war, hatte sie plötzlich einen neuen Freund, und Can konnte nicht bei ihr wohnen. Auch nicht für den Übergang.

Immerhin hatte sie die Telefonnummer von einer Architekturstudentin, in deren Fünfer-WG ein Zimmer frei sein sollte. Can hatte angerufen und zum ersten Mal Isas rauchig-träge Stimme gehört. Ja, richtig, das Zimmer war frei. Und ja, er konnte es sich gleich ansehen. Als Isa ihm zwanzig Minuten später die Tür öffnete, sah er im Gegenlicht zunächst nur die Aureole ihres kinnlangen, rotblonden

Haars. Mit ziemlicher Wahrscheinlichkeit hatte er damals auch schon ihre exquisit schönen Brüste wahrgenommen, die sich unter einem altmodischen Herrenhemd abzeichneten.

Isa hatte ihn brüsk in die halbdunkle Altbauwohnung gebeten und ihm das Zimmer gezeigt. Nichts Besonderes. Siebzehn Quadratmeter. Die Fußbodendielen mit Schiffslack ochsenblutrot gestrichen. Die hohen Wände hatten seit Jahren keine frische Farbe mehr gesehen.

Can hatte eigentlich keine Lust auf WG, aber die anderen Mitbewohner waren, laut Isa, die meiste Zeit weg, die Wohnung lag mitten im Belgischen Viertel, das Zimmer war lächerlich billig, und er konnte sofort einziehen. Für den Moment war das okay. Er zahlte Isa die Kaution und die erste Monatsmiete, fuhr in den nächsten Baumarkt und kaufte weiße Farbe, einen Roller, Planen und Kreppband. Den Rest des Tages verbrachte Can damit, das Zimmer zu renovieren und zu putzen. Gegen zehn legte er seine Matratze auf den frisch gewienerten Boden in seinem jetzt strahlend weißen Zimmer und schlief ein.

Am nächsten Morgen war er schon um kurz nach sechs wach. Er ging in die Küche, um sich ein Glas Wasser zu holen. Isa saß in einem dunkelgrauen, viel zu großen Bademantel am Küchentisch, mit nassem, dunkel honigfarbenem Haar über den Wirtschaftsteil der Zeitung gebeugt, eine Schale Milchkaffee in der Hand, den Aschenbecher mit einer glimmenden Zigarette neben sich. Als Can hereinkam, zuckte sie zusammen und starrte ihn an, als hätte er sie bei irgendetwas ertappt.

Erst in diesem Moment bemerkte er, wie schön Isa war. Es war eine unzeitgemäße Schönheit mit klaren, scharf geschnittenen Zügen. Isa hatte hohe Wangenknochen, lang geschwungene, dunkle Augenbrauen und eine große, leicht gebogene Nase, die sich zur Spitze hin verjüngte. Eine markante Narbe am Kinn betonte ihren großzügigen Mund. Am meisten faszinierten Can allerdings Isas Augen. Sie waren groß und um die Pupille herum nahezu goldfarben, um sich zum Rand der Iris hin zu einem fast violetten Grau zu vertiefen. Später würde er lernen, dass die goldenen Reflexe innerhalb von Sekunden unter einer Welle von Grau verlöschen konnten, wenn Isa müde oder wütend war. An diesem ersten Morgen jedoch war sie vollkommen entspannt.

»Bist du immer so früh auf?«, fragte sie.

Er nickte.

»Gut. Dann bin ich wenigstens nicht mehr alleine.« Sie stand auf und schenkte ihm einen Espresso ein.

Can nahm sich das Feuilleton der Zeitung, las und sah ab und zu verstohlen hoch, um zu beobachten, wie sich Isas Haar beim Trocknen unmerklich zusammenzog und aufrichtete, bis es schließlich, nun wieder rotgolden schimmernd, in dicken, geringelten Strähnen von ihrem Kopf abstand. Gegen acht faltete Isa die Zeitung sorgsam zusammen und ging aus der Küche, langbeinig, groß, mit schmalen Hüften und geraden Schultern. Kurz darauf drang aus ihrem Zimmer ein Violinkonzert von Bach.

So hatte alles angefangen. Can schrieb sich an der Uni ein, fing an zu kellnern, fand Freunde, hatte Affären, und jeden Morgen saß er mit Isa in der Küche, trank Kaffee, rauchte und las Zeitung. Sie unterhielten sich nur wenig, aber Can war es immer so vorgekommen, als ob die Stunde, die sie täglich gemeinsam verbrachten, während alle anderen in der Wohnung noch schliefen, eine besondere Art der Vertrautheit zwischen ihnen begründete, an die niemand rühren konnte.

Blieb die Frage, ob Isa das genauso gesehen hatte. Can dachte an ihr zorniges Schweigen vorhin beim Essen und merkte, wie die Wut wieder in ihm hochstieg.

Er warf sich im Bett herum und hörte das leise Klacken der Katzenklappe. Kurz darauf sprang Maries schwarzer Kater mit einem eleganten Satz auf das Bett. Er beschnupperte Can ausgiebig, kauerte sich dann neben ihn und begann zu schnurren. Can beobachtete, wie sich das Tier mit halbgeschlossenen Augen leicht hin- und herwiegte, und dämmerte gemeinsam mit ihm ein.

7

Früh am nächsten Morgen klingelte es Sturm. Can öffnete mit unsicheren Händen die Wohnungstür. Der Bourbon von gestern saß ihm in den Knochen.

»Erwache und lache!« Andi reichte Can eine Tasse starken, schwarzen Kaffee. »Sorry wegen gestern Abend. Kommst du runter? Ich mach uns Frühstück«

Kurz darauf saß Can frisch geduscht an dem langen Holztisch in der Gemeinschaftsküche und sah zu, wie Andi Tofu mit Schnittlauch und veganem Speck anbriet.

Andi schob Can einen vollen Teller rüber und setzte sich. Auf seinem T-Shirt stand *All Cops Are Bastards*.

»Origineller Spruch«, sagte Can.

»Vor allem so wahr.« Andi grinste. »Anwesende Cops mit Herz für bulgarische Arbeitssklaven natürlich ausgenommen.«

Dann wurde er ernst. »Wie willst du an die Geschichte rangehen?«

»Vielleicht erzählst du mir einfach mal, wie das mit eurem lustigen Netzwerk für flüchtige Dumpinglöhner funktioniert hat.«

»Das war nicht lustig.«

»Wie war es dann?«

Andi beschäftigte sich schweigend mit seinem Tofu. Irgendwann begann er zu erzählen. Im November vor zwei Jahren hatte Moni, die Wirtin der Südstadtkneipe, in der Marie mit Can Karneval gefeiert hatte, in ihrer aufgebrochenen Schrebergartenlaube einen todkranken Bulgaren gefunden. Der Mann hatte den Sommer über auf einer Kölner Baustelle gearbeitet und war dann zum Ende der Saison ohne Geld und ohne Papiere am Stadtrand auf die Straße gesetzt worden. Zuerst hatte er irgendwo im Park geschlafen. Als es kälter wurde, hatte er sich in der Schrebergartenkolonie versteckt. In den Lauben gab es keine Heizung und keinen Strom, als die Temperaturen unter null fielen, war der Bulgare krank geworden.

»Rippenfellentzündung«, sagte Andi über seinen Tofu gebeugt. »Hätte Moni ihn nicht gefunden, wäre der verreckt.«

Die Wirtin hatte den Mann in ihrer Wohnung aufgepäppelt. »Sobald es ihm besser ging, wollte er nur noch zurück nach Hause«, sagte Andi. »Der hatte keinen Bock mehr auf Deutschland.«

»Warum habt ihr ihm dann nicht einfach ein Ticket für den Überlandbus nach Bulgarien spendiert?«, fragte Can.

»Der Mann hatte keine Papiere mehr, schon vergessen? Und da unten auf dem Balkan ist es nicht so wie hier. Die haben da überall noch Grenzkontrollen. Ohne gültige Dokumente kommst du da nicht durch. Und als Zigo schon mal gar nicht. Keine Chance.«

»Dann geht man eben zur bulgarischen Botschaft und beantragt einen neuen Pass.«

Andi kratzte bedächtig die letzten Reste seines Frühstücks vom Teller. »Haben wir gemacht. Die wollten entweder die Geburtsurkunde von unserem Mann oder zwei bulgarische Zeugen, die seine Identität beeiden konnten.«

»Und weil ihr die nicht hattet, ist Andi der Meisterfälscher auf den Plan getreten?«

»Dazu möchte ich mich nicht äußern, Herr Kriminalhauptkommissar.« Andi grinste. »Aber sagen wir mal so, kurz darauf hatte der Mann wieder Papiere, und die haben auch ziemlich professionell ausgesehen. Trotzdem haben wir uns gedacht, dass er im Auto von einem blonden, blauäugigen Deutschen eher durch die Grenzkontrollen kommt als alleine in einem bulgarischen Überlandbus.«

»Okay«, sagte Can. »Ich versteh, dass man so eine Aktion einmal bringt, aber wieso habt ihr danach weitergemacht? Wart ihr geil auf den Kick, oder was?«

Andi schüttelte den Kopf. »Uns hätte das eine Mal gereicht. Aber ein paar Wochen später hat der nächste Bulgare bei Moni in der Kneipe gestanden. Und dann der nächste. Alle aus der gleichen Stadt wie unser Mann. Der hatte wohl zu Hause rumerzählt, was wir für ihn getan haben, und dann haben die angefangen, Moni die Bude einzurennen – Bauarbeiter, Erntehelfer, Hilfsarbeiter vom Schlacht-hof. Die Geschichten, die die uns erzählt haben, waren zum Teil echt krass. Wir haben das nicht geschafft, die Leute einfach wegzu-schicken. Wir wollten denen helfen.« Andi fischte sich ein Stück Brot aus dem Brotkorb und bestrich es dick mit Margarine. »Marie war damals bei den ganzen Stellen, die sich für so Sachen engagie-ren, Kirche, Sozialverbände, Stadt. Die kennen das Problem alle, aber die sind schon komplett landunter damit. Die haben Marie weggeschickt.« Andi sah Can durch seine dicken Brillengläser an. »Also haben wir das eben selbst organisiert. Soli-Zimmer, Papiere, Rückführung nach Bulgarien.«

»Apropos Soli-Zimmer«, sagte Can. »Wo ist Jossif Babatov jetzt gerade?«

Andi fasste seine Dreadlocks im Nacken zusammen und drehte sie zu einem Knoten. »Der ist in guten Händen, der kriegt seine neuen Papiere, wie verabredet, und dann geht's ab zurück nach Hause.«

Can schwieg. »Wie lang ist das mit eurem Netzwerk gelaufen?«, fragte er schließlich.

Andi stand auf, ließ Wasser in die Spüle ein und begann mit dem Abwasch. »Kurz nachdem die Sache mit dir vorbei war, ist Marie noch mal selber nach Bulgarien runtergefahren. Als sie zurück war, wollte sie, dass wir sofort aufhören«, sagte er.

»Hat sie gesagt, warum?« Can nahm sich ein Handtuch und half beim Abtrocknen.

»Sie meinte, je weniger wir wüssten, umso besser. Eine Woche später war sie tot«, sagte Andi. Er nahm die Brille ab, putzte sie an seinem Hemd und versuchte dabei vergeblich, Can aus babyblauen Augen zu fixieren.

»Hast du einen Verdacht?«

Andi schüttelte den Kopf, seine Augen jetzt wieder hinter einem undurchdringlichen Wall aus Glas.

»Gibt es dazu irgendwas Schriftliches? Wen ihr wann nach Bulgarien zurückgebracht habt? Mit welchen Leuten ihr zusammengearbeitet habt?«

»Marie hat das alles in einer Datenbank dokumentiert. Sie dachte, irgendwann spielt sie das Ganze mal an eine Zeitung oder so.«

»Und das LKA hat ihren Laptop kassiert.«

»Yep.« Andi ließ das Spülwasser ab und trocknete sich sorgfältig die Hände. Dann grinste er. »Aber viel Freude werden deine Kumpels in Düsseldorf damit nicht gehabt haben. Da war nur Müll drauf. Marie hat jede Nacht einen Wiper über ihre Festplatte laufen lassen. Den hat Harry für sie installiert. Der alte Herr hatte das echt drauf mit den Computern.«

»Was ist eigentlich mit Harry?«, fragte Can. »Ist der irgendwie unterwegs, oder warum hab ich den noch nicht gesehen, seitdem ich hier bin?«

»Der ist in Merheim in der Geschlossenen. Deine Leute vom LKA haben ihn bei ihrer Zeugenvernehmung so lang in die Mangel genommen, bis er zusammengeklappt ist.«

Can schwieg. Dieses Detail war in den Ermittlungsakten des LKA nicht erwähnt gewesen. »Noch was, das ich wissen sollte?«, fragte er nach einiger Zeit.

Andi lachte sarkastisch. »Wo soll ich anfangen? Die vom LKA haben Bernhard gesteckt, dass Louise mit ihrem Prof in die Kiste steigt. Daraufhin ist Bernhard erst mal mit den Kindern ausgezogen. Birgit ist ihren Job bei der Hausverwaltung quitt, weil ihr Chef von irgendwo die Info hatte, dass sie in den leeren Wohnungen heimlich Bulgaren untergebracht hat. Und mir haben sie gedroht, dass Ferdi ins Kinderheim kommt, wenn ich nicht auspacke. Noch Fragen?«

»Ja«, sagte Can. »Wenn die hier so einen Druck gemacht haben, wieso hast du dich dann auf den Deal mit mir und Babatov eingelassen?«

Andi zuckte mit den Schultern. »Ich habe keinen Bock, mich von denen mundtot machen zu lassen«, sagte er. »Der Junge braucht Hilfe. Marie hat dich geliebt, und du bist nicht wie die anderen Bullen.«

Can ließ das auf sich wirken. »Wo sind die Daten, die Marie gesammelt hat?,« fragte er schließlich.

Andi zog einen Stick aus seiner Hosentasche und reichte ihn Can. »Hier«, sagte er. »Kannst meinen Rechner benutzen. Ist da in der Tasche.« Er nickte in Richtung einer Laptoptasche, die auf der Bank lag, dann ließ er Can allein in der Küche und ging über den Hof in seine Werkstatt.

Eine halbe Stunde später saß Can an Maries Schreibtisch und klickte sich durch ihre Datenbank. Marie hatte minutiös alle Informationen über die knapp fünfzig Männer aufgezeichnet, die sie über das Netzwerk nach Bulgarien zurückgebracht hatten: Name, Alter und Wohnort, wie und über wen sie nach Deutschland gekommen waren, wo sie gearbeitet hatten, wie hoch der versprochene und der tatsächliche Stundenlohn gewesen war, wie sie von Moni erfahren hatten, wo sie hilfsweise untergebracht gewesen waren. Die Geschichten waren immer gleich: keine Perspektive in Bulgarien, Anwerbung über Schlepper, große Hoffnungen auf den Goldenen Westen, dann Schwerstarbeit für einen Hungerlohn oder gar kein Geld.

›Alles wie immer‹, dachte Can. Gleichzeitig hatte er das unbestimmte Gefühl, irgendetwas Entscheidendes zu übersehen. Er dachte an Aldenhoven und Terzuolo und ihre Fähigkeit, aus solchen Daten die richtigen Informationen herauszufiltern. Ihn ödete die Monotonie des Elends einfach nur an. Er fühlte sich müde und schmutzig.

Can ging ins Bad und spritzte sich kaltes Wasser ins Gesicht. Es war kurz nach halb drei. Er hatte Hunger. Andi hatte ihm den Schlüssel zur Gemeinschaftsküche gegeben, aber nach dem Whisky der vorigen Nacht verlangte sein Körper nach genau dem ungesunden, fettigen Zeug, das im Roten Haus verpönt war.

Can fuhr den Rechner runter, versteckte den Stick in einer der alten Teedosen in Maries Küche und ging zu Andi in die Werkstatt.

»Ich geh mal um den Block. Bin in einer halben Stunde zurück.«

»Wie läuft's?«

Can zuckte mit den Schultern.

Zehn Minuten später saß er in einer türkischen Imbissbude auf der Venloer Straße. Auf der Fensterbank lag ein zerlesener KM.

»Wilhelmplatz-Killer gefasst!«, verkündete die Titelseite in Riesenlettern. Auf dem Hintergrundfoto führten vermummte SEK-Leute einen migrantischen Halbwüchsigen ab. Auf seinem Hals, direkt hinter dem Ohr, war das Logo eines Aggro-Rappers eintätowiert. Can überflog den Artikel und griff nach seinem Handy.

Simone hob nach dem dritten Klingeln ab.

»Glückwunsch, Kollegin«, sagte Can.

»Glückwunsch zu was?«, fragte Simone. »Dazu, dass wir der brodelnden Volksseele was zum Fraß vorwerfen können? Schon erstaunlich, wie viele stramme Grünen-Wähler Selbstjustiz plötzlich eine prima Idee finden, sobald sie zur Abwechslung mal selber Opfer sind. Wenn du die Online-Kommentare liest, kannst du nur noch kotzen. Dabei ist der Chabo nur ein kleiner Runner. An die Babos, die das Sagen haben, kommen wir sowieso nicht ran.«

»Der wird schon anfangen zu reden, wenn ihr ihn ein bisschen dynamischer verhört.«

»Nee, dersguterjunge. Der hält dicht. Außerdem ist er die letzten Jahre sein eigener bester Kunde gewesen. Der hat sich die Synapsen mit Tilidin weggeballert. Da ist nicht mehr viel los in dem jungen, staatenlosen Köpfchen.«

»Hast du jetzt wenigstens mal frei?«

»Fünf Tage. Wenn alles glatt läuft.«

»Reicht doch, um mal'n bisschen nachzudenken.«

»Nachdenken ist gerade nicht so mein Ding.«

Can schwieg.

»Und was machst du so?«, fragte Simone.

»Dies und das.«

»Zoff mit Isa?«

»Wie kommst du drauf?«

»Sie war ziemlich kurz angebunden, als ich heute Morgen bei euch angerufen habe.«

»Gute Zeiten, schlechte Zeiten.« Can rieb mit dem Finger über die Narbe an seinem Kopf.

»Und gerade eher schlechte?«

Can sagte nichts.

»Willst du drüber reden?«

»Du hast deine eigenen Baustellen, oder?«

»Ich wollte mich nicht aufdrängen.«

»Ich weiß. Und bei euch? Irgendwelche Neuigkeiten an der Kinderfront?«

»Nee. Ist gerade keine Saison für Wechselbälger. Die Karnevalskinder kommen ja erst im Dezember auf die Welt.«

»Ich halte euch die Daumen.«

»Melde dich.« Simone legte auf.

Der Kellner brachte Cans Essen. Ausgebackene Sardellen kringelten sich auf einem Bett aus Rucolablättern und fein gehobelten roten Zwiebeln. Can drückte eine Zitrone über den Fischen aus und begann zu essen. Als er fertig war, stellte ihm der Kellner wortlos einen Tee mit viel Zucker und ein paar Würfeln Lokum auf dem Tisch. Can trank den Tee in kleinen Schlucken. Das Lokum schmeckte leicht nach Mottenkugeln. Er drehte sich eine Kippe, kaufte eine neue Flasche Bourbon im Getränkemarkt am Eck und machte sich auf den Rückweg.

Zurück in Maries Wohnung, platzierte Can den Whiskey auf dem Wohnzimmertisch und machte sich wieder an Maries Datenbank. Das Gefühl, etwas Wichtiges zu übersehen, wurde immer quälender. Als Andi um halb fünf Sturm klingelte, war Can erleichtert.

»Dein Zigeunerjunge macht Ärger«, sagte Andi.

»Heißt?«

139

»Hält sich nicht an die Regeln. Stellt dumme Fragen. Geht den Leuten auf den Sack.«

»Ich kümmere mich. Wo ist er?«

»Dakota.«

»Wo?«

»Kölsch-Dakota. Schon mal gehört?«

Can erinnerte sich vage. Eine Kneipenbekanntschaft hatte ihm vor Jahren von der Kleinsiedlung im Kölner Süden erzählt. Anfang der dreißiger Jahre, auf dem Höhepunkt der Weltwirtschaftskrise, hatte die Stadt Industriebrachen in den Außenbezirken in Bauland für kinderreiche Familien ohne Geld umgewidmet. Für einen symbolischen Pachtbetrag bekamen sie eine Parzelle, die groß genug war für ein bescheidenes Haus und einen Schrebergarten zur Selbstversorgung. Die Stadt prüfte, ob die Häuser eine ordentliche Sickergrube hatten und kümmerte sich danach nicht weiter um die Siedler.

In den Kolonien hatte sich schnell eine eigene Kultur entwickelt. Die Bewohner verstanden sich als aufrechte Proleten, selbsternannte edle Wilde, stolze Stadtindianer. Davon zeugten auch die Namen, die sie ihren Siedlungen gaben: Kölsch-Dakota, Freies Bickendorf, Arbeiterparadies. Die Nazis hatten hier keinen Fuß auf den Boden gekriegt. Die Siedlungen waren Widerstandsnester gewesen, in die sich selbst die SA nicht reingetraut hatte. Den Krieg und die Aufbaujahre hatten die Kolonien unbeschadet überstanden. In den Sechzigerjahren waren sie dann eine nach der anderen plattgemacht worden. Nur an Dakota hatte sich die Stadtverwaltung erst Anfang der Achtziger erinnert. Da hatten sich dort allerdings schon ein paar linksalternative Studenten eingenistet, die dafür sorgten, dass sich die Kleinhäusler in einer Genossenschaft organisierten und über die Medien so lange Druck machten, bis ihnen die Stadt die Liegenschaft für kleines Geld überließ.

In der Erzählung von Cans Thekenfreundin hatte der Kampf der Siedler damals etwas bewundernswert Asterixhaftes gehabt. Can erinnerte sich nicht mehr an den Namen der Frau und ob er mit ihr geschlafen hatte. Die Kneipe, in der er sie damals für eine Nacht nebeneinander gestanden hatten, gab es jedenfalls schon lange nicht mehr.

»Redest du mit dem Jungen?«, unterbrach Andi seinen Gedankenstrom.

Can nickte.

Kurz darauf war er auf Andis Mountainbike unterwegs nach Dakota. Er fuhr den Gürtel entlang in Richtung Süden, bis er eine weitläufige Genossenschaftssiedlung erreichte. Ein Kölner Architekt hatte sie Ende der 1920-er auf dem Reißbrett entworfen. In die mehrstöckigen Häuser mit den genau abgezirkelten Vorgärten waren damals vor allem kleinere Beamte eingezogen, die 1933 geschlossen auf den Kurs der braunen Herren eingeschwenkt waren. Brauchtumspflege wurde im Veedel bis heute großgeschrieben. Die Siedlung war eine stadtbekannte Neonazi-Hochburg.

›Kein Wunder, bei der Fascho-Architektur‹, dachte Can, als er durch die menschenleeren Straßen fuhr. Zwischen den einförmigen weißen Blöcken stand die Hitze. Der Himmel über den Flachdächern hatte einen bösartigen Quecksilberton. Abgesehen von gelegentlichem Hundegebell, war es lähmend still.

Can machte an einem Büdchen halt und kaufte sich eine Flasche Wasser. Der gut trainierte Kerl hinter dem Tresen trug die Haare sportlich kurz und ein Muskelshirt mit Frakturaufdruck. Auf dem Stromkasten neben dem Büdchen stand in schwarzem Edding *Stellwerk Stadionwacht*.

Can fuhr weiter und war erleichtert, als er den Grüngürtel erreichte, der hier, in dieser aus der Zeit gefallenen Gegend, nichts Parkähnliches mehr hatte. Die Ziersträucher waren von Holunder und staubigen Brombeerhecken überwuchert. Von der Sonne gebleichtes Gras stand kniehoch. Dazwischen blühte Unkraut. Ein Schwarm Distelfinken stob vom Wegrand auf und flog in langen Wellenlinien davon. Das leuchtende Schwefelgelb auf ihren Flügeln stach scharf gegen den inzwischen bleigrauen Himmel ab. Grillen zirpten. Von weit her wieherte ein Pferd.

Can bog in einen Feldweg ein und war in Dakota. Die Kieswege zwischen den Grundstücken waren schmal, Rosen und wilder Wein hingen über die rostigen Maschendrahtzäune. In den Gärten gab es nur wenig Rasen, dafür Gemüsebeete und alte Obstbäume. Wild dazwischen gewürfelt standen die Häuser. Die meisten waren eigentlich kaum mehr als zu groß geratene Lauben. Keines sah aus wie das andere. Zweckbauten ohne jede Verzierung standen neben Zuckerbäckerhäuschen und architektonischen Experimenten aus den Sechziger- und Siebzigerjahren.

Nesrins Haus lag am Rand der Siedlung. Es war eine asymmetrische Angelegenheit mit Erkern und eigenwilligen Dachkuppeln aus Zink, die dem Ganzen etwas Orientalisches gaben. Can öffnete das Gartentor, das von schwer duftendem Geißblatt überwuchert war. Dahlien mit schwarzroten Blüten und mannshohe Sonnenblumen säumten den Weg zum Haus. Ein Apfelbaum bog sich schwer unter seinen Früchten. Ordentlich aufgebundene Stangenbohnen und Tomaten standen zwischen wild wuchernder Kapuzinerkresse und Ringelblumen. Kürbisse und Zucchini reiften träge in der Sonne. Can erinnerte sich plötzlich an die langen Sommer, die er mit seiner Schwester bei den türkischen Großeltern verbracht hatte, wenn ihre Eltern wieder irgendwo die Welt retteten. Der Gemüsegarten seiner Großmutter hatte ganz ähnlich ausgesehen.

Nesrin erwartete ihn an der Haustür. Sie trug ein helles Sommerkleid, ihre Haare waren zu einem Pferdeschwanz zusammengebunden, der ihre großen braunen Augen und die kühne Nase betonte.

Sie streckte ihm die Hand entgegen. »Ich mache gerade Eistee. Komm rein.«

Can folgte ihr in die Küche. Nach der drückenden Hitze draußen war es im Haus angenehm kühl.

»Wir kennen uns von der Uni, oder?«, fragte Nesrin, während sie eine Zitrone in Scheiben schnitt. Can nickte. Anfang der Neunziger hatten sie das gleiche Orientalistik-Proseminar besucht. Er hatte seine Stunden dort nur abgesessen, weil er den Schein brauchte, Nesrin hingegen hatte sich damals richtig reingekniet. Dafür war sie jetzt auch Uni-Professorin, während er es nur zur Kripo gebracht hatte.

Can studierte die Visitenkarten von Tierärzten und Kneipen am Kühlschrank. Ein Flyer einer türkischen Oppositionsgruppe. »Fur Tante Nesrin« stand mit krakeliger Schrift auf einer Kinderzeichnung. Hinweise auf eigene Kinder gab es keine.

Kurz darauf saß Can mit Nesrin und ihrem Mann, einem stillen Argentinier, auf der Terrasse hinter dem Haus.

»Danke, dass ihr den Jungen aufgenommen habt«, sagte Can.

Nesrin nickte und zündete sich eine Kippe an. Dann hielt sie Can die Packung hin. »Was hast du ihm versprochen?«, fragte sie.

»Wieso?« Can fuhr sich mit dem Finger über die Narbe an seinem Kopf.

»Er fragt ständig, wann er endlich seine neue Identität bekommt. Und die sichere Wohnung.«

Can nestelt umständlich an der Zigarettenpackung. »Als wir ihm den Zeugenschutz zugesagt haben, wussten wir noch nicht, dass unser Staatsanwalt in der gleichen Karnevalsgesellschaft ist wie der Bauunternehmer, den der Junge belastet hat.«

»Weiß Jossif, was los ist?«, fragte Nesrin.

Can schwieg.

»Wir haben ihm am Anfang erklärt, dass er keinen Kontakt nach außen haben darf, solange er hier ist«, sagte Nesrin. »An die Regel müssen sich alle hier halten. Das ist eine Vorsichtsmaßnahme. Für die Leute und für uns.« Sie drückte ungeduldig ihre Zigarette aus. »Aber dann habe ich ihn heute Mittag erwischt, wie er heimlich von meinem Handy nach Bulgarien telefonieren wollte. Das geht nicht, verstehst du? Das ist zu riskant.«

»Wo ist er?«, fragte Can.

»Im Stall. Ich bring dich hin.«

Nesrin führte Can auf verwunschenen Wegen ans andere Ende der Siedlung.

»Versteh das nicht falsch. Seit der Sache mit Marie hab ich einfach Angst, weißt du?« Nesrin war vor der Tür eines Pferdestalls stehen geblieben und zog mit der Fußspitze eine Spur in den sandigen Boden.

Can schwieg.

»Wir grillen nachher. Komm vorbei, wenn du magst. Ist genug da.«

Can nickte und sah ihr nach, wie sie zwischen den Hecken zurück zu ihrem Haus ging.

Der Stall roch nach Heu und Pisse. Pferde schnaubten in der Dämmerung. Babatov mistete eine der Boxen aus. Wieder war Can erstaunt, wie kindlich der Junge wirkte. Es war schwer, ihn sich auf einer Baustelle vorzustellen.

»Da bist du ja, Bulle.« Babatov hängte die Mistgabel ordentlich neben die anderen Werkzeuge.

»Lass uns eine rauchen«, sagte Can.

Sie setzten sich auf eine Bank hinter dem Stall.

»Was ist mit meinem Zeugenschutz?«, fragte Babatov, während er sich eine Kippe drehte.

»Es wird keinen Zeugenschutz geben«, sagte Can.

Für den Bruchteil einer Sekunde entgleisten Babatovs Züge, dann froren sie wieder zu seiner gewohnten Hartejungsmaske ein.

»Weil ich Zigo bin?«

»Auch.«

»Warum noch?«

»Die Männer, die du belastet hast, haben Freunde.«

»Ich dachte, in Deutschland läuft das anders als in Bulgarien.«

»Ich auch.«

Babatov schwieg. »Und jetzt?«, fragte er nach einer Weile.

»Wir bringen dich zurück nach Hause.«

»Wer, wir?«

»Andi, Nesrin, Freunde.«

»Die sind aber nicht bei der Polizei.«

»Nein.«

Babatov schnalzte abschätzig. »Was habe ich davon?«

»Was du davon hast?« Can sprang auf und schüttelte Babatov. »Du

144

kannst froh sein, dass du hier bist! Und du kannst dich verdammt noch mal an die Regeln halten! Weil das, was du hier abziehst, nämlich scheißgefährlich ist, mein Freund!«

»Sag doch einfach, dass du nichts für mich tun kannst.«

»Wie soll ich was für dich tun, wenn du dein eigenes Ding drehst? Kein Kontakt nach außen! Was ist da dran so schwierig? Hast du nicht kapiert, was Nesrin gesagt hat?«

»Nesrin hat keine Kinder.«

»Was hat das damit zu tun?«

»Meine Frau hat seit zehn Tagen nichts von mir gehört. Unser Kind kommt diese Woche. Und ich soll nicht anrufen?«

Can wusste nicht, was er sagen sollte. Er versuchte vergeblich, einen Zusammenhang zwischen dem Halbwüchsigen neben ihm und einer hochschwangeren Frau in Plovdiv herzustellen.

Eine Weile blieben sie beide stumm.

Eine Bremse landete auf Babatovs Oberarm. Der Junge erschlug sie mit einer beiläufigen Bewegung. Er zog an seiner Kippe und starrte auf die Koppel mit dem schwarzen Pferd.

»Das Pferd sieht aus wie unser Pferd zu Hause.«

»Ich dachte, ihr wohnt in einem Hochhaus?«

»Das Pferd ist unten in der Garage.«

»Und was macht ihr mit dem Garagenpferd?«

»Vor den Wagen spannen. Mein Großvater und ich fahren durch die Stadt und sammeln Sperrmüll.«

»Gibt es keine besseren Jobs?«

»Bei der Straßenreinigung. Aber dafür muss man Beziehungen haben.«

»Und die habt ihr nicht.«

Babatov kniff die Augen zusammen und sah weiter auf das Pferd.

»Was ist mit deinem Vater?«

»Abgehauen. Schon lange. Mein Großvater und ich sind die einzigen Männer in der Familie. Aber mein Großvater ist alt. Und jetzt kommt das Kind. Ein Mann muss für seine Familie sorgen. Er muss für sie arbeiten«, sagte Babatov. »Mein Großvater hat mir das Geld für die Fahrt nach Deutschland gegeben. Jetzt komme ich mit leeren Händen zurück. Ich bin kein Mann. Ich bin ein Nichts.«

»Du bist noch am Leben«, sagte Can. Babatov schnalzte wieder abschätzig.

Eine getigerte Katze strich an ihnen vorbei ins kniehohe Gras.

»In Plovdiv sind überall Katzen«, sagte Babatov. »Die gehören niemand. Manche Leute stellen ihnen Futter hin, manche quälen sie, wenn sie Lust dazu haben, und dann gibt es noch welche, die schlagen die Katzen tot. Nur so, zum Spaß. Aber die allermeisten achten einfach gar nicht auf die Katzen. Denen ist es scheißegal, ob die unter ihrem Tisch betteln oder im Müll wühlen oder tot am Straßenrand liegen.« Babatov schnippte seine Kippe auf die Weide. »Mein Großvater sagt, für die Weißen sind wir nichts Besseres als die Katzen.«

Can drehte ihm eine neue Zigarette. Er erinnerte sich an einen Besuch in Istanbul. Er war noch ein Kind gewesen. Sein Vater hatte ihm streng verboten, die streunenden Tiere auf der Straße anzufassen. Can hatte sich nicht daran gehalten. Als er einer ausgezehrten Katze über den Rücken gestreichelt hatte, waren seine Finger tief in eine schwärende Wunde unter dem schwarzen Fell gerutscht.

Can blieb neben Babatov sitzen und rauchte. Das Pferd graste ungerührt vor sich hin, Wetterleuchten durchzuckte die anbrechende Dämmerung. Schließlich stand Can auf.

»Drei Tage noch, höchstens fünf, dann kannst du zurück zu deiner Familie. So lang hältst du dich an die Regeln, okay?«

Babatov nickte, aber sein Gesicht blieb hart, und sein Blick glitt durch Can hindurch wie ein Messer.

Can ging zurück zu Nesrins Haus. Leise Unterhaltungen drifteten von den kerzenbeleuchteten Terrassen über die Zäune auf den dunklen Weg. Der harzig-modrige Geruch von Dope lag in der Luft.

Auch Nesrin und ihr Mann saßen auf ihrer Terrasse beim Abendessen. Es gab Steak vom Grill, dazu frisch gepflückten Salat, eiskaltes Kölsch und Empanadas mit scharfer Kürbisfüllung. Irgendwann kam Babatov vom Stall zurück. Er ging wortlos in die Küche und zog sich dann in sein Zimmer zurück.

»Wie ist es gelaufen?«, fragte Nesrin.

»Seine Frau ist schwanger. Das Kind kommt bald. Er macht sich Sorgen. Ich glaube nicht, dass bei ihm angekommen ist, was ich ihm gesagt habe. Wenn ihr wollt, nehme ich ihn nachher mit.«

»Und dann?«, fragte Nesrin.

Can hatte keine Antwort.

In diesem Moment brach das Gewitter los. Sie flüchteten ins Haus, wo sie im Wohnzimmer saßen und dem Prasseln des Regens auf dem Zinkdach zuhörten. Nesrins Hund, ein alter, sandfarbener Terrier, ließ sich mit einem zufriedenen Seufzer vor Cans Füßen fallen und schlief sofort ein. ›Sympathischer Hund‹, dachte Can. Aber im Vergleich zu Lilith waren alle Hunde sympathisch. Mit einem Mal hatte Can nur noch das Bedürfnis alleine zu sein. Er stand auf und verabschiedete sich. Nesrin brachte ihn zur Tür.

»Jossif bleibt bei uns, bis er zurückkann«, sagte sie.

»Warum macht ihr das?«

»Willkommenskultur?«

»Andi hat in ein paar Tagen den Pass fertig. Gib Bescheid, wenn vorher was ist.«

Nesrin nickte.

»Noch was«, Can zögerte einen Moment. »Der Junge steht total unter Druck, weil er mit leeren Händen zurückgeht. Achtet vielleicht ein bisschen drauf, was ihr offen rumliegen lasst.«

Nesrin blies sich eine Haarsträhne aus dem Gesicht. »Du bist schon zu lang bei der Polizei, Can Arat.«

»Vielleicht«, sagte Can.

Er hob zum Abschied kurz die Hand und ging hinaus in den Regen. Nesrin sah ihm nach, bis er das Gartentor hinter sich geschlossen hatte.

Can schob das Fahrrad durch die Siedlung, die mittlerweile fast völlig im Dunkeln lag, und machte sich auf den Weg zurück zum Roten Haus. Es regnete noch immer. Bald war er bis auf die Haut nass. Eine Katze lief vor ihm über die Straße. Can dachte an Babatov, und plötzlich wusste er, was er in Maries Datenbank übersehen hatte.

Auf der Luxemburger Straße bog er scharf nach rechts und fuhr dann in Richtung Südstadt. Zehn Minuten später stand er vor Monis Kneipe. Die Rollläden waren unten, die Tür verbarrikadiert. Im Eingang hing ein Plakat von Andi. *Uns ist bange, aber wir verzagen nicht,* las Can, darunter eine Adresse im eher gutbürgerlichen Teil von Sülz. Er fluchte und fuhr durch den strömenden Regen zurück zur Luxemburger Straße.

Die neuen Kneipenräume waren kleiner als früher. Trotzdem war der Laden halb leer. Offenbar hatten die Stammgäste den Umzug nicht mitgemacht. Moni stellte Can ein Kölsch auf den Tresen und reichte ihm ungefragt ein sauberes Handtuch. Er rieb sich trocken und trank das Kölsch und die nächsten, die Moni in routiniertem Takt vor ihm hinstellte. Erst als die letzten Gäste weg waren, richtete sie das Wort an ihn.

»Du bist der Bulle, der mit Marie zusammen war.«

Can nickte.

»Andi hat erzählt, dass du an der Sache dran bist.«

»Ich bin Maries Liste mit den Leuten durchgegangen, die ihr nach Bulgarien zurückgebracht habt. Wie lange habt ihr das gemacht?«

»Bis kurz vor Karneval.«

»Warum hört die Liste dann schon im September auf?«

»Tut sie das?«

»Tut sie.«

Moni zog an ihrer Kippe und sah Can aus undurchdringlichen Augen an.

»Kannst du mir wenigstens sagen, warum Marie nach Bulgarien gefahren ist?«

»Nein.« Moni drückte ihre Zigarette aus.

»Du kannst nicht oder willst nicht?«

»Beides.«

»Wen soll ich dann fragen?«

»Wende dich an Louise. Die hat uns die Scheiße eingebrockt.«
Monis Gesicht unter dem dünnen, schmutzigblonden Haar war noch
grauer, als Can in Erinnerung hatte. Sie kehrte ihm den Rücken zu
und begann die Stühle hochzustellen. Can legte einen Zehner auf
den Tresen.

Zurück im Roten Haus, hatte Andi einen Zettel unter Maries Wohnungstür geschoben. Er war für ein paar Tage nach Dortmund gefahren, um Babatovs Rückfahrt zu organisieren. In der Zwischenzeit hatte er für Can einen Termin bei Maries Großonkel Hans klar
gemacht. Der alte Wirtschaftsprüfer erwartete ihn am nächsten Vormittag um zehn in seiner Kanzlei am Gereonsdriesch. Can legte den
Zettel genervt weg. Er musste um neun beim Amtsarzt in Deutz
sein.

Später, im Bett, dachte er über Nesrins Haus nach. So ungefügt und
geduckt es von außen wirkte, so geräumig und wohldurchdacht
war es von innen. Im kühlen Flur, gleich neben der Haustür, waren
schmale Holzregale in die Wand eingelassen, auf denen man im
Winter die Äpfel aus dem Garten lagern konnte. Im Wohnzimmer mit
dem dunklen Industrieparkett standen maßgefertigte Bücherregale
an den weißen Wänden. Außer ein paar gut abgehangenen Fleder-
maussesseln, einem großen Nierentisch aus Teakholz und einer
Chaiselongue mit abgewetztem Bezug gab es keine Möbel. Einen
Fernseher hatte Can nicht gesehen, dafür öffnete ein fast vier Meter
breites Fenster den Blick in den Garten.

In vielem ähnelte das Haus Cans und Isas Wohnung in der Jülicher Straße. Nur dass es bei Nesrin aufgeräumt und behaglich aussah und nicht abweisend und leer. Das musste daran liegen, dachte
Can, dass Nesrin und ihr Mann offensichtlich miteinander glücklich waren.

Thomas' Frage, warum er Isa nie einen Antrag gemacht hatte,
kam Can in den Sinn. Er ärgerte sich, dass er diese Attacke nicht
besser pariert hatte. Aber was hätte er sagen sollen? Dass er die

Antragskarte schon vor Jahren gespielt und verloren hatte? Oder hätte er Thomas an Robert erinnern sollen?

Robert war vor Can da gewesen. Er war aus dem gleichen Kaff bei Gießen wie Isa und seit der siebten Klasse mit ihr zusammen. Roberts bleiches, schmales Gesicht mit den hohen Wangenknochen unter dem braunen, immer etwas ungewaschen wirkenden Haar erinnerte Can an einen französischen Chansonnier aus den Sechzigern, dessen Namen er ständig vergaß. Das rechte Lid hing etwas tiefer über den graugrünen Augen und gab Robert einen permanent verschlagenen Gesichtsausdruck. Mittlerweile galten solche Gesichter als attraktiv, damals, in den frühen Neunzigern, hatten die meisten Leute Robert für einen Freak gehalten. Was vielleicht auch mit seinen Klamotten zusammenhing. Schon mit Mitte zwanzig war Robert ausschließlich in dunklen Dreiteilern rumgelaufen. Er kaufte die Anzüge auf dem Flohmarkt und ließ sie so lange von einem türkischen Änderungsschneider umarbeiten, bis sie an seinem hageren Körper saßen wie maßgefertigt. Dazu trug er fadenscheinige Altherrenhemden oder, und diese Leidenschaft teilte er mit Isa, Motto-T-Shirts mit sinnfreien Aufdrucken wie *Mista Balboista* oder *Da Shuffle-King*. Komplettiert wurde Roberts Aufzug durch Flechtslipper im Sommer und rahmengenähte Budapester im Winter.

»Leonard Cohen für Arme«, hatte Thomas diesen Look kommentiert und mutmaßt, dass Robert, der aus kleinen Verhältnissen kam, mit seinen Anzügen und Schuhen vergeblich nach bürgerlicher Wohlanständigkeit strebte.

Can hatte eher den Verdacht, dass Robert die steifen Anzüge als Schutzpanzer brauchte. Er hatte Robert einmal versehentlich nackt im Bad überrascht und den Anblick nie vergessen. Roberts Körper war ein Schlachtfeld. Er sah aus, als wäre er mit einer Machete angegriffen und dann in einem Feldlazarett notdürftig zusammengeflickt worden. Bleiche Einstichmale markierten die Stellen, wo Fäden die wulstigen roten Wundränder zusammengehalten hatten. Vom rechten Oberschenkel schien ein ganzes Stück Fleisch einfach zu fehlen. Robert hatte die Narben verschämt wie ein Mädchen mit seinem Frotteetuch bedeckt. Can hatte hastig die Badezimmertür wieder zugezogen und nie jemandem von dem Gesehenen erzählt.

Roberts Musikgeschmack war genauso abseitig wie seine Klamotten. Ständig war er auf Flohmärkten und suchte nach frühem New-Orleans-Jazz und altem Big-Band-Swing – dem Schellack-Ramsch aus den Dreißigern und Vierzigern, den sonst niemand wollte und der dann in der Wohnung als Endlosschleife auf Roberts altem Koffergrammophon lief.

Robert hatte damals Fotografie an der Düsseldorfer Kunstakademie studiert. Anders als seine Professoren, die mit unnachgiebiger Präzision Industriedenkmäler verewigten, hatte Robert seine Kamera scheinbar wahllos auf das Leben seiner Freunde und Bekannten gerichtet. Can hatte diese Arbeiten immer für belanglos gehalten, aber offenbar gab es für so was einen Markt. 1993 präsentierte Robert auf dem jährlichen Akademierundgang *Bibi 365*, seine Polaroidserie von Isas Freundin Bibi, und wurde sofort von einem bekannten Galeristen unter Vertrag genommen.

Leicht fiel Robert der Einstieg in den Kunstmarkt trotzdem nicht, denn genau wie Isa wirkte auch er immer etwas unbeholfen und steif, wenn er sich unter Leuten bewegte. Trotz dieser Unnahbarkeit – oder vielleicht gerade deswegen – hatte Robert Schlag bei den Frauen. Allerdings zog er keinen Vorteil daraus, sondern hielt Isa eisern die Treue. Als Can zu ihnen stieß, waren die beiden seit elf Jahren zusammen. Das war fast die Hälfte ihres Lebens. In der Öffentlichkeit fassten sie sich nicht an. In Clubs standen sie ungelenk nebeneinander und beobachteten mit amüsiert-abwesendem Blick das Treiben auf der Tanzfläche.

Thomas hatte damals immer behauptet, Robert und Isa seien nur noch aus Gewohnheit zusammen. Can hätte ihm gerne geglaubt, aber er wusste, dass die Art, wie sich die beiden in der Öffentlichkeit gaben, nur ein Teil der Wahrheit war. Manchmal, wenn er nachts nach der Arbeit nach Hause kam, saßen Robert und Isa noch in der Küche und unterhielten sich in dem unverständlichen Dialekt ihres Heimatdorfs. Die Ruhe, mit der sich Robert das Haar aus der Stirn strich, während er über etwas lachte, was Isa gesagt hatte, und die Weichheit, die auf Isas Gesicht lag, wenn sie sich Robert zuwandte und ihm ihren Joint rüberreichte, zeugten von einer Intimität, an die Außenstehende nicht herankamen. Robert nannte Isa in solchen Momenten sein »Goldstäuble«. Falls Isa einen Kosenamen für Robert hatte, dann verwendete sie ihn nie vor Can.

Im Sommer waren die beiden wochenlang unterwegs, im Juli meistens in Schweden. Auch sonst verschwanden sie immer wieder für verlängerte Wochenenden nach Amsterdam, Brüssel oder Berlin und kamen mit komplizenhaftem Lächeln und noch mehr von ihren beknackten Motto-T-Shirts zurück.

Einmal waren sie in einer Julinacht aus Schweden zurückgekehrt und direkt in die Kneipe gekommen, in der Can damals kellnerte. Draußen war es heiß, Can war todmüde und wartete nur noch darauf, dass die letzten vom Vollmond aufgekratzten Gewohnheitstrinker gingen, damit er den Laden zumachen konnte. Dann standen plötzlich Isa und Robert am Tresen. Isa braungebrannt, in weißen Shorts und Sandalen, ohne BH in einem zartgrauen Herrenhemd, Robert in einer seiner ausgefransten Nadelstreifenhosen und mit einem rosa T-Shirt, auf dem Can *femsexsjuåtta* entzifferte, was auch immer das heißen mochte. Er stellte den beiden ein Kölsch hin und legte neue Musik auf: »Minor Swing« von Django Reinhardt. Isa sah überrascht zu ihm hinüber, als sie das Stück erkannte. Can kehrte ihr den Rücken zu und spülte weiter.

Erst nach einigen Takten fiel ihm auf, dass es in der Kneipe still geworden war. Ein merkwürdiges rhythmisches Klopfen und Schleifen war über der Musik zu hören. Er drehte sich um, und dann sah er es: Robert und Isa tanzten. Die Oberkörper eng aneinandergeschmiegt, mit halb geschlossenen Augen, bis zur Hüfte fast reglos, glitten sie durch den Raum, während ihre Füße Django Reinhardts harten Gitarrenbeat aufnahmen und jedes Glissando, jede Synkope von Stéphane Grappellis Violine mühelos ausreizten.

›Kugelmenschen‹, ›Tier mit zwei Rücken‹, dachte Can, während er den beiden mit angehaltenem Atem zusah und begriff, dass zwischen Isa und Robert kein Platz für jemand anderen war. Auch nicht für ihn. Erst recht nicht für ihn.

Er griff sich ihre leeren Gläser vom Tresen und spülte weiter. Als er sich wieder umdrehte, waren Isa und Robert weg, und die Nadel des Plattenspielers hing in der Auslaufrille fest.

Am nächsten Morgen saß Isa wie üblich mit Zeitung, Espresso und Zigaretten am Frühstückstisch. Über den Abend zuvor verloren sie beide kein Wort.

Kurz darauf hatte Can Marion kennengelernt, eine reine Fickaffäre, die sie beide nicht an die große Glocke hängten, die dafür aber erstaunlich lange gehalten hatte. Can versuchte sich zu erinnern, wann die Geschichte eingeschlafen war. Er wusste nur, dass Marion inzwischen bei Münster lebte und zwei Kinder hatte.

Can seufzte. Die Uhr auf seinem Handy zeigte halb drei. Das Licht der Straßenlaterne vor Maries Schlafzimmerfenster wurde durch eine Holzjalousie gebrochen. Im Halbdunkel konnte Can Maries Pflanzen erkennen und die Bücherberge um ihn herum. Er drehte sich auf die Seite und dämmerte ein.

8

Am nächsten Morgen schreckte Can um halb neun hoch, zu spät für den Termin beim Amtsarzt. Die Sprechstundenhilfe schien ihm seine halbherzige Notlüge nicht abzunehmen. Can war das erstaunlich egal.

Er ging in die Küche, setzte Kaffee auf und drehte das Radio an. Nervös flirrende Gitarrenmusik aus Mali sollte die Hörer auf den heißesten Septembertag seit zehn Jahren einstimmen. Can stellte auf Deutschlandfunk um.

Auf dem Küchentisch lag der Zettel, den ihm Andi am Vorabend durch die Tür geschoben hatte. *Lass dich nicht um den Finger wickeln, der alte Herr steht auf der falschen Seite,* war unter der Adresse von Hans Grosbroich vermerkt. Can zerknüllte die Nachricht und ging ins Bad.

Eine Stunde später stand er sorgfältig rasiert in der Kanzlei von Maries Großonkel. Eine mütterlich wirkende Empfangsdame führte ihn in einen palisandergetäfelten Besprechungsraum, schenkte starken Bohnenkaffee ein und ließ ihn dann allein.

Can lehnte sich in seinem Lounge-Chair zurück und sah sich um. Durch das Panoramafenster blickte man direkt auf St. Gereon und die Linden vor der Kirche. An der rückwärtigen Wand des Raums hing ein unaufdringliches Gemälde, das ebendiese Aussicht in verwischten Graubraunolivtönen zeigte.

Can erkannte den Künstler sofort. Der Mann war regelmäßiger Gast in der Kneipe gewesen, in der er früher gekellnert hatte. Inzwi-

155

schen war er einer der teuersten Maler weltweit und pendelte zwischen seinem Studio in New York und einem Vierseithof in der Uckermark.

Can ließ das Ensemble aus Echtkunst, Aussicht und Edelholz auf sich wirken und war froh, dass er seine Schuhe ordentlich geputzt hatte.

Maries Onkel kam eine Viertelstunde später. Ein hochgewachsener, gut gekleideter Herr in den Siebzigern, mit weißem, aber immer noch vollem Haar. Um die Wangenknochen und das Kinn erkannte Can eine irritierende Ähnlichkeit zu Marie. Hans Grosbroich entschuldigte sich für seine Verspätung. Er habe sich vor einigen Monaten aus der Kanzlei zurückgezogen. Sein Fahrer sei auf der Fahrt vom Hahnwald in die Stadt im Stau stecken geblieben.

Die Empfangsdame brachte eine graue Dokumentenmappe herein und schenkte frischen Kaffee nach. Can wusste nicht, wie er das Gespräch eröffnen sollte und ob er dem alten Wirtschaftsprüfer zum Tod seiner Nichte kondolieren sollte.

»Gutes Bild«, sagte er schließlich und deutete auf das Gemälde an der Wand.

»Nicht wahr?« Grosbroich lächelte verbindlich und zündete sich eine Peter-Heinrichs-Zigarette an. Dezenter Duft von Pfeifentabak zog durch den Raum. »Ich habe den Künstler im Herbst '74 in der Malzmühle kennengelernt. Er war frisch von der Akademie und brauchte Geld. Ich hatte gerade die Räume hier bezogen und wollte was für an die Wand. Wir hatten eine unterhaltsame Nacht. Am nächsten Tag hat er das Bild für mich gemalt.« Grosbroich zuckte mit den Schultern. »Tempi passati. Interessieren Sie sich für Kunst?«

»Ich bin Polizist.«

»Richtig, ich vergaß.« Grosbroich lehnte sich in seinem Sessel zurück und musterte Can amüsiert. Seine Augen hatten dasselbe intensive Braun wie die von Marie.

»Kriminalhauptkommissar Can Arat, sechsundvierzig, derzeit nach einer Verletzung dienstunfähig geschrieben. Abgebrochenes Studium der Soziologie, Geschichte und Orientalistik an der Universität zu

Köln. Haarscharf vor Erreichen der Altersgrenze als Altanwärter in den Polizeidienst eingetreten, drei Jahre Streifendienst in Ehrenfeld, Nippes und Chorweiler. Seitdem bei der Mordkommission. Kollegen bescheinigen Ihnen einen fast schon beleidigenden Mangel an Ehrgeiz, trotzdem haben Sie mit Ihrer Chefin seit Jahren die höchste Aufklärungsquote der Kommission. Sie gelten als pathologisch introvertiert, die meisten Leute in Ihrem Umfeld unterstellen allerdings einen weichen Kern unter der harten Schale. Über Ihr Privatleben ist nichts bekannt. Gerüchte, Sie seien homosexuell, machen immer wieder die Runde, scheinen mir persönlich aber wenig glaubhaft. Und zwar nicht nur wegen Ihres Fisternöllchens mit meiner Großnichte.«

Can gab zwei Würfel Zucker in seinen Kaffee. »Sie sind gut informiert«, sagte er.

»Déformation professionelle.« Grosbroich drückte seine halbgerauchte Zigarette in einem schweren Kristallaschenbecher aus. Er stand auf und ging ans Fenster.

»Ich hätte mehr Geduld mit Marie haben müssen«, sagte er, den Blick auf St. Gereon gerichtet.

Can schwieg.

»Sie wissen, wie sie eingestellt war. Politisch, meine ich. Ich habe diese Einstellung nicht geteilt. Trotzdem hatte ich Sympathien für Maries Engagement. Ich bin dazu erzogen worden, Verantwortung für Schwächere zu übernehmen, genau wie meine Schwester. Aber ich weiß auch, dass man anderen nur helfen kann, wenn man selber stark ist.«

»Was heißt das für Sie konkret?«, fragte Can.

Grosbroich wandte sich zu ihm um und lächelte. »Das Spiel so zu beherrschen, dass man die Regeln ändern kann.« Der alte Wirtschaftsprüfer begann vor dem Panoramafenster auf und ab zu gehen. »Ich habe sehr früh gelernt, wie hier in der Stadt die Strippen gezogen werden. Wer kennt sich? Wer hilft sich? Für mich ist das spannender als jeder Roman. Am Anfang, nachdem meine Schwester gestorben war, hatte ich die Idee, ich könnte Marie für dieses Spiel begeistern.« Hochfliegende Pläne, wie Sie sehen, Herr Arat.«

»Und woran sind die gescheitert?«

»An mir? An Marie? An den Plänen? Wer weiß das schon.« Grosbroich wippte leicht auf den Fußspitzen und sah jetzt wieder aus dem Fenster. »Für Marie gab es nur Schwarz oder Weiß. Sie hatte keinen Blick für Zwischentöne. Davon abgesehen, hatte sie ständig Angst, ich wollte sie umdrehen und für die Sache des Kapitals gewinnen.« Grosbroich setzte sich und zündete sich eine neue Zigarette an. »Sie hat sich dann lieber an ihre Freunde gehalten.« Er lächelte bitter.

Can schwieg. Grosbroich rauchte.

»Was ist dann geschehen?«, fragte Can nach einer Weile.

Der alte Herr schlug die Beine übereinander und sah wieder aus dem Fenster.

»Ende letzten Sommers hat sich Marie auf einmal öfter bei mir gemeldet. Wir sind regelmäßig gemeinsam Mittagessen gegangen. Plötzlich hat sie sich für all die Fragen interessiert, die ihr vorher immer gleichgültig waren.«

»Nämlich?«

»Wer macht mit wem Geschäfte? Wie genau funktionieren diese Geschäfte? Wie sind die Unternehmen aufgebaut? Wie viel verdienen sie? Wie und wo legen sie ihr Geld an?«

»Warum wollte sie das wissen?«

Grosbroichs Gesicht verschattete sich. »Ich habe nicht gefragt. Ich dachte, sie hätte einfach endlich begriffen, dass diese Dinge wichtig sind und dass ich ihr auf diesem Gebiet etwas beibringen kann.«

»Wann haben Sie sie zuletzt gesehen?«

»Mitte Februar. Wir hatten Streit. Sie kam unangemeldet in die Kanzlei. Ich war auf dem Sprung zu einer Karnevalssitzung. Marie hat dann zu einer ihrer Brandreden gegen den organisierten Karneval angesetzt. Ich wollte die Sache mit einem Scherz abtun. Das ist leider schiefgegangen.«

Can sah ihn fragend an.

Grosbroich zuckte mit den Schultern. »Ich habe gesagt, die Karnevalssitzungen der Korpsgesellschaften wären wie ein gemeinsamer Gang in den Puff. Man kompromittiert sich in Gesellschaft und hält nachher umso enger zusammen. Das war ironisch gemeint.«

»Aber Marie fand das nicht komisch.«

Grosbroich lächelte resigniert. »Sie hat gefragt, ob ich das auch mache. In den Puff gehen.«

»Und?«

»Ich habe gesagt, dass das in meiner Position nicht angebracht ist. Marie hat mir daraufhin unterstellt, ich wäre zu feige, um zu Nutten zu gehen.«

»Wie haben Sie reagiert?«

»Ich habe Marie geraten, anzuerkennen, dass gelegentliche Abstecher ins Rotlichtmilieu für die meisten Geschäftsmänner ab einer gewissen Einkommensklasse ganz normal sind. Daraufhin hat sie mir das hier hingeknallt. Mit dem Hinweis, da könne man diese Art von Normalität ungehindert und diskret ausleben.«

Grosbroich schob Can eine Magnetstreifenkarte über den Tisch. Auf nachtblauem Grund stand eine Adresse in Junkersdorf. Nur die Adresse. Keine Telefonnummer. Kein Name. Nichts.

»Haben Sie Marie gefragt, was das ist?«

»Ich hatte keine Gelegenheit mehr dazu. An dem Abend ist sie türschlagend davongerauscht. Das nächste Mal habe ich sie in der Leichenhalle gesehen. Ich kann Ihnen aber sagen, was das ist. An dem Abend nachdem ich Maries Leiche identifiziert habe, bin ich persönlich zu der Adresse gefahren.«

»Und?«

Grosbroich zuckte mit den Schultern. »Exklusiver Privatpuff. Was dachten Sie? Am nächsten Morgen habe ich dafür gesorgt, dass das LKA die Mordermittlungen übernimmt.«

»Was hatte das eine mit dem anderen zu tun?«

Grosbroich legte die Fingerspitzen vor der Brust zusammen. »Lassen Sie es mich so sagen, Herr Arat, ich war erstaunt, in diesem

Etablissement ausgerechnet den Staatsanwalt anzutreffen, der für Maries Fall zuständig war – und zwar als Freier, nicht als Ermittler. Und auch sonst war mir der Laden widerwärtig.«

»Warum?«

»Fahren Sie hin, und machen Sie sich selbst ein Bild.«

Can steckte die Karte ein. »Und deshalb haben Sie Ihre Beziehungen ins Spiel gebracht und das LKA eingeschaltet«, sagte er.

Erneut stand Grosbroich auf und trat ans Fenster. »Ich dachte, das Übel wäre auf Köln beschränkt«, sagte er, ohne Can anzusehen. »Ich habe geglaubt, es würde reichen, den Ball einfach eine Stufe höher zu spielen. Das war naiv.«

»Was meinen Sie damit?«

»Ich meine damit, dass Ihre Kollegen in Düsseldorf mitnichten an der Aufklärung des Mords gearbeitet haben. Stattdessen haben sie alles darangesetzt, zentrale Zeugen mundtot zu machen.« Grosbroich hatte sich umgedreht und sah Can an.

»Harry Glessen, der Anwalt aus dem Bauwagen, war der so ein ›zentraler Zeuge‹?«, fragte Can.

»Ach, wissen Sie, Herr Arat, Harald Glessen war seit Jahren psychisch krank. Dass der seit seiner Zeugenbefragung in der Geschlossenen sitzt, ist tragisch. Aber so etwas kann leicht passieren, bei Leuten, die rappelköppich sind. Nicht wahr?« Grosbroich lächelte süffisant und setzte sich wieder. »Nein, ich meine das hier.« Er schob Can die graue Dokumentenmappe zu.

In der Mappe lag das Protokoll, das der Anwalt von Moni Faßbender, der Kneipenwirtin, von ihrer ersten Zeugenbefragung durch das LKA angefertigt hatte.

Can rieb bedächtig mit der Hand über seine Narbe am Schädel und begann zu lesen. Das Protokoll des Anwalts deckte sich über weite Strecken mit den Angaben, die Can aus der LKA-Akte kannte. Moni Faßbender äußerte sich freimütig zu dem Hilfsnetzwerk für bulgarische Dumpinglöhner und zu den Schutzwohnungen und den Rückführungen nach Bulgarien. Mehr war in der LKA-Akte nicht vermerkt gewesen. Anders sah es im Protokoll von Moni Faßbenders

Anwalt aus. Laut seiner Niederschrift hatten die Männer vom LKA keine vertiefenden Fragen zu den Außenkontakten des Hilfsnetzwerks gestellt, stattdessen hatten sich die Düsseldorfer darauf verlegt, Moni Faßbender so lange Fragen zu den inneren Verhältnissen im Roten Haus zu stellen, bis ihr Anwalt drohte, an die Presse zu gehen, falls die LKAler die Ermittlungen weiter auf diese Art verschleppten. Die Düsseldorfer hatten die Befragung daraufhin abgebrochen und Moni Faßbender kommentarlos nach Hause geschickt.

Can legte das Protokoll zurück in die Mappe und sah Grosbroich an.

»Drei Tage nach dieser Befragung hat man Monika Faßbender den Vertrag für ihre alte Kneipe gekündigt«, sagte der alte Wirtschaftsprüfer. »Weil ihre letzte Pachtzahlung einen Tag zu spät auf dem Konto des Vermieters eingegangen ist. Fast dreißig Jahre hatten derartige Petitessen niemanden gestört, jetzt war es plötzlich ein Drama. Monika Faßbender ist Mitte fünfzig. Rücklagen hat sie keine. Altersversicherung auch nicht. Die Kneipe war alles, was sie hatte. Nach der Kündigung stand sie vor dem Nichts.« Grosbroich schloss die Augen und massierte sich die Nasenwurzel. Dann sah er Can an. »Die Kneipe war eine Institution in der Südstadt, Moni Faßbender ist Hausbesetzerin der ersten Stunde. Man hätte doch erwartet, dass sie ihre Leute aktiviert, damit die für sie auf die Barrikaden gehen. Nichts davon ist passiert. Stattdessen hat Frau Faßbender die Rollläden unten gelassen und hat tagelang allein im Dunkeln gesessen wie ein waidwundes Tier. Nach zwei Wochen hat das LKA sie noch einmal vorgeladen. Dieses Mal war sie ohne ihren Anwalt dort. Was bei diesem Termin besprochen wurde, weiß ich nicht. Ich weiß nur, dass man Moni Faßbender kurz darauf ein Ausweichquartier für ihre Kneipe angeboten hat. Bessere Lage, günstigere Pacht. Sie hat das Angebot angenommen. Soll ich sie dafür verurteilen?« Grosbroich griff nach seiner Kaffeetasse. »Und Moni Faßbender ist nicht die Einzige, mit der das LKA so umgesprungen ist. Schauen Sie sich die Menschen an, die Marie nahestanden, Herr Arat. Fragen Sie sich bei jedem Einzelnen, wo die weichen Stellen sind, und Sie wissen, wo Ihre Kollegen die Daumenschrauben angesetzt haben. So lange, bis es keinen ausreichenden Ermittlungsansatz mehr gab und man in Düsseldorf die Mordakte Marie Grosbroich schließen konnte.«

»Und wo hat das LKA bei Ihnen angesetzt?«

»Wie meinen Sie das?« In Grosbroichs Stimme lag plötzliche Schärfe.

»Sie haben sich aus der Kanzlei zurückgezogen.«

»Ich bin fünfundsiebzig, Herr Arat, und meine Söhne haben wegen der Nachfolge schon lange mit den Füßen gescharrt. Ich bin aus freien Stücken gegangen.«

Der alte Wirtschaftsprüfer lächelte, aber in seinem Blick lag Abwehr. Can schwieg. Grosbroich stand wieder auf und trat ans Fenster. Minutenlang war es vollkommen still im Raum. Draußen zog ein Turmfalkenpärchen seine Kreise.

»›Aus freien Stücken‹, was heißt das schon«, sagte Grosbroich schließlich. »Die Wahrheit ist, dass ich es nicht mehr ausgehalten habe. Seit dem Mord an Marie hat es kaum noch Mandanten gegeben, denen ich die Hand geben wollte. Sicher, sie haben alle artig ihre schwarzgeränderten Kondolenzkarten auf Bütten geschickt und ein angemessen bedröppeltes Gesicht aufgesetzt, wenn sie mir begegnet sind. Wie man das halt so tut, wenn ein Kind, das zeitlebens eine Schande für die Verwandtschaft war, endlich den Anstand gehabt hat, sich selbst aus dem Weg zu schaffen. Nun hat sich Marie aber eben nicht mit einer Überdosis Schlaftabletten in den Himmel geflüchtet, sie hat sich auch nicht im Vollrausch mit einem Sportwagen um einen Baum gewickelt, wie das die ungeratenen Kinder aus meinen Kreisen sonst so machen. Nein, Herr Arat, meine Nichte hat man totgeschlagen. Und warum? Ich sag Ihnen, warum: Weil Marie irgendwelchen Menschen aus genau den Kreisen in die Quere gekommen ist, von denen ich gerade gesprochen habe. Darum.«

»Haben Sie einen konkreten Verdacht?«, fragte Can.

»Marie hat sich für Dumpinglöhner auf dem Bau engagiert. Da sollte es eigentlich wenig Berührungspunkte zur besseren Kölner Gesellschaft geben, oder? Tatsächlich ist das Gegenteil der Fall. Mir fallen dutzendweise Leute ein, denen sie mit ihren Aktivitäten ein Dorn im Auge gewesen sein könnte. Und für sehr viele von diesen Leuten machen wir hier seit Jahrzehnten die Bücher.«

»Wie stehen Ihre Söhne dazu?«

»Die hatten schon immer ein etwas dehnbareres Verständnis von Moral als ich«, sagte der alte Wirtschaftsprüfer.

Plötzlich war von draußen Jaulen und ein nervöses Scharren zu hören. Grosbroich öffnete die Tür. Zwei samtgraue Weimaraner drängten in den Besprechungsraum. Maries Onkel tätschelte ihnen den Kopf und spielte mit ihren Ohren.

»Es ist doch eigenartig«, sagte er nach einiger Zeit, »ich bin fast achtundvierzig Jahre verheiratet, ich habe drei Söhne gezeugt, und bis vor ein paar Monaten dachte ich, dass ich Freunde hätte, auf die Verlass wäre. Und jetzt bleiben mir nur die Hunde.«

Can stand auf und verabschiedete sich. An der Garderobe hing ein Karnevalsorden aus der letzten Session. Er war vom selben Traditionskorps, dem auch Christof Nolden und sein Freund, der Staatsanwalt, angehörten.

Nach den kühlen Kanzleiräumen traf Can die Hitze draußen wie ein Schlag. Es war kurz vor zwölf. Er ging zum Appellhofplatz und nahm die U-Bahn in Richtung Ehrenfeld. Auf dem Sitz gegenüber saß eine Mittzwanzigerin mit zu Zuckerwatte blondiertem Haar. Dicke Schweißtropfen rannen ihr vom Hals über die aufwendige Tätowierung auf dem Dekolleté in ein neongrünes, trägerloses Top, an dem sie unausgesetzt herumzuppelte.

Can dachte an das Besprechungszimmer in Hans Grosbroichs Kanzlei und daran, wie weit die Welt, in der sich der alte Wirtschaftsprüfer bewegte, von der Wirklichkeit der Neonblondine entfernt war.

Er schloss die Augen, presste die dumpf pochende Narbe an seinem Kopf an das kühle U-Bahn-Fenster und träumte davon, sich für ein paar Stunden in Maries Bett zwischen den Palmen und Baumfarnen treiben zu lassen.

Dann rief Nesrin an.

»Jossif ist weg«, sagte sie.

»Seit wann?«

»Vielleicht schon seit letzter Nacht. Wir haben es erst vor einer Stunde bemerkt.«

»Hat er Geld?«

Nesrin zögerte unmerklich. »Nein.« Ihre Stimme klang trotzig.

»Okay. Ich versuche ihn zu finden. Ich melde mich.« Can drückte den Anruf weg und rief Simone an. Sie nahm beim zweiten Klingeln ab.

»Babatov ist untergetaucht«, sagte Can. »Er ist irgendwo draußen auf der Straße. Vermutlich mit Hehlerware. Wahrscheinlich will er auf eigene Faust nach Plovdiv zurück. Alarmierst du die Streifen? Ich suche die Bahnhofsgegend ab.« Er legte auf, bevor Simone etwas erwidern konnte.

Can stieg aus der Bahn und nahm ein Taxi zum Roten Haus. Er holte eines der Fotos von Babatov, das sie für den gefälschten Pass gemacht hatten, und ging wieder hinaus in die erbarmungslose Hitze. Am Bahnhof erfuhr er, dass der Fernbus nach Plovdiv für diesen Tag schon abgefahren war. Can zeigte das Foto von Babatov, aber die Ticketverkäufer konnte sich ebenso wenig an den Jungen erinnern wie die Leute in den Internetshops, Bulgaren-Bars, Leihhäusern und Hehlerbuden in der Bahnhofsgegend, die Can den Nachmittag über absuchte.

Simone meldete sich gegen sieben.

»Wir haben ihn«, sagte sie.

»Ich komme. Dem kleinen Wichser verpass ich höchstpersönlich einen Einlauf.«

»Er ist tot.«

Can war plötzlich kalt. »Was haben sie mit ihm gemacht?«

»Er ist am Hansaring vor einen Zug gesprungen.«

»Das glaube ich nicht. Seine Frau kriegt in ein paar Tagen ein Kind.«

»Komm ins Präsidium. Ich muss dir was zeigen.«

Zwanzig Minuten später saß Can neben Simone am PC und sah sich das Überwachungsvideo vom Bahnsteig an. Babatov hastete die Treppe hoch und drehte sich dabei immer wieder nervös um. Kurz nach ihm kamen zwei junge Männer in beigen Chinos und kurzärmligen Hemden die Treppe herauf. Babatov drehte sich um, sah die beiden und begann auf den Ausgang am anderen Ende des Bahnsteigs zuzulaufen. Plötzlich tauchte dort ein dritter Chino-Mann auf. Babatov stockte. Sein Blick glitt hektisch zwischen den Männern hin und her, die gemächlich von beiden Seiten zu ihm aufschlossen. Von rechts näherte sich der durchfahrende Zug. Babatov zögerte für den Bruchteil einer Sekunde, sein Körper spannte sich, das Gesicht verzerrte sich zu einem Schrei, dann stieß er sich vom Bahnsteig ab und sprang mit weit geöffneten Augen direkt vor der Lok auf die Gleise.

Simone hielt das Video an.

»Ich war sieben Minuten später vor Ort«, sagte sie. »Von dem Jungen ist nicht viel übrig geblieben. Den hat es einfach zerfetzt. Nur Blut überall. Und totales Chaos auf dem Bahnsteig.«

»Und die Chino-Typen waren natürlich nicht mehr da.«

»Natürlich nicht. Dafür ein Bahnsteig voll Augenzeugen, die jeden Eid darauf schwören, dass Babatov Selbstmord begangen hat.«

»Und jetzt?«

»Nichts. Der Fall ist abgeschlossen.«

»Fuck. Das können die nicht machen!«, Can fuhr zu Simone herum.

»Vergiss es, Can. Der Staatsanwalt sieht keinen Grund für weitere Ermittlungen.«

Simone zog ein zerknittertes Stück Papier aus ihrer Schreibtischschublade und reichte es Can.

»Hier. Den haben sie in der Gerichtsmedizin aus Babatovs Hose gezogen. Ist ein Pfandschein. Vielleicht magst du ihn ja einlösen.«

Can steckte den Zettel ein. »Und sonst?«, fragte er.

»Wir haben immer noch kein Kind.« Simone strich sich mit beiden Händen die Haare aus der Stirn.

»Hast du mit Claudia geredet?«

Simones Gesicht blieb unbewegt. »Du warst nicht beim Amtsarzt«, sagte sie.

»Ich besorg mir einen neuen Termin.«

»Überspann den Bogen nicht.«

»Yes, Ma'am.«

Simones Gesicht blieb unbewegt. »Ruh dich ein bisschen aus. Und lass dir die Haare wieder wachsen. Du siehst aus wie ein Kaffer.«

Can hob zwei Finger an sein imaginiertes Käppi und trat ab.

Er ging zur Haltestelle und wartete auf die Straßenbahn. Der Pfandschein, den die Gerichtsmediziner bei Babatov gefunden hatten, lief über zweihundert Euro, ausgestellt von einem Leihhaus auf der Severinstraße. Der Zettel war unbeschädigt, nur am linken oberen Eck sah Can einen einzelnen Fleck, dunkelrostfarben und glänzend wie alter Siegellack.

Cans Hände begannen zu zittern. Er flüchtete hinter das Wartehäuschen und übergab sich heftig. Danach ging er zurück ins Präsidium. Auf einer der Besuchertoilette spülte er sich den Mund aus und ließ lange kaltes Wasser über sein Gesicht laufen. Dann ging er zum Fuhrparkverwalter. Für diese Nacht war nur noch ein einziger Zivilwagen frei, ein vergleichsweise neuer BMW, den sie normalerweise für Observationen von Besserverdienern nutzten.

Can ließ sich den Schlüssel geben und fuhr los.

Zehn Minuten später war er in der Severinstraße. Es ging schon auf neun, aber das Leihhaus hatte noch auf. Ein gemütlicher Endfünfziger mit getönter Derrick-Brille, Walrossbart und zu weit aufgeknöpftem Hemd wartete auf Kundschaft.

Can schob Babatovs Pfandschein über den Tresen. Der Pfandleiher hievte sich widerwillig von seinem Bürosessel hoch und ging nach hinten ins Lager. Kurz darauf leerte er den Inhalt eines Brokatbeutels auf ein Samtkissen. Alter türkischer Goldschmuck mit grob geschliffenen Rubinen und Türkisen glitzerte auf dem schwarzen Stoff. Allein der Materialwert musste in die Tausende gehen.

»Einpacken«, sagte Can.

»Nee, Freundchen. Erst krieg ich mein Geld zurück.«

Can legte seine Dienstmarke auf den Tresen. Der Pfandleiher schob ihm wortlos den Beutel mit dem Schmuck rüber.

Um kurz vor zehn parkte Can den Wagen auf dem Parkplatz von Dakota. Als er auf den stillen, dunklen Wegen durch die Siedlung ging, war alles wie am Abend zuvor. Für einen Moment war Can fest davon überzeugt, dass der dazwischenliegende Tag gar nicht stattgefunden hatte. Gleich würde er mit Nesrin und ihrem Mann auf der Terrasse sitzen, sie würden Empanadas, Steak und Salat essen, reden und eiskaltes Kölsch trinken. Irgendwann würde Babatov vom Stall zurückkommen und im Haus verschwinden. Kurz darauf würden die ersten Regentropfen auf das Zinkdach hämmern.

Nesrin machte die Tür auf und sah Can an, ohne ihn hereinzubitten. Er reichte ihr den Beutel mit dem Schmuck.

»Der ist von dir, oder?«

Nesrin nahm den Beutel. »Was ist mit dem Jungen?«

Can zuckte mit dem Schultern.

Nesrin musterte ihn einen Moment lang schweigend, dann schloss sie die Haustür sachte von innen. Can fuhr gedankenverloren mit dem Daumen die Maserung auf dem Türblatt nach. Das verwitterte Holz war noch warm von der Hitze des Tages. Drinnen im Hausflur ging das Licht aus. Can drehte sich um und ging zurück zum Gartentor, vorbei an der Kapuzinerkresse und den Kürbissen, deren bleiche Rundungen in der anbrechenden Nacht fast anstößig wirkten.

Danach lief Can so lange durch die dunkle Siedlung, bis er sich mit einem Mal vor dem Pferdestall wiederfand. Er setzte sich auf die Bank, auf der er mit Babatov gesessen hatte, zündete sich eine Zigarette an und hörte auf das leise Schnauben des schwarzen Pferds. Er blieb lange dort sitzen. Dann schnippte er die letzte Zigarette auf

167

die Weide. Sie beschrieb einen glühenden Bogen durch die Dunkelheit und verlosch mit sanftem Zischen im taunassen Gras. Das Pferd wandte seinen Blick zu Can und sah ihn aus lang bewimperten, schwarzen Augen an. Auf dem Weg zurück zum Auto riss ihm eine Brombeerranke im Dunkeln einen tiefen Schmiss ins Gesicht. Can war plötzlich unendlich müde.

Er fuhr zurück zum Roten Haus. In Maries Wohnung ließ er sich angezogen aufs Bett fallen und schlief sofort ein. In seinem Traum lief das Video aus der Überwachungskamera in einer Endlosschleife. Wieder und wieder sah er den Moment, in dem sich Babatov vom Bahnsteig abstieß und vor den Zug sprang. »Nur Blut überall«, hörte er Simone aus dem Off.

Plötzlich blendete der Traum über in eine andere Zeit und einen anderen Film: Nacht, Isa im Dunkeln am Küchentisch, reglos, den Kopf auf der Tischplatte, die Arme neben dem Körper herunterhängend, ein fremder, metallischer Geruch in der Luft, Cans Hand am Lichtschalter, der Neonring an der Decke erst flackernd, dann unbarmherzig grell, Isas graues Gesicht, unter dem Tisch eine dunkelrote Lache, die sich wie zäher Lack über die schmutziggelben Fliesen ausbreitet. Schnitt. Isa jetzt auf einer Bahre auf dem Boden. Neben ihr der Notarzt. Kurze präzise Ansagen. Ein Rettungssanitäter schneidet Isas Pulli auf. Der Notarzt atmet scharf ein, als er die Narben sieht. Das, was die Ärzte vor ihm von Isas Körper übrig gelassen haben. Sauerstoffmaske, Kanülen, Transfusionsbeutel. Im Eilschritt durchs Treppenhaus runter auf die Straße im Blaulichtstroboskop. Die Türen des Rettungswagens schließen sich von innen. Rote Rücklichter und schwächer werdendes Blaulichtflackern in der nebligen Herbstnacht. Wieder in der Küche mit einem groben grauen Putzlappen das Blut wegwischen, das an den Rändern bereits rostfarben und glänzend eingetrocknet ist und sich nur mit Mühe aus den Fugen lösen lässt, während man sich bei dieser Tätigkeit ohne jedes Gefühl beobachtet, so als sei man ein gänzlich Unbeteiligter.

Can erwachte schweißgebadet. Er stand auf und holte sich ein Glas Wasser. Es war kurz vor zwölf. Der Kratzer in seinem Gesicht brannte. Can suchte vergeblich nach Jod. Die Bourbonflasche, die er am Tag zuvor im Wohnzimmer abgestellt hatte, war angebrochen. Er griff sich den Whisky und tupfte die Wunde damit vor dem Spiegel ab. Sie sah aus, als hätte ihm jemand ein stumpfes Messer durchs Gesicht gezogen.

Zurück im Bett, wälzte Can sich unruhig hin und her. Mechanisch fuhr er mit der Hand über das leere Kissen neben sich. Die kühle Baumwolle des feinen Damastbezugs war von unzähligen Wäschen zart wie Haut. Plötzlich wurde ihm bewusst, dass er seit Marie keine Frau mehr gehabt hatte.

9

Um Viertel vor zwei hielt Can es nicht mehr aus. Er stand auf, duschte, zog sich ein frisches T-Shirt über und fuhr dann mit heruntergelassenen Wagenfenstern in die Nacht.

Es war Wochenende. Auf den Ringen war wie immer die Hölle los. Marodierende Jungmigranten, angetrunkene Bergheimer Bauernjungs und entfesselte Verwaltungsfachfrauen in knappem Billigfummel walzten über die breiten Bürgersteige. Der Geruch von Drogeriemarktparfüm, Kölsch und Kotze lag über allem. Nach der Hitze des Tages war es jetzt feuchtschwül. Dass es in dieser Nacht eine Messerstecherei oder eine Massenschlägerei geben würde, war eine Frage des Wann, nicht des Ob.

Can stoppte an einer Ampel. Vor ihm ein vollbesetztes Bierbike, neben ihm eine weiße Stretchlimo im Bossmodus. Auf dem Bürgersteig hielt sich eine dickliche Brünette in einem weißen Satinmini an einer Straßenlaterne fest. Für einen Moment fixierte sie Can, dann schwankte sie fast unmerklich auf ihren Glitzerstilettos, glitt an der Laterne zu Boden und blieb mit erstauntem Blick sitzen.

Can tippte den CD-Player an. Er war auf den Durchschnittsrock vorbereitet, den seine Kollegen üblicherweise hörten. Stattdessen triefte abgeschmacktes Neunziger-Synthiegewabere aus den Boxen, dann die ersten kalkuliert simplen Akustikgitarrenriffs. Can fuhr die Fenster hoch und drehte die Musik auf. »*I'm cryin everyone's tears …*« Die Stimme von Sade erhob sich glasklar über das Gitarrengeplänkel. »King of Sorrow«. Vor Jahren hatte Can dieses Stück einen Winter lang ständig gehört. Seitdem nicht mehr. »*I wonder will this grief*

171

ever be gone?«, barmte Sade. Can flüsterte den Text mit. Er stellte den Track auf Repeat, drehte die Klimaanlage hoch und fuhr weiter in langen Runden über die Ringe. Ein Schmerzensmann in einer kühlen Kapsel aus Stahl, Chrom und Leder.

Nach der vierten Ringumrundung kam sich Can plötzlich lächerlich vor. Er hielt an einem Bankautomaten, um Geld zu ziehen. Geistesabwesend tippte er den Höchstbetrag ein. Der Automat spuckte fliederfarbene Scheine aus. Can hatte keine Ahnung, was er damit anfangen sollte. Mechanisch verstaute er das Geld in seiner Brieftasche. Mit einem Mal hielt er die Magnetstreifenkarte in der Hand, die ihm Maries Onkel am Morgen gegeben hatte. Er ging zurück zum Wagen und fuhr los.

Zwanzig Minuten später parkte Can in einer stillen Wohnstraße in Junkersdorf. Das Haus lag hinter einer korrekt beschnittenen Koniferenhecke. Ein unauffällig luxuriöser Flachbau aus den späten Fünfzigern. Die Rollläden waren heruntergelassen. Keine rote Laterne über der Tür, dafür ein diskretes Kartenlesegerät an der Wand. Can zog die mitternachtsblaue Karte durch.

Die schwere Holztür öffnete sich mit einem sanften Klicken.

Goldenes Licht fiel nach draußen.

Can trat ein.

In seiner Zeit als Streifenpolizist hatte er eine Menge Kölner Bordelle von innen gesehen, auch die besseren, mit ihrem fleischfarbenen Marmor, Barockspiegeln aus dem Baumarkt und der zentimeterdicken beigen Auslegeware aus Acryl. Das hier war offenbar eine andere Nummer. Der Eingangsbereich war mit dunklem, fast schwarzem Holz getäfelt. Davor ein Empfangstresen aus demselben Holz mit einer Deckplatte aus mattschwarzem Schiefer. Über dem Tresen hing an einer groben Paketschnur eine Quitte. Die flaumige, gelbe Schale war ein wenig stippig, und an einer Stelle öffnete sich eine schlitzartige Kerbe mit braunen Rändern wie eine Wunde. Neben der Quitte, aber etwas tiefer, hing, ebenfalls an einer Paketschnur, kopfüber ein Wirsingkohl. Die bäulichgrünen, tief gekräuselten Blätter rollten sich leicht auf und lockten neugierige Fingerspitzen, behutsam die darunter verborgenen zarteren Schichten zu erforschen. Auf dem Tresen, etwas versetzt zum Kohlkopf, lag eine Melone, aus der ein großer Spalt herausgeschnitten war, sodass das rosig überhauchte, zarte Innere der Frucht bloß lag. Das Messer hatte eine unregelmäßige Furche durch die feucht glänzenden Kerne gezogen, die sich prall und dicht gepackt ins sanfte Licht einer Bienenwachskerze wölbten. Rechts neben der Melone war eine große, leicht gekrümmte Gurke mit dicken Runzeln und Warzen platziert.

Can war noch in die Betrachtung des ungewöhnlichen Gemüsedisplays versunken, als eine Blondine mit strengem Pferdeschwanz hinter dem Tresen auftauchte.

»Sie sind zum ersten Mal unser Gast?«

Die Augen der Frau hatten den gleichen Ton wie ihr hochgeschlossenes, eisblaues Seidenkleid. Can sah, was sie sah: Kleinasiat, nicht mehr jung, aber unter dem beginnenden Fettansatz immer noch durchtrainiert, Jeans, T-Shirt, kahl geschorener Schädel mit kaum verheilter undefinierbarer Narbe, im Gesicht ein frischer Schmiss. Einer, der aussah wie er, bedeutete Ärger für einen Laden wie diesen.

»Darf ich fragen, wer Sie uns empfohlen hat?«, fragte die Eisprinzessin.

Can nannte den Namen des Staatsanwalts.

Die Züge der Blondine entspannten sich. »Willkommen im Club.« Sie lächelte jetzt fast. »Business oder Executive?«

»Executive.«

Die Empfangsdame rief eine Summe auf. Can schob die gerade abgehobenen Scheine über den Tresen.

Kurz darauf stand er in der Executive-Lounge. Die Bar nahm die gesamte Längswand ein. Eine statuenhaft schöne Schwarze stand hinter dem Tresen. Can bestellte einen Single Malt und zog sich auf eines der Designersofas aus den Siebzigern zurück, die in lockeren Gruppen im Raum verteilt standen. Er nippte an seinem Whisky und sah sich um.

Der langgestreckte Raum mit dem mattschwarzen Steinboden

war im gleichen dunklen Holz getäfelt wie der Empfangsbereich. Eine großzügig geschwungene, offene Treppe führte zu einer Galerie, von der, wie Can vermutete, die Separees abgingen. Die minimalistischen, schwarzen Leuchten, die den Raum in intimes Licht tauchten, kannte er aus den Einrichtungsmagazinen, die Isa zu Hause als Klo-Lektüre herumliegen ließ. Nachbauten dieser Lampen kosteten ein paar Tausend Euro, für die Originale aus den Fünfzigern reichte Cans Jahresgehalt nicht aus. Die Lampen hier waren keine Reproduktionen. Genauso wenig, wie die beiden expressionistischen Aktgemälde in gedeckten Braun- und Olivtönen neben der Bar. Schmalhüftige, hochbrüstige Frauen mit warmbrauner Haut und schwarzem Haar sahen den Betrachter aus schräg stehenden, schwarzen Augen an. Ähnliche Bilder hingen im Museum Ludwig. Der Künstler hatte irgendeinen Allerweltsnamen und war unter den Nazis verfemt gewesen, mehr fiel Can dazu nicht mehr ein. Aber er war ja nicht wegen der Kunst da.

Sein Blick glitt zu den Frauen in der Lounge. Sie waren zu fünft: die Schwarze hinterm Tresen, eine Blondine mit hohen Wangenknochen, eine Schwarzhaarige mit blauen Augen und Alabasterhaut, eine zarte Asiatin mit provozierend großem Mund und eine dralle Rothaarige mit wilden Locken.

Die Frauen waren alle schön, und alle straften sie Can mit Nichtachtung. Zuerst dachte er, es läge daran, dass ihm die inländische Physiognomie und die selbstverständliche Aura von Geld und Erfolg der anderen Kunden abging. Aber je länger Can das Treiben im Raum beobachtete, desto deutlicher hatte er das Gefühl, dass in diesem Puff etwas grundsätzlich nicht stimmte. Die erotische Spannung, die allgemeine Fickrigkeit, die er aus anderen Bordellen kannte, fehlte hier völlig. Nur ein muskulöser Blonder mit raspelkurzem Haar, der beiläufig mit der Rothaarigen schäkerte und sich dann mit ihr auf die Galerie zurückzog, schien überhaupt Interesse an den Frauen zu haben. Die anderen Männer schenkten den Nutten weniger Aufmerksamkeit als ihren Drinks. Can fragte sich, was sie hier suchten und was Hans Grosbroich an diesem Hort kultivierter Langeweile so angewidert hatte. Er lehnte sich auf dem Sofa zurück, schwenkte gelegentlich den Whisky in seiner Hand und konzentrierte sich auf den gepflegten französischen Electronicsound, der dezent im Hintergrund lief.

Mit einem Mal war er wieder todmüde. Er stellte sich vor, wie er sich auf dem Sofa zusammenrollen und bis in den Morgen hinein schlafen würde, während die Frauen leise miteinander sprachen und die Männer weiter vor sich hin schwiegen.

Stattdessen wurde es plötzlich laut. Eines der Holzpaneele an der Längsseite der Lounge sprang auf.

»Wenn ich Routinelutschen will, fahr ich zum Eifeltor, da krieg ich's billiger!« Ein gepflegter Mann mit kinnlangem grauen Haar und halboffenem Hemd stürmte aus einem verborgenen Raum hinter der Holztäfelung in die Lounge und zerrte eine kleinwüchsige Frau hinter sich her. Ungefähr auf Höhe von Can ließ der Mann die Kleinwüchsige abrupt stehen, er starrte einen Moment mit Stecknadelpupillen in Richtung der Sofagruppe, auf der Can saß, dann stürzte er zur Bar, griff sich eine Champagnerflasche und zertrümmerte sie in einer überraschend eleganten Bewegung auf dem Tresen. Im nächsten Moment riss er die Empfangsdame, die beim ersten Anzeichen von Unruhe in den Raum gehastet war, zu sich heran. Er drückte der Frau den scharfzackigen Flaschenhals an die Kehle, wickelte sich ihren langen Pferdeschwanz um die freie Hand und zwang sie in die Knie.

»Wenn ich Executive zahle, dann erwarte ich auch Executive! Die 0815-Dienstleistung, die die Kleine da gerade geboten hat, war indiskutabel! Haben wir uns verstanden, Schlampe?«

Er riss den Kopf der Blondine brutal in den Nacken. Sie starrte panisch zu ihm hoch, der schartige Flaschenhals drückte immer noch an ihre Kehle. Ein Urinfleck breitete sich langsam auf ihrem Kleid aus.

Die Kleinwüchsige, die mit dem Rücken zu Can gestanden hatte, drehte sich zu ihm um und sah ihn aus gleichmütigen Augen an. Can verschlug es den Atem. Die Kleine war nicht verwachsen. Sie war einfach noch ein Kind. Das Mädchen musterte ihn einen Moment, dann kehrte es ihm wieder den Rücken zu. Can starrte auf den zarten Nacken des Mädchens und zwang sich, ruhig ein- und auszuatmen.

Ein Mann auf dem Nebensofa lehnte sich zu Can vor. »Gaff nicht, Kanake!«, zischte er ihn an. »Beweg deinen Arsch! Wofür zahlen wir für Security?«

Can stand auf, nahm das Mädchen, das immer noch reglos vor ihm stand, an der Hand und bahnte sich unauffällig einen Weg zum Ausgang.

Sie hatten die Tür fast erreicht, als hinter ihnen das Chaos losbrach. Can drehte sich um. Der bullige Blonde, der sich mit der Rothaarigen zurückgezogen hatte, war plötzlich wieder da. Nur mit Boxershorts bekleidet, rang er den durchgeknallten Freier nieder, der wild um sich schlug und wie ein angestochener Stier brüllte. Für den Bruchteil einer Sekunde blieb Cans Blick auf der runenartigen Tätowierung am inneren Oberarm des Blonden hängen, dann sah er auf die Tür in der Holztäfelung, aus der der Freier mit dem Mädchen gekommen war. Der Korridor dahinter war jetzt hell erleuchtet. Im Türrahmen zeichneten sich die Schattenrisse von drei zierlichen Gestalten ab, die gebannt das Schauspiel in dem dunklen Raum vor ihnen verfolgten.

Niemand achtete auf Can und das Mädchen. Behutsam zog er die Kleine zum Eingang und glitt mit ihr durch die Tür hinaus ins Freie. Draußen nahm er das Mädchen an der Hand und lief los. Als sie am Auto ankamen, war Can schweißgebadet. Er packte das Mädchen auf den Beifahrersitz und fuhr mit quietschenden Reifen los. Erst als er sicher war, dass ihnen niemand folgte, begann er sich zu entspannen. Sie hielten an einer Ampel, und das Mädchen sagte etwas in einer Sprache, die Can nicht kannte.

»Ich habe dich nicht verstanden«, sagte er versuchsweise auf Türkisch. Das Mädchen sah ihn ratlos an.

»Du Deutsch?«, fragte sie.

Can nickte.

»Wir fahren Hotel? Hotel gut. Darf ich nach Bumsen fernsehen? Biiittteee?« Sie legte den Kopf schräg und lächelte kokett.

Can sah das Mädchen an. Im Halbdunkel schätzte er sie auf zehn, höchstens zwölf Jahre. Ein feingliedriges Kind mit schwarzem Haar und dunklen Augen in dünnen Leggings und einem rosa Kinder-Top.

»Wir fahren nicht ins Hotel«, sagte er. »Ich bin bei der Polizei. Ich heiße Can.«

»Du Polizei? Ich Kind. Ich nicht in Knast gehen.« Die Stimme des Mädchens hatte plötzlich etwas Verstocktes.

»Ich bring dich nicht in den Knast«, sagte Can. Er hatte keine Idee, wo er mit ihr hin sollte. Das Mädchen wandte sich von ihm ab und starrte schweigend aus dem Seitenfenster.

Zehn Minuten später klingelte Can mit dem Mädchen an der Hand bei Simone Sturm. Nach einer Ewigkeit ging die Tür auf. Simone stand in einem verwaschenen Altherrenbademantel und mit verquollenen Augen im Rahmen. Claudia tauchte hinter ihr im Flur auf.

»Was'n los?«, fragte sie schlaftrunken.

»Ihr wolltet doch immer ein Kind«, sagte Can. »Da habt ihr eins.« Er schob das Mädchen über die Schwelle in die Wohnung.

»Und falls ihr noch Geschwisterchen dazu haben wollt, da, wo die herkommt, gibt's noch mehr von der Sorte.« Er drückte Simone die nachtblaue Karte in die Hand. »Dein neuer Freund, der Staatsanwalt, ist dort übrigens Stammkunde.«

Er dreht sich um und lief die Treppe runter.

»Sag mal, hast du sie noch alle?«, brüllte ihm Simone nach.

Can antwortete nicht.

Er setzte sich in den Wagen und fuhr los. Simone rief an. Can drückte den Anruf weg. Sie versuchte es noch mal. Er machte das Handy aus. Es war kurz nach halb sechs, am Horizont wurde es schon hell. Can fuhr in die Jülicher Straße.

Isa saß in ihren Laufklamotten am Küchentisch und las Zeitung.

»Long time no see«, sagte sie. Dann wandte sie sich wieder dem Wirtschaftsteil zu.

Can ließ sich schwer auf den Küchenstuhl ihr gegenüber fallen und sah sie an.

»Was?« Isa sah ihn über ihre Lesebrille hinweg an.

»Warum hast du das damals gemacht? Kannst du mir das sagen?«

»Was damals gemacht?«

Can packte ihre Handgelenke und drehte sie grob nach oben. Im Licht der Küchenlampe traten die unregelmäßigen Narben weiß hervor.

»Das da! Warum hast du das damals gemacht? Warum hast du mir das angetan?«

Isa zog ihre Hände zurück. Sie biss sich auf die Unterlippe.

»Sag was! Mach verdammt noch mal den Mund auf!«

Isa schwieg und starrte auf die Tischplatte.

»Du solltest nicht mehr hinter mir herlaufen«, sagte sie so leise, dass Can sie kaum verstand.

»Sag das noch mal. Los, schau mich an, und sag das noch mal. So, dass ich's hören kann!«

Isa schoss das Blut ins Gesicht. »Du solltest mir nicht mehr hinterherlaufen. Weil es die Frau, in die du dich verknallt hast, nicht mehr gibt. Und ich wollte, dass du verfickt noch mal, aufhörst, dem hinterherzulaufen, was von mir noch übrig ist.«

»Und da ist dir nichts Besseres eingefallen, als dir die Pulsadern aufzuschlitzen? Weißt du, wie das war, als sie dich weggebracht haben? Mit dem ganzen Blut überall?« Can starrte Isa sekundenlang orientierungslos an, als müsste er seinen eigenen Worten nachhören. Dann vergrub er den Kopf in den Händen. »›Nur Blut überall‹, hat Simone gesagt«, flüsterte er. »Sonst ist von dem Jungen nichts übrig geblieben. Den hat es komplett zerfetzt. Ich hab dem versprochen, dass wir auf ihn aufpassen, und dann springt der vor den Zug. Was soll denn jetzt aus dem Kind werden?« Heftiges Zittern erschütterte seinen Körper.

Isa nagte an ihrer Unterlippe. Nach einer Weile stand sie auf, ging um den Tisch und legte die Arme um Can.

»Du bist ja total durch. Komm, ich bring dich ins Bett.«

Sie zog ihn hoch und führte ihn behutsam wie einen Schwerver-
letzten in sein Zimmer. Can streckte sich auf der Matratze aus und
ließ sich gehorsam von Isa zudecken, nur um im nächsten Moment
wieder hochzufahren.

»Die ficken da Kinder, Isa! In dem Laden sieht es aus wie in
einem von deinen Magazinen, aber hinter dem ganzen Edelholz, da
ficken die Kinder, Executive-Style! Und wir decken das! Die ficken
Kinder, und wir tun nichts. Verstehst du das?«

Isa glitt neben Can ins Bett. Sie zog ihn an sich, wiegte ihn in
ihren Armen und wisperte ihm so lange Dinge ins Ohr, die sie beide
nicht verstanden, bis er eingeschlafen war.

10

Als Can aufwachte, war Isa fort. Grelles Mittagslicht drang durch die Jalousie. Er ging in die Küche und setzte einen Espresso auf. Ein Zettel lag auf dem Küchentisch.

Simone will dich sprechen. Dringend. Ich habe gesagt, ich wüsste nicht, wo du bist. I.

Can zerknüllte die Nachricht. Bilder aus der letzten Nacht zuckten ihm durch den Kopf. Er setzte sich mit seinem Kaffee auf das Fensterbrett, rauchte und beobachtete den einsamen Ringeltäuberich in der Kastanie auf dem Hof. Die dazugehörige Taube war im letzten Sommer ohne ersichtlichen Grund mit Wucht gegen das Küchenfenster geflogen. Nach ein paar benommenen Momenten auf dem Fensterbrett hatte sie es in taumeligem Flug noch zurück in die Kastanie geschafft, aber am nächsten Morgen hatte sie tot im Hof gelegen. Der schattenrissartige, leicht fettige Abdruck, den der Vogel beim Aufprall auf dem staubigen Küchenfenster hinterlassen hatte, war noch Monate später zu erkennen gewesen, und weder Can noch Isa hatten das Herz gehabt, ihn wegzuwischen.

Can drückte seine Zigarette aus. Er fragte sich, wem der Puff in Junkersdorf gehörte. Für einen Moment dachte er daran, Hans Grosbroich anzurufen, aber die Kanzlei war am Wochenende geschlossen, und die Privatnummer von Maries Großonkel hatte er nicht. Er setzte einen neuen Espresso auf und suchte nach seinem Handy. Simone hatte im Halbstundentakt angerufen. Can ignorierte das hektische Blinken seiner Mailbox und wählte Aldenhovens Nummer.

Der Sachbearbeiter ging sofort dran.

»Ist dir langweilig zu Hause, Can, oder warum rufst du an?«

»Wo bist du gerade?«

»Auf Arbeit. Ist ja schließlich Samstag.«

»Musst du nachsitzen, oder was?«

»Zwangsverpflichtet. Simone hat sich krankgemeldet. Ich soll die Stellung halten. Meine Freundin streicht jetzt unser Wohnzimmer ohne mich. Wenn sie nicht gerade auszieht, weil sie die Schnauze endgültig voll hat von meinen Arbeitszeiten.«

»Und, was machst du jetzt so ganz alleine im Büro?«

»Weißt doch: Es gibt immer was zu tun.«

»Yippie-yah-yah, yippie, yippie, yeh!«, sagte Can. »Kannst du mir einen Gefallen tun?«

»Ungern.«

»Ich brauche den Eigentümer von einem Bordell.«

»In Junkersdorf?«

»Woher weißt du?«

»Da hat die Sitte heute Morgen eine Razzia gemacht. Die haben da ein Dutzend Zwangsprostituierte rausgeholt. Rumäninnen, Bulgarinnen. Fast alle minderjährig. Ein paar von den Mädchen sind gerade mal fünfzehn, waren aber wohl noch mal auf deutlich jünger gepimpt. War ein anonymer Tipp. Die Kollegen sind ganz aus dem Häuschen.«

»Wem gehört der Laden?«

»Ist auf eine Briefkastenfirma eingetragen. Irgendwas mit Internet. Geschäftssitz in Berlin. Die Geschäftsführer haben eine saubere Weste, zumindest sind das keine alten Bekannten. Soll ich dir die Unterlagen rüberschicken?«

»Lass mal. Ich schau nachher bei dir rein.«

Zwei Stunden später gab Can den BMW beim Fuhrparkverwalter ab. Aldenhoven saß in seinem Büro und hörte *Liga Live*. Die Sonne knallte noch mit unverminderter Kraft auf die staubigen Fenster.

»Bierchen?« Can stellte vier Flaschen Alkoholfreies auf den Tisch.

Aldenhoven köpfte eine Flasche, nahm einen tiefen Zug und ließ sich in seinem Bürosessel zurückfallen.

»Prickelt länger, als man trinkt.« Er grinste. »Wie isset, Kollege?«

»Geht so. Und selbst?«

»Muss ja.« Aldenhoven konzentrierte sich auf sein Bier.

»Unser Zeuge in der Bulgarengeschichte? Der Junge, der gestern vor den Zug gesprungen ist?«, sagte er nach einiger Zeit. »Du hattest doch die Idee, dass da irgendwelche Rechte hinter sein könnten.«

»Da seid ihr ja nicht drauf eingestiegen. Außerdem hat der Junge selbst ausgesagt, dass das eine Lohndumpinggeschichte bei Nolden-Bau war.«

»Das muss sich nicht ausschließen. Schau dir das mal an.«

Aldenhoven klickte das Video aus der Überwachungskamera an. Im Schnelldurchlauf sah Can noch einmal die Sequenz, die er schon kannte: Babatovs gehetzter Blick zu den Männern, die von rechts und links auf ihn zukamen, das Aufbäumen seines mageren Körpers, dann der verzweifelte Sprung. Unwillkürlich wandte Can die Augen ab.

»Guck da hin!«, sagte Aldenhoven.

Can zwang seinen Blick zurück zum Bildschirm. Die Chino-Männer nutzten das Chaos nach Babatovs Sprung, um sich ganz ruhig vom Ort des Geschehens zu entfernen. Kurz vor dem Ausgang hob einer der Männer seinen rechten Arm in einer Art Hitlergruß in Richtung der Überwachungskamera.

Can beugte sich vor. »Zoom da mal rein.«

Aldenhoven vergrößerte die Aufnahme. Der Mann hatte eine Tätowierung auf der Innenseite des Oberarms.

»Sieht aus, wie zwei hochgestellte ›Z‹.« Aldenhoven ging noch näher rein. »Wie spiegelverkehrte SS-Runen.«

»Stellwerk Stadionwacht«, sagte Can.

»Was?«

»Stellwerk Stadionwacht. Das sind anscheinend neue Hools. Die taggen überall in der Stadt. Immer mit diesen umgedrehten Runen. Am Bahndamm an der Sechzigstraße, da, wo die toten Bulgaren lagen, war ein Graffiti von denen. Ziemlich groß. Schickst du mir einen Screenshot von der Aufnahme hier auf mein Handy? Ich kenn jemand, der sich mit so was auskennt.«

Er ging auf den Gang und rief Heiko Wichering an. Der LKA-ler ging nach dem zweiten Klingeln dran.

»Can! Mann, ich dachte, du hättest dich unerlaubt von der Truppe entfernt?«

»Hat sich ja schnell rumgesprochen.«

Wichering schwieg.

»Habt ihr bei euch irgendwas zur Stellwerk Stadionwacht?«, fragte Can.

»Die mit den Stickern in Nippes? Nada. Die müssen neu sein. Ich hab die an dem Abend mit dir überhaupt zum ersten Mal wahrgenommen.«

»Ich schick dir mal ein Foto. Schau's dir an, und sag mir, was dir dazu einfällt.«

Sekunden später war das Bild bei Wichering.

»Und?«, fragte Can.

»Scheiße«, sagte Wichering. »Ich hatte gleich so ein Gefühl bei dem Doppel-S.«

»Inwiefern?«

»Schon mal was von der ›Stellwerk-Squad‹ gehört?«, fragte Wichering. »Die waren in den Achtzigern ganz groß in Köln. Ultraharte Hooligans. Stramm rechts. Immer in Chinos und Freizeithemden. Die Capitani von denen hatten das Doppel-S an der Innenseite vom Oberarm eintätowiert, wie bei der Waffen-SS. Die Jungs auf deinem Foto sehen genauso aus wie die Squadsters von damals. Schon seltsam, dass diese ganze Ästhetik genau jetzt wieder hochpoppt, wo Christof Nolden zurück in der Stadt ist.«

»Was hat der damit zu tun?«

»Nolden hat damals die Squad gegründet. Er hatte deswegen jahrelang Stadionverbot bei den Stellwerkern. Da hat der alte Pütz höchstpersönlich für gesorgt. Find ich immer wieder lustig, dass dieses kleine Detail in den ganzen Jubelstorys über den lässigen Herrn

Stadionbauer nie auftaucht. Sein slicker Architekt, dieser Terence Harriss, hat übrigens genauso Dreck am Stecken. Der war jahrelang bei einer Liverpooler Hooligan-Firm, gegen die waren die Stellwerk Squadsters Waisenknaben.«

Can schwieg.

»Wer sind die Jungs auf dem Foto?«, fragte Wichering.

»Unklar. Aber ein Zeuge von uns hatte so große Angst vor denen, dass er vor einen Zug gesprungen ist.«

»Was für ein Zeuge?«

»Bulgare. Dumpinglöhner. Auf Baustellen von Christof Nolden.«

Am anderen Ende der Leitung blieb es einen Moment still.

»Das hat jetzt aber nichts mit deiner toten Sozialarbeiterin zu tun, oder?«, fragte Wichering schließlich

»Danke für deine Hilfe«, sagte Can.

»Dafür nicht.« Wichering legte auf.

Can verabschiedete sich von Aldenhoven und ging zur Straßenbahn. Die Hitze lastete immer noch schwer auf dem Asphalt. Ein ärmlich angezogener Rentner durchforstete verschämt den Mülleimer nach Pfandflaschen und setzte sich dann mit hängenden Schultern auf den Sitz neben Can. Can reichte ihm einen Fünf-Euro-Schein rüber.

»Hier. Machen sie für heute Feierabend.«

Der alte Mann zögerte sekundenlang, dann griff er nach dem Fünfer, ohne hochzusehen und machte sich hastig davon, als hätte Can ihm eine Zote zugeraunt.

Eine Dreiviertelstunde später war Can im Roten Haus. Die Musik überfiel ihn schon im Hausflur: auf authentisch frisierte Akustikgitarren, darüber die tränenselige Stimme einer faden Blondine, die unter dem Namen einer liebeskranken Karthager-Prinzessin Karriere gemacht hatte. Can schloss die Wohnung auf. An der Tür zum Wohnzimmer blieb er stehen.

Louise tanzte zur Musik. Barfuß, die hellblonden Haare locker hochgesteckt, in einem ihrer leicht durchscheinenden, mädchenhaften Blümchenkleider, für die sie bald endgültig zu alt sein würde. Sie winkte ihm mit der halbleeren Bourbon-Flasche zu und sang den Songtext laut mit. Can ging an ihr vorbei und stellte die Anlage ab. Louise sang weiter. Sie nahm einen kräftigen Schluck aus der Flasche und sah Can herausfordernd an.

»Was soll das geben, wenn's fertig ist?«, fragte er.

Louise kicherte und drehte sich von ihm weg. »*Drah die net um, der Kommissar geht um*«, trällerte sie mit hoher Stimme.

Can packte sie an den Schultern und setzte sie in einen von Maries Cocktailsesseln.

»Noch mal, meine Guteste. Was gibt das hier? Was für eine Nummer ziehst du hier ab?«

»Haben wir ein Problem mit unglücklichen Frauen, Herr Arat?« Louise lächelte kokett zu ihm hoch.

»Nein, aber mit Frauen, die sich gehen lassen.«

Louise lachte auf. »Ach so, ich lasse mich gehen, ja? Meine beste Freundin wird umgebracht, mein Mann haut mit den Kindern ab, und der Herr von der Moralpolizei meint, ich lass mich gehen. Weißt du überhaupt, wie das ist, Can, wenn die wichtigsten Menschen in deinem Leben von einen Tag auf den anderen verschwinden?« Sie starrte einen Moment vor sich hin. »Ich sag dir, wie das ist. Das ist, als wenn dir jemand einen Arm abhackt. Alles klar, Herr Kommissar?« Louise hob die Flasche in seine Richtung und nahm einen extralangen Schluck.

Can war Louises Mädchenspielerei immer schon auf den Nerv gegangen. Er musste den Impuls unterdrücken, ihr rechts und links eine zu schallern. »Nach meiner Kenntnis gab es einen Grund, warum dein Mann weg ist«, sagte er.

»Nach meiner Kenntnis! Nach meiner Kenntnis!«, äffte Louise ihn nach und stellte die Flasche ab. »Ich hab eine Affäre mit meinem Doktorvater gehabt. Na und? Weißt du, wie oft so was vorkommt?«

»Stimmt, originell ist anders.«

Louise sah Can verdutzt an. Dann machte sie einen Schmollmund und begann, den Blick nach innen gerichtet, mit einer langen Haarsträhne zu spielen.

»Du glaubst doch auch, dass ich schuld bin.« Ihre Stimme klang weinerlich.

»Schuld an was?«

»An der Sache mit Marie.«

»Wieso sollte ich?«

»Weil das alle tun?«

»Wer genau sind jetzt ›alle‹ für dich?«

»Moni, Harry, Nesrin, Bernhard. Alle. Trauen sich nur nicht, mir das ins Gesicht zu sagen. Schisser! Alle haben sie immer groß auf antirassistisch und antisexistisch gemacht, aber als es darum gegangen ist, mal tatsächlich Flagge zu zeigen, haben sie plötzlich alle den Schwanz eingezogen. Die Einzige, die sofort gecheckt hat, was anstand, war Marie.«

»Ich habe keine Ahnung, wovon du sprichst.«

»Von den Sexarbeiterinnen, die wir nach Bulgarien zurückgebracht haben.«

»Ihr habt auch Nutten nach Bulgarien zurückgeschleust? Das ist jetzt nicht wahr, oder?«

»Da seid ihr bei der Bullerei die ganze Zeit nicht draufgekommen, was?« Louise lächelte triumphierend. Sie richtete sich im Sessel auf, schlug ihre Beine unter und rollte sich eine Haarsträhne um den Zeigefinger.

»Seit wann?«

»Mai letztes Jahr? Da haben drei Bulgarinnen vom Eifeltor bei Moni am Tresen gestanden. Die Adresse hatten sie von einem der Typen, um die wir uns gekümmert haben. Moni ist ausgetickt. Die hat uns was von den Rockern vorgeheult, die ihr wegen ihrer weggelaufenen Pferdchen die Bude zerlegen würden. Wenn es nach der gegangen wäre, hätten wir die Frauen einfach nur an irgendeine Hilfsorganisation für Zwangsprostituierte durchgereicht. Totaler Schwachsinn.«

»Ach ja? Und warum?«

»Weil diese sogenannten Hilfsorganisationen die Sexarbeiterinnen nur noch einmal zu Opfern machen.«

»Wie kommst du darauf?«

Louise zuckte unwillig mit den Schultern. »Keine Außenkontakte, Aufenthalt nur in sicheren Wohnungen, dafür mehr oder weniger offener Druck, mit den Bullen zu kooperieren und gegen die Zuhälter auszusagen. Außerdem sind die meisten von diesen Organisationen doch irgendwie von der Kirche finanziert.«

»Und wo genau werden die Frauen da zu Opfern gemacht?«

»Na, da geht es doch auch wieder nur darum, die Frauen zu dominieren. Diese ganzen Hilfsorganisationen sind in Wirklichkeit einfach nur Teil des patriarchalen Herrschaftssystems.«

»Du glaubst diese gequirlte Scheiße wirklich, oder?«, fragte Can.

Louise lächelte überlegen.

»Schon klar, dass du dich auf so eine kritische Perspektive nicht einlassen kannst. Da müsstest du ja vielleicht mal anfangen drüber nachzudenken, ob an diesem ganzen Gewalt-im-Rotlichtmilieu-Diskurs wirklich was dran ist, oder ob das nicht einfach eine Schwanz-Strukturen-Erfindung ist, damit du und deine Kollegen ungestört weiter überwachen und strafen könnt.«

Can dachte an die Empfangsdame in dem Junkersdorfer Puff in ihrem urindurchsuppten Kleid auf Knien vor dem durchgedrehten Freier. Er erinnerte sich an die Frauen, die er getroffen hatte, wenn er früher auf Streife zu Auseinandersetzungen am Straßenstrich oder ins Bordell gerufen worden war. Er dachte an die erstochenen, erschlagenen, erdrosselten oder auf andere Weise vom Leben in den Tod beförderten Prostituierten, die er über die Jahre bei der Mordkommission zu sehen bekommen hatte. Und plötzlich hatte er auch wieder die Obduktionsfotos von Marie vor Augen, die er in den letzten Tagen erfolgreich verdrängt hatte.

»Du sagst ja gar nichts. Bist du jetzt eingeschnappt, oder was?«, fragte Louise.

»Ich muss nicht immer reden.«

»Oh, maulfauler Bulle. Auch nicht origineller als das Professoren-flittchen, oder?« Sie prostete Can zu.

»Noch mal zurück zu den Prostituierten«, sagte Can. »Wohin habt ihr die Frauen gebracht? Ich geh mal davon aus, dass ihr nicht einfach nur einen Sammeltaxiservice nach Bulgarien aufgezogen habt, oder?«

»Nein. Marie und ich haben eine Nichtregierungsorganisation in Bulgarien aufgetan, Rich Harvest. Die bieten Dumpinglöhnern und Sexarbeiterinnen, die vor der Ausbeutung im Westen nach Hause geflüchtet sind, eine Umschulung in der Biolandwirtschaft. Hilfe zur Selbsthilfe. Absolut stimmiges Konzept. Alles sauber.«

»Wie viele Frauen habt ihr an die vermittelt?«

»Elf? Zwölf? Weiß nicht genau.«

Can überschlug grob. Der gängige Ablösekurs für eine Prostitu-ierte waren zehn- bis zwanzigtausend Euro. Je nachdem, wie gut die Frau aussah und wo sie arbeitete, konnte sie ihrem Zuhälter im Mo-nat noch mal um die zehntausend Euro einbringen. Marie und Louise hatten mit ihrer Aktion also relativ sicher über eine Million Euro Schaden verursacht. Im Milieu wurden Menschen für weniger Kohle umgebracht. Als Sozialarbeiterin hätte Marie das wissen müs-sen. Can war es schleierhaft, warum sie dieses Risiko eingegangen war. Andererseits hatte Marie Louise und ihre grandiose Doktorar-beit immer bedingungslos bewundert. Gut möglich, dass sie Louises Gefasel deshalb auf den Leim gegangen war.

»Wie lang ist das mit den Frauen gelaufen?«, fragte er.

»Bis zu der Sache mit Waldi.«

»Waldi?«

»Guschauski. Von den Stellwerkern.«

Cans Pulsschlag beschleunigte sich. Waldemar »Waldi« Gu-schauski. Das aufgeweckte Spätaussiedler-Kind aus Kaliningrad. Das Fußballwunder aus dem Ghetto. Der Torschützenkönig aus Chor-weiler, der jahrelang alle Transfer-Angebote abgelehnt und den Stell-werkern die Treue gehalten hatte. Bis er dann doch umgefallen war. Anfang April, sechs Wochen vor Ende der letzten Spielzeit, hatte

189

Guschauski plötzlich seinen Wechsel in die Erste Liga bekannt gegeben. Fünf Minuten später war die erste Morddrohung eingegangen. In den Tagen danach hatte Guschauski seine Wohnung nur unter Personenschutz verlassen können. Beim nächsten Heimspiel wurde er aus der Fankurve heraus hinterrücks mit einer Leuchtrakete beschossen. Die Bilder, wie der Stürmer unter dem Gejohle der Zuschauer als menschliche Fackel vor Schmerz brüllend panisch über den Rasen lief, bis es den Sanitätern endlich gelang, ihn niederzuringen und die immer wieder auflodernden Flammen auszuschlagen, waren tagelang durch die Medien gegangen. Danach war die Diskussion über Pyrotechnik und die zunehmende Gewalt in den Stadien wieder verebbt, und die Presse hatte die nächste Sau durchs Dorf getrieben. Von Guschauski hatte man nichts mehr gehört.

»Was wollte Guschauski von Marie?«, fragte Can. »Woher kannte der Marie überhaupt?«

»Frag ihn doch selbst, wenn's dich so interessiert. Ohne den und seine bescheuerte Esma wäre das nämlich alles nicht passiert.« Louise war abrupt aufgestanden und griff nach dem Bourbon.

Can wand ihr die Flasche aus der Hand. »Das reicht«, sagte er.

»Du hast mir gar nichts zu sagen, Bullenarsch!« Louise stieß ihn weg und ging mit kleinen, kontrollierten Schritten aus dem Zimmer.

Can hörte, wie die Wohnungstür ins Schloss fiel. Er fuhr sich langsam mit den Fingern über die Narbe an seinem Kopf. Dann ging er ins Bad und duschte lange.

Eine halbe Stunde später saß Can mit einem Glas Wasser an Maries Schreibtisch. Er fuhr den Rechner hoch und googelte zu Waldemar Guschauski. Ungeduldig klickte er sich durch die ewigen Wiederholungen der Geschichten vom Ausnahmefußballer aus dem Ghetto, bis er auf ein Video der Pressekonferenz stieß, in der Guschauski seinen Wechsel in die Erste Liga bekannt gegeben hatte.

Sonst der personifizierte Teenietraum, glattrasiert, mit dezentem Sonnenbank-Teint und gepflegt derangiertem Haar, war Guschauski bei diesem Auftritt sichtlich neben der Spur. Das gleißende Scheinwerferlicht betonte gnadenlos sein strähniges Haar, die schwitzige, plötzlich grobporige Haut und die verquollenen Augen. Fahrig und immer wieder stockend, las Guschauski eine vorbereitete Pressemitteilung vom Blatt ab. Der russische Akzent unter seinem rheinisch geprägten Deutsch war noch deutlicher als sonst.

Er sei in Köln groß geworden und verdanke den Kölner Fans alles, sagte Guschauski, aus persönlichen Gründen könne und wolle er jedoch nicht weiter in der Domstadt leben. Aus den gleichen persönlichen Gründen sei es für ihn auch nicht vorstellbar, noch länger für die Stellwerker zu spielen. Er habe sich daher entschlossen, zur nächsten Saison zu einem Erstligisten in Süddeutschland zu wechseln. Für Fragen stehe er nicht zur Verfügung.

Dann trat der Spieler ab. Sein Manager, der während der Veranstaltung mit versteinertem Gesicht neben ihm gesessen hatte, folgte ihm mit ergeben gebeugtem Rücken, als erwarte er eine Tracht Prügel von der Journalistenmeute.

Can checkte das Datum der Pressekonferenz. Er dachte eine Weile nach, dann schaltete er sein Handy ein. Simones SMS kamen herein wie Schnellfeuersalven. »*Melde dich gefälligst*«, »*Du musst umgehend zum Amtsarzt!*«, »*Wenn ich bis morgen 12 h nichts von dir höre, hast du ein Disziplinarverfahren am Hals!*«, »*Ich bin immer noch deine VORGESETZTE, Arschloch!!!*«

Can klickte die Nachrichten weg und rief Wichering an.

»Was ist los, Kollege? Monatelang meldest du dich nicht, und jetzt rufst du bald im Stundentakt an«, sagte Wichering.

»Was fällt dir zu Waldemar Guschauski ein?«, fragte Can.

»Ich denke, du interessierst dich nicht für Fußball?«

»Eben. Deshalb ruf ich dich an.«

»Interessanter Fall. Ich war damals bei Guschauski im Krankenhaus. Wir wollten seine Aussage für die Ermittlungen gegen die Typen, die ihn abgefackelt haben. Aber da war nix zu holen. Der Junge hat komplett dichtgemacht. ›Meine Sache. Will nicht drüber reden. Kein Kommentar‹. Das Übliche.«

»Wer meinst du, steckt da dahinter?«

»Ich tippe auf die bucklige Verwandtschaft. Waldemar Guschauski ist ja nicht als Vollwaise in Köln aufgeschlagen, sondern mit großem Familiengepäck.«

»Soll heißen?«

»Waldi hat drei ältere Brüder. Die beiden jüngeren sind bisher nur als Schutzgeldeintreiber unterwegs. Da ist aber noch Luft nach oben. Der älteste sitzt seit drei Jahren in Ossendorf ein. Der hat ein Kreuz auf die Brust tätowiert und auf jeder Schulter einen Stern.«

»Russenmafia«, sagte Can.

»Jo. Aber du interessierst dich ja für den unbescholtenen Benjamin der Familie. Unser kleiner Fußballgott hat zum Ende der letzten Saison seinen Vertrag mit den Stellwerkern gelöst. Den Anschlussvertrag in Süddeutschland konnte er nach dem Unfall nicht antreten. Genosse Guschauski dürfte also eigentlich keine Einnahmen mehr haben, oder? Trotzdem geht jeden Monat exakt der Betrag, den er vorher bei den Stellwerkern verdient hat, auf seinem Konto ein. Eingezahlt von einer russischen Briefkastenfirma mit Sitz auf Malta. Noch Fragen?«

»Sagt dir der Name Esma was?«

»War das nicht Waldis kleine Freundin?«

»Erzähl mir mehr.«

»Als Guschauski damals so geblockt hat, habe ich mich ein bisschen unter den anderen Spielern umgehört, wegen seinem Privatleben. Die haben sich am Anfang bedeckt gehalten, aber dann sind sie doch mit dieser Puffgeschichte rumgekommen.«

»Geht das etwas genauer?«

»Hey, Geduld, mann. Also, zum Spielergehalt von den Stellwerk-Profis gehört wohl auch eine Freikarte für einen privaten Sex-Club irgendwo in einem Kölner Außenbezirk.«

»Junkersdorf«, sagte Can.

»Genau. Ganz exklusiver Laden. Kommt man nur mit einer Magnetstreifenkarte rein. Waldi Guschauski konnte da wohl nicht so viel mit anfangen. Wenn der überhaupt mal mitgekommen ist, hat er nur 'ne Limo getrunken und ein bisschen geguckt. Irgendwann hat er dann aber anscheinend was länger geguckt und sich in eine kleine Bulgarin verknallt. Wohl noch sehr jung. Die Spieler wollten sich da nicht richtig zu äußern. Waldi hat damals rumgetönt, er würde das Mädel da rausholen. Hat natürlich keiner richtig ernst genommen, bis die Kleine letztes Jahr im September tatsächlich auf einmal weg war. Da ist dann gemunkelt worden, Waldis Brüder hätten was gedreht. Ich habe damals unsere Leute von der Sitte kurz drauf angesetzt, aber da ist nichts bei rumgekommen. Möglich, dass das Mädel Esma hieß, aber beschwören kann ich's nicht.«

Can schwieg einen Moment. Dann fragte er: »Was ist eigentlich aus Guschauski geworden? Ich hab nichts mehr über den gefunden.«

»Ich denke mal, der ist noch im Krankenhaus.«

»Das doch jetzt fünf Monate her.«

»Da wird der noch Jahre was von haben. Was meinst du, warum wir so gegen die Pyrotechnik in den Stadien Front machen? Wenn das Magnesium in den Bengalos erst mal brennt, kriegst du das nicht mehr gelöscht. Und jetzt stell dir vor, was das Zeug macht, wenn sich das in einem Synthetik-Trikot festfrisst. Guschauski hat es das Fleisch auf dem Rücken runtergebrannt bis auf die Knochen. Der hat ausgesehen, als hätte wer Spareribs auf dem Grill vergessen.«

»In welchem Krankenhaus liegt er?«

»In einer Spezialklinik. Bei Aachen. Ich schick dir die Kontaktdaten.«

»Bedankt.«

»Wenn ich dich jetzt frage, warum du schon wieder an den Stellwerkern dran bist, bekomme ich keine Antwort, richtig?«

»Wer keine Fragen stellt, kriegt keine Antworten«, sagte Can.

Wichering seufzte und legte auf.

Can holte sich ein Bier aus dem Kühlschrank. Im Hof war es vollkommen dunkel. Andi war offenbar immer noch nicht zurück. Er ging ins Schlafzimmer und stellte den Fernseher an. Magnum fuhr den Calagua Drive entlang. Can lehnte sich auf dem Bett zurück und entspannte.

11

Am nächsten Morgen weckte ihn das Klacken der Katzenklappe. Es war kurz nach sieben. Wichering hatte eine SMS mit der Adresse von Guschauskis Klinik geschickt. Um halb neun war Can auf dem Weg. Eine Stunde später war er in Aachen.

Das Krankenhaus lag außerhalb der Stadt in einem Park auf einer Anhöhe.

»Herr Guschauski möchte wissen, warum Sie ihn sehen wollen.« Die Rezeptionistin hielt die Hand über den Telefonhörer.

»Sagen Sie ihm, es geht um Esma.«

Die Frau wisperte eilfertig ins Telefon. Dann lächelte sie. »Wenn Sie einen Moment warten wollen?«

Can nickte. Er ging nach draußen und setzte sich auf eine Bank beim Eingang. Als er den Kopf in den Nacken legte, sah er einen Bussard, der weit über ihm kreiste.

»Was ist mit Esma? Wo ist sie?«

Waldemar Guschauski stützte sich auf eine Krücke. Er war hager geworden. Der Morgenmantel hing ihm lose um den Oberkörper.

»Can Arat. Kripo Köln.« Can erhob sich. »Ich ermittle im Mordfall Marie Grosbroich. Ich habe Marie gekannt. Eine von ihren Freundinnen im Roten Haus hat mir von Esma und Ihnen erzählt. Leider nur in Andeutungen. Es wäre gut, wenn Sie mir mehr dazu sagen könnten.«

Guschauski nickte resigniert. »Was wollen Sie wissen?«

»Woher kannten Sie Marie?«

»Lassen Sie uns ein Stück gehen.« Guschauski bewegte sich ganz wie ein alter Mann. Ihre Schritte knirschten auf dem Kies.

»Kennen Sie Chorweiler?«, fragte Guschauski nach einiger Zeit.

»Ich bin dort Streife gefahren. Ende der Neunziger.«

»Dann wissen Sie, wie es da ist, im Ghetto. Aber dann war da plötzlich eine neue Sozialarbeiterin im Jugendheim. Eine, die noch nicht so abgefuckt war wie die anderen. Das war Marie. Sie hat mit uns ein Fußballprojekt aufgezogen. Nach ein paar Spielen von unserer Mannschaft hat mich Marie ihrer Tante Lisbeth vorgestellt. Die war wohl so eine Jugendliebe vom alten Pütz. Jedenfalls hat der mich kurz drauf zum Probetraining eingeladen, und ab da war ich bei den Stellwerkern. Da war ich dreizehn.«

»Und danach?«

»Ich habe ab und zu im Roten Haus im Hof mit den Jungs gekickt. Nachher haben wir zusammen gegessen. Marie wollte dann immer wissen, wie es mir geht. Wie eine große Schwester, oder so.«

»Haben Sie ihr von Esma erzählt?«

Guschauski nickte, den Blick auf den Boden gerichtet.

»Wussten Sie, dass Marie und ihre Freundin Louise Prostituierte nach Bulgarien zurückschleusen?«

»Das hat mir Marie gesagt, ja.« Guschauskis Blick war immer noch gesenkt.

»Gut, ich erzähle Ihnen jetzt mal, was ich habe«, sagte Can. »Irgendwann im Frühjahr oder Sommer letztes Jahr verlieben Sie sich in einem Luxusbordell in Junkersdorf, das Sie als Stellwerk-Profi kostenlos nutzen können, in Esma, eine Prostituierte aus Bulgarien. Ihren Spielerkumpels sagen Sie, dass Sie das Mädchen aus dem Puff holen wollen. Ungefähr zur gleichen Zeit erzählen Sie Marie Grosbroich von Esma. Marie erwähnt daraufhin ihr Rückführungsprogramm für bulgarische Zwangsprostituierte. Wenig später verschwindet Esma aus dem Puff. Ein halbes Jahr passiert nichts, dann wird Marie Grosbroich totgeschlagen in einem Müllcontainer gefunden. Keine vierundzwanzig Stunden später erklären Sie vollkommen überraschend Ihren Abschied von den Stellwerkern. Was soll ich dabei denken?«

Guschauski schwieg und ging weiter. »Ich wäre besser zu meinen Brüdern gegangen, wegen Esma. Nicht zu Marie«, sagte er schließlich.

»Warum haben Sie das nicht getan?«

»Weil meine Brüder Arschlöcher sind. Ich wollte denen nichts schuldig sein. Dafür hab ich jetzt Marie auf dem Gewissen.« Guschauski wandte sich abrupt ab.

»Erzählen Sie mir, was passiert ist«, sagte Can.

Guschauski ließ sich umständlich auf einer Parkbank nieder. Can setzte sich neben ihn.

»Letztes Jahr hat Marie Esma rausgeholt aus dem Club. Mitte September. Um den Dreh rum. Ich weiß nicht, wie sie das gemacht hat. Das hat ein Kumpel von Marie geregelt. Als Esma draußen war, hat Marie sie persönlich nach Bulgarien zu den Leuten runtergefahren, mit denen sie dort zusammengearbeitet hat. Rich Harvest heißt die Organisation. Die haben Esma für ein halbes Jahr komplett jeden Außenkontakt verboten. Aus Sicherheitsgründen. Ich hab das natürlich scheiße gefunden, aber Marie meinte auch, das wäre sicherer.« Guschauski zuckte mit den Schultern. »Gut, war dann halt so. Aber nach dem halben Jahr hat sich Esma nicht mehr gemeldet. Marie hat bei Rich Harvest angerufen, was los ist. Die Leute da haben behauptet, Esma hätte keinen Bock mehr auf mich. Marie wollte selber mit Esma sprechen. Aber die von Rich Harvest haben sie nur mit blöden Ausreden abgebügelt. Marie hatte da irgendwie ein komisches Gefühl, deshalb ist sie noch mal runter gefahren nach Bulgarien.« Guschauski schwieg und starrte ins Leere.

»Was dann?«, fragte Can nach einer Weile.

»Marie hat mich gleich angerufen, als sie zurück war. Wir haben uns am Rhein getroffen. An dem Tag hat es total geschüttet. Kein Mensch war unterwegs. Marie hat sofort angefangen zu heulen. Ich habe am Anfang gar nicht verstanden, was sie erzählt hat.« Guschauski holte tief Luft. »Irgendwann hat sie sich dann beruhigt. Sie meinte, sie wäre zuerst zu der Zentrale von Rich Harvest in Plovdiv gefahren, um mit den Gründern zu sprechen. So ein Ami-Pärchen. Marie hatte die vorher schon ein paar Mal auf ihrem Hof getroffen und ist super mit denen klargekommen. Aber als Marie unangemeldet in Plovdiv aufgetaucht ist, waren sie plötzlich ganz anders. Marie meinte, die beiden waren kurz davor, sich zu trennen. Vor allem haben sie nicht rausgerückt, was mit Esma war. Am Ende ist Marie selbst auf den Hof rausgefahren, wo Esma ihre Umschulung machen sollte. Aber da war sie nicht. Auch keine von den anderen Frauen, die Marie dahin vermittelt hatte. Nur irgendwelche komischen Leute. Marie ist wieder nach Plovdiv gefahren, um die beiden von Rich Harvest zur Rede zu stellen. Die waren aber nicht zu sprechen, stattdessen war da ein Typ, der sich als neuer Geschäftsführer vorgestellt hat. Marie meinte, der hätte sie massiv bedroht. Sie hat Panik bekommen und ist sofort nach Köln zurückgekommen.«

»Was waren das für Leute, die Marie auf dem Hof gesehen hat?«

Guschauski zog sein Handy aus der Hosentasche. »Hier. Sie hat Fotos gemacht.«

Can studierte die Fotos von Männern in Chinos und Sporthemden. Er reichte Guschauski das Handy zurück. Eine Weile schwiegen sie. Can drehte sich eine Zigarette und begann zu rauchen.

»Warum haben Sie bei den Stellwerkern aufgehört?«, fragte er nach ein paar Zügen.

»Hätte ich bei denen weiterspielen sollen, nach der Sache mit Marie?«

»Sie glauben, dass jemand vom Verein dahintersteckt?«

»Sie nicht?«

Can beobachtete die Spatzen, die sich vor ihrer Bank zusammengerottet hatten. »Von wem kommt das Geld, das jeden Monat auf Ihr Konto eingeht?«, fragte er endlich.

Guschauski lachte auf. »Scheißbullen! Ich werde auf dem Spielfeld abgefackelt, und ihr habt nichts Besseres zu tun, als auf meinem Konto rumzuschnüffeln.«

»Das war, nachdem Sie die Zusammenarbeit mit meinen Kollegen verweigert haben.«

Guschauski stand mühsam auf und ging ein paar Schritte.

»Ich werde nie wieder spielen können. Wussten Sie das?« Er drehte sich zu Can und sah ihn an.

»Das tut mir leid«, sagte Can.

»Das hat Christof Nolden auch gesagt, als er mich hier besucht hat. Und dass ich mir keine Sorgen um meine Zukunft machen soll.« Guschauski lupfte einen Kiesel vom Weg auf den Rasen. »Ein paar Tage später kam die erste Überweisung.« Guschauski lachte bitter und trat dann mit Wucht gegen eine eiserne Beetbegrenzung.

Can stand auf. »Lassen Sie uns zurückgehen«, sagte er.

Vor der Rückfahrt nach Köln checkte Can seine Mails. Aldenhoven hatte ihm die Unterlagen zu der Firma geschickt, auf deren Name der Puff in Junkersdorf lief. Can leitete die Mail an Wichering weiter und rief ihn dann in Düsseldorf an.

»Wie war's bei Guschauski?«, wollte Wichering wissen.

»Informativ.«

»Komm schon, mach's nicht so spannend. Was hat er gesagt?«

»Dass es anders ist, als wir denken.«

»Ah ja.«

»Weißt du noch, wie die Firma heißt, von der die monatlichen Zahlungen kommen?«

»Irgend so ein Russenscheiß. Müsste ich nachschauen.«

»Könntest du das machen? Und dann vielleicht gleich noch was anderes prüfen?«

»Sag mal, bin ich dein Laufjunge, oder was?«

»Nein, nur mein Freund. Ich hab dir gerade ein paar Sachen zu einer Firma in Berlin geschickt. Kannst du mal durch die Gesellschafterliste gehen und mir sagen, was dir dazu einfällt?«

Wichering öffnete die Liste.

»Sicher bin ich mir nicht, aber einer von denen kommt mir

bekannt vor. Kann sein, dass der damals bei der ›Stellwerk-Squad‹ war. Müsste ich prüfen. Ich geb dir Bescheid.«

Eine Dreiviertelstunde später rief er von seinem Privathandy zurück.

»Guschauskis bedingungsloses Grundeinkommen kommt von einer – Achtung – Grupa Upravlenie Aktiv na Kholding PLC. Soll ich buchstabieren?«

»Nee, wieso?«

»Schon gut. Hast du einen Stift?« Wichering diktierte ihm den Firmennamen.

»Wie kommst du eigentlich drauf, dass das Russen sind?«, fragte Can.

»Mit dem Namen? Außerdem sitzen im Vorstand lauter Leute mit Namen auf nov und tev.«

»Schon gut«, sagte Can.

»Wegen deiner anderen Frage«, sagte Wichering. »Die Squad-Akte ist Mitte April geschreddert worden. Büroversehen.«

Can schwieg.

»Könntet du mir jetzt endlich mal verraten, an was du dran bist?«, fragte Wichering.

»Besser nicht.«

»Arschloch.«

»Du mich auch«, sagte Can. Er drückte das Gespräch weg und schaltete das Handy aus.

Eine Stunde später passierte er die Nord-Süd-Fahrt. *Liebe Deine Stadt* hatte ein Künstler in großen, roten Schreibschriftbuchstaben über der Tunneleinfahrt installiert. Can zeigte der Inschrift den Mittelfinger. Er stellte den Wagen in der Jülicher Straße ab, widerstand der Versuchung, sich oben in der Wohnung hinzulegen, und ging stattdessen zu dem Café am Brüsseler Platz.

Thomas' Stammplatz war verwaist. Can setzte sich nach draußen unter die Bäume und bestellte einen Tintenfischsalat mit Baguette. Gegen zwei hatte er alle Zeitungen durch. Thomas war nicht aufgetaucht.

Can fuhr zum Roten Haus. Andi war immer noch weg, und Louise zog es heute offenbar vor, ihr Selbstmitleid in den eigenen vier Wänden zu pflegen. Can setzte sich an den Rechner und begann planlos zu daddeln. Ohne viel Hoffnung gab er »Stellwerk Stadionwacht« und »Plovdiv« ein.

Der einzige Treffer war ein Foto auf der Website der Schutzstaffel Plovdiv, einer Truppe von besonders erlebnisorientierten Fans des bulgarischen Erstligisten FK Sportist Plovdiv. Auf dem Foto stand ein junger Mann mit Chinos und kurzärmeligem Hemd zwischen zwei stiernackigen Typen mit Hakenkreuz-Tattoos und hielt einen schweren Schlagring in die Kamera, auf dem *Stellwerk Stadionwacht* eingraviert war, mit umgedrehten S-Runen, wie es sich gehörte. Die Bildunterschrift war in kyrillischen Lettern. Can klickte auf die englischsprachige Version der Website und las: »Schutzstaffel-Chiefs Vilko Velitschkonov und Asen Nadev welcome dear friend from Cologne's Stadionwacht«.

Er scrollte sich weiter durch die Website der Schutzstaffel. Die Plovdiver Hools firmierten nicht nur unter deutschem Namen, sondern fühlten sich offenbar auch sonst der deutschen Geschichte verpflichtet, insbesondere der der Jahre zwischen 1933 und 1945. Hakenkreuzflaggen und körperbetont sitzenden T-Shirts mit dem Schutzstaffel-Signet in Fraktur gehörten ebenso zur Grundausstattung der Crew wie Pyrotechnik und diverse Hieb- und Stichwaffen. Zur Komplettierung des Looks ließ man sich allen möglichen nationalistischen und nationalsozialistischen Unsinn auf Bauch, Beine, Po tätowieren und meinte das genauso. Unter der Rubrik »Our Filosofi« fand Can Kampfansagen gegen Roma und Türken sowie linkes, schwules Gesocks im Allgemeinen. Roma-Klatschen gehörte anscheinend zur Plovdiver Fankultur. 2011 hatten Hunderte Schutzstaffel-Mitglieder und Sympathisanten in einem Romaghetto randaliert und unter den Augen der Polizei ein Wohnhaus in Brand gesetzt.

Can rieb sich gedankenverloren über die Narbe an seinem Schädel. Langsam formte sich so etwas wie ein Plan.

Er fuhr den Rechner runter, legte sich auf Maries Bett und versuchte an nichts zu denken. Stattdessen hatte er plötzlich einen Satz aus seiner Unterhaltung mit Louise im Ohr.

»Das ist, als wenn dir jemand einen Arm abhackt«, hatte sie über die Trennung von ihrem Mann gesagt. Falls es Isa genauso gegangen war, nachdem sie Robert rausgeschmissen hatte, dann war ihr das nicht anzumerken gewesen.

Der Bruch zwischen den beiden war plötzlich gekommen. Im Sommer 1994 waren Isa und Robert wieder über Wochen weg gewesen. Als sie zurückkamen, lag eine merkwürdige Spannung zwischen ihnen. Sie schwiegen sich an, und während sie sonst viel Zeit in der Küche verbracht hatten, spielte sich ihr Leben jetzt fast nur noch hinter den verschlossenen Türen ihrer Zimmer ab.

Das ging ungefähr einen Monat so, dann fuhren die beiden für ein verlängertes Wochenende nach Holland. Nach vier Tagen kam Robert alleine zurück. Die nächsten zwei Wochen arbeitete er wie besessen und war ansonsten mit seinem Galeristen zugange.

Irgendwann war Isa wieder da. Sie saß bleich und abgeschlagen in der Küche, während Robert aufgekratzt wie auf Koks um sie herumtänzelte.

»Ich muss dir was zeigen, Goldstäuble. Dir auch, Can, los!«

Robert drängte sie in sein Zimmer, in dem nicht viel mehr stand als sein Arbeitstisch mit dem PC, ein Stuhl und ein paar Baumarktregale für die Kameraausrüstung und die Plattensammlung. Cans Blick fiel unwillkürlich auf die durchgelegene Doppelmatratze mit den zerwühlten Laken. Er wandte die Augen ab. Erst in diesem Moment sah er die Fotos, die an die Wand gelehnt standen.

Es waren drei lebensgroße Aufnahmen von Isa, die Robert wahrscheinlich in Holland gemacht hatte. Isa stand barfuß auf einer Düne aus intensiv goldfarbenem Sand. Der Himmel im Hintergrund hatte das gleiche quecksilbrige Dunkelgrau wie Isas grobgestrickter, an den Ärmeln ausgefranster Pulli. Es musste windig gewesen sein, denn Isas Haar flog in wilden Strähnen um ihren Kopf. Anscheinend war für einen Moment die Sonne durchgebrochen und hatte ihre Locken rotgolden aufgleißen lassen.

Die äußere Bewegung spiegelte sich in Isas Gesicht. Zwar stand sie auf allen drei Bildern wie erstarrt, und auf zweien hatte sie den Blick gesenkt, auf dem dritten jedoch, das wie bei einem mittelalterlichen Tryptichon in der Mitte stand, sah Isa frontal in die Kamera. Tiefe Schatten lagen unter ihren aschgrauen Augen, ihre Haut war fahl, fast transparent, die Narbe unter ihrem leicht geöffneten Mund auffälliger als sonst. Äußerlich schien Isas Gesicht vollkommen kontrolliert, wie zu einer Maske erstarrt, aber darunter war alles in Aufruhr. Can hatte das Gefühl, Isa könnte in jedem Moment aus dem Bild stürzen, ihm die Augen auskratzen, sich selbst die Haare ausreißen oder irgendetwas anderes Irres tun. Sie sah aus, als wäre sie vollkommen außer sich. Can hatte sie noch nie so gesehen. Er hatte überhaupt noch nie einen Menschen so gesehen. Edvard Munchs *Schrei* fiel ihm ein, die alternde Maria Callas in Pasolinis *Medea*, manche der späten Picasso-Porträts von Dora Maar. Aber nichts davon kam annähernd an die Intensität dieser Fotos heran.

»Sind die geil?«, fragte Robert. »Ich hab sie *Golddust Perturbed* genannt. Passt, oder?« Er drückte Isa eine Planrolle in die Arme. »Hier, der Abzug ist für dich. Den an der Wand behalte ich. Ist eine Fünfer-Auflage. Für die anderen drei hat mir Klaus sechzig Riesen gezahlt.«

»Das ist nicht wahr«, sagte Isa tonlos. »Du hast ihm die Bilder nicht verkauft, oder? Nicht die.«

»Denk mal an die Kohle, Isa! Das reicht für ein paar Jahre!«

Isa wandte sich zu Can. »Lässt du uns allein, bitte?« Ihre Stimme war schneidend, ihre Augen eisgrau.

Als Can drei Tage später in die Wohnung zurückkam, war Robert ausgezogen. In den Wochen danach war Isa noch einsilbiger als sonst. Tagsüber war sie an der Uni, abends blieb sie in ihrem Zimmer und hörte Musik. Ein paar Wochen später kaufte sie sich einen alten Lieferwagen. An den Wochenenden fuhr sie in die Eifel und bis nach Belgien und Nordfrankreich und kaufte dort auf Flohmärkten Möbel: Art déco, Jugendstil – manchmal auch noch älteres Zeug. Sie richtete sich eine Werkstatt in Roberts früherem Zimmer ein und arbeitete dort die Möbel auf. Manchmal sah Can ihr dabei zu.

»Du vertust dich nie, oder?«, fragte er einmal, nachdem er beobachtet hatte, wie Isa mit einer einzigen ruhigen Bewegung ein fehlendes Furnierstück in eine antike Kommode eingesetzt hatte.

»Faut connaître les gestes.«

»Ich kann kein Französisch.«

»›Jeder Griff muss sitzen.‹ Das war der Lieblingsspruch von unserem Tischlermeister in der Schule.« Isa blies sich eine Locke aus dem Gesicht, wischte sich die Hände an der Hose ab und griff nach der halbvollen Flasche Kölsch auf der Werkbank.

»Ich war ein schwieriger Teenager. Vor allem, nachdem ich mit Robert zusammengekommen bin.« Sie nahm einen Schluck und sah Can an. »Meine Eltern haben mich in ein Internat gesteckt. An der Grenze zum Elsass. So weit weg von Robert wie möglich. Eine Waldorfschule, so mit Eigenen-Namen-Tanzen und überall runden Ecken. Ich hätte die ganze Zeit nur kotzen können. Die Tischlerlehre war der einzige Lichtblick. Der Tischlermeister hat uns beigebracht, dass man jede Bewegung mit Bedacht ausführen muss. Weil man mit Ungeduld alles kaputt macht.«

Can hatte an seiner Zigarette gezogen und sich gefragt, ob Isas Worte einen Hintersinn hatten, ob sie ihn meinten und ob er etwas verstehen sollte, von dem er nicht wusste, was es war.

Im Sommer darauf hatte Isa ihr Diplom gemacht. Gleich danach war sie mit ihrem Lieferwagen alleine nach Italien gefahren und drei Wochen später braun gebrannt und gut gelaunt mit einem Motto-T-Shirt zurückgekommen, auf dem *Queen of the Solo Blues* stand.

Anfang Oktober war sie nach London gegangen, um dort irgendeinen Zusatzabschluss als Kunsttischlerin zu machen. Can hatte geholfen, ihre Sachen ins Auto zu packen. Isa hatte ihn zum Abschied auf die Wange geküsst, war eingestiegen und losgefahren. Can hatte dem Wagen nachgesehen. Dann war er zurück nach oben gegangen. Er hatte sich einen Kasten Bier ins Zimmer gestellt und sich tagelang RTL reingezogen.

Das war fast zwanzig Jahre her, und Can fragte sich, warum ihn diese alten Geschichten immer noch so beschäftigten.

Im Flur klackte die Katzenklappe. Kurz darauf sprang Maries Kater aufs Bett. Can kraulte das Tier und glitt in einen unruhigen Schlaf.

12

Als er aufwachte, war es Nacht. Can hatte Hunger. Der Kühlschrank in der Wohnung war leer, und er hatte keine Lust, unten in der Gemeinschaftsküche irgendjemand zu treffen. Eine halbe Stunde später saß er wieder in der Imbissbude auf der Venloer Straße und aß eine gegrillte Makrele im Brot. Gegen eins war er zurück im Roten Haus, hellwach und voll innerer Unruhe.

Er ging an Maries CD-Regal und suchte nach etwas halbwegs Hörbarem. Am Ende entschied er sich für einen Sampler mit alten Aufnahmen des staatlichen bulgarischen Fernsehchors. In den Achtzigern war die Platte mit den fremdartigen Gesängen in New-Wave-Kreisen eine Zeit lang ständig gelaufen.

Can legte die CD ein und drückte auf Play. Außer einem hässlichen Schleifgeräusch war nichts zu hören. Der CD-Player kam offenbar nicht mit der Selbstgebrannten klar. Can seufzte, klappte das Notebook auf und schob die Scheibe dort ein. Musik kam zwar immer noch keine, aber der Rechner begann hektisch Daten auszulesen.

Can klickte auf das Inhaltsverzeichnis der CD und öffnete wahllos eine Datei. Auf dem Bildschirm klappte eine weit verzweigte Mindmap auf. Das Logo von Nolden-Bau stand im Zentrum. Von dort aus führten Linien zu anderen, wiederum miteinander verknüpften Knotenpunkten. Verschiedene Ämter und Dezernate der Stadtverwaltung, Wohnungsbaugesellschaften und Hausverwaltungen, vor allem in den ärmeren Vierteln von Köln, das Stellwerk-Stadion, die Stadionwacht, der Puff in Junkersdorf, Rich Harvest in Plovdiv. Und das war erst der Anfang.

Can fuhr sich mit der Hand über die Narbe an seinem Kopf. Er ging in die Küche und machte sich einen Espresso. Dann setzte er sich wieder an den Rechner und klickte sich systematisch durch die Verästelungen des Diagramms mitsamt den ganzen Links, verknüpften Dokumenten, Tabellenkalkulationen, Adresslisten und Fotos, die Marie zusammengetragen hatte.

Fünf Stunden und drei Kannen Espresso später stand Can mit zitternden Händen am Fenster und sah hinunter in den Hof. Hans Grosbroich wäre stolz auf seine Nichte gewesen. Vielleicht aber auch nicht. Denn statt der eleganten Ökonomie des Gebens und Nehmens zum beiderseitigen Vorteil, für die sich der alte Wirtschaftsprüfer so lange begeistert hatte, schien in Maries Recherchen nur das hässliche Köln auf. Es war der schwabbelig-bleiche Altherrenbauch der Stadt, wo Deals auf den Prunksitzungen der Karnevalsgesellschaften angebahnt und im Puff besiegelt wurden, wo Staatsanwälte erpresst und Polizisten bestochen wurden, damit sie es nicht so genau nahmen, wenn vor ihren Augen jemand über die Klinge sprang.

Unvermittelt dachte Can an den Bauernhof, auf dem er nach dem Abitur mit seinen Freunden gewohnt hatte. Bevor sie sich dort eingenistet hatten, hatte der Hof jahrelang leer gestanden. Von außen hatten die Gebäude solide gewirkt, aber hinter der Fassade war das Mauerwerk von Hausschwamm zersetzt. Die Kellerwände waren von weißlichen Gespinsten überzogen, aus den Bodendielen quoll obszön eiterfarbenes Pilzgewebe, und als Can kurz vor seinem Umzug nach Köln seine Sachen vom Dachboden hatte holen wollen, waren die Holme der Leiter in seinen Händen in muffige Fasern zerfallen.

Der gleiche vage Ekel, der ihn damals überkommen hatte, erfüllte Can jetzt nach der Lektüre von Maries Aufzeichnungen. Er lehnte die Stirn an das kühle Fensterglas und sehnte sich weit weg von Köln.

Can stand noch am Fenster, als unten im Hof die Werkstatttür aufging. Andi sah hoch, winkte ihm zu und deutete auf die Gemeinschaftsküche. Can nickte und ging hinunter.

»Sorry, hat länger gedauert«, sagte Andi, als Can in die Küche kam. »Aber jetzt steht alles. Ich mache den Pass für Babatov heute fertig. Dann kann's losgehen.«

»Babatov hat sich umgebracht«, sagte Can.

»Was?«

»Er hat sich umgebracht.«

»Fuck! Was soll das denn?«

Can zuckte mit den Schultern. »Wieso hast du mir nichts von eurem Huren-Rückführungsprogramm erzählt?«, fragte er.

Andi stutzte einen Moment, dann grinste er. »Weißt doch, wie es ist: *All cops are bastards.* Ich quatsch aus Prinzip nicht mit Bullen.«

Can riss Andi am T-Shirt hoch. »Fick dich und deine beschissene Autonomen-Folklore, Mann! Das ist hier nicht Räuber und Gendarm, du Vollwichser!« Er stieß Andi zurück auf die Bank.

»Ist ja gut, ey!« Andi nahm die Brille ab und wischte sich über die Augen. Irgendjemand, Ferdi vermutlich, hatte ihm die Fingernägel ungeschickt mit rosa glitzerndem Nagellack lackiert, wie ihn kleine Mädchen manchmal trugen.

Can wandte den Blick ab. Er ging zur Spüle, ließ sich ein Glas Wasser ein und leerte es in langen Zügen.

»Tut mir leid«, sagte er schließlich. Andi nickte. Eine Weile schwiegen sie, dann erzählte Can von seinem Plan.

Eine Stunde später rief Can Isa an und verabredete sich mit ihr zu einem frühen Mittagessen in einem Restaurant im Bermudadreieck. Can nahm die Straßenbahn in die Innenstadt. Die Sonne prallte auf den Asphalt, der Himmel war milchig weiß.

Hinter den dunklen Rauchglasscheiben lag das Lokal mit seiner gediegenen Innenausstattung in kühlem Dämmerlicht. In den Achtzigern hatte die Kölner Sparkasse den Laden als inoffizielles Vorstandscasino betrieben. Diese Zeiten waren vorbei, aber die Küche war immer noch exzellent.

Can war der erste Gast an diesem Tag. Isa kam ein paar Minuten später. In ihrem schmal geschnittenen Kostüm und den hochhackigen Schuhen sah sie aus wie ein Filmstar aus den Vierzigern. Selbst Lilith mit ihrem Strasshalsband passte irgendwie ins Bild. Micha, der schwule Wirt, begrüßte Isa überschwänglich und geleitete sie an den Tisch.

Isa setzte sich und zog zur Begrüßung nur eine Augenbraue hoch. Dann vertiefte sie sich wortlos in die Speisekarte.

»Okay, was ist los?«, fragte sie, nachdem sie bestellt hatten.

»Warum hast du damals bei Christof Nolden angefangen?«

Isa träufelte etwas Olivenöl auf ihren Teller und tunkte es sorgsam mit den Karottensticks auf, die ihr Micha unaufgefordert hingestellt hatte. Unter dem Tisch schnorchelte Lilith vor sich hin.

»Ich hatte dies und das über ihn gehört, und da wollte ich mir selber ein Bild machen.«

»Und, was für ein Bild hast du dir von ihm gemacht?«

»Gut aussehend. Smart. Hochsensibel. Sehr charmant. Und ich meine das nicht ironisch.«

»Ich denke, der Typ ist ein manipulatives Arschloch?«

»Und?« Isa musterte ihn amüsiert.

»Du warst in ihn verknallt.«

»Alle sind am Anfang in Christof Nolden verknallt.«

»Und was passiert dann?«

»Dann merken sie, dass Nolden keine wirklichen Interessen hat. Abgesehen von der Weltherrschaft, natürlich.« Isa lächelte und griff nach der Wasserkaraffe.

Can starrte auf ihre manikürten Hände und dachte, dass ihm Isa völlig fremd war.

»Bist du mit ihm ins Bett gegangen?«, fragte er.

»Was soll das denn jetzt?«

»Tut mir leid. Vergiss es.«

Der Kellner brachte das Essen.

Isa filetierte ihren Wolfsbarsch. »Wieso bist du immer noch an Nolden dran? Ich dachte, der Fall mit den Bulgaren ist abgeschlossen.«

»Genau deshalb.«

»Verstehe.«

210

Eine Weile schwiegen sie beide.

»Marie hat ein Netzwerk für Bulgaren aufgebaut, die zurück in die Heimat wollten«, sagte Can endlich »Dumpinglöhner, die es auf dem Bau nicht mehr ausgehalten haben, Nutten, die ihren Zuhältern abgehauen sind. Sie hat recherchiert, für wen die Leute gearbeitet haben. Das ist immer wieder auf Christof Nolden rausgelaufen. Und dann hat irgendjemand Marie umgebracht.«

Isa hatte ihr Besteck sinken lassen. Sie schenkte sich Wasser nach. Ihre Hand zitterte fast unmerklich.

»Und jetzt?«, fragte sie.

»Ich fahre morgen Abend nach Plovdiv. Anstelle von dem Jungen, der vor den Zug gesprungen ist.«

Isa sah ihn an. »Was willst du da?«

»Rauskriegen, was los ist. Das hier in Köln ist nur ein Teil der Geschichte. Ich glaube, da unten laufen noch ganz andere Sachen.«

»Dir ist klar, dass das gefährlich ist?«

Can zuckte mit den Schultern und schob Isa einen USB-Stick rüber. »Da ist alles drauf. Die Ermittlungsergebnisse von einer Zoll-Sonderkommission zu Nolden-Bau von vor ein paar Jahren und das, was Marie rausgefunden hat. Damit haben wir Nolden bei den Eiern.«

Isas Augen waren für einen Moment fast golden. Sie lächelte, dann verstaute sie den Stick in ihrer Handtasche.

»Gib ihn Simone, falls mir was passiert«, sagte Can.

»Wieso Simone?«

»Soll ich das Ding an den KM schicken, oder was?«

»Da gibt es ja auch noch Alternativen.« Isas Gesicht hatte sich plötzlich verhärtet. Sie widmete sich wieder ihrem Fisch. »Simone hat übrigens gestern angerufen«, sagte sie nach einer Weile. »Ich soll dir ausrichten, das Mädchen ist in einem sicheren Haus von der Caritas. Außerdem soll ich dir sagen, dass Simone ein Disziplinarverfahren gegen dich eingeleitet hat. Bis auf Weiteres bist du suspendiert. Du sollst dir schon mal überlegen, was du nach deiner Entfernung aus dem Dienstleben machst.«

Can schwieg.

»Das war's zwischen euch beiden, oder?«, fragte Isa.

»Alles hat seine Zeit.« Can lehnte sich in seinem Stuhl zurück. Die Rauchglasscheiben reduzierten das Leben draußen auf der Straße zu einem Schwarz-Weiß-Film. »Schon komisch«, sagte er nach einer Weile. »Man ist seit Jahren mit einem Menschen vertraut, man denkt, das geht immer so weiter, und dann macht dieser Mensch eine falsche Bewegung, und plötzlich weiß man nicht mehr, wer der ist und was man überhaupt von dem gewollt hat. Verstehst du, was ich meine?«

»Ja«, sagte Isa mit eisgrauen Augen. Sie checkte ihr Blackberry. »Ich muss zurück ins Büro. Tut mir leid.«

»Kein Problem.«

Isa notierte eine Handynummer auf einen Zettel. »Das ist meine Prepaid-Karte. Ruf mich auf der Nummer an, wenn unterwegs was schiefgeht. Egal wann. Egal, wo du bist. Machst du das? Bitte?«

Can steckte den Zettel ein. Isa winkte dem Kellner und zahlte. Liliths Krallen scharrten über den Marmorboden.

In der Tür wandte Isa sich noch einmal um. »Ich meine das ernst mit dem Anrufen, Can. Ich kenne Leute da unten. Wirklich.«

Im Gegenlicht war nur ihre Silhouette zu erkennen. Lange Beine, gerade Schultern, die Hüften immer noch schmal, exakt geschnittenes, rotblondes Haar. Isa zündete sich eine Zigarette an. In der Sonne glühte der Ring an ihrer Hand auf. Gold und grau. Dann fiel die Tür hinter ihr zu, und sie war weg.

Can ging durch die Mittagshitze nach Hause in die Jülicher Straße. In seinem Zimmer suchte er den Geldgürtel heraus, den ihm sein Vater vor Ewigkeiten aus Istanbul mitgebracht hatte. Er packte ein paar Unterhosen und Socken in einen Stoffbeutel und fiel danach vollkommen erschöpft auf sein Bett.

Can sehnte sich nach Schlaf, aber der Film in seinem Kopf lief unerbittlich weiter. Nachdem Isa damals nach London gegangen war, hatte er in der Jülicher Straße die Stellung gehalten. Die anderen

WG-Bewohner, die ohnehin nie wirklich gezählt hatten, waren nach und nach ausgezogen, und Can hatte keine neuen Leute mehr reingeholt. Isa hatte ihr Zimmer und die Werkstatt behalten. Der Mietvertrag lief sowieso weiter auf sie. Wenn etwas wegen der Wohnung zu regeln war, kontaktierte sie Can. Ansonsten hörte er nur selten von ihr.

Einmal rief ihn Isa spät abends an.

»Hör dir das an«, sagte sie. Can hörte diffuses Klaviergeklimpere, dann undeutlich eine Frauenstimme. *»Take me now baby here as I am ...«* Zu dünn, um sich gegen das Stimmengewirr und Gläserklirren im Hintergrund durchzusetzen. Irgendeine schwachbrüstige Kneipensängerin, die seinen Lieblingssong verhunzte, dachte Can und fragte sich, warum Isa ihn wegen so etwas anrief. In diesem Moment setzte die Gitarre ein. Zwei scharfe Riffs. Die Stimme der Frau beherrschte plötzlich den Raum, und Can wurde klar, dass das wirklich und wahrhaftig Patti Smith war, die da sang, während Isa selbstvergessen den Text mitflüsterte, als wäre sie in der Kirche und »Because the Night« ein Gebet. Unmittelbar nach dem letzten Ton, noch bevor der Applaus einsetzte, legte Isa kommentarlos auf. Can hörte sekundenlang auf das Freizeichen am anderen Ende, dann ging er raus in die Nacht und betrank sich so heillos wie seit Jahren nicht mehr.

Ein paar Monate später war Isa zurück in Köln. Sie bewarb sich als Assistentin bei Christof Nolden, bekam den Job, schob Zwölf-Stunden-Schichten im Büro und begleitete ihren Chef danach regelmäßig zu Geschäftsessen mit Kunden. An den Wochenenden stand sie spät auf und restaurierte wieder Möbel. Die kamen jetzt allerdings nicht mehr vom Flohmarkt, sondern wurden von Spediteuren angeliefert, behutsam durchs Treppenhaus nach oben in die Werkstatt getragen und ein paar Wochen später wieder abgeholt. Ein-, zweimal im Monat rief ein Mann aus London an und fragte nach Isa. Can verstand seinen den Namen nie ganz genau, aber das Englisch des Anrufers klang fremd und vage osteuropäisch. Sporadisch meldete sich auch ein Typ, der sich Max nannte und Can mit

213

stark schweizerdeutschem Einschlag die Daten seines nächsten Besuchs in Köln diktierte. Und es gab auch noch andere Männer, die anriefen. Gelegentlich ging Isa mit einem von ihnen aus. Manchmal kam sie danach nicht nach Hause. Aber meistens saß sie morgens wie früher im Bademantel in der Küche, rauchte und teilte sich mit Can die Zeitung.

Eines Morgens stieß Can im Feuilleton auf eine großformatige Abbildung von *Golddust Perturbed*. Das Metropolitan Museum of Art in New York hatte einen Abzug der Porträtserie für seine Fotosammlung angekauft. Die Zeitung nahm das zum Anlass, Robert als heißesten deutschen Gegenwartskünstler abzufeiern. Das Ganze garniert mit einem Foto, auf dem Robert in maßgeschneidertem Dreiteiler und dunklem Hemd bedeutungsvoll in die Kamera sah.

Isa überflog den Artikel. Sie stand auf, ging ans Küchenfenster und zündete sich eine Zigarette an.

»Ich war schwanger als er mich fotografiert hat«, sagte sie, den Rücken zu Can. »Zwei Stunden später haben wir es wegmachen lassen. Robert hatte Angst, wir würden das mit einem Kind nicht schaffen. Vor allem kohletechnisch.«

Can schwieg. Isa rauchte die Zigarette zu Ende und ging in ihr Zimmer. Kurz darauf fuhr sie zur Arbeit, wie jeden Morgen.

Danach hatten sie nie wieder darüber geredet. Can wusste nicht, warum er sich ausgerechnet jetzt an diese Szene erinnerte. Er drehte sich auf die Seite und nickte weg.

Als das Telefon im Flur klingelte, fuhr Can hoch. Erst als der Anrufbeantworter ansprang und Isas Ansage vom Band kam, erinnerte er sich, wo er war. Er hatte fast drei Stunden geschlafen. Hastig nahm er den Stoffbeutel mit seinen Sachen und fuhr zurück ins Rote Haus.

Andi wartete schon auf ihn. Can gab ihm das Passbild, das er auf dem Rückweg nach Ehrenfeld in einer Fotobox gemacht hatte. Dann ging er nach oben in Maries Wohnung. Er fuhr den Rechner hoch und begann sich auf die Fahrt vorzubereiten.

Acht Stunden später glaubte Can, genug über die Situation der Roma in Südosteuropa im Allgemeinen und Stolipinovo im Besonderen zu wissen. Er machte sich ein Bier auf und ging ein letztes Mal die Reiseroute durch. Die Fahrt würde über Tschechien und Österreich nach Ungarn und Rumänien führen. Südlich von Bukarest würden sie die Donau queren und nach Bulgarien einfahren. Von dort ging es über das Balkangebirge nach Plovdiv.

Can zog mit dem Finger ein Linie weiter nach Süden. Von Plovdiv waren es keine dreihundert Kilometer nach Istanbul. Vielleicht würde er einfach durchfahren, kurz bei seinem Vater reinschauen und sich dann in einer Pension auf den Prinzeninseln einmieten. Er würde baden, in der Sonne liegen, eisgekühlte Wassermelonen und süßes Teegebäck essen und so lange an nichts denken, bis ihm einfiel, was er mit dem Rest seines Lebens anfangen sollte.

Plötzlich wehte kühle Luft von draußen herein. Es hatte angefangen zu regnen. Can öffnete das Schlafzimmerfenster und legte sich aufs Bett. Er hörte auf das gleichmäßige Prasseln der Tropfen auf dem Werkstattdach, sog den Duft von Erde und heißem Metall ein, der vom Hof heraufstieg, und schlief ein.

13

Am nächsten Morgen hatte Andi den Pass fertig. Can blätterte durch das Dokument mit dem üppigen goldgeprägten Löwenwappen. Es war eine gute Fälschung. Er war jetzt Canko Caev, geboren 1968 in Plovdiv, ansässig ebendort.

Can legte den Pass zu seinen Sachen und zog los, um sich für die Reise einzukleiden. Auf der Venloer Straße hörte er zwei Männer, die sich auf Türkisch lautstark über ihre Familien unterhielten. Er folgte ihnen in eine Boutique, die von zwei Indern geführt wurde. Aus Kartons mit chinesischen Schriftzeichen quollen Billigklamotten, auf denen *Made in Italy* stand. Can wühlte sich durch die Kleiderberge. Schließlich entschied er sich für einen schwarzglänzenden Trainingsanzug mit goldenen Applikationen auf der Brust und zwei graue Cargo-Pants. Dann probierte er ein Paar schwarze Jeans mit aufwendigen Ziernähten. *Miles to go before I sleep* war quer über den Schritt in verschnörkelten Goldbuchstaben gestickt. Can streifte sich ein spack sitzendes schwarzes Muskelshirt über und schlüpfte in ein Paar Sneaker aus schwarzem Kunstleder mit roten und goldenen Abnähern.

Als er aus der Umkleide kam, unterschied ihn nichts mehr von den anderen Kunden im Laden. Er behielt die Klamotten an und packte den Rest in eine eigens dafür angeschaffte karierte Nylontasche mit Reißverschluss. In einem Elektronikshop kaufte er sich einen USB-Stick, ein gebrauchtes Handy und eine Prepaid-Karte.

Danach fuhr Can zum Brüsseler Platz. In der Bahn wahrten die

Männer unmerklich mehr Abstand zu ihm als sonst, und die Frauen taten so, als wären sie nicht anwesend.

Thomas musterte ihn kritisch, als er auf seinen Tisch zusteuerte. Sein Blick verweilte schließlich auf den Goldlettern über Cans Schritt.

»Was guckst du?«, fragte Can.

»Robert Frost.«

»Versteh ich nicht.«

»*The woods are lovely, dark, and deep, But I have promises to keep, And miles to go before I sleep, And miles to go before I sleep.*« Thomas zuckte mit den Schultern. »›Stopping by Woods on a Snowy Evening‹. Von Robert Frost. Bedeutender amerikanischer Dichter des zwanzigsten Jahrhunderts.«

»Wieder was gelernt.«

Sie schwiegen, bis die Kellnerin Cans Ginger Ale gebracht hatte.

»Gestern warst du nicht hier«, stellte Can fest.

»*Up all night and got lucky.*«

»Gratuliere.«

»Schaun wir mal, wie lang die Glorie dieses Mal hält.«

Can schwieg.

»Und du?«, fragte Thomas.

»Ich fahre heute Abend nach Bulgarien.«

»Deshalb der Türkenkoffer. Urlaub am Goldstrand?«

Can schüttelte den Kopf.

»Erinnerst du dich an den Zeugen, von dem ich dir erzählt habe? Der, den ich im Roten Haus untergebracht hatte? Der war aus Bulgarien. Ich hab nicht gut genug auf ihn aufgepasst. Jetzt ist er tot.«

»Davon, dass du runterfährst, wird er auch nicht mehr lebendig.«

»Mir fällt gerade nichts Besseres ein.«

»Wie wär's mit Arbeiten?«

»Bin seit gestern suspendiert. Mit Aussicht auf fristlose Entlassung.«

»Darauf einen Dujardin.« Thomas winkte der Kellnerin.

Can ging pinkeln. Auf dem Rückweg zog er sich ein Sechserpack extradicke Kondome mit Bananengeschmack und verstaute sie in der Hosentasche. Er nahm sich den KM vom Zeitungsständer und setzte sich wieder zu Thomas. Fast eine Stunde saßen die beiden lesend beisammen, ohne ein Wort zu wechseln.

»Wann geht's los?«, fragte Thomas, als Can sich anschickte zu gehen.

»Gegen zehn.«

»Kannst ja heute Nacht mal in meine Sendung reinhören.« Thomas setzte seine Lesebrille auf und griff nach dem zerfledderten KM.

Als Can im Roten Haus ankam, war er nassgeschwitzt. Er schmiss die neu gekauften Klamotten in die Waschmaschine, duschte und setzte sich an den Rechner. Anderthalb Stunden lang versuchte er vergeblich, sich das kyrillische Alphabet einzuprägen. Dann holte er die Wäsche aus der Maschine und hängte sie im Hof auf. Die Goldstickerei auf der Jeans war stumpf geworden, die Metallfäden standen stachelig ab.

Zurück in der Wohnung, ging Can wieder an den Rechner und rief die Website der Nichtregierungsorganisation auf, an die Marie und Louise die Prostituierten vermittelt hatten, die bei ihnen untergetaucht waren. Marie war bei ihren Recherchen zu Rich Harvest nicht weit gekommen. Das war kein Wunder. Im Impressum der Website fehlten die Pflichtangaben zu den Geschäftsführern der NGO, und auch sonst suchte Can vergeblich nach Informationen zum Management und der internen Struktur der Organisation.

Davon abgesehen, machte die Seite durchaus etwas her. Die englischen Texte lasen sich flüssig, die Fotos von stolz lächelnden Männern und Frauen mit tiefbrauner Haut und dunklem Haar zwischen frischem Gemüse und prallem Obst waren professionell in Szene gesetzt. Genau das hatte offenbar auch die renommierten Firmen aus Deutschland und England überzeugt, die von Rich Harvest als Projektsponsoren aufgeführt wurden. Außerdem erhielt die Organisation Zuwendungen von der EU und vom Land Nordrhein-Westfalen.

Can stutzte, dann griff er nach seinem Handy.

»NRW-Wirtschaftsministerium, Anschluss Dr. Sybille Diepensiepen, wie kann ich Ihnen helfen?«

»Can Arat, ich bin der Bruder von Frau Diepensiepen, könnten Sie mich durchstellen, bitte?«

Can hörte diskretes Klicken, dann Sibels Stimme. »Can, ist was mit Papa?«

»Alles okay, soweit ich weiß. Ich habe eine Frage. Beruflich.«

»Ja?«

»Kannst du mir was zur Rich Harvest ODD in Plovdiv sagen? ODD wie in GmbH. Ihr seid da an der Projektförderung beteiligt.«

Sibel zögerte einen Moment.

»Tut mir leid«, sagte sie dann, »wir geben keine Informationen zu unserer Förderpolitik an Außenstehende. Ich kann dir gerne den Kontakt zur Pressestelle vermitteln, wenn du magst.«

Can schwieg.

»Sonst alles okay bei dir?«, fragte Sibel.

»Bei dir?«

»Prima. Du, ich muss. Hat mich gefreut. Lass mal wieder von dir hören.« Sibel legte auf.

Fünf Minuten später rief sie von ihrem Handy zurück.

»Sag mal, bist du bescheuert? Du glaubst doch nicht im Ernst, dass ich so was am Diensttelefon abhandle. Ich bin im Ministerium ohnehin angezählt.«

»Wegen deiner nichtdeutschen Herkunft oder wegen deiner linksradikalen Ansichten?«

»Was willst du, Can?«

»Immer noch das Gleiche wie eben. Infos zu Rich Harvest. Darfst du mir was dazu sagen, oder ist das geheime Staatssache?«

Sibel zögerte. Can wusste genau, was in ihr vorging: Der ewige Widerstreit zwischen ihrer Gefallsucht und dem Zwang zum ständigen Hinterfragen von Regeln, mit der sie beide großgeworden waren.

»Komm schon«, sagte er. »Sei nicht so eine verdammte Streberin, Sistah. Erzähl's mir. Von Beamtin zu Beamten. Kleiner Dienstweg. Dein Chef wird's nie erfahren. Großes Ehrenwort vom kleinen Bruder.«

»Scheißkerl.« Sibel lachte hilflos. »Du schaffst es immer wieder, oder?«

»Quatsch nicht, du willst es doch auch.«

Sibel seufzte. »Okay. Letzten Winter hatte unsere Abteilung plötzlich den Förderantrag für Rich Harvest auf dem Tisch. Mit einem Vermerk, die Sache beschleunigt zu bearbeiten. Und einen positiven Bescheid zu erteilen.«

»Aber?«, fragte Can.

»Ich habe den Routine-Backgroundcheck gemacht. Rich Harvest ist vor acht Jahren von zwei Amerikanern gegründet worden, ein Ehepaar, Noemi und James, den Nachnamen habe ich gerade nicht parat. Der Hof ist biozertifiziert, politisch korrekt, alles höchst ehrenwert und idealistisch. Unserer Mutter wäre das Herz aufgegangen. Unter betriebswirtschaftlichen Gesichtspunkten war das natürlich das übliche Trauerspiel. Die haben sich mit der Sanierung von ihrem Hof ganz einfach total verhoben und dabei ihr komplettes Privatvermögen versenkt. Danach haben sie sich nur noch mit Selbstausbeutung über Wasser gehalten. Im letzten Herbst standen sie kurz vor der Zwangsversteigerung, bis sich in letzter Sekunde ein Investor erbarmt und den Laden aufgekauft hat.«

»Was war das für ein Investor?«

»Die ›Fields of Plenty – Eastern Empire A. D.‹, eine bulgarische Aktiengesellschaft. Sind im Agri-Business, investieren in bulgarisches Ackerland, das sie dann extensiv bewirtschaften.«

»Was wollen die dann mit so einer Öko-Butze wie Rich Harvest?«

»Soziale Verantwortung zeigen. Bisschen auf Nachhaltigkeit machen. Das Übliche halt.«

»Und ihr, wieso steigt ihr da ein?«

»Aus den gleichen Gründen. Das mit der Roma-Zuwanderung im Ruhrgebiet läuft gerade komplett aus dem Ruder, und wir als Landesregierung haben dafür nichts in der Tasche. Also beteiligen wir uns großzügig an einem korrekten Nutten-zu-Biobäuerinnen-Projekt in

Bulgarien, um zu zeigen, dass wir was tun. Und natürlich, um der Presse das Maul zu stopfen. Noch Fragen?«

»Wie fühlt sich das an, so etwas abzunicken?«

»Ich glaube nicht, dass ich dir darüber Rechenschaft schuldig bin.«

»Schon gut. Erzähl weiter.«

»Da gibt es nicht mehr viel zu erzählen. Wir haben die Geschichte durchgewinkt. Basta.«

Can sagte nichts.

»Ich weiß, was du jetzt denkst«, sagte Sibel. »Aber hast du eine Ahnung, was für Pommesbuden wir sonst unser Geld in den Rachen werfen? Rich Harvest liefert wenigstens jeden Monat ordentliche Reportings. Wenn dabei auch noch ein paar gefallene Mädchen ihre Berufung als Biobäuerinnen finden, geht das für mich in Ordnung.«

»Weißt du, wer den Förderantrag bei euch gepusht hat?«

»Nein. Ist aber offenbar jemand, der die richtigen Leute kennt.«

»Was fällt dir zu Christof Nolden ein?«

»Dem Bauunternehmer? Der baut doch gerade bei euch das neue Stellwerk-Stadion. Guter Mann. Sehr straight. Mit dem arbeiten wir ziemlich viel zusammen. Wie kommst du jetzt auf den?«

»Nur so. Vergiss es.«

Sibel schwieg. »Was hast du mit Rich Harvest zu tun?«, fragte sie dann.

»Eine Mordsache. Eine Sozialarbeiterin hier aus Köln hat Frauen an Rich Harvest vermittelt. Im vergangenen Frühjahr kam ihr da was nicht ganz koscher vor. Sie ist nach Bulgarien runtergefahren und hat sich vor Ort umgetan. Allerdings hat sie auf dem Gelände von Rich Harvest keine Nutten in Umschulung angetroffen, sondern nur einen Haufen blonder Jungs, mit sehr korrekten Haarschnitten und Hooligan-Outfits. Sie war so frei, bei der Geschäftsführung anzufragen, was es damit auf sich hat. Das war wohl keine so gute Idee. Nach Köln hat sie es noch zurück geschafft, aber zehn Tage später hat man sie totgeschlagen aus einem Müllcontainer gezogen.«

Am anderen Ende der Leitung blieb es still. Can konnte hören, wie Sibel atmete.

Ein.

Aus.

Wieder ein.

»Ich habe Übersetzungen von dem Handelsregisterauszug und dem Aktienregister von Fields of Plenty, also von der Firma, die Rich Harvest gekauft hat«, sagte sie schließlich. »Kannst du was damit anfangen?«

»Schick sie mir mal rüber.«

»Pass auf dich auf«, sagte Sibel. Dann drückte sie das Gespräch weg.

Fünf Minuten später waren die Unterlagen der »Fields of Plenty – Eastern Empire A. D.« in Cans Mailbox. Das Aktienregister der Firma war für die Tonne – sämtliche Anteile wurden treuhänderisch von einer internationalen Wirtschaftskanzlei mit Büros in New York, London, Frankfurt und Malta gehalten. Der Handelsregisterauszug gab genauso wenig her. Can betrachtete das Logo der Firma, eine stilisierte Sonne über rollenden Hügeln mit Ackerfurchen, dann scrollte er sich ziellos durch die Liste der Vorstandsmitglieder. Er hatte das vage Gefühl, die Namen schon einmal gelesen zu haben, ihm fiel nur nicht ein, wo. Nach ein paar Minuten gab er auf. Es war nichts als eine Liste von Namen auf »nov« und »tev«.

Plötzlich spürte Can, wie sich die Härchen auf seinem Unterarm aufrichteten. Er griff nach dem Zettel, auf dem er sich die Firma auf Malta notiert hatte, von der Waldemar Guschauski seine monatlichen Zahlungen erhielt: »Grupa Upravlenie Aktiv na Kholding AD«. Die Vorstände hatten alle Namen auf »nov« und »tev«, hatte Heiko Wichering gesagt und deshalb vermutet, dass es sich um eine russische Firma handelte. Was, wenn er sich geirrt hatte?

Can tippte den Firmennamen in ein Übersetzungsprogramm ein. Zuerst Russisch-Deutsch, dann Russisch-Englisch. Beide Male spuckte das Programm Unsinn aus. Can wechselte zu Bulgarisch-Deutsch. Wieder nur Wortsalat. Frustriert klickte er Bulgarisch-

Englisch an. Im Übersetzungsfenster erschien »Squad Asset Management Holding plc«.

Can atmete scharf aus und ließ sich in seinem Stuhl zurückfallen. Er dachte an den ehemaligen Hooligan Christof Nolden, der vor knapp drei Jahrzehnten die Stellwerk-Squad gegründet hatte und jetzt Herr der Stellwerker war. Er dachte an eine bulgarische Prostituierte, die aus dem Vereinspuff verschwunden war, nachdem sich Waldemar Guschauski, der Torschützenkönig und Publikumsliebling der Stellwerker, in sie verliebt hatte. Er dachte, an Marie Grosbroich, die diese Prostituierte nach Bulgarien zurückgebracht hatte und dafür erschlagen worden war. Er dachte an Guschauski, der danach nicht mehr für die Stellwerker hatte spielen wollen und mit einen gezielten Bengalo-Wurf aus der Fankurve aus dem Verkehr gezogen worden war. Can dachte daran, dass Guschauski im Krankenhaus Besuch von Christof Nolden gehabt hatte und seitdem jeden Monat einen Scheck von einer bulgarischen Firma mit Sitz auf Malta bekam, die auf Englisch »Squad Asset Management Holding« hieß.

Die Sache mit Guschauski war damit wohl klar. Bei der Suche nach den Hintermännern der »Fields of Plenty – Eastern Empire AD«, den neuen Eignern von Rich Harvest, brachte Can das allerdings keinen Schritt weiter.

Mit einem Mal hatte er Hunger.

Auf dem Weg zur Imbissbude machte er bei der Bank halt und räumte sein Konto bis zum Dispolimit ab. In einer Wechselstube kaufte er für tausend Euro bulgarische Lewa und ein paar rumänische Lei. Den Rest des Geldes zahlte er auf seine Prepaid-Kreditkarte ein.

Im Imbiss bestellte Can eine Dorade vom Grill. Er aß den Fisch, starrte ins Leere und versuchte sich zu erinnern, woher er die Namen im Handelsregisterauszug der Fields of Plenty kannte.

Der Kellner räumte den Teller ab und brachte Tee mit Lokum. Can griff sich den KM. »Ersatz für Waldi! Stellwerk geht wieder steil!« stand auf der Titelseite, darunter ein Foto von einem lachenden Christof Nolden mit einem stiernackigen, stark tätowierten Spieler, der aus dunklen Augen in die Kamera sah. »Unsere neue Hoffnung: Zarin Sapunov (23). Er kommt aus Bulgarien, spielt dort in der Nationalmannschaft«, las Can. Er studierte die Tätowierungen des Stellwerk-Neuzugangs, dann gab er zwei Löffel Zucker in seinen Tee, rührte um und beobachtete, wie sich die Kristalle in wirbelnden Schlieren auflöste. Seine Anspannung löste sich. Er wusste jetzt, woher er die Namen in dem Registerauszug der Fields of Plenty AD kannte.

Zurück in Maries Wohnung, verstaute er das Geld und die Kreditkarte zusammen mit seiner Dienstmarke und seinem Personalausweis in dem Geldgürtel. Danach ging er in den Hof, nahm die inzwischen knochentrockene Wäsche von der Leine und packte sie zusammen mit seinem Kulturbeutel in die karierte Nylontasche.

Erst dann setzte er sich wieder an den Rechner. Er öffnete den Registerauszug der Fields of Plenty AD und rief die Namen der Vorstandsmitglieder auf: Vilko Velitschkonov, Asen Nadev. Can wechselte auf die Seite der Schutzstaffel Plovdiv und scrollte sich durch die Fotogalerie, bis er fand, was er suchte: ein junger Mann mit Chinos, kurzärmeligem Hemd und Stadionwacht-Schlagring zwischen zwei stiernackige Typen mit Hakenkreuz-Tattoos. »Schutzstaffel-Chiefs Vilko Velitschkonov and Asen Nadev welcome dear friend from Cologne's Stadionwacht.« Die Schutzstaffel-Männer sahen nicht aus wie klassische Vorstände einer Aktiengesellschaft.

Can klappte den Rechner zu und ging ans Fenster.

Draußen ballten sich schwarzgraue Wolken zusammen. Bis zur Abfahrt waren es noch vier Stunden. Can knipste Maries Chili-Lichterkette an und setzte sich mit einem Bier auf die Fensterbank. Mit einem Mal wurde ihm bewusst, wie wenig er in den letzten Wochen an Marie gedacht hatte. Stattdessen war seine Erinnerung beharrlich zu Isa zurückgekehrt. Ein sentimentaler Impuls, noch dazu grundlos. Schließlich waren Isa und er nie zusammen gewesen. Die eine gemeinsame Nacht vor jetzt fast zwanzig Jahren zählte wohl kaum.

Es war im August gewesen, ein paar Monate nach Isas Rückkehr aus England. Can hatte an dem Abend frei gehabt. Er hatte mit Zigaretten und einem Bier vor dem Fernseher gelegen und sich durch die Programme gezappt, bis er bei einem Eric-Rohmer-Film hängen geblieben war.

Isa kam gegen halb zwölf von einem Geschäftsessen mit Nolden. Sie stellte ihr Rad im Flur ab und ließ sich verschwitzt und leicht angetrunken neben Can aufs Sofa fallen.

»Was läuft?« Sie nahm einen Zug aus seiner Bierflasche.

»Französischer Laberfilm.«

»Genau, was ich jetzt brauche.« Isa lehnte sich zurück und streifte die altmodischen, beigen Oma-Schuhe ab, die sie immer trug. Sie nahm noch einen kräftigen Schluck Kölsch und verfolgte für die nächste Dreiviertelstunde gebannt, wie bourgeoise Franzosen ihre Gefühlsverwirrungen beredeten.

Irgendwann war der Film zu Ende. Isa brachte die leeren Flaschen in die Küche. Auf dem Weg zurück prallte sie unvermittelt mit Can zusammen, der gerade ins Bad wollte. Für den Bruchteil einer Sekunde geriet Isa aus dem Gleichgewicht. Can hielt sie fest und spürte im nächsten Moment ihre Lippen erst auf seinem Hals, dann auf dem Mund. Lange küssten sie sich im Flur, dann zog Isa ihn in ihr Zimmer.

An das, was danach kam, hatte Can nur bruchstückhafte Erinnerungen. Die bleiche Rundung von Isas Brüsten im Licht der Straßenlaterne, das durch die Lamellen der Jalousie fiel. Die Überraschung in Isas Augen, als er in sie eindrang. Ihre Hand, die sich auf dem Kissen neben ihrem Kopf zu einer Faust ballte, als sie kam. Eine schweißnasse, honigfarbene Haarsträhne, die sich, nachdem Can sie behutsam um seinen Zeigefinger gewickelt hatte, beim Trocknen ganz langsam zusammenzog und von seinem Finger wegstrebte, bis er sie endlich freigab und sie korkenzieherartig aufsprang.

Noch Jahre später zuckten Can diese Momentaufnahmen bei den seltsamsten Gelegenheiten mit einer Klarheit durch den Kopf,

die ihn schockierte. Er hatte gelernt, mit diesen Flashbacks zu leben, und wusste, dass es sinnlos war, an dieser Stelle weiterzu-
denken.

Ein Wetterleuchten riss ihn aus seiner Träumerei. Can trank sein
Bier aus, duschte noch einmal lange und legte sich dann aufs Bett.
Kurz darauf ging die Katzenklappe. Can hörte das trockene Scharren
von Krallen auf Holz. Maries Kater sprang aufs Bett, rollte sich in
Cans Armbeuge und döste gemeinsam mit ihm ein.

14

Lautes Bollern gegen die Wohnungstür riss Can aus dem Schlaf.

»Geht los«, rief Andi von draußen. Can fuhr hastig in seine neuen Klamotten und verstaute den USB-Stick zusammen mit den Kondomen in einer Tasche seiner Cargo-Pants. An der Tür zum Wohnzimmer blieb er stehen und warf einen letzten Blick zurück. Er knipste die Lichterkette aus, griff nach der Nylontasche mit seinem Reisegepäck und ging mit Andi nach unten.

Auf der Straße stand ein weißer Kleinbus mit Dortmunder Kennzeichen, in dem bereits ein halbes Dutzend Leute saßen. Ein schlaksiger, blonder Typ, der aussah wie ein BWL-Student, lehnte an der Fahrertür.

»Hi«, sagter er. »Ich bin Mark.« Andi nickte und gab ihm Cans gefälschte Papiere. Mark steckte den Pass ein und schob die Seitentür des Busses auf. Can stieg ein. Von drinnen winkte er Andi knapp zu. Dann fuhren sie los, über die Subbelrather Straße in die Liebigstraße, vorbei an dem Bulgarenhaus und am Portugiesen-Café gegenüber, weiter, entlang der Fleischversorgung Köln, über die Hornstraße mit den beiden Großbordellen auf die Innere Kanalstraße.

Als sie die Zoobrücke querten, sah Can zurück auf die Stadt. Er sah die barocke Kirchturmhaube von St. Ursula, die Hohenzollernbrücke und die ewig eingerüsteten Türme des Doms. Entfernt dahinter war die Silhouette des Rheinauhafens zu erkennen. Fünfundzwanzig Jahre hatte Can in dieser Stadt gelebt, länger als irgendwo sonst. Jetzt wusste er nicht, ob er noch einmal zurückkommen wollte.

Im Wagen sah er sich erst um, als sie auf der Autobahn waren. Im Halbdunkel machte er die Umrisse von vier Männern und drei Frauen aus. Sie hatten es sich so gut wie möglich auf ihren Sitzen bequem gemacht und schienen zu schlafen. Nur die Frau neben ihm starrte mit hoch aufgerichtetem Rücken aus dem Fenster. Sie war jung, Can schätzte sie auf höchstens zwanzig. Im schwachen Licht der Straße konnte er ihre langen Wimpern und die weiche Kontur ihrer Wange erkennen. Das Dunkel ihres Haars, das in einem lockeren Zopf fast bis zur Hüfte reichte, stand in starkem Kontrast zu der leicht flauschigen, gelben Jacke, die sie trug.

›Eine schöne Zigeunerin‹, dachte Can und musste fast lachen. Er stöpselte den Kopfhörer in sein Billighandy und suchte im Radio nach dem Deutschlandfunk.

»Hallo, liebe verlorene Seelen da draußen«, raunte Thomas ins Mikrofon. »Eigentlich wäre heute eine dieser Nächte, in denen ich nur vom Zauber junger Liebe singen lassen möchte. Aber manchmal haben ernstere Dinge Vorrang. Deshalb hier nur ein kurzer musikalischer Gruß an die Frau meines Herzens. *Mira, Süße, das nächste Stück ist nur für dich. Alles andere später, zu Hause und ohne Worte.*«

Can hörte das sanfte Knacken, mit dem die Nadel auf Vinyl aufsetzte. Im nächsten Moment erkannte er die ersten Takte von »Heaven Must Be missing An Angel«. Er lehnte sich in seinem Sitz zurück und lächelte aus dem Fenster.

»And now for something completely different«, sagte Thomas, als das Stück zu Ende war. »Diese Sendung ist eine Art Begleitschutz für jemanden, der heute eine lange Reise in die Nacht angetreten hat. Alles, was jetzt kommt, ist für dich, mein dunkler Freund.«

Thomas hatte mit seinen Compilations schon immer Geschichten ohne Worte erzählt. In den folgenden Stunden gab er alles. Nach den alten Stücke von Neil Young, die Can und er Ende der Achtziger gehört hatten, spielte er die House-Tracks, zu denen sie in den frühen Neunzigern auf halblegalen Partys im Gewerbegebiet getanzt hatten. Danach das Prélude einer Cellosuite von Bach und einen Song von Billie Holiday als Wink in Isas Richtung. Später verballerte

Thomas kommentarlos und in schneller Folge den ganzen alten Scheiß, an dem Cans Herz hing: Tina Brooks, Joe Pass, Angelo Bond, Barrington Levy, Japan, Rufige Cru, Pulp, einen Satz aus einem Streichquartett von Schönberg. Dazwischen, vielleicht als stumme Verbeugung vor Marie, eine obskure Mollversion von »Mer lasse de Dom in Kölle«. Can hörte zu, während draußen die Nacht vorbeirauschte.

Um Viertel nach vier passierte der Bus die Grenze nach Österreich. Kurz darauf verlor sich das Radiosignal in statischem Rauschen. Can schaltete das Handy aus und schloss die Augen. Sofort waren seine Gedanken wieder bei Isa. Seit der einen Nacht mit ihr wusste er, dass es hinter den Plattitüden vom absoluten Verschmelzen mit einem anderen Menschen eine Wahrheit gab, auch wenn das ganze Gerede darüber den Kern der Sache noch nicht einmal im Ansatz berührte. Das Problem war, dass aus diesem Wissen für Can nichts gefolgt war außer ungerichteter Sehnsucht und dem Gefühl vollkommener innerer Leere.

Als Isa und er damals morgens gemeinsam aufgewacht waren, hatten sie mit dem Rücken an die Wand gelehnt im Bett gesessen und sich die erste Zigarette des Tages geteilt.

»Warum bist du seit Robert nie mehr mit jemand zusammen gewesen?«, fragte Can.

Isa produzierte einen perfekten Rauchring und reichte ihm die Kippe. »Die wollen mich doch alle nur in die Kiste kriegen«, sagte sie.

»So wie ich, oder was?«

»Du? Wieso? Du bist mir doch schon seit Jahren treu!« Isa lachte, ihre Augen sprühten Gold. Sie schwang ihre langen, braun gebrannten Beine über die Bettkante und ging ins Bad. Eine Viertelstunde später war sie auf dem Weg zur Arbeit.

Das war an einem Montag gewesen. Can war gegen elf aufgestanden und an die Uni gefahren. Dort hatte er bis zum späten Nachmittag mit leerem Kopf auf prüfungsrelevante Literatur gestarrt. Am Abend musste er arbeiten. Er dachte, dass Isa in der Kneipe vorbeischauen würde, aber sie kam nicht. Als er gegen zwei nach Hause kam, war ihr Fenster dunkel und die Tür zu ihrem Zimmer geschlossen.

Am nächsten Morgen saß Can alleine in der Küche beim Kaffee. Gegen acht ging er ins Bad. Als er unter der Dusche stand, hörte er die Wohnungstür zuklappen. Er hätte kotzen können.

Alles okay mit dir?, schrieb er auf einen alten Einkaufszettel und fuhr in die Bibliothek.

Am Abend lag der Zettel zerknüllt auf dem Küchentisch.

Can verabredete sich mit Thomas und kam um halb vier sturzbetrunken nach Hause.

Gegen elf am nächsten Morgen weckte ihn das Telefon. Isas Verehrer aus der Schweiz bestätigte den von ihr angefragten Termin für ein gemeinsames Essen am Abend. Can legte wortlos auf. Dann ging er auf der Ehrenstraße frühstücken. Als er zurückkam, lag ein Brief aus der Türkei im Briefkasten. Sein Vater lud ihn nach Istanbul ein. Can buchte einen Flug für Samstagvormittag. Am Abend musste er arbeiten. Als er gegen halb drei zurückkam, stand Isas Rad nicht im Flur.

Am nächsten Abend passte er sie vor ihrem Zimmer ab.

»Lass uns reden«, sagte er.

»Ich hab gerade andere Sorgen.« Isa drängte sich an ihm vorbei in ihre Werkstatt. Bleich, mit tiefen Ringen unter den Augen. Can ging in sein Zimmer, legte sich aufs Bett und starrte an die Decke. Draußen wurde es hell, dunkel und wieder hell. Schließlich stand er auf und packte seine Reisetasche. Dann ging er ins Bad und rasierte sich gründlich. Kurz darauf stand er fertig angezogen in seinem Zimmer. Es war acht Uhr, sein Flug ging erst um zwölf. Trotzdem hielt ihn nichts mehr in der Wohnung. Er griff sich seine Tasche und war schon fast aus der Tür, als er plötzlich innehielt und noch einmal umkehrte.

In seinem Zimmer holte Can einen abgestoßenen Lederkoffer vom Schrank herunter. Zwischen einem Seidentuch, einem leeren Parfümflakon, einem abgerissenen Glasknopf und anderem Zeug

fand er, was er suchte. Der silberne Ring mit dem großen Stein lag
schwer in seiner Hand. Bedächtig fuhr er mit der Kuppe seines Zei-
gefingers über die Gravur, die sein Vater am Innenrand des Rings
hatte anbringen lassen. *Toujours changeant – toujours le tien/Immer
anders – immer Dein.* Es war der Verlobungsring seiner Mutter gewesen. Can konnte sich nicht erinnern, sie je ohne diesen Ring gesehen zu haben. Damals, nach dem Unfall, nachdem sie das Beat-
mungsgerät abgeschaltet und zugesehen hatten, wie das Leben ihrer
Mutter langsam erlosch, hatte Cans Vater den Ring vom Finger seiner Frau gestreift und ihn Sibel gereicht. Sibel hatte erschrocken ab-
gewehrt, vielleicht, weil sie die Geste ihres Vaters schockiert hatte,
wahrscheinlich aber vor allem, weil ihr der Ring immer schon zu
hippiemäßig gewesen war. Can hatte damals fast instinktiv die Hand
nach dem schweren Schmuckstück ausgestreckt, in dem die Wärme
seiner Mutter noch gespeichert schien. Sein Vater, offenbar verblüfft
von Sibels Reaktion, hatte ihm den Ring wortlos in die Hand gelegt.
Seitdem lag er, zusammen mit den anderen Andenken, im Koffer.
Jetzt nahm Can ihn hoch und hielt ihn ins Licht, das schräg durchs
Fenster schnitt. Der tief graue, fast schwarze Labradorit glühte auf,
zuerst blaugrau, dann, als Can ihn leicht kippte, in einem warmen
Honigton. Als Kind hatte Can sich stundenlang für dieses weiche
Irrlichtern an der Hand seiner Mutter begeistern können. Er drehte
den Stein noch einmal gegen das Licht, dann ging er in die Küche,
legte den Ring auf den Tisch und schrieb einen Zettel für Isa.

Ich hoffe, er passt. Behalte ihn. Ist ein Geschenk, C.

Danach war er zum Flughafen gefahren, heillos erleichtert, weg-
zukommen, und getrieben von der vagen Idee, woanders noch einmal ganz von vorne anzufangen. Also eigentlich genau so wie jetzt.

Can richtete sich in seinem Sitz auf und sah aus dem Fenster. Es
war Viertel vor sieben. Die Sonne ging gerade auf. Noch sechzig
Kilometer bis Wien. Das Mädchen in der gelben Jacke saß unver-
ändert steif aufgerichtet neben ihm und starrte nach draußen.

Eine Viertelstunde später fuhren sie von der Autobahn ab. Nach
ein paar Kilometern hielt der Wagen vor einem mächtigen Vierseit-

hof. Ein Mann in grüner Arbeitskleidung entriegelte das schwere
Hoftor, der Bus fuhr auf den Innenhof, die Torflügel schlossen sich
hinter ihnen.

Mark öffnete die Schiebetür des Wagens. Can und die anderen
Mitfahrer kletterten steif von der Fahrt nach draußen. Der Mann in
Grün zeigte Ihnen einen Waschraum und Toiletten. Danach rief
Mark sie in die Küche, wo auf einem langen Holztisch dunkles Brot
mit Koriander und Kümmel stand, dazu frische Butter, fast karamell-
farbene Marillenmarmelade und Kaffee mit heißer Milch.

Erst jetzt merkte Can, wie hungrig er war. Während er aß, musterte er verstohlen seine Mitreisenden. Die Männer unterschieden
sich im kalten Neonlicht der Küche in nichts von den anderen Bulgaren, die Can in den letzten Wochen am Wertstoffhof, in den Bulgarenhäusern und auf dem Arbeiterstrich gesehen hatte: Sie waren
vor den Jahren gealtert, mit harten Händen, müden Augen und einem
bitteren Zug um den Mund. Can trug zwar die gleichen Klamotten
wie sie, aber er war größer und kräftiger als seine Mitreisenden, und
man sah ihm an, dass er ein leichteres Leben gehabt hatte als sie. Er
gehörte so offensichtlich nicht zu ihnen, dass es fast schon lächerlich war. Den Männern schien das egal. Sie aßen schweigend und
mit nach innen gerichtetem Blick, peinlich darauf bedacht, jeden
Kontakt mit ihm oder den anderen zu vermeiden.

Die Frauen saßen am anderen Ende des Tischs. Das Mädchen
mit der gelben Jacke sah ins Leere und rührte unablässig in ihrer
Kaffeetasse. Sie war noch jünger, als Can gedacht hatte, und hüb-
scher, als ihr Umriss im Halbdunkel des Wagens hatte vermuten
lassen. Die beiden anderen Frauen waren etwa Mitte dreißig. Sie
trugen halterlose Tops unter schwarzen Kunstlederjacken mit stacheligen Goldnieten, dazu schwarze Leggings mit Schlitzen an den
Seiten, die den Blick auf blanke Haut freigaben. Als sie Can musterten, lag in ihren Blicken eine so kalte Illusionslosigkeit, dass er sich
bis ins Mark erkannt fühlte.

Nach dem Frühstück gingen sie zurück in den Innenhof. Die
Männer lehnten mit dem Rücken an der Wand und rauchten. Die

beiden Frauen saßen in der offenen Tür des Busses und schminkten sich. Das Mädchen in der gelben Jacke stand mitten auf dem Hof und fixierte einen Punkt auf dem Boden. Einer der Männer aus dem Wagen folgte Cans Blick und bedeutete ihm mit einer Handbewegung, dass das Mädchen verrückt sei.

Plötzlich war lautes Hupen zu hören. Der Mann in Grün öffnete das Hoftor für einen schrottigen Golf mit Wiener Kennzeichen. Ein Mädchen mit störrischem, blondem Pferdeschwanz stieg aus. Sie begrüßte den Mann in Grün, dann ging sie rüber zum Bus.

»Hi.« Sie reichte Mark die Hand. »Ich bin Judith. Ich mache den Transit durch Rumänien. Gibst du mir die Papiere?«

Mark reichte ihr einen Stapel Reisepässe. Judith verstaute sie in ihrem Rucksack. Dann nahm sie Can und seine Mitfahrer in den Blick. Can hatte den Eindruck, dass ihre dunkelblauen Augen für den Bruchteil einer Sekunde länger an ihm hängen blieben als an den anderen, aber vielleicht bildete er sich das auch nur ein.

Judith lud ihre Reisetasche und zwei große Kühlboxen in den Bus und schwang sich auf den Fahrersitz. Mark stieg auf der Beifahrerseite ein und winkte den Männern einzusteigen. Sie drückten die Zigaretten aus und nahmen ihre Plätze ein. Die beiden Frauen hatten es sich schon auf der hintersten Bank bequem gemacht. Das Mädchen in der gelben Jacke setzte sich wieder neben Can. Sie schnallte sich an, drückte den Rücken durch und wandte den Blick nach draußen.

Eine Stunde später standen sie auf dem Wiener Ring im Stau.

»Du bist schon länger dabei, oder?« Mark sah Judith an.

»Ja.« Judith hielt den Blick auf die Wagen vor ihr gerichtet. Sie war ungefähr gleich alt wie Mark und auf eine herbe Art schön.

»Warum machst du das?«

Judith zuckte mit Schultern und zündete sich eine Kippe an. »Ich habe das so gelernt, dass man hilft, wenn man gebraucht wird. Außerdem kann ich Rumänisch.« Sie zog an ihrer Zigarette. »Und du?«, fragte sie nach einiger Zeit.

»Ich mache meinen Master. In Dortmund«, sagte Mark. »Cooler Studiengang. Ne Kombi aus Politik, VWL und Soziologie. Aber krass theorielastig. Ich wollte irgendwie auch was Konkreteres machen, was Soziales.«

Judiths Blick glitt über Marks teure Sonnenbrille, über das trotz vieler Wäschen immer noch akkurat sitzende T-Shirt und die Markenjeans, bis zu den wertigen Retro-Ledersneakers. Dann sah sie wieder auf die Straße.

»Und du? Was studierst du?«, fragte Mark.

»Agrarwissenschaften. Ich will den Hof von meinem Vater übernehmen. Zusammen mit meinem Adoptivbruder. Biologisch-dynamische Landwirtschaft. Demeter-Standard.«

»Cool.«

Judith sagte nichts.

»Wieso kannst du Rumänisch?«, fragte Mark.

»Ich komme von da.«

»Hört man gar nicht.«

»Wir sind Siebenbürger Sachsen.«

»Ach so.«

»Du hast keine Ahnung, wovon ich rede, oder?«

Mark lachte verlegen.

Judiths Augenbrauen zogen sich fast unmerklich zusammen.

»Okay«, sie strich sich eine blonde Strähne aus dem Gesicht und zündete sich die nächste Kippe an, »Siebenbürger Sachsen. Deutsche Minderheit in Nordrumänien. Vor achthundert Jahren von den ungarischen Königen als Wehrbauern gegen den Mongolensturm angeworben. Bis 1945 die Herren im Land. Danach von den Russen deportiert, oder von Ceaușescu so lange schikaniert, bis sie freiwillig nach Deutschland ausgewandert sind. Der Rest hat nach 1989 heim ins Reich gemacht. So wie meine Eltern.«

»Deshalb dein gutes Deutsch«, sagte Mark.

»Nein.« Judith drückte ihre Zigarette aus. »Meine Eltern sind nach zwei Jahren zurück nach Rumänien. Die hatten keinen Bock mehr auf die Sprüche, von wegen Spätaussiedler, denen alles in den

Arsch geschoben wird und so.« Judith presste die Lippen zusammen und zog an einem Lkw mit slowenischem Kennzeichen vorbei.

Kurz hinter der Grenze nach Ungarn standen ein paar verlorene Nutten in neonfarbenen Minikleidern und weißen Plateaustiefeln auf einem Rastplatz. Die beiden Frauen auf der Rückbank klickten abschätzig mit der Zunge. Das Mädchen in der gelben Jacke wandte den Blick ab und verknotete die Hände im Schoß. Can legte den Kopf an die Nackenstütze und schloss die Augen.

Am frühen Nachmittag machten sie eine Pause. Judith verteilte Butterbrote und Wasser aus den Kühlboxen. Das Mädchen in der gelben Jacke blieb im Bus und sah blicklos aus dem Fenster, während sich die anderen die Beine vertraten und rauchten.

Eine Viertelstunde später waren sie wieder auf der Autobahn und fuhren durch platte Landschaft mit endlosen Maisfeldern unter grauem Himmel.

Can dachte an seinen Besuch in der Türkei, damals nach der Sache mit Isa. Sein Vater und er hatten sich nie sonderlich nahegestanden, vielleicht hatte Can sich gerade deshalb über die überraschende Einladung nach Istanbul gefreut. Vor allem aber hatte er plötzlich Sehnsucht nach der Villa seiner Großeltern auf den Prinzeninseln gehabt, in der sein Vater in den Sommermonaten residierte. Als Kinder hatten Can und seine Schwester dort oft die Sommerferien verbracht, während ihre Eltern irgendwo in der Welt unterwegs waren. Mit der Einladung seines Vaters in der Hand, hatte Can plötzlich jedes Detail des alten Hauses vor Augen gehabt. Er hatte sich an die bunten Lichtflecken auf den Marmorstufen erinnert, wenn die Sonne durch die Jugendstilfenster im Treppenhaus fiel, und er hatte sich vorgestellt, stundenlang mit einem Buch auf der Terrasse in der Sonne zu liegen, bis sich das zähe Kreisen seiner Gedanken um Isa in blauer Stille auflösen würde.

Die Realität war anders gewesen.

Sein Vater hatte ihn am Flughafen abgeholt, allerdings nicht alleine, sondern in Begleitung einer gut aussehenden Mittzwanzigerin, die er Can als seine neue Frau vorstellte. Füsun war die Tochter eines Arztkollegen. Wie es sich für ein Mädchen aus der Istanbuler Oberschicht gehörte, hatte sie ein exklusives Schweizer Internat besucht und danach in London Kunstgeschichte studiert. Wenige Wochen nach ihrem Studienabschluss hatte sie Cans Vater kennengelernt, drei Monate später war die Hochzeit gewesen. Seitdem begannen Füsuns Tage damit, dass sie Cans Vater beim Frühstück mit modulationsloser Schulmädchenstimme die Societykolumne eines konservativen Regierungsblatts vorlas. Danach ließ sie sich ihren Tee auf die Terrasse bringen und hielt dort bis zum Abend die Stellung. Wenn Füsun nicht telefonierte, empfing sie einen nicht abreißenden Strom von Freundinnen, die stundenlang Belanglosigkeiten erzählten, bevor sie sich wortreich und mit vielen Küsschen verabschiedeten. Beim Abendessen machte Füsun Konversation, oder das, was sie dafür hielt. Sie befragte Can zu seinem Studium, seinen Berufszielen, Freundinnen und etwaigen Hochzeitsplänen. Can fand, dass Füsun diese Fragen nicht zustanden. Antworten hatte er ohnehin keine.

Am dritten Tag packte er nach dem Frühstück ein Badehandtuch und sein Buch und ging zu einer versteckten Bucht, die er von früher kannte. Am nächsten Morgen machte er es genauso.

»Ich glaube, dein Sohn weicht mir aus«, sagte Füsun beim Abendessen zu Cans Vater. Ihr Schmollen war nur zum Teil gespielt. Can lächelte unverbindlich, aß schweigend und zog sich dann auf sein Zimmer zurück.

Am nächsten Morgen verließ er das Haus, bevor die anderen wach waren, und frühstückte in einem Straßencafé auf dem Weg zum Strand. Zum ersten Mal seit seiner Ankunft hatte er das Gefühl, im Urlaub zu sein.

Am Abend fragte Füsun, wann er in Köln zurückerwartet würde. Can ließ die Frage offen. Er ging auf sein Zimmer und packte seine Sachen. Sein Vater hatte am nächsten Tag frei. Nach dem Frühstück würde Can sich von ihm verabschieden und sich dann irgendwo ein billiges Zimmer in einer Pension nehmen.

Am Morgen herrschte angestrengtes Schweigen am Frühstückstisch. Can wollte seinen Vater gerade auf ein Wort nach draußen bitten, als Füsun ihrem Mann fast unmerklich zunickte.

»Kann ich dich mal sprechen, Can?«, fragte sein Vater.

Sie gingen in das Arbeitszimmer, das sich Cans Vater in der früheren Bibliothek eingerichtet hatte. Als Kind hatte Can stundenlang auf dem Teppich vor der Balkontür gelegen und gelesen, während sein Großvater mit der Zeitung auf dem Ledersofa gesessen hatte und der leichte Wind vom Meer von draußen hereingezogen war.

Cans Vater nahm umständlich in seinem neumodischen Chefsessel Platz.

»Setz dich doch.« Er deutete vage auf den Besucherstuhl auf der anderen Seite des Tisches. Eine Weile schwiegen sie beide. Cans Vater schob einen Haufen Papier auf dem Tisch zusammen, stieß ihn auf Kante und beschwerte den jetzt ordentlichen Packen mit einem Briefbeschwerer aus Muranoglas.

»Gut«, sagte er dann. »Du hast dich wahrscheinlich gefragt, warum ich dich eingeladen habe.«

Can betrachtete den Briefbeschwerer. Unter der farblosen Kuppel schlangen sich silbrigblaue, goldene und perlmuttfarbene Glasstränge zu einem Auge gegen den bösen Blick. Der Briefbeschwerer hatte seinem Großvater gehört. Can hatte ihn früher oft in der Hand gewogen und gegen das Licht gehalten.

Sein Vater stand auf und ging zur Balkontür, die sich zum Meer hin öffnete.

»Es ist so«, sagte er, mit dem Rücken zu Can. »Seit elf Jahren überweise ich dir jeden Monat Geld. Das gehört sich so, du bist schließlich mein Sohn. Aber in ein paar Monaten wirst du dreißig und …« Er stockte und schlug dann ungeduldig mit der flachen Hand gegen den Rahmen der Terrassentür. »Verdammt noch mal, Can. Du weißt, dass es nicht ums Geld geht. Aber als ich so alt war wie du, war ich Assistenzarzt und verheiratet mit zwei Kindern.«

Can griff nach dem Briefbeschwerer und ließ ihn in seine Hosentasche gleiten.

»Ist angekommen. Ich wollte sowieso fahren«. Er stand auf und ging zur Tür.

Sein Vater drehte sich abrupt zu ihm um. »So habe ich das nicht gemeint, Can. Du bist uns willkommen.«

»Ach ja?«

Sein Vater seufzte. »Hör zu. Mir ist klar, wie sehr dich der Tod von Mama damals getroffen hat. Aber Sibel …«

»Weiß Sibel, dass du wieder geheiratet hast?«

»Sie war zur Trauung da. Füsun fand sie sehr nett.«

Can schwieg. Vor dem Fenster kreischten die Möwen.

»Can«, sagte sein Vater.

»Danke für die Einladung. Viel Glück mit Füsun.« Can zog behutsam die Tür hinter sich zu. Die Klinke war noch genauso schwergängig wie früher.

Er holte seine Tasche, ging durch das Treppenhaus mit den bunten Jugendstilfenstern und verließ das Haus. Von der Straße aus sah er, wie sein Vater auf der Terrasse stand und aufs Meer sah. Füsun stand neben ihm. Sie hatte einen Arm um ihn gelegt und zeigte mit der Hand auf zwei Delfine, die weiche, schäumende Bögen durchs Wasser zogen.

Can nahm die Fähre nach Istanbul. Der erste Rückflug, den er sich leisten konnte, ging am nächsten Morgen. Den Rest des Tages lief er ziellos durch die Stadt, kaufte sich im Bazar eine viel zu teure Lederjacke und schrieb eine Postkarte an Thomas. Am Abend aß er in einer Fischkneipe am Hafen, danach ließ er sich in eine Bar mit Terrasse über dem Bosporus treiben. Er trank Moscow Mules aus Kupfertassen, wog den Briefbeschwerer in seiner Hand und hörte auf das Tuten der vorbeifahrenden Schiffe.

Gegen halb zwei kehrte er in das heruntergekommene Hostel zurück, in das er sich eingemietet hatte. Das Zimmer roch nach scharfem Putzmittel und Gras, die Matratze war durchgelegen. Can fiel in einen unruhigen Schlaf. Um acht stand er auf, schüttelte die Kakerlaken aus seinem Gepäck und fuhr zum Flughafen. Im Flieger bestellte er eine Bloody Mary gegen den Kater. In seine neue Jacke gerollt, starrte er auf das wattige Weiß vor dem Fenster, bis er einschlief.

Erst in der S-Bahn vom Flughafen zurück in die Kölner Innenstadt setzte das Denken wieder ein. Die Ansage seines Vaters hatte Can nicht überrascht. Er hätte Füsun die Schuld geben können, aber er wusste, dass seine eigene Mutter ihm schon viel früher vor den Bug geschossen hätte – und zwar zu Recht, wie sich Can eingestand. Selbst wenn er sein lustlos betriebenes Studium irgendwann doch noch fertig kriegen sollte, würde ihm ein Abschluss in Soziologie, Geschichte und Orientalistik kaum die Tür zu einer glänzenden Karriere öffnen. Ganz davon abgesehen, dass er ohnehin keine Idee hatte, was er machen wollte. Die Arbeit in der Kneipe war im Grunde ideal: Can war unter Leuten, die er in der Mehrheit okay fand, er legte die Musik auf, die ihm passte, und wenn er am Ende der Nacht den Laden zumachte, verschwendete er keinen Gedanken mehr auf den Job. Dass er nicht ewig so weitermachen konnte, war Can klar. Nicht zuletzt, weil er, so wie es zwischen ihm und Isa stand, möglichst schnell eine neue Wohnung brauchte, und da ging nichts ohne einen ordentlichen Gehaltsnachweis.

Can tastete nach dem Briefbeschwerer in seiner Hosentasche und bemühte sich ruhig zu atmen. Sein Blick blieb an einer Werbeanzeige auf dem S-Bahn-Fenster hängen: *Mehr als ein Job: Die Polizei in NRW. Werden Sie Teil einer starken Truppe.* Bewerber sollten das dreißigste Lebensjahr noch nicht vollendet haben. Interessenten mit Migrationshintergrund waren ausdrücklich aufgefordert, sich zu bewerben, Bewerbungsschluss war in zehn Tagen.

›Das wär's noch‹, dachte Can und lehnte die Stirn gegen das kühle Fensterglas.

Isa war nicht da, als er nach Hause kam. In der Wohnung hatte sich die Augusthitze gestaut. Der Ring auf dem Küchentisch war weg, aber Cans Zettel lag noch da. Isa hatte ihn umgedreht und etwas auf die Rückseite geschrieben. Can hatte die Nachricht gelesen. Dann hatte er mit einem Glas Wasser regungslos am Küchentisch gesessen, bis es draußen viel zu früh dunkel wurde und schwerer Regen auf den Hinterhof niederging.

Auch jetzt sah es nach Regen aus. Die tief ziehenden, grauen Wolken, die seit Stunden über der tristen Landschaft hingen, hatten auf einmal bösartige schwefelgelbe Ränder. Kurz darauf begann es wie aus Eimern zu schütten. Judith presste die Lippen zusammen und schaltete die Scheibenwischer ein. Mark sah schweigend aus dem Seitenfenster.

Hinter der rumänischen Grenze wurde die Straße schlagartig schlechter. Grobe Betonplatten waren mit Bitumen aneinandergefügt. Nur in den tiefsten Schlaglöchern steckten zur Warnung abgerissene Äste mit rot-weißem Absperrband. Es regnete immer noch. Die bleigrauen Wolken sogen das letzte Licht des Tages auf.

»Was ist das denn? War hier Krieg, oder was?« Mark hatte sich jäh in seinem Sitz aufgerichtet und zeigte auf eine monumentale Industrieruine, die sich entlang der Straße erhob. Ausgebrannte Fabrikgebäude mit leeren Fensterhöhlen und eingestürzten Dächern lagen im fahlen Dämmerlicht. Dahinter riesige Silos aus Beton und rostigem Stahl.

»Das ist das alte Aluminiumwerk.« Judith wandte den Blick nicht von der Straße. »Vorzeigeprojekt von Ceaușescu. In der Spitze zweihundertvierzigtausend Tonnen Jahreskapazität. Größter Arbeitgeber in der Gegend. Anfang der Neunziger in Insolvenz gegangen. Ein paar Jahre später für kleines Geld von der Regierung an einen russischen Investor verscherbelt, der fantastische Arbeitsplatzgarantien gegeben hat. Der Russe hat die Maschinen demontiert und nach Indien verkauft. Danach ist er untergetaucht. Drei Jahre später ist das Rotschlamm-Becken geborsten. Das Zeug ist auf die Felder gesuppt. Der Giftschlamm ist noch da, die Arbeitsplätze sind weg.«

Mark schwieg. Judith steuerte den Bus unbeirrt in die tiefer werdende Dunkelheit.

Gegen zehn fuhren sie von der Hauptstraße ab in ein Dorf, in dem um diese Zeit kein Licht mehr brannte. Sie querten eine primitive Brücke aus Betonträgern, die über einen Abwassergraben gelegt waren, und hielten vor einem mächtigen Hoftor. Drinnen schlugen mehrere Hunde an. Judith stieg aus, rief die Hunde zur Ruhe und klopfte ein Signal an das Tor. Auf dem Hof wurden Schritte laut.

»Judith?«, fragte eine Jungmännerstimme.

»Wer sonst, mann!« Judith klang ungeduldig.

Von innen wurden schwere Riegel zurückgeschoben. Ein hochaufgeschossener, braun gebrannter Teenager mit schwarzem Haar öffnete das Tor und schloss Judith in die Arme.

»Sei gegrüßt, Schwesterherz!«

Judith küsste ihn auf die Wangen. »Scheiße, Jakob, bist du gewachsen.«

»Artgerechte Haltung. Da entwickelt sich auch der gemeine Tsigan zum Normalmenschen.«

»Hat schon Gründe, warum wir euch seit Jahrhunderten kurz halten.«

»Dafür setzen wir auf Masse statt Klasse. Typischer Fall von Notreife.«

Judith lachte rau und klatschte Jakob ab. »Mach endlich deine Matura, Jaschko, und komm zu mir nach Wien. Dann ist es mir da nicht mehr so fad.«

Sie befreite sich von den Hunden, die an ihr hochsprangen. Dann stieg sie wieder in den Wagen und fuhr auf den Hof. Jakob schloss die Torflügel und schob die Riegel vor.

Ein älterer Mann, groß, mit grauem Haar und wasserblauen Augen, stand im Licht einer Gaslaterne auf der Veranda vor dem frisch gekalkten Haus. Er umarmte Judith und begrüßte Mark mit Handschlag.

»Kommt rein mit den Leuten«, sagte er. »Wir haben schon auf euch gewartet.«

In der großen Küche war es warm und hell. *Glaube * Liebe * Hoffnung* war in roten Lettern in das Leintuch gestickt, das über dem altertümlichen Kohleherd hing. Eine Frau mit ersten grauen Strähnen im weizenblonden Haar lud Can und die anderen aus dem Bus mit einer Handbewegung ein, sich auf die Küchenbank zu setzen. Dann umarmte sie Judith.

»Gott sei Dank, dass du da bist. Die Fahrerei … und dann bei dem Regen.«

»Du machst dir zu viele Sorgen, Mama.« Judith strich ihrer Mutter über die Wange und verjagte eine junge schwarze Katze, die sich am Milchtopf zu schaffen machte. »Wo ist Esther?«

»Holt Decken für die Leute. Mit dem Regen wird es heute Nacht in der Scheune kalt.«

»Moses schläft schon?«

»Der weckt dich morgen noch früh genug.«

Inzwischen waren auch Jakob und Judiths Vater in die Küche gekommen. Ein blondes, etwa vierzehnjähriges Mädchen, das aussah, wie eine jüngere, mürrische Ausgabe von Judith, schlüpfte hinter ihnen durch die Tür. Esther, vermutete Can.

Judiths Vater sprach ein Tischgebet.

»Amen«, sagte die Familie, als er fertig war.

Judiths Mutter stellte einen großen schwarzen Topf mit sattgelbem Maisbrei auf den Tisch und tat reihum auf.

»Wir hätten dich heute gut brauchen können, Judith«, sagte ihr Vater, als alle gegessen hatten. »Jakob und ich haben das Heu gerade noch einfahren können, bevor der Regen angefangen hat.

»Warum habt ihr euch niemand zum Helfen geholt?«

»Wen hätten wir holen sollen? Unsere eigenen Leute sind zu alt, und die Tsigani arbeiten lieber für drei Euro die Stunde in Deutschland, als für einen Euro bei mir auf dem Acker.«

»Ich hab gedacht, das ist besser geworden?«

Ihr Vater schüttelte den Kopf. »Eher schlimmer.«

»Die Männer sind über den Sommer alle weggegangen«, sagte Jakob. »Und kaum sind sie wieder da, schmeißen sie das Geld sinnlos zum Fenster raus. Florin ist letzte Woche aus Frankfurt zurückgekommen. Der hat erst einmal fünf Fass Bier bestellt, ein Schwein geschlachtet und das ganze Dorf freigehalten. Jetzt hat er wieder nichts. Dafür kommt in ein paar Wochen das vierte Kind. Tsigan bleibt Tsigan. Das bringst du aus denen nicht raus.«

Für einen Moment war es in der Küche still.

»Selbsterkenntnis ist der erste Weg zur Besserung, gell, mein fescher Zigeunerbruder?« Judith lachte, zog Jakob an sich und drückte ihm einen Kuss auf die Wange.

Judiths Vater machte eine unwirsche Handbewegung. »Blödsinn. Ich bin kein Zigeuner, und trotzdem habe ich es genauso gehalten wie Florin, damals, als ich noch selber jedes Jahr zum Arbeiten nach Deutschland bin. Das ist halt so«, sagte er, ohne jemand bestimmten anzusehen. »Man war weg, und wenn man zurück ist, muss man sich erst einmal was gönnen. Weil man das auslöschen muss, was vorher war. Die Demütigungen, das Heimweh, die ganze Sehnsucht. Und am Ende bleibt einem nichts als die blanke Scham.«

In der Küche herrschte betretenes Schweigen. Judith hatte die Augen niedergeschlagen. Als sie wieder hochsah, bemerkte sie, dass Can sie beobachtete. Sie musterte ihn mit unverhohlenem Misstrauen. Can wich ihrem Blick aus und fuhr mit dem Finger die Maserung der Tischplatte nach. Die Furchen und Erhebungen erinnerten ihn an den Küchentisch zu Hause.

»Genug geschwätzt«, sagte Judiths Vater in die Stille hinein. »Es ist spät. Wir sind alle müde. Gott mit euch. Gute Nacht.« Er ging aus der Küche, ohne seine Frau oder seine Kinder eines Blickes zu würdigen. Gleich darauf hörte man seine schweren Schritte auf der Treppe.

Die Tischrunde löste sich schweigend auf. In der Scheune lagen Laken und schwere Wolldecken für Can und seine Mitfahrer bereit. Can suchte sich eine Stelle mitten im Heu und schlief sofort ein.

Irgendwann schlugen die Hunde an. Es musste weit nach Mitternacht sein. Can horchte auf ihr Kläffen und glaubte, weit entfernt erregte Stimmen zu hören. Im Haus weinte ein kleines Kind. Nach einiger Zeit wurde es wieder still. Über das Schindeldach der Scheune scharrten leichte Tierpfoten. Eine Katze, vermutete Can,

245

vielleicht auch ein Wiesel. Überall im Heu schien es zu rascheln und zu wispern. Einer seiner Mitfahrer schnarchte laut. Can war trotz der Decke kalt. Er checkte die Uhrzeit. Kurz nach vier. Bald würde die Dämmerung anbrechen. »Die Stunde zwischen Hund und Wolf«, hatte Isa früher gesagt, wenn sie um diese Zeit aus einem Club oder einer Bar nach Hause gekommen war und Can nach der Arbeit noch in der Küche gesessen hatte. Manchmal waren sie damals gar nicht mehr ins Bett gegangen, sondern gleich mit dem ersten Kaffee des Tages und der Zeitung in der Küche sitzen geblieben.

Das war in den leichten Jahren gewesen, in der Zeit, bevor Can den Zettel auf dem Küchentisch gefunden hatte. Zwei Zeilen in Isas raumgreifender, leicht nach rechts geneigter Schrift.

Bin im Krankenhaus. Wird länger dauern. Miete ist bezahlt, I.

Als Can damals aus seiner Erstarrung erwacht war, hatte er sich auf sein Rad geschwungen und war die Kölner Krankenhäuser abgefahren.

»Das haben wir gleich, junger Mann«, hatte die gemütliche Mutti im pastellfarbenen Top am Zentralempfang der Uniklinik gesagt und Isas Namen mühsam in den Computer getippt. »Da ist sie doch. Frau Kurzeck liegt in der Frauenklinik. Da müssen Sie zur Kerpener Straße. Das Krebszentrum ist dann im zweiten Stock.« Sie lächelte Can mitfühlend über den Rand ihrer Lesebrille an und reichte ihm einen Plan des Klinikgeländes.

Die Krankenschwester im Krebszentrum sah nicht von ihrer Illustrierten hoch, als er nach Isa fragte.

»Zimmer 203. Vasen stehen hinten im Regal vom Aufenthaltsraum.«

Can klopfte mehrfach vergeblich an der Tür des Krankenzimmers und drückte dann behutsam die Klinke herunter. Isa lag alleine. Sie hatte die Vorhänge zugezogen und starrte auf den Fernseher, in dem sich Vorzeige-Unterschichtler künstlich-erregt anpöbelten. Ihr Gesicht war käsig, die Haare zerlegen. Neben dem Bett stand ein Infusionsständer, an dem Beutel mit undefinierbaren Flüssigkeiten hingen.

»Hi«, sagte Can. »Wie geht's?«

Isa wandte den Blick zu ihm und zuckte zusammen.

»Hau ab«, zischte sie. »Lass mich allein. Geh weg.« Ihre Hände verkrampften sich in der Decke. Der Ring an ihrer Hand hatte das gleiche stumpfe Grau wie ihre Augen.

Can stand vollkommen still.

»Sag mal, kapierst du nicht, was ich sage? Du sollst abhauen. Los, raus! Ich will nicht, dass du hier bist. Verschwinde endlich!«

»Alles okay bei Ihnen, Frau Kurzeck?« Der Arzt war ins Zimmer getreten, ohne dass sie ihn gehört hatten.

Isa sah den Arzt einen Moment lang verständnislos an. Dann lachte sie harsch. »Ob bei mir alles okay ist? Abgesehen davon, dass Sie mir beide Brüste und die Eierstöcke entfernt haben, ist bei mir alles okay, Herr Doktor. Danke der Nachfrage. Darf ich jetzt wieder alleine sein? Bitte?«

Can ging aus dem Zimmer. Auf dem Flur ließ er sich auf einen speckigen, beigen Kunststoffstuhl fallen und vergrub den Kopf in den Händen. Plötzlich stand der Arzt vor ihm.

»Sie sind ihr Freund?«

»Wir wohnen zusammen«, sagte Can. »Ich war weg. Ich bin heute zurückgekommen. Ich hatte keine Ahnung.« Er begann unbeherrscht zu schluchzen. Der Arzt reichte ihm ein Taschentuch und wartete, bis er sich beruhigt hatte.

»Sie lieben sie«, sagte er. Eine Tatsachenfeststellung, keine Frage.

Can nickte.

Der Arzt drehte sich von ihm weg zum Fenster. Er war um die fünfzig, mit gebeugten Schultern und grauen Strähnen im dunklen Haar.

»Sie dürfen ihr Verhalten nicht persönlich nehmen«, sagte er nach einer Weile. »Sie meint nicht Sie.« Er wandte sich wieder zu Can. Seine Augen hinter der Hornbrille waren sehr müde. »Versuchen Sie erst gar nicht, sich in sie hineinzuversetzen. Kein Gesunder kann verstehen, was in einem Menschen mit dieser Diagnose vorgeht. Stellen Sie sich einfach vor, Sie hätten es nicht mit einem

Menschen zu tun, sondern mit einem Tier, das schwer verletzt in einer Falle sitzt. In seiner Angst stellt es sich wahlweise tot, oder es schlägt wild um sich. Wenn Sie Glück haben, schaffen Sie es, dem Tier zu vermitteln, dass es da nur rauskommt, wenn es Sie an sich heranlässt. Darum geht es. Das ist Ihre Aufgabe. Mehr können Sie nicht für ihre Freundin tun.« Der Arzt schwieg einen Moment. »Sie ist hart im Nehmen«, sagte er dann. »Sie wird es schaffen. Aber Sie, Sie werden dabei möglicherweise auf der Strecke bleiben. Besser, Sie kalkulieren dieses Risiko ein. Alles Gute.«

Er wandte sich ab und entfernte sich in Richtung Schwesternzimmer. Seine Schuhe quietschten auf dem abgetretenen Linoleum.

An die Wochen danach hatte Can nur flüchtige Erinnerungen. Er bestand die Aufnahmeprüfung bei der Polizei. Tagsüber saß er mit den anderen Laufbahnanwärtern in der Fachhochschule und paukte Kriminalistik, Eingriffsrecht, Strafrecht und andere Dinge, von deren Existenz er bis dahin wenig Vorstellung gehabt hatte. Er machte mehr Sport als je zuvor in seinem Leben. An den Abenden war er im Krankenhaus und ließ sich von Isa anschweigen. Der Krankenhausgeruch setzte sich in seinen Kleidern fest. Oft dachte Can an den Ratschlag des Arztes und glaubte genau zu wissen, was der Mann ihm hatte sagen wollen.

Als Kind, während eines scheinbar endlosen Sommers auf den Prinzeninseln, hatte er sich in den Kopf gesetzt, die große Smaragdeidechse zu zähmen, die in der Gartenmauer hinter dem Haus seiner Großeltern lebte. Sein Großvater hatte ihn gewarnt, die Echse würde den Schwanz abwerfen, wenn Can sie anfasste, aber er hatte sich davon nicht abbringen lassen. Jeden Tag hatte er stundenlang regungslos vor der Mauer gehockt, die Hand mit ein paar Krumen Weißbrot flach ausgestreckt. Die Eidechse hatte ihn erst ignoriert und dann lange aus einiger Distanz mit schräggestelltem Kopf beobachtet. Nach zwei Wochen hatte sie sich behutsam vorgewagt und die ersten Krumen aus Cans Hand gezüngelt. Gegen Ende der Ferien war sie ohne Scheu auf seinem Arm bis zur Schulter hochgelaufen. Im Jahr darauf war die Echse nicht mehr da gewesen, und

Can hatte diese Episode vollkommen vergessen. Jetzt, in den Wochen, in denen er Abend für Abend an Isas Bett saß, während sie auf den Fernseher starrte und sich weigerte, seine Gegenwart zur Kenntnis zu nehmen, träumte er fast jede Nacht von dem blaugrün irisierenden Reptil, das mit vogelleichten Krallen auf seiner Haut Halt gesucht hatte, um ihm aus der Hand zu fressen.

Ende September kam Isa aus dem Krankenhaus. Kurz darauf begann die Chemotherapie. Isas Haare fielen in dicken Strähnen aus. Sie vertrug die Medikamente nicht, was die Ärzte nicht davon abhielt, das Gift Woche für Woche in ihren Körper zu pumpen. Isa konnte kein Essen bei sich behalten und magerte ab, bis die Knochen unter der spröden, schuppigen Haut spitz hervortraten. Wenn sie nachts kotzend über dem Klo hing, hielt Can ihr den Kopf und reichte ihr frisches Wasser und weiche, in Dampf vorgewärmte Tücher, die nach Mandarinen- und Lavendelöl dufteten.

Isa hatte nie viele Freunde gehabt, jetzt wurden es noch weniger. Umso mehr überraschte es Can, wer sich als beständig erwies: Die frisch von ihrem Mann verlassene, ganzkörpertätowierte Nina schaffte es, trotz drei Kleinkindern und einem knüppelharten Tresenjob, mindestens einmal in der Woche vorbeizuschauen. Bibi, Isas durchgeknallte Stewardessenfreundin, der Can bis dahin nicht viel mehr Substanz als rosa Zuckerwatte zugetraut hatte, war immer da, wenn sie nicht fliegen musste. Ansonsten jedoch schien Isa in ein Vakuum gefallen zu sein. Niemand rief an, niemand kam vorbei.

Einmal traf Can auf dem Heimweg von der Polizeihochschule eine Bekannte von früher.

»Wie geht es Isa denn so?«, fragte sie leichthin.

»Melde dich mal bei ihr. Ich glaube, sie würde sich freuen«, sagte Can.

»Ach nee, weißt du, mit Krankheit kann ich nicht so.« Die Frau lächelte ihn an, offen, ohne einen Anflug von Scham. »Grüß sie von mir, ja?«

Sie winkte kurz und fuhr auf ihrem Hollandrad davon.

Mitte November fand Can Isa mit aufgeschnittenen Pulsadern

am Küchentisch. Es war bloßer Zufall, dass er an diesem Abend früher vom Sport zurück war. Eine Viertelstunde später, und Isa wäre tot gewesen. So überlebte sie knapp. Nach dem Selbstmordversuch wurde sie routinemäßig in die Psychiatrie eingewiesen. Can besuchte sie auch dort, wann immer er konnte. Einmal kam er genau in dem Moment, als Robert Isas Zimmer verließ. Er trug einen seiner altmodischen Anzüge und hatte seine Fotoausrüstung dabei.

»Was wollte der hier?«, fragte Can, als er mit Isa allein war.

»Ich habe ihn hergebeten. Ich wollte ihn sehen.« Isa zappte zum nächsten Privatsender.

»Und, hat unser Großkünstler wieder ein paar schöne Fotos von dir zum Verticken geschossen?«

»Hör auf zu nerven, Can. Du störst mich beim Fernsehen.«

Can war aufgestanden und gegangen. Danach war er nicht mehr ins Krankenhaus gefahren. Die Eidechsenträume hatten so schlagartig aufgehört, wie sie gekommen waren.

Das war ewig her. Die Zeit seitdem war schnell vergangen. Schneller jedenfalls als diese endlose Nacht in einer kalten Scheune irgendwo im rumänischen Nichts. Can wickelte sich enger in seine Decke und fiel in einen unruhigen Schlaf.

15

Gegen sieben wurden sie von Esther geweckt. Can wühlte sich schlaftrunken aus dem Heu und stand kurz darauf mit seinen Mitfahrern im Hof.

Esther zeigte auf einen Pumpenschwengel. »Da können sich die Leute waschen«, sagte sie zu Mark. »In der Küche gibt es Frühstück.« Ihre Stimme klang hart, ihr Gesicht war bleich und verschlossen.

Das Wasser war eiskalt. Can trocknete sich ab und sah sich um. Das Hoftor war immer noch mit den Riegeln verrammelt. Die Hunde lagen zusammengerollt im Schatten eines rostigen Kombis. Dahinter begann ein langer, schmaler Gemüsegarten, der von einer mannshohen Mauer umgeben war. Jenseits der Mauer erhob sich ein steiler Weinberg. Das erste Gelb des Weinlaubs leuchtete in der Morgensonne unter den bleifarbenen Wolken, die sich über dem Hang zusammenballten.

Can wandte sich um und ging zum Haus. Der Weinstock an der Hauswand war schwer von dunklen Trauben. Auf der Veranda hingen Maiskolben, Paprika und Knoblauchzöpfe neben vom Waschen ausgebleichter und immer wieder geflickter Arbeitskleidung. Drinnen, in der Küche, standen Brot, Butter und kleine Käselaibe mit glänzender, hellbrauner Rinde auf dem Küchentisch. Dazu eine Kanne Kaffee und Milch.

Can setzte sich zu seinen Mitfahrern auf die Bank. Esther saß ihm gegenüber, neben ihr, in einem hohen Kinderstuhl, ein etwa einjähriger Junge mit dunklen Augen und schwarzem Haar. Judith, Jakob und ihr Vater fehlten.

Judiths Mutter faltete die Hände und schloss die Augen.

»Herr, wir sind von allen Seiten bedrängt, aber wir ängstigen uns nicht«, betete sie. »Uns ist bange, aber wir verzagen nicht. Wir leiden Verfolgung, aber wir werden nicht verlassen. Der Gerechte muss viel erleiden, aber aus alledem hilft ihm der Herr.«

»Amen«, sagte Esther bockig und begann den kleinen Jungen zu füttern.

Abgesehen von dem zufriedenen Glucksen des Kindes, herrschte Schweigen. Can und die anderen aßen ihre Brote ohne hochzusehen. Das Mädchen in der gelben Jacke rührte unausgesetzt in ihrem Kaffee. Das Scharren ihres Löffels auf dem Grund der schweren Steinzeugtasse füllte die Küche.

»Haben Sie gut geschlafen?«, fragte Judiths Mutter an Mark gewandt.

»Die Hunde waren unruhig.«

»Ein paar junge Leute sind in unseren Gemüsegarten eingestiegen. Das machen sie halt so hier in den Dörfern um die Jahreszeit. Man muss sie lassen.« Judiths Mutter sah übernächtigt aus.

Esther schob abrupt ihren Stuhl zurück, hob das protestierende Kind aus dem Stuhl und ging nach draußen.

»Judith ist mit den Männern auf dem Feld«, sagte ihre Mutter zu Mark. »Sie wird bald zurück sein.«

»Kein Problem«, sagte Mark.

Das Mädchen mit der gelben Jacke hatte mit dem Rühren aufgehört.

Minutenlang war es still. Eine Wespe prallte immer wieder gegen die Scheibe des Küchenfensters. Judiths Mutter schmierte Brote und packte sie in die Kühlboxen. Dann stellte sie eine große Waschschüssel voller Bohnen auf den Küchentisch und begann die glänzenden, schwarzrot gesprenkelten Kerne aus den wattigen Schoten zu palen. Die beiden Frauen aus dem Bus beobachteten sie. Schließlich machte eine der beiden ein Zeichen, dass sie helfen wollte. Wortlos schob Judiths Mutter die Schüssel in die Mitte des Tischs. Die Männer auf der Bank waren schon wieder eingenickt.

Gegen halb neun kam Judith vom Feld zurück. Sie trank an den Herd gelehnt einen Kaffee. Dann griff sie nach den Kühlboxen und nickte in Marks Richtung.

»Lass uns fahren.«

Can stieg mit den anderen in den Bus. Judith umarmte ihre Mutter, sie schwang sich auf den Fahrersitz und rangierte den Wagen über die Betonbrücke zurück auf die Straße. Das Dorf lag abweisend und menschenleer im klaren Morgenlicht. Die Fenster der meisten Häuser waren vernagelt.

Kurz darauf waren sie wieder auf der Hauptstraße und reihten sich in den endlosen Treck von Lastwagen auf dem Weg nach Süden ein. Judith zündete sich eine Zigarette an.

»Warum nehmen wir nicht die Autobahn?«, fragte Mark.

Judith lachte. »Das ist die Autobahn, Schatzerl. Schau's dir genau an. Das ist unser nationaler Beitrag zum Paneuropäischen Korridor IV. Und wenn du wissen willst, was mit den EU-Geldern für den Ausbau der rumänischen Infrastruktur passiert ist, wendest du dich am besten an Leute wie den da.« Sie zeigte auf den Fahrer des Porsche Cayenne, der rechts an ihnen auf der löchrigen Betonpiste vorbeizog.

Judith gab Gas. Wie die Schwerlaster vor und hinter ihnen fuhr sie konsequent Tempo hundert, auch innerorts. Schlaglöcher umfuhr sie haarscharf, ohne die Geschwindigkeit zu drosseln. Das Konzept des Sicherheitsabstands schien ihr ebenso fremd wie den anderen Verkehrsteilnehmern.

»Du fährst einen ganz schön heißen Reifen«, sagte Mark nach einiger Zeit.

»Angepasste Fahrweise.« Mit ihrer schwarzen Sonnenbrille und der Kippe im Mund sah Judith aus wie die Heldin in einem Roadmovie.

Mark presste die Lippen zusammen und schloss die Augen.

Can sah aus dem Fenster. Das Fahrverhalten der Rumänen forderte unübersehbar seinen Tribut. Überall entlang der Strecke standen Kreuze mit verwelkten Blumen und ewigen Lichtern. Hunde-

und Katzenkadaver säumten den Straßenrand. Offensichtlich machte sich niemand die Mühe, die geplätteten Körper wegzuschaffen.

Die frischen Reste eines Hundes drängten in Cans Gesichtsfeld. Can registrierte den zermalmten Schädel, gesplitterte Knochen und herausquellende Eingeweide. Plötzlich hatte er Jossif Babatov vor Augen.

»Ich komme mit leeren Händen zurück. Ich bin kein Mann. Ich bin ein Nichts«, hatte der Junge bei ihrem letzten Gespräch gesagt. Mit einem Mal fragte sich Can, ob Babatov wirklich nur aus Angst vor seinen Verfolgern vor den Zug gesprungen war, oder ob er in diesem Moment nicht auch der alles auslöschenden Scham nachgegeben hatte, von der Judiths Vater am Abend zuvor gesprochen hatte.

Can sah wieder nach draußen. Er betrachtete die Landschaft. Der ultramarinfarbene Himmel spannte sich weit über abgeernteten Weizenfeldern und golden überhauchten Weinbergen. Dazwischen immer wieder Hecken und Gemüsegärten. Dort, wo sich der Horizont in zartblauem Dunst verlor, zeichneten sich die Türme einer mittelalterlichen Festung ab.

Irgendwann fielen Can die Augen zu. In den nächsten Stunden wachte er allenfalls auf, wenn Judith besonders scharf bremste oder laut hupend zu einem Überholmanöver ansetzte. In diesen wachen Momenten sah Can scharfe Serpentinen und schroff abfallende Hänge. Der Bus war immer noch Teil des Lkw-Trecks, der sich jetzt Stoßstange an Stoßstange durch die Berge kämpfte. Die Schwerlaster minderten ihr Tempo allenfalls in den Steigungen, oder dort, wo nach dem Regen des Vortags Steinbrocken abgegangen waren. Kurven waren zum Schneiden da, ständig versuchte jemand zu überholen. Judith umklammerte den Lenker mit weißen Knöcheln. Marks Gesichtsausdruck war angestrengt. Can schloss die Augen und konzentrierte sich auf seinen Atem.

Am frühen Nachmittag lagen die Berge hinter ihnen. Judith fuhr auf einem Rastplatz neben einem schnell fließenden Bach und verteilte Wasser und die Brote aus den Kühlboxen. Nach einer halben Stunde

254

ging es weiter, immer in Richtung Südosten, hinein in die Tiefebene, die sonnenverbrannt vor ihnen lag.

Die Stimmung zwischen Mark und Judith hatte sich etwas entspannt.

»Deine Eltern sind ganz schön religiös, oder?«, sagte Mark irgendwann.

Judith zuckte mit den Schultern. »Sie stehen mit dem Rücken zur Wand. Was sollen sie machen.«

»Ihr habt doch den Hof«, sagte Mark.

Judith zog den Wagen scharf nach rechts in die nächste Haltebucht.

»Sag mal, du hast echt keine Ahnung, was hier im Land abgeht, oder?«, fragte sie.

Mark sah sie verständnislos an.

Judith schüttelte den Kopf. Sie wies nach draußen. »Was siehst du da?«

»Weiß nicht. Ein abgeerntetes Feld?«

»Richtig«, sagte Judith. »Fällt dir sonst noch was auf?«

Mark zögerte. »Die Erde sieht ziemlich dunkel aus. Meinst du das?«

»Bravo. Das ist ›Tschernosem‹. Schwarzerde. Der fruchtbarste Ackerboden überhaupt. Den gibt es nur in ganz wenigen Regionen auf der Welt. Rumänien ist eine davon. Zufällig sind wir aber auch eines der ärmsten Länder in Europa. Bei uns kostet der Hektar zweitausend Euro. In Westeuropa zahlst du das Drei- bis Fünffache für schlechtere Böden. So, und was meinst du, passiert hier seit ein paar Jahren?«

Mark zuckte die Schultern.

»Landraub. Schon mal von gehört? Ausländische Investoren kaufen unser Land auf. Hektarweise. Deutsche, Österreicher, Franzosen. Araber, Chinesen. Sie luchsen den Bauern die Felder ab, legen die Flurstücke zusammen und bewirtschaften das Land dann maschinell. ›Entwicklung des ländlichen Raums‹ heißt das bei der EU. Dafür gibt es fette Subventionen.« Judith war jetzt sichtlich in Fahrt.

»Das sind vollindustrielle Agrikonzerne. Gegen die haben wir mit unserem Sieben-Hektar-Hof null Chance.«

»Aber für Kleinbauern gibt es doch extra eigene Förderprogramme«, sagte Mark.

»Klar«, sagte Judith. »Aber in die kommst du nur, wenn du eigene Sicherheiten stellst, und das Geld haben wir genauso wenig wie die anderen Kleinbauern hier.«

»Dann müsst ihr euch eben in einer Genossenschaft zusammenschließen. In einem Kollektiv, oder so.«

»In einem Kollektiv?« Judith musterte Mark amüsiert. »Hey, wach auf. Das hier ist Rumänien. Ceauşescu hat sich seine Agrarstrategie in Nordkorea abgeschaut. Kein Witz! Erzähl den Leuten bei uns, sie sollen ein Kollektiv gründen, und die bestellen dir dein Erschießungskommando.«

In den nächsten anderthalb Stunden schwiegen die beiden. Judith rauchte verbissen und fuhr noch sportlicher als zuvor. Mark hatte die Augen geschlossen. Can starrte auf die endlosen Felder, die draußen vorüberrauschten. Mais, Sonnenblumen, Soja, wieder Mais.

An einer Dorftanke machten sie Pause. Judith kümmerte sich um den Wagen, Can und seine Mitfahrer vertraten sich die Beine auf dem Dorfplatz. Auch hier waren die Fenster vieler Häuser vernagelt. Eine alte Frau jätete Unkraut in ihrem Garten, ein paar Gänse liefen über die Straße, sonst schien der Ort wie ausgestorben.

Mark stand vor dem schwarzen Brett der Gemeinde und starrte auf die Verlautbarungen, die dort angepinnt waren. Judith stellte sich neben ihn, sah kurz auf die Anschläge und riss sie dann herunter.

»Arschlöcher«, sagte sie kaum hörbar.

Mark starrte Judith verständnislos an.

»Ich muss noch Pipi. Wir treffen uns am Wagen.« Judith ging zurück zur Tanke.

Die alte Frau in ihrem Garten schimpfte in Marks Richtung. Mark zuckte entschuldigend mit den Schultern. Einer der Zettel, den Judith heruntergerissen hatte, wehte zu Can herüber. Er hob ihn auf. Dünnes, fleischfarbenes Papier. »ATENȚIE!« in fetten Groß-buchstaben, darunter zwei Blöcke Kleingedrucktes auf Rumänisch, am Ende eine Menge offiziell aussehender Siegel, Stempel und Unterschriften. Unauffällig dazwischen ein Logo, das Can vage be-kannt vorkam: eine stilisierte Sonne über rollenden Hügeln mit Ackerfurchen. Can zerknüllte den Zettel. Als er zum Wagen zurück-ging, sah er, dass Judith ihn vom Fahrersitz aus beobachtete.

Kurz darauf waren sie wieder auf der Straße nach Süden. Entlang der Strecke standen vereinzelt große Plakatwände in den Feldern: *Rabobank, Bardeau Holding, Agrarius AG*. Aus den Logos wurde nicht klar, was die Firmen herstellten oder bewarben. Plötzlich ein Plakat mit einer stilisierten Sonne über rollenden Hügeln mit Ackerfurchen. *Fields of Plenty – We love organic farming!*

Das gleiche Logo, das auf dem Aufruf in dem Dorf zwischen den amtlichen Siegeln gestanden hatte und das Can so bekannt vor-gekommen war. Und jetzt, wo er den Firmennamen sah, wusste er auch wieder, woher. Genau dieses Logo und diese Firma hatten auf dem Handelsregisterauszug gestanden, den Sibel ihm geschickt hatte. Fields of Plenty, so hatte die bulgarische Aktiengesellschaft geheißen, die Rich Harvest aufgekauft hatte. »Fuck!« Can sog scharf die Luft ein und schlug unwillkürlich mit der Faust gegen die Rück-lehne des Beifahrersitzes.

»Alles okay, dahinten?« Mark drehte sich zu ihm um.

Can deutete eine Entschuldigung an.

»Spast«, sagte Mark.

Judith warf Can einen forschenden Blick zu. Dann wandte sie sich wieder nach vorn. Draußen begann es zu dämmern.

Judith deutete auf das Neonschild einer deutschen Supermarkt-kette, das inmitten der Felder aufglühte. »Wir brauchen noch Sa-chen fürs Abendbrot«, sagte sie.

Fünf Minuten später standen sie auf dem Parkplatz eines gigan-tischen Einkaufszentrums. Judith sprang vom Fahrersitz.

»Du hältst hier die Stellung«, sagte sie zu Mark. »Ich bin in einer halben Stunde zurück.« Dann zeigte sie auf Can und bedeutete ihm, mitzukommen. Er schälte sich aus seinem Sitz und folgte Judith zum Eingang der Mall.

Drinnen war die Luft eisgekühlt. Kunstlicht spiegelte sich in makellos glänzenden Fliesen. Aus unsichtbaren Lautsprechern perlte eine Instrumentalversion von *Back to Black*.

Judith hastete im Laufschritt durch die Gänge, vorbei an schicken Markenshops. Vor einer italienischen Kaffeebar blieb sie stehen.

»Setz dich.« Judith deutete auf einen der wuchtigen Kunstledersessel. Can folgte ihrer Anweisung. Die Kellnerin beobachtete sie gelangweilt und machte keine Anstalten, zu ihnen herüberzukommen.

»Was nimmst du?«, fragte Judith.

Can tat, als würde er nicht verstehen.

»Hör auf mit dem Theater. Sag, was du willst.«

»Ginger Ale. Mit Eis und Zitrone.«

»Geht doch.« Judith ging zum Bestellen an die Theke. Sie brachte ein Schälchen Chips mit und platzierte es zwischen ihnen auf dem Kaffeetischchen aus Tropenholzimitat. Dann sah sie Can an.

»Okay. Wer bist du?«

Can starrte auf die Tischplatte. »Can Arat«, sagte er endlich. »Kripo Köln.«

»Da schau her. Ein Kieberer.« Judith lachte. »Warum bist du hier?«, fragte sie, plötzlich wieder ernst.

»In Köln sind vier Roma umgebracht worden. Ein fünfter hat sich vor den Zug geworfen. Alle aus Bulgarien. Außerdem ist da noch eine Sozialarbeiterin, die euer Netzwerk mit aufgebaut hat. Die ist seit dem Frühjahr tot.«

»Marie«, sagte Judith. »Die habe ich gekannt.«

Die Kellnerin knallte ihre Getränke auf den Tisch. Im Gehen zischelte sie etwas in Judiths Richtung.

»Was hat sie gesagt?«, fragte Can.

»Zigeunerhure.« Judith lächelte ihn an und griff nach den Chips.

»Erzähl mir was über Fields of Plenty«, sagte Can.

Judith zuckte mit den Schultern. »Die kaufen seit ein paar Jahren

Land auf. Mit den gleichen Tricks wie die anderen auch. Sie schmieren die Dorfbürgermeister, damit die die Ankaufaktionen wie öffentliche Pflichttermine bewerben. Die Plakate in dem Dorf hast du ja gerade gesehen. Die alten Leute fallen darauf rein. Die gehen da hin und denken, sie unterschreiben einen Pachtvertrag. Tatsächlich sind das aber Abtretungsverträge. So haben sie es jedenfalls bei uns im Nachbardorf gemacht. Da haben sie dann einen perfekt durchorganisierten Ökogroßbetrieb aus dem Boden gestampft. Mit Bio-Subventionen aus Brüssel.«

Judith quetschte die Zitronenscheibe mit einem Eiswürfel gegen die Wand ihres Glases, bis das Fruchtfleisch zerfasert und milchig in ihrer Cola trieb. »Für meinen Vater und die anderen Bauern bei uns war das eine Katastrophe«, sagte sie. »Wir wollten dann wenigstens wissen, wer hinter dem Laden steckt.«

»Und?«

»Die gleichen, die sich in dem Dorf einkaufen wollen, wo wir vorhin waren. Die ›Fields of Plenty Western Empire S. A.‹ Eine rumänische Aktiengesellschaft. Die Aktien hält eine internationale Kanzlei als Treuhänder.«

»Mit Büro auf Malta?«, fragte Can.

»Möglich«, sagte Judith. »Warum?«

Can zuckte mit den Schultern. »Wer ist im Vorstand von Fields of Plenty?«, fragte er.

»Terence Harriss«, sagte Judith. »Architekt aus Liverpool. Den kennst du vielleicht. Baut gerade ein neues Fußballstadion in Köln.«

Can nickte.

»Am Anfang haben wir uns keinen Reim drauf machen können, warum ein englischer Stararchitekt in Rumänien auf Biobauer macht«, sagte Judith. »Bis im nächsten Frühjahr klar war, dass Fields of Plenty keine Verwendung für die Landarbeiter hatte, die vorher im Sommer auf den Feldern gearbeitet haben. Das machen jetzt alles Maschinen. Genau um die Zeit ist ein Anwerber aus Deutschland im Dorf aufgetaucht und hat den Leuten Jobs angeboten.«

»In Köln. Beim Stadionbau«, sagte Can.

Judith lächelte bitter. »Erst vernichtet der Mann mit EU-Geldern Arbeitsplätze bei uns, und dann führt er die Leute einer gewinnbringenden Verwendung in seinen Unternehmungen im Westen zu. Der perfekte Wertschöpfungskreislauf. Und Harriss ist sicher nicht der Einzige, der so arbeitet.«

Can strich sich mit dem Finger über die Narbe an seinem Kopf. Unter den Haarstoppeln konnte er die schorfigen Wundränder deutlich spüren.

»Es gibt noch eine zweite Fields-of-Plenty-Aktiengesellschaft«, sagte er. »Aber in Bulgarien. Die Fields of Plenty Eastern Empire A. D.«

»Unter der Weltherrschaft tun die's nicht, oder?«, sagte Judith sarkastisch. »Und womit verdienen die Herren im Ostreich so ihr Geld?«, fragte sie dann.

»Agri-Business, genau wie hier.«

»Weshalb bist du an denen dran?«

»Die haben Rich Harvest übernommen.«

»Niemals!«, fuhr Judith auf. »James und Noemi lassen sich nicht kaufen. Schon gar nicht von solchen Leuten.«

»Sie haben ihre Kredite nicht mehr bedienen können«, sagte Can. »Schon länger nicht mehr.«

Judith schwieg. Can konnte sehen, wie es in ihr arbeitete.

»Wann?«, fragte sie endlich.

»Letzten Herbst.«

»Und wieso haben die uns das nicht gesagt? Wir bringen da immer noch Leute hin. Was passiert denn dann mit denen?«

Can zuckte die Schultern.

»Verstehe.« Judith zog die Linie einer blanken Fliese mit der Kante ihres schlammverkrusteten Trekkingschuhs nach. Ihr Handy klingelte. Sie drückte den Anruf weg.

»Weiß Mark, dass du ein Bulle bist?«, fragte sie.

Can schüttelte den Kopf.

»Was soll's. Der kriegt eh nichts mit.« Judith legte ein paar Scheine auf den Tisch. »Kommst du?«

Der Supermarkt hatte gigantische Ausmaße. Angestellte in adretten Uniformen zogen auf Rollerskates lautlos ihre Bahnen durch neonbeleuchtete Regalschluchten. Sie balancierten Kartons auf den Armen und stoppten ab und zu, um leere Verpackungen auszuräumen.

Judith packte Maisgries und Wasserflaschen in den Wagen. In der Abteilung für Milchprodukte suchte sie lange nach Sauerrahm von einem rumänischen Hersteller. Sonst standen fast nur französische und deutsche Marken im Regal. Sie zahlten und gingen zurück zum Wagen. Draußen war es inzwischen vollkommen dunkel, aber der Parkplatz war immer noch hell erleuchtet. Mark kam ihnen schon von Weitem entgegen.

»Sag mal, hast du sie noch alle?«, fuhr er Judith an. »Du gehst mal eben kurz einkaufen, und dann sitzen wir hier eine Stunde rum, und dein Handy ist aus.«

»Wo genau ist das Problem?«

»Die Leute da haben keine Lust, hier rumzustehen, bis du von deiner kleinen Shoppingtour zurückkommst. Hast du mal darüber nachgedacht, was da alles passieren kann?«

»Was denn?« Judith sah Mark ungerührt an.

»Ich bin allein. Die sind zu siebt.«

Judith sah zum Bus. Die Insassen schienen zu schlafen.

»Sieht jetzt nicht gerade nach der Meuterei auf der Bounty aus.« Sie begann die Einkäufe im Wagen zu verstauen. Can stellte die Wasserflaschen ab und half ihr.

Plötzlich tauchte ein kleiner dunkler Junge neben ihnen auf. Er zupfte Judith an den Kleidern und redete laut und fordernd auf sie ein. Judith ignorierte sein Betteln. Allenfalls die plötzliche Härte in ihrem Gesicht wies darauf hin, dass sie den Jungen überhaupt wahrnahm. Der Junge ließ von Judith ab und klammerte sich mit wilden Klagelauten an Marks Hosenbeine. Die Augen unter den flatternden Lidern waren blutunterlaufen. Unkontrolliert herabrinnende Tränenflüssigkeit bahnte helle Linien durch das schmutzverschmierte Gesicht. Um die Nase und den Mund hatte der Junge merkwürdige

261

Krusten. In den zu einer grauen Matte verfilzten Haaren und auf den vor Dreck starrenden Klamotten glänzten Lackreste. ›Ein Schnüffler‹, dachte Can. Während seiner Zeit auf Streife in Chorweiler hatte er viele solcher Kinder gesehen. Wenn ihnen die Lösungsmittel erst einmal das Hirn weggeflämmt hatten, waren sie unberechenbar.

Der Junge schlug jetzt mit seinen Fäusten auf Marks Beine ein und stieß dabei hysterische Schreie aus. Mark stand vollkommen steif mit dem Rücken an den Wagen gepresst. Er sah aus, als würde er jeden Moment anfangen zu flennen. Die Leute im Bus waren aufgewacht und beobachteten die Szene.

Can packte den schrill kreischenden Jungen von hinten, drehte ihm mit einer schnellen Bewegung die Arme auf den Rücken und zog ihn dann von Mark weg. Dabei redete er beruhigend auf ihn ein. Als sie außer Sichtweite waren, ließ er den Jungen los und drückte ihm einen magentafarbenen Geldschein in die Hand. Das Gesicht des Kleinen leuchtete auf, dann drehte er sich um und rannte mit taumeligen Schritten vom Parkplatz.

Judith wartete an den Wagen gelehnt. Can stieg in den Bus, ohne sie anzusehen. Seine Mitfahrer wirkten, als hätten sie nichts mitbekommen. Mark saß auf dem Beifahrersitz, den Blick starr aus dem Seitenfenster gerichtet. Judith setzte sich hinters Steuer und lenkte den Wagen zurück auf die Straße nach Süden.

Eine knappe Stunde später hielten sie vor einem eingezäunten Stück Land außerhalb eines kleinen Dorfs. Nirgendwo brannte Licht. Judith öffnete das schwere Vorhängeschloss am Eingang und parkte den Bus auf einer Wiese. Sie verteilte Taschenlampen an Can und die anderen und gab ihnen ein Zeichen, ihr zu folgen. Die Lampen schnitten zittrige Schneisen durch die Dunkelheit. Es roch nach feuchter Erde und welkem Tomatenlaub. Leere Bohnenhülsen raschelten im aufkommenden Wind.

Nach etwa fünf Minuten kamen sie zu einem Haus. Judith ging vor und drehte die Sicherungen rein. Cans Augen gewöhnten sich nur langsam an die plötzliche Helligkeit. Es gab zwei Schlafsäle mit

Stockbetten, eine große Küche und zwei Waschräume mit Toiletten. Alles war peinlich sauber, aber es roch, als ob das Haus lange leer gestanden hatte. Judith öffnete die Fenster, teilte Handtücher, Bettzeug und Decken aus und zeigte, wie das Heißwasser funktionierte. Can duschte, dann zog er sich frische Klamotten über und ging in die Küche.

Judith stand an dem altertümlichen Gasherd, auf dem in einem hohen Emailletopf Wasser brodelte. Mark lehnte am Türrahmen und beobachtete, wie Judith Maisgries in das siedende Wasser rieseln ließ.

»Schon wieder Maisbrei?«, fragte er.

»Hummer war ausverkauft, sorry. Deckst du den Tisch?« Judith rührte den schnell eindickenden Brei in bedächtigen Achterlinien.

Mark nahm einen Stapel Suppenteller aus der Anrichte. Ein überraschend großer Hundertfüßler huschte zwischen dem Geschirr hervor über seine Hand. Mark ließ die Teller fallen. Judith drehte sich um und musterte ihn wortlos. Dann reichte sie ihm einen Besen. Mark kehrte die Scherben mit rotem Kopf zusammen. Seine Bewegungen waren ungeübt und steif. Can holte neue Teller und verteilte sie auf dem Küchentisch mit der abgenutzten Wachstuchtischdecke.

Judith ging mit einer Taschenlampe nach draußen. Sie kam mit Tomaten und Basilikum zurück und stellte beides zusammen mit dem Maisbrei, der sauren Sahne und einem Schüsselchen Salz auf den Tisch.

Can und seine Mitfahrer bedienten sich reihum. Das Mädchen mit der gelben Jacke war so geistesabwesend wie immer.

Nach dem Essen setzte sich Can auf eines der durchgesessenen Sofas auf der Veranda, rauchte und sah hinaus in die Dunkelheit. Später, auf seiner Pritsche im Männerschlafsaal, schlief er innerhalb von Minuten ein, nur um gegen vier mit Herzrasen hochzuschrecken. Es war stickig, einer der Männer schnarchte, und irgendwo im Hintergrund war der durchdringende Oberton eines Moskitos zu hören.

263

Can nahm die Wolldecke am Fußende seines Betts, schlich sich leise auf die Veranda und legte sich auf eines der Sofas. Anscheinend hatte es kurz zuvor heftig geregnet, der Geruch nach Erde war noch intensiver geworden, es hatte deutlich abgekühlt. Überall um sich herum hörte er Wasser rauschen und tropfen.

Fast war er schon in den Schlaf gedriftet, als er Stimmen hörte.

»Wie bist du eigentlich zum Netzwerk gekommen?« Judith stand etwa fünf Meter entfernt von Can ans Geländer der Veranda gelehnt. Ihre Zigarette markierte einen glühenden Punkt in der Dunkelheit.

»Über einen Kumpel«, sagte Mark. »Er meinte, er hätte das schon zweimal gemacht, und das wäre eine gute Sache.«

»Wie heißt der Kumpel?«

»Henning. Henning Overath, wieso?«

»Nie gehört«, Judith flickte die Asche ab. »Wie sieht der aus?«

»Normal«, Mark lachte unsicher. »Also eigentlich wie ich. Mitte zwanzig, meine Größe, kurze, blonde Haare. Eher so der Stoffhosentyp. Kommt ursprünglich aus Köln.«

»Woher kennt ihr euch?«

»Fußball. Wir gehen immer zusammen zu den Spielen.« Wieder lachte Mark. »Hätte ich echt nie gedacht, dass der sich noch für was anderes engagiert als für die Stellwerker. Der ist voll der krasse Fan. Das hat er von seinem Vater. Der hat Henning schon ins Stadion mitgenommen, als der noch im Kinderwagen lag. Würde man nicht erwarten von einem Anwalt mit fetter Wirtschaftskanzlei, oder?«

Judith schwieg. »Seit wann ist dieser Henning dabei?«, fragte sie nach einer Weile.

»Nicht lange. Februar oder so.«

»Kennst du sonst noch jemand aus dem Netzwerk?«

»Sollte ich?«

»War nur eine Frage.« Judith schnippte ihre Zigarette in den Garten.

Eine Zeit lang schwiegen beide.

»Das ist alles so schäbig hier«, sagte Mark auf einmal.

»Was meinst du?«

»Wie es hier aussieht. Wie ihr so lebt.«

Judith lachte auf. »Unsere Armut kotzt dich an. Ist es das, was du meinst?«

»Nein«, Mark klang gequält, »ich finde es nur total hart hier. Ich versteh nicht, wie das Land funktioniert. Ich kapier einfach die Regeln nicht.«

»Und in Deutschland ist das anders?«

»Du hältst mich für einen Vollidioten, oder?«

Judith stieß sich vom Verandageländer ab, sie glitt zu Mark und nahm ihn in die Arme. Mark war einen Moment wie erstarrt, dann legte er seine Arme unbeholfen um Judith. Minutenlang standen die beiden ganz still. Schließlich hob Judith ihren Kopf und strich Mark sanft übers Gesicht.

»Judith …«, flüsterte Mark.

Judith schüttelte den Kopf und löste sich behutsam aus seiner Umarmung. »Das wird zu kompliziert. Lass uns reingehen. In drei Stunden müssen wir los.«

Sie verschwand nach drinnen. Mark blieb mit hängenden Schultern im Dunkeln stehen.

Can rollte sich tiefer in seine Decke und schlief ein.

16

»Kaffee?« Judith hielt Can eine Blechtasse hin.

Can nickte und setzte sich auf. Die Sonne war gerade aufgegangen und kämpfte sich mühsam durch dunkle Regenwolken. Ein vereinzelter Schnarcher drang aus dem Schlafsaal nach draußen, ansonsten war es still. Judith lehnte am Verandageländer und rauchte.

»Seit wann bist du hier draußen?«, fragte sie.

»Kurz nach vier.«

Judith wurde rot. »Hast du uns gehört?«

Can nippte an seinem Kaffee, der heiß war und stark gezuckert. »Die Jungs, die in Köln die Bulgaren-Baustellen bewachen, sehen genauso aus, wie Mark seinen Freund Henning beschrieben hat«, sagte er. »Und auf Fußball stehen die auch.«

»Ich sag unseren Leuten, dass wir sofort aussteigen müssen.« Judith stand mit dem Rücken zu Can und sah hinaus in den Garten. »Ich bin nur noch bis zur Grenze dabei. Dann übernimmt ein anderer Fahrer«, sagte sie schließlich und drehte sich wieder zu Can. »Gibst du mir Bescheid, wenn du das hier zu Ende gebracht hast? Andi hat meinen Kontakt.«

»Mach ich.«

Judith ging zurück ins Haus.

Zwei Stunden später waren sie wieder auf der Straße. Der Regen fiel gleichmäßig und stark. Die Landschaft schien nur noch aus Schlammtönen zu bestehen. Auf dem Ring um Bukarest stand der Verkehr still. Das Wasser staute sich auf dem Asphalt. Immer wieder versank der Bus bis zu den Achsen in der schwarzbraunen Brühe. Judith rauchte. Mark schlief, wie die meisten anderen im Wagen. Can starrte in das Zwielicht draußen.

Am Straßenrand stand ein ausgemergelter Hund und sah ihn an. Für einen langen Moment verschränkten sich ihre Blicke, dann trat Judith aufs Gas und schob den Transporter in eine Lücke zwischen zwei Lastwagen. Der Regen wurde stärker. Can hörte auf das gleichmäßige Quietschen der Scheibenwischer. Er schloss die Augen. Seine Gedanken drifteten ab und waren im nächsten Moment wieder bei Isa.

Zwei Wochen nach ihrem Selbstmordversuch waren Isas Eltern damals in der Klinik aufgetaucht. Isas Vater war schweigsam, ein schmaler, hochgewachsener Mann in teurem Anzug, mit kurzgeschorenem, rotblonden Haar und grauen Augen, in denen kein Gold mehr zu finden war. Can wusste, dass er im Vorstand irgendeines DAX-Konzerns war. Isa hatte einmal erzählt, dass es ihr Vater gewesen war, der sie darauf geeicht hatte, nicht das Feuilleton, sondern den Wirtschaftsteil der Zeitung zu lesen. Ihre Mutter, eine aus dem Leim gegangene Dorfschönheit mit bitterem Zug um den Mund, hatte Isa nie erwähnt. Und jetzt standen diese Eltern also von einem Tag auf den anderen in der Klinik. Sie machten Druck auf die Ärzte, erwirkten Isas vorzeitige Entlassung aus der Psychiatrie und brachten ihre Tochter dann für zwölf Wochen in ein privates Sanatorium im Tessin.

Die Frau, die von dort zurückkam, hatte nichts mehr mit der Isa gemein, die Can kannte. Äußerlich war sie zwar wiederhergestellt, sah man von ihrem Haar ab, das nicht mehr rotblond und gelockt, sondern aschfarben und glatt nachgewachsen war, innerlich hingegen war Isa von einer plötzlichen Härte, die Can erschreckte und insgeheim abstieß.

Sie frühstückten nicht mehr zusammen, stattdessen ging Isa jetzt jeden Morgen laufen und kam erst zwei Stunden später wieder zurück. Nach dem Duschen bereitete sie sich sorgsam die erste Tagesration einer genau ausgezirkelten Diät zu und verschwand dann

grußlos in ihrem Zimmer, das sie tagsüber nur noch zur Nahrungs-
aufnahme und zu gelegentlichen Gängen zum Klo verließ. Jeden
Abend trainierte sie in einem Aikido-Dojo im Friesenviertel und zog
sich dann für die Nacht wieder in ihr Zimmer zurück. Sie telefonierte viel mit ihrem Schweizer Verehrer Max und dem Osteuropäer
in London, manchmal auch mit Nina. Ansonsten schottete sie sich
ab. Mit Can sprach sie in dieser Zeit nur das Allernötigste. Der einzige Mensch, der in dieser Zeit überhaupt zu Isa durchzudringen
schien, war Bibi. Sie war es, mit der sich Isa zu stundenlangen Un-
terredungen in ihr Zimmer zurückzog. Bibi war es, die eines Tages
einen ihrer schwulen Friseurfreunde mitbrachte, der sich mit Isa für
Stunden ins Bad einschloss und sie dann mit Frisur entließ, mit der
Isa entfernt wie Tilda Swinton aussah. Und Bibi war es auch, die Isa
neu einkleidete. Von ihren Flügen brachte sie Klamotten mit, denen
man ihre Herkunft von Flohmärkten und aus obskuren Secondhand-
läden in New York, London, Rom und Paris nicht ansah. Schmale
schwarze Hosen und enge Röcke aus erstklassigem, italienischem
Wolltuch, in denen Isas Beine noch länger aussahen, taillierte Jackets
aus feinstem Kammgarn mit diskret gepolsterten Schultern, dunkle
Tops aus Hightech-Fasern, die Isas perfekt rekonstruierte Brüste
exakt nachzeichneten, ohne vulgär zu wirken. Ihre alten Sachen musterte Isa gnadenlos aus. Die ausgewaschenen Motto-T-Shirts lande-
ten genauso im Müll wie die seltsamen beigen Oma-Schuhe, die
jahrelang Isas Markenzeichen gewesen waren. An ihre Stelle traten
Lederpumps mit hohen Absätzen und Designer-Sneaker in gedeckten Tönen.

Auch die Wohnung änderte sich. Ein paar Wochen nachdem Isa
aus dem Sanatorium zurück war, holten Spediteure eine der beiden
antiken Kommoden ab, die sie Jahre zuvor von einem Flohmarkt in
der Eifel mitgebracht und monatelang restauriert hatte. Isa verkaufte
ihr Werkzeug und funktionierte die Werkstatt in Roberts ehemali-
gem Zimmer in ein spartanisches Büro um.

Can hatte keine Ahnung, wovon Isa in dieser Zeit lebte. Christof
Nolden hatte ihr schon vor ihrem Selbstmordversuch gekündigt.

Seitdem hatte Isa, soweit Can wusste, keinerlei Anstalten gemacht, wieder Arbeit zu finden.

Er selbst ging währenddessen komplett in seiner Polizeiausbildung auf. Er mochte die Unterrichtseinheiten an der Polizeihochschule, er mochte den Polizeisport, er mochte die Kameraderie mit den anderen Anwärtern, die einen Anschein von Nähe und Gemeinschaft vermittelte, ohne ihn auf irgendwas zu verpflichten.

Während des Lehrgangs »Der zivilscharfe Diensthund« traf er auf Volker. Mit Ende vierzig war der Ex-SEK-ler immer noch durchtrainiert, die früh ergrauten Haare waren kurz getrimmt, die dunkelblauen Cargo-Pants ordentlich in den Schaft seiner schweren Stiefel gesteckt. In den drei Lehrgangstagen schaffte es Volker, jeden einzelnen von Cans Ausbildungskameraden mit scheinbar leicht hingeworfenen ironischen Bemerkungen bis in Mark zu treffen. Obwohl er ihn dabei aus unerklärlichen Gründen außen vor ließ, hakte Can Volker als einen dieser typischen Arschlochbullen ab, vor denen ihn sein Freund Thomas immer gewarnt hatte. Volkers Ausführungen über die Feinheiten des Diensthund-Charakters und die Bedeutung starker und konsequenter Führung ließ er in Duldungsstarre über sich ergehen.

Zwischen den Unterrichtseinheiten mussten sich Can und die anderen Lehrgangsteilnehmer mit dicken Polstern als Täter verkleidet von scharfen Diensthunden anfallen lassen, um einen Eindruck davon zu bekommen, wie sich eine Hundeattacke anfühlte. Als sich Volkers Schäferhündin zum ersten Mal in Cans gepanzerten Unterarm verbiss und dort mit geiferndem Lefzen und starrem Blick so lange hängen blieb, bis Volker sie zurückpfiff, hätte Can sich fast eingenässt. Danach zeichnete sich das Hundegebiss als Bluterguss Zahn für Zahn auf Cans Arm ab wie eine feinziselierte Tätowierung. Seine Abneigung gegen Hunde verstärkte sich.

Am letzten Abend entfernte sich Can vorschriftswidrig aus der ausgedienten Bundeswehrbaracke am Rand eines Eifeldorfs und fiel in die erstbeste Kneipe ein.

Der einzige Gast am Tresen hatte ein Herrengedeck vor sich. Unter seinem Barhocker lag ein Deutscher Schäferhund.

»Sieh an, unser schweigsamer Alt-Anwärter.« Volker hob das Schnapsglas in Cans Richtung und prostete ihm zu.

»Ich dachte, beim SEK wird nicht getrunken?« Can setzte sich auf den Barhocker neben dem Seminarleiter.

»Zeiten ändern dich.« Volker gab dem Wirt ein Zeichen.

Sekunden später stand ein Kurzer vor Can.

»Pils ist in Pflege«, sagte der Wirt.

Can nickte.

»Und? Was ist bei dir nicht in Ordnung?«, fragte Volker nach einiger Zeit.

»Gegenfrage.« Can kippte seinen Kurzen. »Warum bist du eigentlich so ein Arschloch? Warum machst du die Leute so fertig?«

»Damit sie merken, dass sie nicht die Herren der Welt sind.«

»Weil das bist ja schon du, oder was?«

»Ich?« Volker lachte bitter. »Nee, ganz bestimmt nicht. Ich schaffe es gerade mal so von einem Tag zum andern.«

Der Wirt stellte Cans Pils auf den Tresen. Dazu noch einen Kurzen. Can prostete Volker zu. Dann sprudelte es plötzlich aus ihm heraus. Er erzählte Volker das ganze Isa-Elend von Anfang bis Ende.

Als Can fertig war, schwieg Volker lange.

»Warum ziehst du nicht einfach aus?«, fragte er dann.

Can zuckte mit den Schultern. Plötzlich begann er zu singen: »*Du, laß dich nicht verhärten, in dieser harten Zeit. Die allzu hart sind, brechen, die allzu spitz sind, stechen und brechen ab sogleich …* Kennst du das?« Can schwankte leicht und sah Volker an. »Wolf Biermann. Den haben meine Eltern jahrelang rauf und runter gespielt, als ich klein war.«

»Und was hat das mit deiner Isa zu tun?« Volker winkte nach mehr Alkohol.

»Habe ich doch eben erzählt. Ich ertrag das nicht, wie hart die geworden ist. Ich stelle mir die ganze Zeit vor, dass sie irgendwo da drinnen immer noch so ist wie früher.«

Volker blieb stumm. Der Wirt stellte zwei Kurze auf den Tresen. Can kippte seinen Korn.

»Ich muss da endlich einen Strich drunter machen. Weg mit Schaden. Was Neues anfangen. Das ist das, was mein bester Freund mir dazu sagt.«

»Meine Frau hatte einen Schlaganfall«, sagte Volker unvermittelt. »Vor acht Jahren.« Er hielt den Blick starr auf die Pokale hinter dem Tresen gerichtet. »Im Krankenhaus haben sie mir zu einem Pflegeheim geraten. Meine Freunde auch. Selbst ihre eigenen Eltern haben gesagt, ich soll sie weggeben.« Volker kippte seinen Kurzen. »Ich hab da nicht drauf gehört. Ich habe mich zum Diensthundewesen versetzen lassen. Wegen der geregelten Schichten. Dann habe ich meine Frau nach Hause geholt. Letztes Jahr ist sie gestorben. Lungenentzündung. Keine Ahnung, ob sie in den ganzen Jahren vorher noch irgendwas mitbekommen hat. Und weißt du was? Ich würde es genauso wieder machen.« Volker legte einen Fünfziger auf den Tresen. »Gehen wir?«

Vor dem Eingang zur Baracke verabschiedeten sie sich per Handschlag. Am nächsten Morgen war Volker schon vor dem Frühstück weg.

Ein paar Wochen später wurde Can dreißig. Zur Party lud er jeden ein, den er irgendwie kannte und nicht für einen Vollidioten hielt. Er hatte nicht erwartet, dass Volker tatsächlich kommen würde. Trotzdem stand der Hundeführer samt zivilscharfem Diensthund am Partyabend pünktlich um acht vor der Tür. Außer Bibi war noch niemand da. Can hatte Isas Freundin verpflichtet, ihre Zwiebelsuppe nach Pariser Originalrezept zu kochen. Bibi hatte das zum Anlass genommen, in einem französischen Kammerzofen-Outfit aufzuschlagen, einschließlich schwarzer Pagenkopfperücke und züchtigem Satinkleid mit weißer Schürze über den schwarzen Nahtstrümpfen.

Volker machte ihr seine Honneurs, dann köpfte er ein Bier, griff sich ein Messer und ein Brettchen und begann methodisch Zwiebeln zu schneiden. Nach und nach trafen die anderen Besucher ein. Isa kam gegen halb elf vom Sport. Sie nahm sich eine Flasche Mineralwasser und lehnte sich an den Türrahmen in der Küche. Eine

272

große, schmale Frau. Hohe Wangenknochen, großzügiger Mund, aschgraue Augen, lang geschwungene, dunkle Augenbrauen und lohfarbenes Haar mit elegantem Undercut. Fast regungslos stand sie so zwischen lauter Leuten, die sie von früher kannte und mit denen sie nichts mehr verband. Ihre dunklen Sportklamotten umgaben sie wie eine Rüstung. Als Isa bemerkte, dass Volker sie beobachtete, zog sie eine Grimasse und verzog sich grußlos in ihr Zimmer.

Die Party nahm an Fahrt auf. Gegen halb drei kam Can zum ersten Mal wieder in die Küche. Bibi saß auf Volkers Schoß. Ihre Perücke war verrutscht, das Kleid in Unordnung. Sie sah hoch, erkannte Can und legte verschämt die Hand über den kusswunden Mund, als hätte er sie beim Bonbonklauen erwischt. Volker hingegen grinste und schien ganz Herr der Lage.

Als die beiden kurz darauf zusammen gehen wollten, war Volkers Hund verschwunden und fand sich auch in keinem der Partyräume. Irgendwann klopfte Bibi an Isas Zimmertür und öffnete sie schließlich leise. Isa lag in tiefem Schlaf, den Arm um den Schäferhund geschlungen, der sich an sie geschmiegt hatte. Volker schnippte die Finger, der Hund löste sich behutsam aus Isas Umarmung und tappte zu seinem Herrchen.

Zwei Tage später standen Bibi und Volker mit einem Pet-Carrier vor der Tür. In der Kiste duckten sich dreißig Kilo schwarze Angst. Volkers Kollegen hatten die Bullterrierhündin nach einem anonymen Hinweis auf einen illegalen Hundekampf in Kalk aufgelesen. Ihr Körper war mit klaffenden Bisswunden übersät gewesen, ein Ohr in Fetzen, die schafähnliche Bullterriernase zertrümmert, Schwanz und Rippen waren mehrfach gebrochen. In der Tierklinik hatten sie die Hündin leidlich wieder zusammengeflickt. Lange Narben zogen sich als helle Linien durch das fast schwarze Fell, ein Teil des Schwanzes hatte amputiert werden müssen. Das Nasenbein war eingeknickt geblieben wie bei einem Preisboxer, sodass das Tier bei jedem Atemzug asthmatisch schnaufte. Was sie in der Tierklinik nicht in den Griff bekommen hatten, waren die inneren Versehrungen der Hündin.

»Sie hat Angst vor allem«, erklärte Volker. »Sie ist unberechenbar. Eigentlich müssten wir sie einschläfern lassen. Aber sie ist fast noch ein Welpe und ich habe so ein Gefühl, aus der kann noch mal was werden. Dafür muss sich aber jemand um sie kümmern.« Er sah Isa an. »Ich habe nicht die Zeit. Aber ich kann dir zeigen, wie du sie wieder hinbekommst. Willst du das? Wenn nicht, nehmen wir sie wieder mit.«

Isa beugte sich über die Transportkiste. Die Hündin drückte sich leise knurrend auf den Boden und fletschte die Zähne. Can hatte noch nie eine derart abstoßende Kreatur gesehen. Für Isa war es Liebe auf den ersten Blick.

Von da an gehörte Lilith zum Haushalt. Statt laufen zu gehen, traf sich Isa jeden Morgen mit Volker auf dem Hundeplatz. Langsam, sehr langsam verwandelte sich die schwarze Bestie in einen halbwegs normalen Hund, der nicht mehr panisch schnappte, sobald Isa versuchte, ihm Maulkorb und Leine anzulegen.

Je zutraulicher Lilith wurde, desto mehr schien sich auch Isa aus ihrer Erstarrung zu lösen. Sie lud Volker und Bibi zum Kochen ein, sie fuhr mit Nina in den Urlaub und ab und zu ging sie abends auch wieder aus. Mit Can sprach Isa immer noch nur das Nötigste, aber ihr Ton war nicht mehr feindselig wie in den Monaten zuvor, eher unsicher, so als wüsste sie nicht, wie sie mit ihm reden sollte.

Als Can sich an einem klaren Oktobernachmittag in der Küche einen Espresso machte, stand Isa mit einem Mal im Türrahmen.

»Ich geh mit dem Hund«, sagte sie. »Kommst du mit?«

Can griff sich seine Jacke und ging mit. Der unerklärte Kampfzustand zwischen ihnen war damit beendet. An seiner Stelle begann das, was Can insgeheim ihre Schweigemärsche nannte. Monatelang ging er, wann immer sein Dienstplan es erlaubte, mit Isa und dem Hund an den Rhein oder auf den Hundeplatz. Die meiste Zeit redeten sie nicht miteinander. Wenn überhaupt, tauschten sie sich über die Fortschritte aus, die Lilith machte.

Can befremdete die Selbstverständlichkeit, mit der Isa einem anderen Wesen absoluten Gehorsam beibog. Andererseits sah er, mit welcher bedingungslosen Hingabe sich Lilith Isas Willen unterwarf, mit welcher Begeisterung sie auf ein bloßes Knacken von Isas buntem Kinderknackfrosch Hindernisse umrundete, über Balken balancierte und über Hürden sprang, um danach mühsam schnaufend, mit glänzenden Schweinsäugelchen und wedelndem Schwanzstummel zu Isas Füßen auf Belohnung zu warten. Offenbar war Isa nach ihrem Vater geraten: Sie hatte Talent zum Chefsein.

Irgendwann in dieser Zeit ging sie mit der Nullnummer von *Concrete Gold* auf den Markt. Das Foto auf der Titelseite, ein Schnappschuss von einer Großbaustelle mit wuselnden Bauarbeitern, kam von Robert. Die limitierte Edition der Aufnahme zugunsten des Magazins war sofort ausverkauft. Ein großformatiger Print des Fotos hing inzwischen im Metropolitan Museum, im selben Raum wie Roberts andere Arbeiten. Vor Jahren, bei einem Besuch in New York, war Can extra ins Museum gegangen, um sich die Bilder anzusehen. Gegen *Golddust Perturbed* und *About Loss* hatte das Baustellenfoto nicht bestanden. Can hatte den Raum schnell wieder verlassen, weil er die Intensität des Blickabtauschs zwischen Roberts quälenden Selbstporträts und seinen Aufnahmen von Isa nicht ertragen hatte.

Isas Magazin war von Anfang an ein durchschlagender Erfolg. Isa mietete eine Büroetage im Friesenviertel an, baute einen Redaktionsstab auf, rekrutierte zusätzliche Fotografen und freie Mitarbeiter und stellte schließlich ihre erste persönliche Assistentin ein. Can verfolgte ihren Aufstieg nur noch am Rande. Er begleitete mittlerweile Streifeneinsätze und war im Schichtdienst eingeteilt. Oft sah er Isa tagelang überhaupt nicht. Wenn sie dann nach einiger Zeit zufällig wieder aufeinandertrafen, zumeist morgens in der Küche, schien zwischen ihnen wieder so etwas wie die alte wortlose Vertrautheit von früher auf. Die gemeinsamen Spaziergänge am Rhein verblassten zu einer Erinnerung an silbriges Weidenlaub und den Geruch von brackigem Wasser und Dieselöl.

Im Herbst wurden Can und seine Ausbildungskameraden als Polizisten vereidigt. Bei der anschließenden Blaulichtparty lernte er Natalie kennen. Sie war beim Innendienst, ein paar Jahre älter als er, verheiratet und an einem lockeren Verhältnis ohne Verpflichtungen interessiert. Jahrelang – eigentlich bis Marie aufgetaucht war – hatten sie ein-, zweimal im Monat, manchmal auch öfter, in irgendwelchen billigen Pensionszimmern miteinander gevögelt und waren danach ohne großes Sentiment wieder auseinandergegangen. Ob Isa in dieser Zeit mit irgendjemand Sex hatte, vielleicht sogar eine ernstere Liebschaft, wusste Can nicht. Der Mann mit dem Schweizer Akzent rief immer noch an, ab und zu meldete sich auch der ominöse Osteuropäer aus London. Ansonsten war Isa viel unterwegs.

Die Jahre danach waren unspektakulär vergangen. Can und Isa waren Trauzeugen bei der Hochzeit von Volker und Bibi. Bibi hörte als Flugbegleiterin auf und heuerte als Bodenstewardess in Düsseldorf an. Volker wechselte zum Grenzschutz und tat seitdem wie Bibi am Flughafen Dienst. Nina zog mit den Kindern zu ihrem Belgier nach Brüssel. Isa kaufte die Wohnung in der Jülicher Straße, und es war klar, dass Can dort weiter mit ihr wohnen würde. Sie hatten sich ihr Leben eingerichtet. Ein Mann und eine Frau, die sich eine fast leere Wohnung teilten und eine unaufgeräumte Geschichte, an die sie nicht mehr rührten. Das war der Status quo. Selbst Marie mit ihren bohrenden Fragen und ungestümen Forderungen hatte daran nicht rütteln können.

Aber jetzt war Marie tot, und Can saß auf der Rückbank eines Kleinbusses auf dem Bukarester Ring, während draußen die Welt im Dauerregen zu versinken zu schien. Ein Laster zog auf dem Standstreifen an ihnen vorbei. Wasser spritzte in einer Fontäne auf, lief in braunen Schlieren an der Scheibe des Busses herab und hinterließ einen böse schillernden, schmierigen Film. Angewidert schloss Can die Augen.

Can wachte auf, als der Wagen auf einem Rastplatz zum Stehen kam. Es war fast Mittag.

»Ich werde hier abgeholt«, sagte Judith zu Mark. »Bis zur Donaubrücke sind es ungefähr noch fünf Kilometer. Der Grenzübergang ist auf der anderen Seite. Du gibst den Grenzern die Pässe und machst einen auf selbstsicheren Deutschen. Danach fährst du weiter bis zum ersten Rastplatz und wartest auf Hristo.«

Mark nickte verzagt.

»Hey, du schaffst das!« Judith kniff Mark in die Wange. Dann gab sie ihm die gesammelten Reisepässe zurück, griff sich ihren Rucksack und sprang vom Fahrersitz. Mark rutschte hinters Steuer.

»Hasta la vista, baby!« Judith lächelte spöttisch und sah wie beiläufig zu Can, der auf der Rückbank saß. Für den Bruchteil einer Sekunde trafen sich ihre Blicke, dann zog Mark die Fahrertür zu. Er drückte auf die Hupe und zog den Wagen zurück auf die Autobahn. Can wandte sich um und sah aus dem Rückfenster. Judith stand an der Ausfahrt und winkte ihnen nach. Er hob die Hand zum Victory-Zeichen, aber da hatte sie sich schon weggedreht.

Die Stahlplatten der Donaubrücke summten und klackten unter den Reifen des Busses. Tief unter ihnen wälzte sich der Strom fast doppelt so breit wie der Rhein bei Köln. Ziemlich genau auf der Hälfte der Brücke hing hoch über der Fahrbahn ein verbeultes Schild mit kyrillischen Lettern zwischen den mächtigen Brückenpfeilern. Einer der Männer zeigte darauf und skandierte: »Bul-ga-ria! Bul-ga-ria!« Die beiden Frauen sahen kurz auf. Das Mädchen mit der gelben Jacke nagte an ihrem Daumennagel. Die anderen Mitfahrer zeigten keine Regung.

Der Grenzübergang war ein maroder Betonklotz aus den Siebzigern. Grenzbeamte in schäbigen Uniformen mit viel Gold starrten stoisch in den Regen. Genauso hatte Can sich den Osten vorgestellt. Marks Hände zitterten, als er die Reisepässe der Leute auf den Rückbänken herausgab. Der Grenzer blätterte desinteressiert durch die Papiere und winkte den Wagen durch.

Hristo stand schon auf dem Rastplatz. Er war Ende zwanzig, hager, mit flinken, hellgrauen Augen, dunklem Pferdeschwanz, Zauselbart und unzähligen Piercings. Auf seinem schwarzen T-Shirt stand *Save our Seeds.* Darunter die Großaufnahme eines Samenkorns, das mit seinen Spalten und Härchen vage unanständig aussah.

»Yo, man! I'm going to take you to Plovdiv«, sagte Hristo. Mark nickte sparsam und rutschte wortlos auf den Beifahrersitz.

Die nächsten Stunden fuhren sie durch die Berge. Schroffe Kalksteinformationen wechselten mit sonnenverbrannten Wiesen und dichten Eichenwäldern. Der Regen hatte jäh aufgehört. Der Himmel über der fast unbefahrenen Straße mit ihren engen Serpentinen glühte schmerzhaft blau.

Mark war tief in Gedanken versunken. Hristo schien das egal zu sein.

»Ich hab drei Semester Anglistik studiert. Aber damit kriegst du in Bulgarien keinen Job. Jetzt bin ich Kfz-Mechaniker. Ein Arbeiter der Faust!«, sagte Hristo auf Englisch und boxte mit einer Hand in Marks Richtung. Mark starrte gequält auf den Trauerrand unter Hristos Daumennagel und die schrundige Haut, in die sich Benzin und Motorenschmiere hineingefressen hatten, dann wandte er den Blick ab und sah aus dem Seitenfenster. Auf die Felswand entlang der Straße waren Hakenkreuze und SS-Runen gesprayt.

»Scheißnazis. Ich hasse die«, sagte Hristo. »Und du?«

»Weiß nicht.« Mark lehnte den Kopf ans Seitenfenster und schloss die Augen. Can tat es ihm gleich.

Als er wieder erwachte, ging es auf fünf Uhr. Der Bus fuhr in zügigem Tempo auf einer gut ausgebauten Stadtautobahn zwischen Plattenbauten aus den Achtzigern. Die Hochhäuser sahen aus wie aus einem Film, in dem die Überlebenden einer globalen Katastrophe zwischen Großstadtruinen eine neue Zivilisation aufgebaut hatten. Der Beton war bröckelig, und dort, wo die Armierungseisen blank lagen, von rostigen Rinnsalen gezeichnet, aber auf den Balkons und Laubengängen vor den Wohnungen wuchsen üppige Tomatenstauden und Feuerbohnen. Die Häuser waren bis in die oberen

Stockwerke von Weinranken überwuchert, die sich in den rissigen Beton klammerten und sich von einem Gebäudeteil zum nächsten schwangen. Auf den Grünflächen zwischen den Hochhausblocks erahnte Can im Vorüberfahren improvisierte Gemüsegärten unter den breitkronigen Maulbeerbäumen.

Der Bus hielt an einer Ampel vor einer Cocktail-Lounge. Unter einer Pergola nippten messingblonde Frauen mit großen Sonnenbrillen an bunten Getränken, während ihre Begleiter auf ihren Smartphones herumwischten. Weiße Heliumballons mit langen Lamettafransen wiegten sich träge wie große Quallen im Wind. An einem Fahnenmast wehte die schwarz-weiße Flagge des FK Sportist Plovdiv. Auf der Mauer, die den Loungebereich von der Straße trennte, klebte gleich zehnmal nebeneinander eine Todesanzeige, auf der ein braun gebrannter Rentner lächelnd eine fast kindskopfgroße Tomaten in die Kamera hielt. Alles war voller Graffiti. *Schutzstaffel* und *Sportist rules* konnte Can lesen, der Rest war in kyrillischen Lettern.

Mark schreckte aus seinem Schlaf hoch. Er richtete sich auf und sah nach draußen.

»Welcome to Plovdiv«, Hristo deutete auf die Hochhäuser vor ihnen. »Cool, oder?«

»Ja«, sagte Mark mit Blick auf eine der falschen Blondinen in der Bar. »Voll der Burner.«

»Wenn's dir hier nicht gefällt, dann warte mal ab, bis wir in Stolipinovo sind. Da wohnen nur Schwarze, also Zigos. Vierzig-, fünfzigtausend mindestens. Auf anderthalb Quadratkilometern. Bei uns heißt das Viertel Gazastreifen. Weil die Leute da genauso eingepfercht sind wie in Gaza.« Hristo zündete sich eine Zigarette an. »Früher, so mit vierzehn, fünfzehn, haben meine Kumpels und ich uns regelmäßig mit den Jungs aus Gaza geprügelt. Irgendwann sind wir draufgekommen, dass es cooler war, mit denen befreundet zu sein, und dann haben die uns eben auch zu sich ins Ghetto eingeladen. Wir waren die einzigen Weißen, die sie da reingelassen haben. Das war echt hart damals. Der Müll stand bis zum ersten Stock.

Kein Wasser in den Häusern und keine Klos. Überall hat es gestunken wie in einem Scheißhaus.«

Mark schien wenig beeindruckt. »Wieso fahren wir überhaupt in die Stadt rein? Ich denke der Hof von Rich Harvest ist auf dem Land?«

»Seit letztem Jahr bringen wir die Leute nicht mehr direkt auf den Hof, sondern zuerst nach Fort Knox. James und Noemi übernehmen dann den Weitertransport von da.«

»Fort Knox?«, fragte Mark.

»Der NGO-Bunker in Stolipinovo. Früher waren die Hilfsorganisationen über das ganze Viertel verstreut. Das ist denen irgendwann zu heiß geworden. Also haben sie mit viel EU-Knete einen Betonklotz mit vergitterten Fenstern und Sicherheitskameras mitten ins Ghetto gestellt. Kaum war der fertig, kam die Krise. Für NGOs gab's keine Fördergelder mehr, also haben die ihre Büros in Stolipinovo dichtgemacht. Rich Harvest hält da inzwischen ganz allein die Stellung. Keine Ahnung, wo die das Geld hernehmen.«

Sie waren mittlerweile im Stadtzentrum. Can sah einen gepflegten Park und frisch getünchte Altbauten im Zuckerbäcker-Stil. Hristo hielt an einer Ampel. Auf der Spur neben ihnen stand ein rotes Mercedes-Cabrio mit vier kahl rasierten Typen in schwarz-weißen T-Shirts und verspiegelten Sonnenbrillen.

Der Fahrer war damit beschäftigt, den ebenfalls schwarz-weißen Fußballwimpel zu richten, der schief am Rückspiegel baumelte. Im Nacken hatte er ein Wort in Fraktur eintätowiert. *Schutzstaffel* entzifferte Can in der sonnengegerbten Schwarte.

Der Typ auf dem Beifahrersitz stieß den Tätowierten in die Seite und nickte in Richtung einer Gruppe Frauen in grün-gelben Uniformen, die gerade die Ampel überquerten. Die Frauen hatten leuchtend grüne Plastikbesen geschultert, ihre dunklen Haare und die bronzefarbene Haut waren staubverkrustet, unter den Armen ihrer Uniformen zeichneten sich große Schweißflecken ab.

Der Fahrer des Cabrios ließ den Motor aufheulen und drückte auf die Hupe. Die Frauen zuckten zusammen und stoben auf die andere Straßenseite. Die älteste von ihnen hatte ihren Besen fallen gelassen, direkt vor der Stoßstange des Cabrios. Jetzt stand sie am Straßenrand. Ihr Blick zuckte ratlos zwischen dem Besen und dem Cabrio hin und her.

Der Fahrer grinste. »Komm! Trau dich, hol dir deinen Besen, Zigo-Fotze!«, brüllte er in schlechtem Türkisch und ließ den Motor noch einmal aufheulen.

Die Frau zögerte. Dann tat sie einen zaghaften Schritt auf die Fahrbahn.

Die Ampel wechselte auf Grün.

Der Fahrer gab Gas.

Die Frau sprang auf den Bürgersteig zurück.

Der Besenstiel zerbarst unter den Reifen.

Die Männer im Cabrio johlten und machten unflätige Handzeichen in Richtung der Besenbesitzerin, der jetzt Tränen übers Gesicht liefen.

»Scheiß Hools«, flüsterte Hristo.

Mark presste die Lippen zusammen. Can drehte sich unauffällig zu seinen Mitfahrern. Sie saßen mit nach innen gekehrtem Blick, so als könnten sie das, was sie gesehen hatten, ungeschehen machen, indem sie die Augen davor verschlossen.

Der Bus durchquerte einen Tunnel und fuhr dann wieder auf einer breiten Ausfallstraße, vorbei an einem großen Friedhof, stadtauswärts Richtung Südosten.

Die Wohnsilos entlang dieser Straße waren nicht mehr von Wein überwuchert. Stattdessen waren die Balkone hier mit Satellitenschüsseln verpockt, und die Freiflächen zwischen den Betonblocks waren sonnenverbrannt und verwahrlost. Riesige schwarzweiße *Schutzstaffel*-Graffiti mischten sich mit den allgegenwärtigen Hakenkreuzen und SS-Runen. Menschen waren nirgendwo zu sehen.

An einer großen Kreuzung, die von einem Supermarkt dominiert wurde, bog Hristo ab. Die rechte Seite des breiten Boulevards, auf dem sie jetzt fuhren, wurde von gewaltigen Plattenbauten beherrscht.

Auf der linken Seite drängten sich Wellblechhütten und grob gemauerte mehrstöckige Häuser.

Mit einem Mal wimmelte es von Menschen. Frauen schleppten schwere Supermarkt-Tüten, Männer standen in Gruppen zusammen und diskutierten, Kinder spielten auf der Straße, unbeirrt von den zügig fahrenden Kleinlastern, Transportern und schwer beladenen Pferdegespannen.

Hristo fand eine Lücke zwischen den improvisierten Marktständen, die die Straße auf beiden Seiten säumten. Er fuhr auf den Bürgersteig und von dort aus auf die staubige Freifläche vor einem der Hochhäuser.

»Da wären wir, Downtown Gaza!« Hristo grinste Mark an. Dann wandte er sich zu Can und seinen Mitfahrern. »Aussteigen, den Rest machen wir zu Fuß«, sagte er auf Türkisch.

Die Leute verließen steifbeinig den Wagen und sammelten sich um ihre Taschen. Hristo pfiff schrill auf zwei Fingern. Sekunden später tauchte ein junger Mann mit Augenklappe aus dem Treppenhaus des Hochhauses auf. Er klatschte Hristo ab und verschwand in einer Garage im Erdgeschoss. Kurz darauf führte er ein hellbraunes Pferd am Zügel heraus. Hristo fuhr den Bus in die Garage und schloss von außen ab. Er wechselte ein paar leise Worte mit dem Mann, die beiden umarmten sich knapp, dann ging der Mann zurück ins Hochhaus. Das Pferd nahm er mit.

Mark hatte unterdessen einen vielleicht vierjährigen Jungen beobachtet, der splitternackt und vor Schmutz starrend einen überquellenden Müllcontainer nach Essbarem durchsuchte.

Hristo folgte seinem Blick. »Immerhin gibt's hier jetzt Müllcontainer«, sagte er. Mark blieb stumm.

»Nach Fort Knox geht es da rein.« Hristo deutete in Richtung der Barackensiedlung. »*Heart of Darkness.*«

Sie querten den Boulevard und tauchten in das Gassengewirr der Siedlung ein. Je tiefer sie sich vorarbeiteten, desto dichter drängten sich die Häuser. Überall im Erdgeschoss waren kleine Läden mit bis zur Decke gekachelten, grell ausgeleuchteten Geschäftsräumen.

Das Warenangebot reichte von Lebensmitteln und Zigaretten ohne Banderole über Billigklamotten aus China bis zu Elektronikartikeln und schwarz gebrannten DVDs. Vor allem jedoch boten die Läden das größte Sortiment an Putz- und Waschmitteln an, das Can je gesehen hatte. Tatsächlich hörte man von überall das rhythmische Stampfen und Gurgeln von Waschmaschinen. Seifenlauge quoll aus Plastikrohren auf die ungepflasterten Gassen. Vor den Häusern trocknete Wäsche auf Ständern. Der Geruch von Weichspüler und Wäschestärke vermischte sich mit dem Dunst ungezählter kleiner Garküchen und dem Gestank nach Urin und verfaulendem Abfall.

Dort, wo kein Laden, kein Internet-Café und keine Wechselstube auf Kunden wartete, konnte man Leuten beim Wohnen zusehen. Diese Erdgeschossbehausungen waren ebenso grell ausgeleuchtet wie die Ladengeschäfte, nur dass hier an den Wänden Synthetikteppiche hingen, die Tiger im Sprung zeigten oder friedlich in einem phosphoreszierenden Rosengarten äsende Hirschkühe. Darunter standen voluminöse Sofas mit Zentralperspektive auf die Flachbildschirme, in deren flackerndem Schein Männer und Kinder vor sich hin träumten. Im Hintergrund standen Frauen in der Küche oder wischten ein letztes Mal für diesen Tag die ohnehin blitzblanken Böden. Fernseher und Musikanlagen schienen standardmäßig auf Anschlag aufgedreht. Die Wellblechhütten vibrierten unter dem Ansturm der Bässe, und die unverputzten Hohlziegel wirkten wie Verstärker für die klagenden Gesangslinien, die sich über die aggressiven Balkanbeats erhoben. Aber auch ohne die geballte Unterhaltungselektronik hätten die ganz normalen Lebensgeräusche der hier zusammengepferchten Menschen einen gereizten Grundton erzeugt wie ein überbevölkertes Wespennest.

Immer wieder staute sich der Strom von Fußgängern, Motorradfahrern und Pferdekarren an Baugerüsten, die in den Weg ragten. Überall wurde gebaut. Betonmischmaschinen mahlten vor sich hin. Flaschenzüge transportierten Ziegel, Wellblech und Beton in den zweiten, dritten, manchmal auch vierten Stock von Häusern mit bedenklicher Statik.

»Seit 2007 ist hier der Bauboom ausgebrochen«, sagte Hristo an Mark gewandt. »Alles finanziert von den Nutten und Dumpinglöhnern bei euch in Deutschland. Das ist so eine Art inoffizieller kleiner Marshallplan.«

Mark nickte verständnislos. Sie gingen weiter, hinein ins Herz des Ghettos. Vor einer Metzgerei hing ein toter Hammel an einem Haken. Zwei ausgemergelte Katzen leckten das geronnene Blut auf, das sich im Staub unter dem Tierkörper gesammelt hatte. In der Auslage stapelten sich abgezogene Schafsköpfe, die Can aus gebrochenen Augen anstarrten. Für einen Moment stand eine riesige schwarze Dogge im Eingang zu einem Kellerladen, aus dem feuchtheißer Dampf stieg, dann zog sie sich unvermittelt in die Tiefe zurück.

Can registrierte verwundert, wie wenig ihn das, was er sah schockierte. Die Bilder glichen denen, die er aus den Dokumentationen über Stolipinovo kannte. Die Armut der Menschen war unabweisbar. Trotzdem schien sie Can hier, wo sie nicht im Gegensatz zur deutschen Wohlstandsgesellschaft stand, weniger anstößig. Er fragte sich gerade, ob das die Sache besser oder schlechter machte, als sie plötzlich auf einem großen Platz herauskamen, der verödet im Frühabendlicht lag.

Hinter einer Mauer mit NATO-Stacheldraht und Sicherheitskameras duckte sich ein zweistöckiger Betonbau. Hristo tippte eine Zahlenfolge in die Schließanlage. Eine müde Frauenstimme antwortete. Hristo flüsterte ein Codewort. Das Tor sprang mit leisem Klicken auf.

In der Tür erschien eine verhärmte Mittdreißigerin mit Sommersprossen und krausem, rötlichbraunem Haar.

»Hi, come on in. I'm Noemi.« Sie reichte Mark die Hand.

Hristo küsste sie auf die Wange. »Du siehst müde aus«, sagte er. »Alles okay?«

»Klar.« Noemi lächelte angestrengt und winkte sie ins Innere des Gebäudes. Es gab zwei Schlafsäle und einen Aufenthaltsraum mit ein paar durchgesessenen Sofas und dem unvermeidlichen überdimensionierten Flachbildfernseher. Die weiß gekachelte Küche war in bläuliches Neonlicht getaucht. Die Rollläden vor den vergitterten Fenstern waren halb heruntergelassen, eine Klimaanlage surrte im Hintergrund. Auf einem Resopaltisch standen Krüge mit Eiswasser, bunte Plastikkörbchen mit Fladenbrot und große Schüsseln mit Salat und Schafskäse.

Mark musste aufs Klo. Hristo setzte sich mit Can und den anderen an den Tisch zu Noemi.

»Und wie geht's jetzt weiter?«, fragte er auf Englisch.

»Ich fahre nachher raus zu James auf den Hof. Morgen früh sind wir zurück.«

»Du lässt die Leute über Nacht allein?«

»Glaubst du, die hauen ab? Außerdem ist doch dein deutscher Freund da.«

»Früher hättest du das nicht gemacht.«

»Früher war früher.« Noemi riss ein Stück Brot ab und zerpflückte es gedankenverloren in Krumen. Kurz darauf stand sie auf und ging aus der Küche.

Mark kam zurück und setzte sich an den Tisch. Hristo schob ihm einen Zettel mit einer Telefonnummer rüber.

»Ich muss los«, sagte er »Ihr bleibt heute Nacht alleine hier. Noemi erklärt dir, wie die Alarmanlage funktioniert. Falls irgendwas ist, rufst du diese Nummer, ja? Meine Freunde im Viertel sind dann in ein paar Minuten da. Verstanden?«

Mark nickte wortlos und steckte den Zettel ein. Hristo verabschiedete sich mit Handschlag.

Noemi machte sich eine halbe Stunde später auf den Weg.

»Ich schalte von draußen das Alarmsystem scharf«, sagte sie, als sie mit Mark an der Tür stand. »Danach kommt hier niemand mehr rein. Das heißt aber auch, dass ihr über Nacht drinnen bleiben müsst. Im Haus können sich alle frei bewegen. Vielleicht guckst du, dass keiner nach oben ins Büro geht. Aber im Normalfall wollen die Leute sowieso einfach nur vor dem Fernseher abhängen. James und ich holen euch morgen früh ab. In der Küche ist noch Brot, falls jemand Hunger hat.«

Noemi wich Marks Blick aus, als sie ging. Mark blieb für einen Moment an der Tür stehen und schien dem leisen Ticken nachzuhängen, mit dem die Alarmanlage hochfuhr. Dann machte jemand im Aufenthaltsraum den Fernseher an. Can legte sich auf eines der Feldbetten im Männerschlafsaal und schaffte es, trotz des Gameshowlärms von nebenan einzuschlafen.

Als er gegen eins aufwachte, lief der Fernseher immer noch. Außer ihm war niemand im Schlafsaal. Er stand auf und holte sich ein Glas Wasser aus der Küche. Mark war vor dem Fernseher eingeschlafen, genau wie die beiden Frauen, die Arm in Arm auf einem der Sofas lagen. Auch die anderen schienen nur noch vor dem Fernseher zu sitzen, weil sie zu erschöpft waren, zu Bett zu gehen. Das Mädchen mit der gelben Jacke sah flüchtig hoch, als Can vorbeikam.

Auf dem Weg aus der Küche sah er den Treppenaufgang. Das Büro war im ersten Stock, hatte Noemi gesagt. Can ging nach oben. Die leeren Räume dort rochen nach Staub und Mäusepisse. Nur ein einziger schien noch genutzt zu werden. Billige Aktenregale bogen sich unter dem Gewicht abgewetzter Ordner. Auf dem staubigen Nadelfilzboden stapelte sich loses Papier. Unter einem sichtlich nicht mehr aktuellen Poster von Rich Harvest stand ein schäbiger Schreibtisch, davor ein durchgesessener Bürostuhl aus dem die Schaumstoffpolsterung in gelblichen Krümeln hervorquoll. Auch der PC hatte bessere Tage gesehen.

Can fiel es schwer, sich vorzustellen, dass hier die ausgefeilten Reportings entstanden, von denen Sibel erzählt hatte. Er sah sich um. Zwischen zwei zerbeulten Aktenschränken entdeckte er eine schmale Metalltür ohne Klinke. Er zog das rostige Metallblatt von einem Heftstreifen, führte es behutsam in die Türfalz ein und prokelte dann so lange herum, bis die Tür mit sachtem Klicken aufsprang.

Dahinter tat sich eine andere Welt auf. Alles in dem weitläufigen Büro, in dem Can jetzt stand, war neu und teuer – der Schreibtisch, der Bürostuhl, die Leuchte, vor allem aber das Notebook, das Noemi aufgeklappt hatte stehen lassen.

Can setzte sich und startete den Rechner. Kein Passwort. Noemi fühlte sich in Fort Knox anscheinend sehr sicher. Der Ordner *Empire* lag direkt auf dem Desktop. Can klickte wahllos auf eine Präsentation mit dem Titel *Structure and Strategy – for internal use only*. Das vereinfachte Organigramm auf der ersten Seite bildete die Firmenstruktur ab, deren Architektur Can bisher nur erahnt hatte: Unter der »Squad Asset Management Holding PLC (Grupa Upravlenie Aktiv na Kholding PLC)« in Malta hingen auf der einen Seite die »Terence Harriss Architects Ltd.« und die rumänische »Fields of Plenty Western Empire S. A.«, und auf der anderen Seite die »Nolden Bau GmbH & Co. KG« sowie die bulgarische »Fields of Plenty Eastern Empire A. D.« mit der Tochter »Rich Harvest ODD«. Der nächste Slide zeigte die Querverbindungen dieser Unternehmen zu den Stellwerkern, zu Sportist Plovdiv und zu einem Bukarester Fußballclub, den Can bisher noch nicht auf dem Radar gehabt hatte. Die »Stellwerk Stadionwacht«, die »Schutzstaffel« und »Luptă București« waren dabei als »Security« tituliert. Dann folgten mehrere Charts mit betriebswirtschaftlichen Kennzahlen. Alles sehr ordentlich, soweit Can das beurteilen konnte. Die zukünftige Strategie zielte – wenig überraschend – auf Renditesteigerungen durch Hebung der Synergie-Effekte innerhalb des Firmennetzwerks.

Can klickte auf den nächsten File. In einer seitenlangen, als »vertraulich« klassifizierten Tabelle reihte sich Name an Name: Polizisten, Staatsanwälte, Richter, Unternehmer, Wirtschaftsbosse und Behördenvertreter aus Köln, Düsseldorf, Berlin, Lobbyisten und Politiker in Rumänien und Bulgarien, auf Malta und in Brüssel. Hinter jedem Namen war das Gefährderpotenzial *»potential risk (PR)«* der Zielperson für die Organisation auf einer Skala von »1« (*»extreme risk«*) bis »5« (*»minimum risk«*) bewertet. In der nächsten Spalte folgte eine Kurzcharakterisierung auf Englisch, einschließlich aller Schwächen und kleiner schmutzigen Geheimnisse.

Can scrollte sich durch die Liste. »Arat, Can«, las er, »Kriminalhauptkommissar Mordkommission Köln, langjähriger Mitbewohner (Liebhaber?) von Kurzeck, I. (s. u.), Affäre mit Grosbroich, M. (s. u.),

Ermittler zu Kölner Liquidierungen nach Dienstunfall krankgeschrieben, wegen Insubordination von Kerkmann, S. (s. u.), suspendiert, derzeitiger Aufenthaltsort unbekannt (Urlaub?), unberechenbarer Einzelgänger, PR 3«.

Can klickte sich durch die Namen und war erstaunt, wie viele er kannte. »Diepensiepen, Sibel, Schwester von Arat, C. (s. o.), Ministerialrätin im NRW-Wirtschaftsministerium, bewertet Förderanträge, karrieregeile Streberin, PR 4«, »Forsbach, Norbert, Staatsanwalt, Kinderficker, Videoaufnahmen aus Junkersdorf liegen vor, PR 5«, »Grosbroich, Marie, Sozialarbeiterin, Zulieferer für Rich Harvest, langjährige Verbindung zu Guschauski, W. (s. u.), Kurzaffäre mit Arat, C. (s. o.), durch Security eliminiert, LKA ist informiert«, »Guschauski, Waldemar, Ex-Agrippina, Möchtegern-Nuttenretter, Verbindung zu Grosbroich, M. (s. o.), ruhig gestellt, €20 000 p. M. von Holding, PR 3«, »Herkenrath, Michael, ehem. Zollermittler, Alkoholiker, von Forsbach, N. (s. o.), ruhig gestellt, PR 5«, »Kerkmann, Simone, Chefermittlerin nach Kölner Liquidierungen, ambitionierte Kampflesbe mit Adoptionswunsch, von Forsbach, N. (s. o.), ruhig gestellt, PR 4«. Methodisch klickte Can auf den nächsten Eintrag: »Kurzeck, Isabelle, Ex-Assistentin von Christof, Herausgeberin von *Concrete Gold*, nicht erpressbar, möglicher Ansatz evtl. Mitbewohner (Liebhaber?) Arat, C. (s. o.), PR 1, regelmäßig überwachen? Ausschalten?«

Can schloss die Datei und prüfte, wann sie zuletzt aktualisiert worden war: drei Tage vor seiner Abfahrt nach Bulgarien. Er holte den USB-Stick aus der Hosentasche, steckte ihn in den Rechner und zog sich eine Kopie des *Empire*-Ordners. Aus dem Erdgeschoss plärrte der Fernseher mit unveränderter Lautstärke. Plötzlich hatte Can das Gefühl, beobachtet zu werden. Die Härchen auf seinem Unterarm stellten sich auf. Langsam drehte er sich um. Das Mädchen mit der gelben Jacke stand im Türrahmen und sah ihn an. Ihre schwarzen Augen waren vollkommen ruhig. Can legte seinen Zeigefinger auf die Lippen. Der Blick des Mädchens wurde leer. Ihr Gesicht verschloss sich. Ein paar Sekunden stand sie unbewegt da, dann wandte sie sich um und glitt lautlos die Treppe hinunter zu den anderen. Cans Herz raste. Panisch spielte er die Optionen durch: Wenn ihn das Mädchen verriet, war er am Ende. Andererseits – wem sollte sie etwas erzählen? Den anderen im Bus? Denen war es wahrscheinlich egal, dass er nachts am Rechner von Rich Harvest gesessen hatte. Mark oder Noemi? Eher unwahrscheinlich. Außerdem wussten alle, dass das Mädchen nicht richtig im Kopf war. Wahrscheinlich würde ihr niemand glauben. Trotzdem, er musste Vorsichtsmaßnahmen treffen.

Can fuhr den Rechner runter, zog den Stick ab und verließ das Büro. Er sperrte sich in dem verwaisten Herrenklo am Ende des Ganges ein und zog die zerdrückte Kondompackung aus seiner Hosentasche. Mit unsteten Händen knibbelte er ein Gummi aus seiner Hülle, steckte den Stick in den Präser und verknotete ihn sorgfältig. Dann packte er das Bündel in ein zweites Kondom, das er ebenfalls mit einem Doppelknoten verschloss. Der Geruch nach künstlichem Bananenaroma vermischte sich mit dem beißenden Ammoniakgestank auf dem Pissoir.

Can drehte den Wasserhahn auf. Ein Schwall rostiger Brühe ergoss sich in das schmuddelige Waschbecken, bevor die Leitung mit obszönem Gurgeln versiegte. Ein letzter schmutzigbrauner Tropfen löste sich schwer vom Hahn, dann kam nichts mehr. Can fluchte, knüllte die Gummis so klein wie möglich zusammen, schloss die Augen und würgte den glitschigen Klumpen hinunter. Danach lehnte er minutenlang an das Waschbecken und kämpfte mit dem Brechreiz. Sein durchgeschwitztes T-Shirt klebte auf der Haut. Von unten dröhnte immer noch der Fernseher herauf. Langsam verlor sich der Bananengeschmack. Can schlich nach unten ins Erdgeschoss. Er holte ein Bier aus dem Kühlschrank und leerte es mit wenigen Zügen. Danach duschte er lange. Er zog sich um, setzte sich zu den anderen in den Aufenthaltsraum und schlief sofort ein.

17

Can erwachte vom grellen Morgenlicht, das durch die Jalousie brannte. Auf dem Bildschirm pumpten die nackten Blähtitten einer bulgarischen TV-Schlampe. Irgendjemand hatte über Nacht den Ton abgedreht. Can ging duschen und zog sich um. Das Mädchen mit der gelben Jacke sah nicht hoch, als er in die Küche kam.

Einer seiner Mitfahrer hielt Can einen Korb mit frischen Sesamkringeln hin. Can winkte ab. Er hatte keine Lust, den Weg des Kondoms durch seinen Körper zu beschleunigen. Stattdessen schüttete er eine Tasse Pulverkaffee mit drei Löffeln Zucker in sich hinein.

Noemi stand ans Fensterbrett gelehnt.

»Sobald die Leute mit dem Frühstück fertig sind, geht's los«, sagte sie zu Mark.

Ein hagerer blonder Enddreißiger mit Hornbrille und Holzfällerhemd kam herein.

»Hi, ich bin James.« Er schüttelte Mark die Hand. »Noemi und ich haben das alles hier aufgebaut.« Noemi stieß sich abrupt vom Fensterbrett ab und begann den Geschirrspüler auszuräumen. James sah nervös zu ihr hinüber und zupfte an seinem Vollbart, der von ersten silbrigen Fäden durchzogen war.

Wenig später saßen Can und die anderen wieder im Bus. Sie verließen die Stadt in Richtung Sofia. Nach etwa einer Stunde fuhr James von der Autobahn ab. Kurz darauf waren sie auf einer Asphaltpiste, die durch Ackerland mit weichen Hügeln führte. Inmitten der abgeernteten Felder stand ein monumentales Denkmal für die sozialistische Arbeiterschaft. Die gemeißelten Konturen verschwammen in der flimmernden Hitze. Am Horizont ballten sich schon wieder Gewitterwolken. Can war schwindelig vor Hunger. Neben ihm starrte das Mädchen mit der gelben Jacke auf die Rücklehne des Beifahrersitzes.

Nach etwa einer halben Stunde auf der Asphaltpiste bog James in einen befestigten Feldweg ein. Sie passierten ein kameragesichertes Tor und hielten schließlich vor einem imposanten Gutsgebäude. Das Erdgeschoss war aus hellem Naturstein, darüber erhoben sich zwei Stockwerke in traditioneller türkischer Bauweise. Dunkle Holzbalken wechselten mit zartrosa verputztem Mauerwerk, reich verzierte Holzbögen stützten elegante Erker mit filigranen Fensterläden. Can erinnerte sich an Ärztefreunde seines Vaters, die vor ein paar Jahren ein altes osmanisches Landhaus in der Nähe von Istanbul gekauft hatten. Ihre Villa war bescheiden gegen dieses Landgut, trotzdem hatte die Sanierung über eine Million gekostet.

James lächelte. »Das ist unser Hof«, sagte er zu Mark. »Vor zehn Jahren war das eine Ruine.«

»Halt verdammt noch mal den Rand,« zischte Noemi.

»Was?«, fragte James.

»Du hast es immer noch nicht kapiert, oder? Das ist nicht mehr unser Hof. Wir haben ihn verkauft, zusammen mit unserer Seele. Schon vergessen?« Noemi standen Tränen in den Augen. Mark tat so, als hätte er nichts mitbekommen. Can sah aus dem Wagenfenster. Plötzlich spürte er, wie das Mädchen neben ihm in ihrem Sitz erstarrte. Er folgte ihrem Blick und sah einen durchtrainierten, blonden Mittvierziger in Chinos und blauem Sporthemd, der sich vom Haus her dem Bus näherte. James stieg aus und begrüßte ihn mit Handschlag. Noemi hatte den Kopf abgewandt und drehte an ihrem Ehering herum.

Der Mann sah suchend in den Bus. Als er Mark entdeckte, lächelte er.

»Du bist Mark?«, sagte er. »Hi, ich bin Alex. Willkommen auf unserer kleinen Farm. Dein Freund Henning ist auch da. Der ist gestern aus Köln gekommen. Er meinte, ihr könntet hier ein paar Tage zusammen chillen und dann zurück nach Köln. Er ist drüben auf der Terrasse mit den anderen. Kannst schon mal rübergehen. Ich kümmere mich um den Rest.«

Mark nickte erleichtert. Er griff seinen Rucksack, verabschiedete sich von James und Noemi und steuerte, ohne sich noch einmal umzudrehen, auf die Terrasse zu, auf der ein paar tätowierte Glatzen mit schwarz-weißen Shirts unter Sonnenschirmen abhingen. Ein drahtiger junger Typ mit gepflegtem blonden Kurzhaarschnitt, Chinos und Sporthemd klatschte Mark ab und reichte ihm ein Bier.

Alex öffnete die Schiebetür des Busses. »Alle Mann aussteigen! Heute Abend geht es weiter«, sagte er auf Englisch. »So lange wartet ihr da drüben.« Er zeigte auf eine offene Scheune. Can und die anderen stiegen aus dem Wagen.

»Was heißt das, heute Abend geht es weiter?«, fragte James.

»Alles okay. Mach dir keine Gedanken.« Alex lächelte.

James sah ihn verunsichert an.

»Ist was?«, fragte Alex.

James schüttelte den Kopf.

»Na dann. Gute Fahrt«, sagte Alex. »Danke fürs Bringen.«

James zupfte an seinem Bart, dann ließ er den Bus an, wendete und fuhr langsam vom Hof. Noemi hatte die Augen geschlossen und presste die Stirn ans Seitenfenster. Can und die anderen sahen dem Bus nach. »Los, rüber da.« Alex nickte in Richtung der Scheune.

Drinnen stand alles voll mit fabrikneuen Mähdreschern, Ballenpressen und anderen Maschinen, die Can nicht zuordnen konnte. Auf einem weißen Plastiktisch waren Brot, Margarine, etwas Käse angerichtet. Daneben große Plastikkanister mit Wasser. Cans Hände zitterten vor Hunger. Er schenkte sich Wasser ein und zog sich in eine Ecke zurück. Ein paar Meter weiter hatte sich das Mädchen mit der gelben Jacke auf einer Decke zusammengerollt. Unter dem Wellblechdach war es drückend heiß. Von draußen war weit entferntes Donnergrollen zu hören.

Can schloss die Augen. Er dachte an den USB-Stick, der auf dem Weg durch seinen Körper war, und die Daten, die darauf abgespeichert waren. Er dachte an Mike Herkenrath, der sich in seinem Büro um den Verstand soff, er dachte an Simones gebeugten Rücken bei ihrem letzten Besuch im Krankenhaus, er dachte an Norbert Forsbach, den Staatsanwalt und all die anderen, die Nolden in der Hand hatte. Dann fiel ihm ein, was Noldens Häscher über Isa zusammengetragen hatten, und er merkte, wie die Angst in ihm hochkroch. Es war eine Angst, wie er sie bisher nicht gekannt hatte. Eine langsame, zähe Angst, die jede Zelle seines Körpers ergriff, ein lähmendes Gefühl vollkommener Ausweglosigkeit. Can puhlte den Zettel mit Isas Prepaid-Nummer aus der Hosentasche und prägte sich die Ziffernfolge ein.

Mit einem Mal spürte er neben sich eine Bewegung. Das Mädchen mit der gelben Jacke war aufgestanden. Sie nahm ein Stück Brot vom Tisch, ging nach draußen und begann die Türkentauben im Hof zu füttern. Für einen Moment brach die Sonne durch die stahlgrauen Wolken und ließ das Gelb der Jacke und die sanftbraune Haut des Mädchens aufleuchten. Can sah dem Mädchen zu und spürte, wie seine Angst ganz langsam zurückwich.

Plötzlich zerriss ein fauchendes Geräusch wie ein scharfer Atemzug die Stille. Etwas Helles fiel aus dem Himmel. Die Tauben stoben auseinander. Can hörte schrilles Fiepen. Erst dann sah er den Falken, rauchgrau und cremefarben. Er hatte seine Krallen in den Rücken einer Taube geschlagen und hackte mit dem Schnabel auf sie ein. Blutige Federn flogen auf. Der Falke, die Krallen immer noch in der inzwischen leblos schlaffen Taube, hob schwerfällig vom Boden ab und zog sich mit seiner Beute auf den Dachfirst des Hauses zurück.

Das Mädchen in der gelben Jacke legte die Hand über die Augen und beobachtete den Raubvogel, der grellrote Fleischbrocken aus dem toten Taubenkörper riss. Nach einer Weile kam sie zurück in die dämmerige Scheune. Sie rollte sich auf ihrer Decke zusammen und zog ein Tuch über das Gesicht. Sekunden später schien sie tief zu schlafen.

Cans Angst kehrte zurück. Sein Blick glitt von dem Mädchen hinüber zu den anderen Leuten aus dem Bus, die im Halbdunkel der Scheune vor sich hindösten. Während der Fahrt hatte er sich über das hartnäckige Schweigen seiner Mitfahrer gewundert, ihren nach innen gekehrten Blick, die scheinbare Gleichgültigkeit gegenüber dem, was um sie herum geschah. Jetzt fragte er sich, ob diese vermeintliche Stumpfheit möglicherweise daher rührte, dass die Leute Angst hatten. Dass sie genau die Art von Angst hatten, die er jetzt verspürte. Dass sie diese Angst vielleicht schon viel früher gehabt hatten als er, ja, dass sie möglicherweise überhaupt nichts anderes kannten als diese Angst.

Im Scheunentor zeichneten sich die Umrisse von zwei Männern ab. Alex und ein anderer, ungefähr gleichaltriger blonder Typ.

Der Mann neben Alex kickte einer der beiden Frauen leicht in den Hintern. Sie war mit dem Rücken zum Tor eingeschlafen, ihr Körper willenlos den Blicken preisgegeben, ein welker Haufen Fleisch.

»Wer fickt so was? Die wollt ihr doch nicht im Ernst noch mal auf die Piste schicken?«, fragte er und klang dabei wie ein beliebiger kölscher Jung an der Theke irgendeiner Südstadtkneipe.

»Fies, oder? Wenn du mich fragst, sind aus der Lieferung heute sowieso nur die beiden da drüben brauchbar.« Alex nickte in die Richtung von Can und dem Mädchen mit der gelben Jacke. »Die anderen könnte man meinetwegen auch hier verwerten, oder gleich wieder in die freie Wildbahn entlassen.«

»Meine Rede. Aber wir haben hier ja nix zu kamellen.« Der zweite Mann wandte sich zum Gehen. »Wer macht die Fahrt?«

»Justin.«

»Ist das der, der ständig austickt?«

»Frank fährt mit. Als Aufpasser.«

»Besser ist das. Das tut den Jungs nicht gut, dass die ständig mit der Schutzstaffel abhängen. Zu viele Weiber, Waffen, Drogen. Da können die nicht mit umgehen.«

»Stimmt, bei uns damals war mehr Zug drin.« Alex wandte sich zum Gehen. »Scheißmücken!« Er krempelte seinen Hemdsärmel hoch und kratzte sich ausgiebig. Auf der Innenseite seines Oberarms waren zwei Buchstaben eintätowiert. Alex schob den Ärmel wieder runter und folgte dem anderen Mann zurück zum Haus.

Der Hof lag verwaist in der Nachmittagshitze. Der Himmel war blaugrau, fast schwarz. Fette Schmeißfliegen kreisten um das klumpig geronnene Blut der Taube. Eine scharfe Böe wehte den Sand auf. Im nächsten Moment begann es zu regnen. Die Tropfen prasselten auf das Scheunendach wie Schrotfeuer. Can sah zu, wie sich das Taubenblut in dicken Placken vom Sand löste und zum Gulli trieb.

Bald darauf brach die Dämmerung herein. Im Gutshaus gingen die Lichter an. In der Scheune war es jetzt fast vollkommen dunkel. Can lag auf seiner Plastikliege und spürte, wie die Angst wieder in Wellen in ihm aufstieg.

Gegen neun scheuchte Alex Can und die anderen zu einem schwarzen Transporter mit Kölner Kennzeichen. Ein junger Mann mit kurz geschorenem, wasserstoffblondem Haar riss die Tür zum Laderaum auf.

»Move it! Go, go!«, kommandierte er.

Aus dem Augenwinkel registrierte Can Chinos und ein kariertes Freizeithemd.

»Sachte, Justin.« Ein speckiger Enddreißiger legte dem Wasserstoffblonden die Hand auf die Schulter.

»Ey, Alter! Bist du schwul, oder was?« Justin schlug ihm die Hand weg.

»Du mich auch.« Der Specknackige hievte sich auf den Beifahrersitz. Can setzte sich zu den anderen auf den Pritschenboden des Laderaums. Hinter ihm klappten die Türen zu. Justin stieg auf den Fahrersitz, dann ging es los.

Can hatte einen Platz direkt an der Trennwand zur Fahrerkabine. Ihm gegenüber saß die Frau, die Stunden zuvor in der Scheune so selbstvergessen geschlafen hatte. Neben ihm spürte er das Mädchen mit der gelben Jacke. Die anderen Männer und die zweite Frau saßen weiter hinten. Niemand sagte etwas.

Can schloss die Augen. Der Hunger, der den Nachmittag über verschwunden gewesen war, begann wieder zu nagen. Tonlos wiederholte er Isas Prepaid-Nummer, wieder und wieder, bis er endlich einschlief.

Als er aufwachte, war es nach elf. Weiter hinten im Laderaum schnarchte jemand, ansonsten war nichts zu hören als der Motor und das ruhige Geräusch der Räder auf glattem Asphalt. Offenbar fuhren sie auf einer Autobahn. Can richtete sich behutsam auf und lugte durch das Fenster zur Fahrerkabine. Am Rückspiegel baumelte ein »Stellwerk«-Wimpel. Zwischen den Köpfen von Frank und Justin sah er einen Ausschnitt der Straße. Vor ihnen leuchtete ein grünes Autobahnschild auf. *Sofia* entzifferte Can, bevor das Schild wieder in der Dunkelheit versank. Sie waren also auf dem Weg nach Westen. Er ließ sich zurück auf den Boden sinken und bemühte sich, nicht an seinen Hunger zu denken.

Nach etwa zwei Stunden hielt der Transporter an. Draußen waren Stimmen zu hören, bläuliches Flutlicht drang in den Laderaum. Can zog sich vorsichtig hoch und lugte durch das Fenster. Sie standen an einer Grenzstation. An einem Betonpfeiler hing ein Plakat, auf dem ärmlich gekleidete, dunkelhaarige Männer und Frauen von Polizisten in ein Flugzeug eskortiert wurden. *Na mangava te rodav azili,* war quer über das Abschiebungsfoto gedruckt.

»Passports?«, fragte der Grenzer in seinem Glaskasten. Justin legte einen Zweihundert-Euro-Schein zwischen seinen Pass und den von Frank. Der Grenzer nahm den Schein und stempelte die Pässe. Der Schlagbaum öffnete sich. Auf einem großen blauen Schild stand *Welcome to the Republic of Serbia.* Die Straße vor ihnen war frei. Nach Belgrad waren es dreihundertfünfzig Kilometer.

Can ließ sich auf die Pritsche zurücksinken. Er war plötzlich wieder acht Jahre alt. Sibel und er hatten den Sommer bei ihren Großeltern auf den Prinzeninseln verbracht und hätten zum ersten Mal ganz alleine zurück nach Deutschland fliegen sollen. Dann hatten die Fluglotsen gestreikt und ihr Vater hatte sie mit dem Auto in

Istanbul abgeholt. Die tagelange Rückfahrt nach Westen hatte er Sibel und Can als Abenteuerurlaub verkauft. Can erinnerte sich, wie sich ihr Wagen zwischen monströsen Lastwagen und grotesk überladenen Gastarbeiterkutschen quälend langsam in Richtung Deutschland geschoben hatte. Alle paar Stunden hatten sie Pause gemacht. Die meisten Raststätten auf der Strecke wurden von Türken betrieben, die ihre Landsleute auf dem Weg nach Norden mit Kuttelsuppe, Börek und Kebab versorgten. Damals war das alles Jugoslawien gewesen. Den Staat, durch den sie jetzt fuhren, hatte es noch nicht gegeben.

Die Frau gegenüber von ihm war wach geworden. Sie stand auf und sah lange aus dem Fenster. Plötzlich erstarrte sie.

»Das ist die serbische Flagge.« Sie wandte sich zu Can. »Da draußen ist die serbische Flagge! Warum ist da draußen die serbische Flagge?«, sagte sie auf Türkisch. Can zuckte mit den Schultern. Die Frau begann zu schreien.

»Da draußen ist die serbische Flagge! Wir sind in Serbien! Die fahren uns zurück in den Westen!«

Sie begann hysterisch gegen die Trennwand zur Fahrerkabine zu hämmern. Justin und Frank drehten sich nach hinten.

»Umkehren!« Die Frau drückte ihr Gesicht an die Trennscheibe. »Ihr Hurensöhne, umkehren! Wir gehen nicht zurück, verdammte Schwanzlutscher!«, brüllte sie immer noch auf Türkisch.

Frank lenkte den Transporter auf den nächsten Rastplatz. Justin riss die Tür zum Laderaum auf und zerrte die schreiende Frau nach draußen ins Licht einer einsamen Bogenlampe. Er stieß sie auf die Knie und riss ihren Kopf in den Nacken.

»Was ist?«, brüllte er zu ihr runtergebeugt. »Hast du ein Problem, du Nutte?«

Die Frau starrte ihn einen Moment lang aus tränenblinden Augen an. Dann spuckte sie ihm ins Gesicht. Justin schrie auf. Er ließ die Frau los. Mit der einen Hand wischte er sich den Rotz ab, mit der anderen griff er sich in den Hosenbund.

Was danach kam, nahm Can wie in einen Film mit grotesk überdrehter Tonspur wahr. Er hörte Justins raspelndes Atmen. Ein leises metallisches Klicken. Etwas blitzte auf. Der Kopf der Frau explodierte in einer scharlachroten Aureole. Blut, Hirnmasse und Knochensplitter glühten im Licht der Bogenlampe auf, bevor sie auf dem Boden niedergingen wie schwerer Regen. Der Körper der Frau sackte in sich zusammen und schlug dumpf auf den Asphalt.

Für einen Moment waren alle Geräusche weg. Eine Fledermaus taumelte um die Lampe und verlor sich in der Dunkelheit. Dann setzte das Zirpen der Grillen wieder ein und das gleichmäßige Heulen der Fahrzeuge, die auf der Autobahn vorbeizogen.

»Sag mal, bist du irre?«, brüllte Frank.

»Reg dich ab, Alter. Die Gammelfotze hätte eh nix mehr gebracht.« Justin steckte die Pistole zurück in den Hosenbund. Er schlug die Tür zum Laderaum zu, schwang sich auf den Fahrersitz und gab Gas.

Für eine Ewigkeit waren nur die Fahrgeräusche des Transporters zu hören. Im Laderaum war es totenstill. Es roch scharf nach Schweiß und Urin. Nach einiger Zeit registrierte Can ein knatterndes Geräusch, das er nicht zuordnen konnte. Erst vermutete er eine dengelnde Schraube. Dann wurde das Geräusch lauter, und mit einem Mal wurde Can klar, dass es von dem Mädchen mit der gelben Jacke kam. Sie klapperte mit den Zähnen und wiegte den Oberkörper immer schneller rhythmisch vor und zurück. Er legte seine Hand auf ihren Arm. Das Mädchen zuckte zusammen, im nächsten Moment klammerte sie sich an ihn.

»Hol mich hier raus«, flüsterte sie auf Türkisch. »Versprich mir, dass du mich hier rausholst. Ich tu alles für dich, hörst du? Alles, was du willst. Ich kann da nicht zurück. Ich bring mich um.«

»Wohin zurück?«, flüsterte Can.

»In den Club. Zum Ficken. Flatrate. Full Service. Nie wieder! Ficken! Ficken! Ficken!« Ihre Stimme wurde mit jedem Satz schriller.

Can legte ihr die Hand über den Mund und zog sie an sich. »Psssst«, flüsterte er. Das Mädchen machte sich vollkommen steif. Jede Faser ihres Körpers leistete Widerstand. Sie zitterte heftig. Das

299

Zähneklappern hatte wieder angefangen. Can zog sie noch enger an sich, strich ihr über den Rücken und wisperte beruhigenden Unsinn in ihr Ohr.

Sie lagen lange so, eng umschlungen auf der harten Pritsche des Laderaums, während der Transporter unerbittlich weiter Kurs nach Westen hielt.

Nach einiger Zeit hörte das Zähneklappern auf. Die Körperspannung des Mädchens änderte sich fast unmerklich, bis Can klar wurde, dass der Druck ihrer Brüste und die Berührung ihrer Schenkel nicht mehr zufällig waren, sondern einem unmissverständlichen Kalkül gehorchten. Und jetzt war es das Mädchen, das ihm ins Ohr raunte. Anfangs verstand Can kaum, was sie flüsterte, dann wurde ihm klar, dass es Angebote waren. Angebote für Dienstleistungen, formuliert in einem Vokabular, das ihm die Schamesröte ins Gesicht trieb.

»Ich tu alles, wenn du mich hier rausholst. Ich lutsch dir die Eier und den Schwanz, bis du mir den Hals mit deinem Saft vollpumpst«, wisperte das Mädchen. »Danach nehm ich deinen Schwanz zwischen die Titten, bis er dir wieder steif wird, und dann steckst du ihn mir von hinten in meine heiße, nasse Möse, oder in die Rosette, wenn du das lieber magst, und dann fickst du mich hart, bis du noch mal abspritzt, ganz tief in mich rein. Hol mich hier raus. Dann kannst du alles mit mir machen, was du willst. Alles. Ich schwöre.«

Can versuchte sein Ohr gegen das zu verschließen, was ihm da mit heißem Atem in Aussicht gestellt wurde. Er versuchte, unmerklich von dem geschmeidigen Körper abzurücken, der sich mit verzweifelter Berechnung immer bestimmter an ihn drängte Irgendwann gab er den Widerstand auf. Er fühlte sich vollkommen leer. Das Mädchen fingerte an seiner Gürtelschnalle. Can schloss die Augen.

Stunden später fuhr der Transporter von der Autobahn ab und hielt an. Die Seitentür wurde mit metallischem Scharren aufgezogen. Grelles Morgenlicht fiel ins Wageninnere.

»Pullerpause! Wee-wee!« Justin stand draußen auf dem Rastplatz im grellen Morgenlicht. »Five minutes!« Er hob die Hand und zeigte fünf Finger.

Das Mädchen mit der gelben Jacke löste sich von Can und glitt wie eine Katze aus dem Wagen. Er stieg mit steifem Kreuz aus dem Transporter und folgte den Männern aus dem Bus ein paar Meter zum hinteren Ende des Rastplatzes. Frank ging gemächlich hinter ihnen her. Justin blieb bei den Frauen.

Der Rastplatz lag in einem dichten Bergwald. Can stellte sich an die steil abfallende, mit Farn bewachsene Böschung. Er wollte seinen Gürtel öffnen, aber der Gürtel war weg. Cans Herzschlag setzte aus. Er drehte sich um. Das Mädchen mit der gelben Jacke stand bei Justin und zeigte ihm Cans Dienstmarke und den Personalausweis. Justin wandte sich zu ihm um und öffnete den Mund.

Can ließ sich fallen.

»Hey!«, brüllte Frank.

Can rollte den Abhang hinunter durch den Farn. Er wühlte sich in das Brombeerdickicht am Fuß der Böschung. Ein Schuss schlug neben ihm ein. Dann noch einer. Can presste sich auf den Boden und robbte tiefer in den Brombeerschlag. Die Dornen bohrten sich in seine Hände, sie durchdrangen seine billigen Turnschuhe und rissen tiefe, blutende Wunden. Irgendwann lichtete sich das Rankengewirr. Dahinter lag der Wald. Can begann zu rennen. Er rannte, wie er noch nie in seinem Leben gerannt war. Er rannte selbst dann noch, als er begriffen hatte, dass der raspelnde Atem, den er im Ohr hatte, nicht von Justin kam, sondern aus seiner eigenen Kehle. Er schlug sich durch Unterholz, sprang über Felsen, stolperte, rappelte sich auf und rannte weiter. Ein steiler Felsabsturz stoppte unvermittelt seinen Lauf. Can starrte auf den kleinen, reißenden Fluss, der zehn, fünfzehn Meter unter ihm brodelte, meergrün und weiß. Er holte tief Luft und sprang. Die beißende Kälte des Wassers raubte ihm den Atem, Strudel rissen ihn nach unten und schleuderten ihn gegen Felsen. Sekundenlang hatte er das Gefühl zu sinken, tiefer und tiefer, um nie wieder aufzutauchen. Can riss er die Augen auf und arbeitete sich verzweifelt hoch zum Licht. Als er wieder an die Oberfläche kam, lag die Absprungstelle weit hinter ihm.

Er ließ sich treiben, bis er an einer scharfen Biegung des Flusses auf einer Kiesbank anlandete. Auf allen vieren kroch er ans Ufer. Nach ein paar Metern stieß er auf ein moosüberwachsenes Erdloch, in dem er sich schwer atmend zusammenrollte.

Dann wurde es dunkel um ihn.

18

Irgendwann kam er wieder zu sich. Es roch nach modrigen Blättern und frischen Pilzen. Um ihn herum war alles leuchtend grün. Das samtige Moos, auf dem er lag, der Farn, der das Erdloch überwucherte und, sehr weit über ihm, das dichte Laub der Buchen in der Sonne. Von weit her hörte er das Rauschen der Autobahn. Can war kalt, sein ganzer Körper schmerzte. Der linke Fuß pochte wütend.

Er musste so schnell wie möglich weiter. Mühsam richtete er sich auf und kämpfte sekundenlang mit dem Schwindel. Dann spürte er es kommen. Er hatte gerade noch Zeit, sich die Hosen runterzureißen und sich an eine dicke Wurzel geklammert hinzuhocken, bevor sich sein Darm mit Gewalt entleerte.

Als es vorbei war, wischte sich Can den Hintern mit Farnlaub ab. Er fischte das weißlich glänzende Kondom mit dem USB-Stick aus dem Scheißhaufen, rollte es in ein großes Blatt ein und ging hinunter zum Fluss. Er spülte das Gummi ab, holte den Stick heraus und verstaute ihn sorgfältig in der Hosentasche. Danach kniete er am Wasser und trank in gierigen Zügen. Schließlich rappelte er sich auf und ging los in Richtung Autobahn, immer schneller, bis er schließlich rannte.

Irgendwann kam er an eine Lichtung mit einem kleinen Gemüsegarten. Can sah Stangenbohnen, Tomaten, Kohl und sorgfältig angehäufelte Kartoffeln. Ein Birnbaum hing schwer mit Früchten. Zwischen hohen Fichten, lag ein bescheidenes Holzhaus. Die Autobahn war jetzt deutlicher zu hören. Hinter den Baumstämmen blinkten vorbeiziehende Lastwagen auf.

Can umrundete das Haus. Es war eine etwas von der Autobahn zurückgesetzte Raststätte. An der Tür hing ein großes Auge gegen den bösen Blick. Ein rotes Schild hieß türkische Brummifahrer willkommen.

Drinnen war es kühl und dunkel. Die Gaststube war leer.

»Guten Morgen«, sagte der Mann hinter dem Tresen auf Türkisch.

»Ich muss telefonieren«, sagte Can. »Ich bin Polizist. Aus Deutschland. Ich muss sofort telefonieren. Unbedingt. Bitte.«

Der Mann sah ihn für einen Moment forschend an, dann griff er unter den Tresen und reichte ihm sein Handy.

Can tippte mit fliegenden Fingern Isas Prepaid-Nummer ein. Das Telefon klingelte. Zwei-, drei-, viermal. Cans Herz begann zu rasen.

»Ja?« Isas Stimme. Heiser und träge wie immer.

»Ich bin's.« Can ließ sich gegen die gekalkte Wand in seinem Rücken sinken. »Ich bin's Can. Scheiße Isa, du lebst noch.«

»Sollte ich nicht?«

»Du musst sofort weg aus Köln«, sagte Can. »Hörst du? Sofort! Leg auf, fahr zur Bank, räum dein Konto ab und verschwinde. Sag niemand, wo du hinfährst. Zahl alles in bar. Telefonier nicht über dein Handy. Ich meine das ernst, Isa. Nolden hat seine Leute auf dich angesetzt. Ich habe gesehen, was die mit Marie gemacht haben. Heute Nacht haben sie hier eine Frau erschossen. Du bist bei denen auf der Liste, Isa. Die bringen dich um!«

»Ich weiß«, sagte Isa. »Ich weiß das schon lange. Mach dir keine Sorgen.«

Can Gedanken rasten. »Wieso weißt du das schon lange? Wie kann das sein?«

»Wo bist du jetzt?«, wollte Isa wissen.

»In Serbien. Ich habe es geschafft, an einen von Noldens Rechnern dranzukommen. Ich habe alles auf einem Stick. Aber ich bin aufgeflogen, Isa. Die sind hinter mir her und hinter dir auch!«

»Ich hab's verstanden, Can. Und jetzt sag mir einfach, wo du bist!«

»Im Süden von Serbien. An der Autobahn.«

»Geht das auch genauer?«

»Verdammt, Isa!« Can schlug mit der Hand auf den Tresen.

»Ich warte«, sagte Isa.

Can fragte den Wirt nach den Koordinaten und gab sie Isa durch.

»Bleib, wo du bist«, sagte sie. »Darko holt dich ab. Kann aber dauern. Er kommt aus Novi Sad, das ist oben im Norden.«

»Darko.«

»Das ist ein Freund von mir.«

»Ich hab kein Geld und keine Papiere.«

»Sonst noch was?«

Can schwieg lange. »Ich liebe dich«, sagte er endlich. »Habe ich dir das schon mal gesagt?«

In der Leitung knackte es. Eine mechanische Frauenstimme verkündete, dass das Kartenguthaben aufgebraucht war.

Can gab dem Wirt das Handy zurück.

»Ich habe die Karte leer gemacht. Tut mir leid. Ich habe kein Geld. Ich kann Ihnen das nicht zurückzahlen.«

Der Wirt schob ihm ein Glas Tee und die Zuckerdose hin. Auf die Wand hinter den Tresen hatte jemand auf Türkisch »Bitte lächeln« gepinselt. Drumherum einen Kranz aus Rosen. Can stützte den Kopf in die Hände und begann unkontrolliert zu schluchzen.

Nach einer Weile trat der Wirt zu ihm, er legte ihm die Hand auf die Schulter und führte ihn nach hinten in die Küche. Die Wirtsfrau holte den Verbandkasten und versorgte Cans Wunden. Behutsam reinigte sie die tiefen, langen Kratzer, die die Brombeerranken gerissen hatten, sie entfernte die Dornen und Holzsplitter unter Cans Haut und legte kühlende Salbe auf die hart geschwollenen Blutergüsse, die er sich im Fluss geschlagen hatte.

Als sie fertig war, stand sie auf und stellte Can einen Teller mit Brot und ein Schälchen frischen Gurkenjoghurt hin, der nach Dill und Knoblauch schmeckte. Danach hausgemachte Nudeln mit Hackfleischfüllung in zerlassener Butter, im Tontopf gegartes Lammgulasch und, zum Nachtisch, cremig goldenen Milchreis mit karamellisierter Kruste.

Später saß Can mit dem Wirt unter der weinumrankten Veranda hinter dem Haus. Sie tranken Mokka aus einer kleinen Kupferkanne und sahen zu, wie die Sonne immer tiefer sank.

Darko kam gegen acht. Er war etwas jünger als Can, ein großer, kräftiger Mann mit kantigem Gesicht, dunkler Elvis-Tolle und einem T-Shirt auf dem *United Brotherhood of Carpenters* stand. Seine Hände waren rau und voller Schwielen.

»Isa sagt, ich soll dich hier wegbringen«, sagte er auf Deutsch

»Was ist mit ihr?«, fragte Can.

»Mach dir keine Sorgen.«

Die Wirtsleute wollten Darkos Geld nicht annehmen, aber irgendwann war auch das geklärt. Can stieg in Darkos Pick-up, und sie fuhren los in die Dunkelheit.

Aus dem CD-Player kam derselbe alte Jazz, den Isa immer hörte. Nach Novi Sad waren es vierhundert Kilometer.

»Danke, fürs Abholen«, sagte Can als sie etwas Strecke gemacht hatten.

»Ich tu das für Isa.«

»Woher kennt ihr euch?«

»Wir haben zusammen auf den gleichen Baustellen gearbeitet. Anfang der Neunziger. In Ostdeutschland. Isa hat Tischler gelernt. Sie kann anpacken. Robert auch. Die beiden haben damals in den Semesterferien immer auf dem Bau gejobbt. Wusstest du das nicht?«

Can schwieg. Nein, das hatte er nicht gewusst.

»Wir waren ein Team. Einer für alle, alle für einen«, sagte Darko.

»Und wenn Milady ein Vierteljahrhundert später anruft, fährst du quer durchs Land, um einen mysteriösen Fremden mitten im Nichts abzuholen?«

Darko zuckte mit den Schultern. Er drehte die Musik auf. Duke Ellington spielte »In a Sentimental Mood«. Can schloss die Augen und schlief ein.

Darko wohnte in einem Neubaublock am Stadtrand von Novi Sad. Er lebte allein. Seine Wohnung war fast leer. Eine Matratze auf dem Boden, ein schartiger Kontrabass in einer Ecke, Platten, Bücher, Jazzmagazine, eine teure Anlage als einziger Luxus. Sie saßen in der Küche. Über dem Holztisch mit den zwei Stühlen hing eine nackte Energiesparlampe.

»Bier?« Darko öffnete den Kühlschrank.

Can nickte.

Sie köpften zwei Flaschen und stießen an. Es war kurz nach Mitternacht. Draußen war es dunkel und vollkommen still.

An der Kühlschranktür hing ein abgegriffenes Foto. Ein Schnappschuss in Schwarz-Weiß. Altertümlich gekleidete Männer und Frauen standen in strömendem Regen mit gesenktem Kopf am Rand eines frisch ausgehobenen Grabs, dahinter Musiker mit Blasinstrumenten.

Can deutete auf das Foto. »Das hat Robert gemacht, oder?«

Darko nahm einen langen Zug von seinem Bier. »Das war auf Sabans Beerdigung«, sagte er. »Saban war mein Freund. Ein Zigeuner. Wir sind zusammen groß geworden. Nicht hier. Woanders. Auf dem Land. Wir wollten Musik machen. Saban hat Trompete gespielt. Er wollte werden wie Louis Armstrong. Mindestens.« Darko lächelte kurz und zündete sich eine Zigarette an. »Und dann war plötzlich Krieg«, sagte er. »Wir sind abgehauen. Schwarz über die Grenze. Erst nach Österreich, dann nach Deutschland. Musik haben wir da keine gemacht, stattdessen haben wir auf dem Bau malocht. Sachsen, Thüringen, Brandenburg. Aufbau Ost. Ein paar Leute sind damals richtig reich geworden. Auch wegen uns. Die meisten, die damals auf dem Bau gearbeitet haben, waren aus Jugoslawien. Wir waren illegal. Die konnten mit uns machen, was sie wollten. Wenn du aufgemuckt hast, haben sie gedroht, dich auffliegen zu lassen. Das hätte Abschiebung bedeutet und zurück an die Front.« Darko stand auf und lehnte sich mit dem Rücken an die Wand. »Zwei Leute aus unserer Kolonne sind trotzdem irgendwann zur Polizei und haben ausgepackt. In Dresden. Ein paar Tage später haben sie tot in der Baustellenauffahrt gelegen. Mit Spanngurten gefesselt. Nasenlöcher zugeklebt. Einer den Schwanz und die Eier vom anderen im Mund. Die Polizei hat die Leichen eingesammelt, und das war's dann. Keine Ermittlungen, nichts.«

Er holte sich ein neues Bier aus dem Kühlschrank und setzte sich wieder.

»Das mit Saban ist in Dresden passiert«, sagte er. »Da haben wir das Kronen-Theater gebaut. Er nahm einen Zug aus seiner Flasche. »Wir haben am Dachstuhl gearbeitet. Es hat wie aus Eimern geschüttet, das Holz war glitschig, wir hatten keine vernünftigen Arbeitsschuhe. Saban ist abgerutscht, sein Gurt hat nicht gehalten, und dann lag er da plötzlich unten auf dem Boden. Die Knochen haben ihm überall rausgestanden, aber er hat noch gelebt. Der Bauführer hat sich geweigert, einen Krankenwagen zu rufen. Der wollte keinen Ärger. Isa und Robert haben Saban in ihren Wagen gepackt, dann sind wir ins Krankenhaus.« Darko schwieg. »Isa ist gefahren«, sagte er dann. »Mit hundertzwanzig Sachen. Robert hat sie dirigiert. Wir hätten an jeder Ecke einen Crash bauen können, aber die beiden waren ganz ruhig, als würden sie das jeden Tag machen. Wie im Film.« Darko zündete sich eine Kippe an. »Als wir in der Notaufnahme angekommen sind, war Saban tot. Ich wollte, dass er zu Hause begraben wird, bei seiner Familie. Isa hat ihren Vater angerufen. Er hat uns das Geld für die Überführung geschickt. Wir haben ewig gebraucht, einen Beerdigungsunternehmer zu finden, der nach Serbien fahren wollte. Wegen dem Krieg. Er hat drauf bestanden, dass Isa und Robert mitkommen. Also haben sie das gemacht. Bei der Beerdigung war dann das ganze Dorf dabei.« Darko holte einen Schuhkarton voller Fotos aus seinem Zimmer. Can nahm sich den obersten Stapel.

In diesem kleinen Format waren die Schwarz-Weiß-Aufnahmen gestochen scharf. Robert hatte Sabans Vater porträtiert, wie er mit versteinertem Gesicht seinen toten Sohn im Leichenwagen betrachtete. Er hatte Sabans Geschwister mit der Kamera bei der Totenwache begleitet. Er hatte festgehalten, wie Sabans Mutter die Männer, die seinen Leichnam in den Sarg umbetten wollten, beiseitegesto-

308

ßen hatte, wie sie ihr totes Kind an sich gerissen und die Leiche auf dem Boden kauernd im Schoß gewiegt hatte, als könne sie den zerschlagenen Körper damit wieder ins Leben holen. Später sah man die Mutter von zwei jungen Frauen gestützt hinter dem rosengeschmückten Sarg und dahinter die Männer mit ihren Instrumenten und steifen schwarzen Sonntagsanzügen. Robert hatte fotografiert, wie Sabans Vater eine Flasche Schnaps auf den Sarg goss, und er hatte auch dann nicht aufgehört zu knipsen, als die Mutter Sekunden später versucht hatte, sich ins offene Grab zu werfen und sich alles in einem Chaos aus taumelnden Körpern, verzerrten Gesichtern und verrutschten, schlammverkrusteten Kleidern aufgelöst hatte.

Can legte die Fotos zurück in den Karton. Er fragte sich, wie viel diese frühen Arbeiten von Robert wert waren. Ein Abzug von *Golddust Perturbed* war zuletzt bei einer Auktion für ein paar Millionen an einen anonymen Sammler gegangen.

»Für wen habt ihr damals gebaut?«, fragte er.

»Nolden-Bau«, sagte Darko. »Auf der Rückfahrt von der Beerdigung hat Isa geschworen, sie wird persönlich dafür sorgen, dass Nolden für Saban büßt.«

»Wann war das?«

»1992.«

Zwei Jahre später hatte Isa als persönliche Assistentin bei Christof Nolden angeheuert. Ein Großabzug von Roberts Beerdigungsfoto hing bis heute in ihrem Büro. Can spürte, wie die Panik wieder in ihm hochkroch.

»Wir müssen in ein paar Stunden weiter«, sagte Darko in sein Schweigen hinein. »Du kannst auf der Couch schlafen. Kissen und Decken habe ich dir schon hingelegt.«

19

Fünf Stunden später waren sie wieder auf der Autobahn in Richtung Norden. Drei Kilometer vor der ungarischen Grenze fuhr Darko auf einen Rastplatz. Die Sonne war gerade aufgegangen. Über den umgebenden Feldern lag Nebel. Außer ihnen schien niemand unterwegs zu sein. Darko stellte den Motor ab.

»Sandor wird gleich da sein«, sagte er. »Er bringt dich zurück nach Deutschland.«

»Ich habe keine Papiere.«

»Das sollte kein Problem sein.«

Eine schwere Mercedes-Limousine mit verdunkelten Fenstern schwenkte auf den Rastplatz ein. Das Sonderkennzeichen trug eine niedrige Ziffer, die ungarische Standarte war gesetzt. Der Wagen hielt neben ihrem Pickup. Ein schlanker Mann mit zurückgegeltem Haar, Menjoubärtchen und grauem Zweireiher stieg aus und schüttelte Darko die Hand. Dann öffnete er den Wagenschlag.

»Darf ich bitten?« Er lächelte Can an. »Isa will, dass ich dich über die Grenze bringe, und der Wunsch der Königin ist mir natürlich Befehl.«

Can verabschiedete sich von Darko und wechselte in die Limousine. Sandor gab Gas. Dann tippte er den CD-Player an. Ein dumpf grollender Schlagzeugbeat setzte ein. Danach Bläser, zuerst plärrend grell, später in glasklaren, harten Sätzen. Eine Klarinette erhob sich quäkend über die anderen Instrumente. Die Bläser hielten messerscharf dagegen. Darunter das immer treibendere Wummern des Schlagzeugs.

Sandor beschleunigte gleichmäßig. Sein Gesicht wirkte vollkommen entspannt, aber die Knöchel seiner schmalen Hände auf dem lederbezogenen Lenkrad traten hart hervor. Die Standarte bog sich im Fahrtwind. Der Grenzposten tauchte vor ihnen auf. Das pulsierende Stampfen der Basstrommel steigerte sich zu wüsten, alles dominierenden Synkopen und setzte dann plötzlich völlig aus. Für einen Moment war nur das gleichmäßige Brummen des Motors zu hören. Der Tacho stand auf 150. Die serbischen Grenzer rissen den Schlagbaum hoch. Ihre ungarischen Kollegen legten vor dem vorbeirauschenden Staatsgeschoss die Hand an den Tschako. Zwei Atemzüge lang war es noch still, dann gellte plötzlich wieder die Klarinette auf. Im Hintergrund setzte das Schlagzeug zu einem besänftigenden Murmeln an, das langsam lauter wurde während sich die Klarinette beruhigte, bis endlich wieder so etwas wie Melodik zu erkennen war. Jetzt klinkte sich auch ein Piano ein, zaghaft zunächst, dann immer fordernder. Schlagwerk, Klarinette und Hintergrundbläser nahmen noch einmal Fahrt auf und zerlegten den gerade entstandenen Melodiebogen in einer Kakophonie aus Blechgetöse, Klarinettenkreischen und Stakkatotrommeln.

Dann war mit einem letzten Paukenschlag Schluss. Eine Sekunde lang war es still, dann brandete frenetischer Applaus auf.

Die Grenze lag zwei Kilometer hinter ihnen. Sandor nahm den Fuß vom Gas und drehte die Musik leiser. »›Sing, Sing, Sing‹. Benny Goodman Live at the Carnegie Hall, 1938. Grandioses Stück.«

»Ich steh nicht so auf Big-Band-Jazz«, sagte Can.

»Ich denke, du bist mit Isa zusammen?«

»Wir wohnen nur zusammen.«

»Ah ja?« Sandor musterte Can im Rückspiegel. Er zündete sich eine Nelkenzigarette an und reichte sein silbernes Zigarettenetui nach hinten durch.

»Und woher kennst du Isa?«, fragte Can.

»Herräng.«

»Herräng?«

»Tanzt du nicht?«

Can schüttelte den Kopf.

Sandor zuckte mit den Schultern. »Herräng ist ein Dorf in Schweden. Seit den Achtzigern findet dort jeden Sommer ein internationales Tanzcamp statt. Am Anfang sind da nur eine Handvoll Hardcore-Tänzer gewesen. Inzwischen kommen jedes Jahr drei-, viertausend Leute. Isa und Robert waren jahrelang als Trainer dort. Die waren damals richtige Stars in der Szene. Der Shuffle-King und seine Königin, Mr. und Mrs. Balboista.« Sandor zog an seiner Zigarette. »Balboa, das war ihre Spezialität. Das war ein Modetanz in den Dreißigerjahren. Sehr eng, fast nur Fußarbeit, extrem schnell. Isa und Robert waren mit die Ersten, die das wieder unterrichtet haben.«

Can erinnerte sich an Robert und Isa in einer Vollmondnacht vor fast fünfundzwanzig Jahren. Frisch zurück aus Schweden, braun gebrannt in der Kneipe mit all den anderen, und dann plötzlich die Oberkörper aneinandergeschmiegt, mit halbgeschlossenen Augen, bis zur Hüfte fast reglos, während ihre Füße mühelos alle Tricks von Django Reinhardts Hot-Jazz ausreizten.

Der Mercedes passierte ein Haus, in dessen Vorgarten sich eine weiß-rot gestreifte Flagge träge im Wind blähte.

»Scheiß Jobbik-Nazis«, sagte Sandor. »Vor der Wende und in den Jahren danach war Jazz für mich Rebellion. Und das Tanzen erst recht. ›Wer Swing tanzt, kann nicht im Gleichschritt gehen.‹ An solche Sprüche habe ich damals wirklich geglaubt. Und heute bin ich Kulturstaatssekretär von einem Land, in dem ein Viertel der Wähler für die Faschisten sind.«

Er schnippte seine Zigarette aus dem Fenster und lenkte den Wagen auf einen menschenleeren Rastplatz. Schmutzigweiße Klopapierfetzen hingen in der Böschung. Eine Krähe pickte an einem weggeworfenen Käsebrot herum. Sandor montierte die Standarte ab und verstaute sie im Kofferraum. Als er sich bückte, um seine rahmengenähten Schuhe mit einem Stofftaschentuch zu polieren, fiel ihm das dunkle Haar in die Stirn. Mit seinen altmodischen Klamotten und den hohen Wangenknochen erinnerte Sandor Can für einen Moment an Robert. Jähe Eifersucht flammte in ihm auf.

In den nächsten Stunden sprachen sie kaum miteinander. Sie umrundeten Budapest, ließen die Tschechische Republik hinter sich und fuhren dann durch Thüringen, Sachsen und Brandenburg, immer nach Nordwesten. Can sah aus dem Fenster. Irgendwann lehnte er den Kopf zurück und schloss die Augen. Sandor wechselte die CD. Chet Baker sang leise von der Liebe. Can hörte eine Weile zu, dann schlief er ein.

Am frühen Abend setzte Sandor Can an einem Regionalbahnhof südöstlich von Berlin ab. Er gab ihm eine gut gefüllte, altmodische Brieftasche.

»Die nächste Bahn geht in einer Viertelstunde. Du fährst bis zum Alex und von dort aus weiter bis zum Rosa-Luxemburg-Platz. Am Eck rechts hinter der Volksbühne ist eine Kneipe. Am Tresen sind zwei Plätze reserviert. Du setzt dich da hin und wartest. Grüß Isa von mir, wenn du sie siehst.«

Sandor drehte sich um, stieg in den Wagen und fuhr vom Bahnhofsvorplatz, ohne sich noch einmal umzusehen.

Das Bahnhofsgebäude war menschenleer. Can zog eine Fahrkarte und ging zum Bahnsteig. In der Unterführung stank es nach Pisse und Bier. Zwischen die Salpeterausblühungen an der Wand hatte jemand *NSU* gesprayt.

Eine Dreiviertelstunde später war Can am Alexanderplatz. Es war kurz nach Geschäftsschluss. Abgekämpfte Verkäuferinnen auf dem Weg in den Feierabend trafen auf ausgehgeile Touristen, die vom Berghain träumten.

Can wartete auf seine U-Bahn. Plötzlich hatte er das Gefühl, beobachtet zu werden. Er drehte sich um. Etwa zehn Meter von ihm entfernt stand ein bulliger Blonder in Chinos, Sporthemd und Sneakers am Bahnsteig. Ihre Blicke trafen sich. Can merkte, wie sein Mund trocken wurde.

Mit einem Mal wurde es auf dem Bahnsteig unruhig. Eine Krähe hatte sich in die U-Bahn-Station verirrt. Sie drehte hektische Runden über dem Bahnsteig und zog dabei immer wieder haarscharf an den Köpfen der Fahrgäste vorbei. Der Sporthemdträger verfolgte die panischen Manöver des Vogels für einen Moment genauso selbstvergessen wie alle anderen auf dem Bahnsteig.

Can drehte sich um. Die U-Bahn in Gegenrichtung stand abfahrbereit. Er drängte sich in den schon überfüllten Waggon. Hinter ihm zogen sich die Türen mit pneumatischem Schmatzen zu. Der Sporthemdträger erwachte aus seiner Trance, drehte sich um und starrte fassungslos auf die abfahrende Bahn. Can stieg erst wieder aus, als sich sein Atem beruhigt hatte. Er winkte ein Taxi und ließ sich zum Rosa-Luxemburg-Platz fahren.

Die Bar lag etwas versteckt in einer Sackgasse hinter der Volksbühne. Große, weich gerundete Fenster gaben den Blick auf den spartanischen Innenraum frei. Weiße Wände, ein schlichter, U-förmiger Tresen, darüber Kugelleuchten aus den Sechzigern mit präzise heruntergedimmtem Licht. Genauso hatten die Bars ausgesehen, in denen Can früher gearbeitet hatte. Auf das Wesentliche reduziert, ein White Cube für Menschen, die dabei gesehen werden wollten, wie sie unter sich blieben.

Im Moment war der Laden allerdings vollkommen leer, sah man von der elfengleichen Bedienung ab, die rauchend hinterm Tresen stand und mit einem großen Kopfhörer auf dem leicht schräg gelegten Kopf in eine Platte reinhörte.

Can zögerte. Die Bar war so diskret wie ein Aquarium. Er war auf der Flucht. Was also sollte er hier? Er wandte sich um. Der große Platz lag menschenleer vor ihm. Die Fahnen der Volksbühne hingen schlaff an ihren Masten. Can ging seine Optionen durch. Das Geld, das ihm Sandor zugesteckt hatte, würde für zwei, bestenfalls drei Tage reichen. Danach war er blank. Und Papiere hatte er immer noch keine. Er öffnete die Tür zur Bar. Am hinteren Ende des Tresens standen zwei *Reserviert*-Schilder. Can setzte sich auf den linken Platz. Die Bedienung glitt wortlos zu den Fenstern und zog die schweren, braunen Filzvorhänge zu. Die Welt draußen verschwand. Der Raum umschloss Can wie ein warmer Kokon.

»Dauert noch. Du sollst warten.« Die Bedienung stellte ihm ein Kölsch hin. »Eine Stunde. Vielleicht auch zwei. Hast du Hunger?« Can nickte.

Das Mädchen ging nach nebenan in einen Raum, aus dem Tellerklirren und gedämpfte Gespräche drangen. Kurz darauf kehrte sie mit einem Teller Schmorfleisch und Weißbrot zurück. Can aß bedächtig und tunkte die Soße mit dem Brot auf. Die Bedienung räumte ab und kam mit einem Käseteller und einem Glas Rotwein zurück. Noch später trug sie Pflaumenkompott mit einem Sahneeis auf, das fast unmerklich mit Lorbeer aromatisiert war.

Langsam füllte sich die Bar. Von seinem Platz aus hatte Can freie Sicht auf die beiden Eingänge des Ladens, war aber selber durch einen schweren Pfeiler mitten im Raum weitgehend vor Blicken geschützt. Er beobachtete die Gäste, die sich um den Tresen drängten. Eine Reihe von Gesichtern kannte Can von früher. Irgendwann waren sie aus dem Kölner Nachtleben verschwunden, man hatte vielleicht noch gehört, dass dieser und jener jetzt auch nach Berlin gegangen war. Danach nichts mehr. Jetzt standen sie hier am Tresen, mit schütterem Haar, müden Gesichtern und mehr oder weniger ausgeprägten Wohlstandsbäuchen, aber immer noch kenntlich. Can entspannte sich. Von diesen Leuten hatte er nichts zu fürchten.

Mit einem Mal änderte sich die Stimmung im Raum. Der Geräuschpegel ging herunter, die Bewegungsabläufe der Bedienungen hinter der Theke wurden präziser, selbst das Licht im Raum schien plötzlich schärfer. Ein unauffällig gekleideter Mann mit tiefen Augenringen und Dreitagebart war aufgetaucht und setzte sich auf den Barhocker neben Can. Sekunden später standen zwei Kölsch vor ihnen auf dem Tresen.

Malik stieß mit Can an. Jahrelang hatten sie in denselben Kneipen gejobbt. Sie waren immer gut miteinander klargekommen. Eine Zeit lang hatten sie sogar darüber nachgedacht, gemeinsam einen Laden aufzumachen. Die Kellerbar im Belgischen Viertel hatte Malik dann aber doch alleine übernommen. Lange Zeit war das die einzige Kneipe gewesen, in die Can, Thomas, Isa und all die anderen von früher überhaupt noch gegangen waren. Dann hatte Malik den Laden von einem Tag auf den anderen zugemacht und war aus Köln verschwunden. Seitdem war Can abends meistens zu Hause geblieben. Malik hingegen hatte es in Berlin über die Jahre offenbar zum heimlichen König der versprengten Exil-Kölner gebracht.

»Wie geht es jetzt weiter?«, fragte Can, nachdem er sein Kölsch geleert hatte.

Malik gab ihm Instruktionen.

Ein paar Minuten später verschwand Can in dem Durchgang, der zu den Toiletten und zu Maliks Büro führte. Niemand sah, wie er die Bürotür hinter sich zuzog. Er setzte sich in den Bürosessel und griff nach dem zerlesenen Buch auf Maliks Schreibtisch. Proust. Can lehnte sich zurück, schloss die Augen und döste ein.

Malik weckte ihn gegen zwei Uhr morgens. Der Wirt schloss die Bürotür von innen ab, dann schlug er den abgetretenen Kelim vor dem Schreibtisch zurück und öffnete die darunterliegende Falltür.

»Kommst du?« Er winkte Can mit seiner Taschenlampe.

Über eine Holztreppe ging es in einen Gewölbekeller. Hinter einer schweren Stahltür führte eine Treppe weiter in die Tiefe. An ihrem Ende öffnete sich ein großer Raum. An den Wänden standen rostige Hochbetten. Es roch muffig und ein wenig nach Rauch. Ein niedriger Gang verlor sich im Dunkeln. Das Licht ihrer Taschenlampen geisterte über Backsteinmauern. Irgendwo in der Ferne rauschte Wasser. Malik führte Can durch das Labyrinth der Gänge. Nach etwa zehn Minuten langten sie im Tiefgeschoss eines Neubaus an. Malik brachte Can zu einem Aufzug und reichte ihm einen Schlüsselbund.

»Du fährst ganz nach oben zum Penthouse. Max ist morgen Vormittag zurück. Du sollst dich wie zu Hause fühlen.« Malik winkte knapp und ging zurück in die Dunkelheit.

Das Penthouse stand als schwarzer Quader quer zur weitläufigen Dachterrasse. Ein paar Mal rutschte Can mit dem Fuß von den Trittsteinen, die zum Eingang führten, in die niedrigen Pflanzen, die die Terrasse überwucherten. Scharfer Thymianduft stieg auf.

Er schloss die Haustür auf und schaltete das Licht an. Die Längsseiten des Raums waren mit rötlichem Holz verkleidet. Beide Schmalseiten waren vollverglast und öffneten den Blick auf die Stadt. Der Fernsehturm ragte etwa einen Kilometer vor Can auf. Gelb-rote S-Bahn-Züge fuhren weit unten durch die Nacht. Die Spree war zu erahnen, dahinter die sanft erleuchtete Kuppel des Bode-Museums.

Can zog die Schuhe aus und ging zu dem alten Feldbett, das vor dem Kamin stand. Die Dielen unter seinen Füßen waren samtig wie der Boden zu Hause. Irgendjemand hatte ein Feuer angefacht. Auf einem Beistelltisch standen eine Flasche Rotwein, ein Glas und ein Schälchen Käsegebäck. Can schenkte sich ein und ging zum Fenster. Er trank den Wein in langsamen Schlucken und beobachtete das rote Blinken des Fernsehturms, bis er müde war. Dann legte er sich auf das Feldbett und deckte sich mit der schweren Militärdecke zu, die am Fußende lag. Das Feuer im Kamin war inzwischen fast heruntergebrannt. Can sah in die langsam versiegende Glut. Er dachte an Isa. Behutsam strich er über das ölig-glatte Leder des Feldbetts. Kurz darauf schlief er ein.

20

Der Duft von Zitronen, eher wohl Bergamotte, mit etwas Rosen weckte ihn auf. Herbere, holzige Aromen darunter. Mira saß in einem Sessel neben dem Feldbett. Im fahlen Morgenlicht wirkte ihr Gesicht wie ausgelaugt.

»Hi«, sagte sie. »Isa schickt mich.«

»Wo ist sie?«

»Alles okay. Mach dir keine Sorgen.«

»Und du?«

»Sobald wir beide hier fertig sind, bin ich auch weg.«

»Wohin?«

»Brasilien. Isa kennt da Leute. Thomas kommt mit.«

»Gut. Und was machst du jetzt hier noch?«

»Ich ziehe eine Sicherungskopie von den Daten, die du in Bulgarien runtergeladen hast.«

»Wozu?«

Mira lächelte. »Du hast das Konzept von *Concrete Gold* nie wirklich verstanden, oder?«

Can schwieg.

»Wem gehört das Penthouse?«, fragte er schließlich.

»Max. Max Schuen. Er ist ein Freund von Isa, hat sie das nie erzählt?«

›Max Schuen‹, dachte Can. Preisgekrönter Schweizer Architekt und Kunstsammler. Der Mann, der das Bundeskanzleramt hätte bauen sollen und den Auftrag ohne Angabe von Gründen zurückgegeben hatte. Can erinnerte sich an die Anrufe eines Mannes, der

319

Max hieß und mit starkem Schweizer Akzent nach Isa fragte. Er dachte an Isas ständige Besuche in Zürich und Berlin. Unwillig begriff er den Zusammenhang.

»Gibst du mir den Stick?« Mira klappte ihr Notebook auf.

Can reichte ihr den Datenträger. Mira zog sich eine Kopie, dann gab sie ihm den Stick zurück. »Ich fahre jetzt zum Flughafen. Max kommt in ein paar Stunden aus Zürich zurück. Dann geht's weiter.«

»Grüß Thomas«, sagte Can. »Der hat immer schon von Brasilien geträumt.«

»Ich weiß«, Mira lächelte. Dann war sie weg. Nur der Duft nach Bergamotte und Rosen hing noch in der Luft.

Can ging ins Bad. Er duschte und machte sich einen Espresso. Im Brotfach fand er ein paar harte Mandelkekse. Er nahm die Militärdecke und ging nach draußen. Es war kurz nach sieben. Leichter Nebel lag über der Stadt. Der Kräuterteppich auf dem Dach war nass vom Tau. Es war empfindlich kühl, der viel zu lange Spätsommer war endgültig vorbei. Ein Schwarm Wildgänse zog dicht über das Haus. Can verfolgte ihre perfekte Keilformation, bis sich die Vögel im Dunst verloren, dann ging er wieder nach drinnen.

Er wusste nichts mit sich anzufangen. Nach einiger Zeit fachte er das Feuer im Kamin wieder an und legte sich auf das Feldbett. Auf dem Boden lag ein Stapel alter Ausgaben von *Concrete Gold*. Can nahm sich ein Heft und begann zu lesen.

Max Schuen war ein kleiner, fast zarter Mann mit kurz geschorenem Haar, asketischen Gesichtszügen und sehr wachen, grauen Augen. Der Architekt wirkte wie Anfang sechzig, aber Can ahnte, dass er deutlich älter war.

»So lernen wir uns endlich auch einmal kennen.« Schuen schüttelte ihm die Hand. »Isa sagt, ohne Sie wäre sie nicht mehr am Leben.«

»Seit wann ist ihr das wichtig?«, fragte Can.

Schuen lächelte unergründlich. »Ich mache einen Espresso. Wollen Sie auch einen?« fragte er.

»Wo haben Sie Isa kennengelernt?«, fragte Can, als sie ein paar Minuten später am Esstisch saßen.

»Bei einem Arbeitsessen mit Christof Nolden.« Schuen rührte seinen Espresso um. »Isa war damals seine Assistentin. Nolden wusste, dass ich Kunst sammle. Ich denke, er wollte mich damit beeindrucken, dass er das Gesicht von *Golddust Perturbed* eingekauft hatte. Isa hat an dem Abend nicht viel gesagt, aber beim Abschied hat sie mir heimlich ihre Karte zugesteckt. Mit der Bitte, sie anzurufen.«

»Was Sie getan haben.«

»Ja.«

»Weil Sie das Gesicht von *Golddust Perturbed* beeindruckt hat.«

Schuen lächelte. »Eigentlich eher, weil sie mit mir über Nolden sprechen wollte.«

»Und? Was hat sie erzählt?«

Schuen sah nach draußen. Leichter Nieselregen sprühte gegen die großen Panoramafenster.

»Sie hat von den beiden Arbeitern erzählt, die tot in der Baustellenauffahrt in Dresden gelegen haben, und von dem Serben, der in Leipzig vom Dach gestürzt ist. Und dass sie Nolden dafür zur Rechenschaft ziehen wollte.«

»Und was haben Sie davon gehalten?«

»Nichts.« Schuen trank seinen Espresso in kleinen Schlucken. »Sehen Sie, Nolden ist kein Einzelfall. Alle machen es so. Lohndumping. Keine Arbeitssicherheit. Billigmaterial. Die ganze Branche funktioniert so. Gerade im öffentlichen Bereich, weil die Kommunen daran gebunden sind, den billigsten Anbieter zu nehmen. Das ist das System.«

»Wie hat Isa reagiert, als Sie ihr das gesagt haben?«

»Sie meinte, dann müsste man das System aushebeln.« Schuen lächelte.

»Und deshalb haben Sie zusammen *Concrete Gold* gegründet.«

»Ja.« Schuen stand auf und setzte neuen Espresso auf. »Wir haben mit meinen Anwälten überlegt, wie wir den ganzen Dreck

öffentlich machen können. Die Anwälte haben uns klargemacht, wie
gering unser Handlungsspielraum war. Sie haben uns geraten, die
Texte auf die absoluten Fakten zu reduzieren: Projektplanung, beteiligte Gewerke, Budget. Keinerlei Wertung.«

Can schlug die neueste Ausgabe von *Concrete Gold* auf und zeigte
wahllos auf Partyshots, Unternehmerporträts und Baustellenfotos.
»Ist Isa auf die Idee mit den Fotos gekommen?«, fragte er.

»Natürlich.« Schuen lehnte gegen die Küchenzeile. »Und sie hatte
vollkommen recht. Die Leute fühlen sich geschmeichelt, wenn sie
für *Concrete Gold* von Starfotografen wie Robert Selinger porträtiert
werden, oder wenn wir Fotostrecken von ihren Baustellen veröffentlichen. Dass aus der Kombination von neutralen Texten und neutralen Fotos ein ganz neuer Zusammenhang entsteht, der sie gnadenlos
entlarvt, realisieren sie nicht.«

»Und Christof Nolden?«

»Nolden ist eitel, aber nicht dumm. Zumindest in dieser Hinsicht
unterscheidet er sich von den meisten meiner Kollegen.«

»Haben Sie nie darüber nachgedacht, dass das, was Sie da tun,
gefährlich ist?«

»Natürlich. Aber Isa war nicht davon abzubringen. Sie hat von
einem hochrangigen Kontakt in Brüssel erzählt und von einem Russen, auf den sie sich im Notfall verlassen könnte. Wir haben Fluchtpläne ausgearbeitet und eine professionelle Datensicherung installiert. Alle Informationen, die in der Redaktion auflaufen, werden
sofort auf einen Server in der Schweiz hochgeladen. Wir können
alles zu jeder Zeit veröffentlichen – selbst wenn Isa etwas passieren
sollte.«

»Und dass ihr etwas passieren könnte, war immer mit einkalkuliert«, sagte Can

Schuen sah Can an. Seine Augen waren müde.

»Wo ist Isa jetzt?«, fragte Can.

»Ich weiß es nicht. Ich weiß nur, dass Sie heute Abend in Brüssel
sein sollen. Mein Assistent wird Sie fahren«, sagte Schuen.

Schuens Assistent wartete in der Tiefgarage in einem alten Renault-Kastenwagen mit abgedunkelten Scheiben. Sie fuhren los, quer durch die Stadt. Can saß auf dem Rücksitz und sah nach draußen. An einer Dönerbude hing noch die Ballongirlande von der Neueröffnung. Die Ballons waren schrumpelig und vom Straßenstaub grau. Auf die Brandmauer des Hauses vor ihnen hatte jemand vom Dach aus in Riesenlettern *Kiez statt Kies* geschrieben. Can starrte auf die verlaufenen Buchstaben und dachte an Isa. Wie immer in Berlin, fühlte er sich unendlich fremd.

Irgendwann waren sie auf der Autobahn. Schuens Assistent nahm Kurs nach Westen.

Als sie bei Aachen waren, wurde es draußen dunkel. Anderthalb Stunden später hielten sie in einer schmalen Straße in der Brüsseler Innenstadt. Der Assistent zeigte in eine Gasse, an deren Ende ein Neonzeichen leuchtete.

»Das da vorne ist ein Club. Da gehst du rein. Dein Name steht auf der Gästeliste.«

Can ging an der langen Schlange vorbei direkt zum Einlass. Der Türsteher war ein volltätowierter Rockabilly-Boy mit Schmalztolle und Koteletten. Er musterte Can und sagte etwas Ablehnendes auf Französisch.

»Arat«, sagte Can. »My name is Can Arat. I'm on the guest list.«
Der Türsteher ging widerwillig die Liste durch.

»You are welcome«, sagte er dann, plötzlich fast unterwürfig. »Table sixty-seven.«

Can passierte den Garderobenbereich. Dahinter lag ein großer Tanzsaal im reinsten Art déco. Alles war cremefarben, mattbraun und taubenblau.

Sein Tisch befand sich in einem Alkoven, mit Blick auf die organisch geschwungene, chromverzierte Bühne. Can ließ sich auf die abgewetzte Sitzbank gleiten und bestellte ein Bier und einen Teller Muscheln.

Immer mehr Leute drängten in den Saal und setzten sich an die

Holztische auf der Tanzfläche. Die meisten der Männer trugen die altmodischen Anzüge, die Can von Robert kannte. Dazwischen GI-Ausgehuniformen aus dem Zweiten Weltkrieg mit allem Drum und Dran. Manche der Typen sahen aus wie der Türsteher: Schmalztolle und tätowiert, in Jeans und Holzfällerhemd. Die dazugehörigen Frauen waren in Bleistiftröcken, Nahtstrümpfen und Hawaiiblusen gekommen. Andere trugen weich fallende, raffiniert drapierte Kleider und aufwendige Frisuren wie Filmdiven aus den Vierzigern. Dazwischen mischten sich Möchtegern-Marlenen mit Smoking und Zigarettenspitze. Das Ganze wirkte wie ein Kostümball, bei dem sich die Teilnehmer nur grob auf ein Motto geeinigt hatten.

Can griff sich das Programm auf seinem Tisch. *Grande Nuit du Swing* stand auf dem Flyer. Darunter *The Famous Lee Child Big Band*, das *Baro Winterberger Quintette feat. La Grande Ninette*, und schließlich: *Greatest Swing Dance Competition Ever! Surprise Special Guests!* Can seufzte und ließ das Programm sinken. Die Kellnerin brachte sein Bier und die Muscheln. Das Licht wurde heruntergedimmt. Die Lee Child Big Band baute sich auf der Bühne auf und begann die Standards zu spielen, die Big Bands eben so spielten. Die Leute aßen Muscheln und Pommes, unterhielten sich und tranken Bier.

Gegen halb elf, als alle Teller abgeräumt waren und die Band unter höflichem Applaus ihr Set beendet hatte, wurde es plötzlich dunkel im Saal. Die Gespräche erstarben, schattenhafte Gestalten bezogen auf der Bühne Position. Dann ging ein einzelner Scheinwerfer an.

Im ersten Moment sah Can nur eine Explosion von Farben und Formen auf hellem Grund. Dann sortierten sich die Fragmente zu einem Bild. Ein üppiges Blumenstillleben wie von einem barocken Meister, Nachtfalter, Raupen und Käfer inklusive. Aber nicht auf Leinwand gemalt, sondern auf den Rücken der fetten Frau tätowiert, die, mit dem Gesicht zu den Musikern, in einem tief ausgeschnittenen schwarzen Kleid auf der Bühne stand.

»*Birds flying high, you know how I feel. Sun in the sky, you know how I feel. Breeze driftin' on by you know how I feel.*«

Die Frau sang a cappella, den Rücken immer noch zum Publikum gewandt.

»It's a new dawn. It's a new day. It's a new life, and I'm feelin' good, yeah.«

Drei harte Bassakkorde, die Sängerin stampfte mit dem Fuß auf und drehte sich abrupt zum Publikum. Für einen Atemzug war es vollkommen still im Saal. Der Spot leuchtete die Spuren der Jahre auf dem Gesicht der Frau erbarmungslos aus. Das dünn gewordene kupferfarbene Haar, die tiefen Augenringe unter den leicht schräg stehenden, bernsteinfarbenen Augen, die schweren Brüste, den von fünf Schwangerschaften mürben Bauch und die wabbeligen Arme, die in tiefroten Nagelkrallen endeten.

Aber über allem diese Stimme.

Nina »La Grande Ninette« Winterberger sang »I'm feelin' good«, und ihrer Stimme war anzuhören, dass diese Frau nur allzu gut wusste, wie es sich anfühlte, wenn es einem schlecht ging.

Can versuchte eine Weile, eine Verbindung zwischen der fetten Chanteuse auf der Bühne und dem biegsamen Mädchen herzustellen, mit dem er vor langer Zeit gemeinsam hinter dem Tresen gestanden hatte. Irgendwann gab er auf und nahm die anderen Mitglieder des Quintetts in den Blick.

Links hinter Nina saßen zwei Gitarristen in dunklen Klamotten. Ein junger Typ mit schrägstehenden, bernsteinfarbenen Augen unter lackschwarzem Haar und ein älterer Herr mit gepflegtem grauen Schnäuzer. Georges und Baro Winterberger, vermutete Can. Georges spielte ein Solo, sein Vater lächelte ihm zu, ein Goldzahn blitzte auf, und mit einem Mal begriff Can. Fast hätte er laut losgelacht: Nina hatte einen Zigeuner geheiratet! Ausgerechnet Nina, die trotz ihrer Boheme-Ambitionen mit Thekenjobs und Tätowierungen doch immer die wohlanständige Tochter aus gutem Hause geblieben war. Ausgerechnet Nina also, hatte einen Gypsy-Swinger geheiratet, und wenn Can sie auf der Bühne mit ihrem Mann und ihrem Sohn beobachtete, dann sah sie glücklicher aus als in all den Jahren, in denen er sie gekannt hatte.

Der Geiger des Quintetts trat zu einem Solo an. Der Bassist, ein knochiger, bleicher Mann mit schwarzem Hut, war im Halbschatten rechts hinter Nina kaum zu erkennen. Er spielte gut. Genau wie die anderen in der Band.

Nina sang noch ein paar Nummern, dann mehrere Zugaben, schließlich trat das Quintett ab, und die Big Band kehrte auf die Bühne zurück. Während sich die Musiker auf ihren Plätzen einrichteten, räumte das Publikum die Stühle und Tische von der Tanzfläche.

Die Band begann zu spielen, jetzt deutlich druckvoller als zuvor, und mit einem Mal kam Bewegung in den Saal. Die Leute drängten paarweise auf die Tanzfläche und begannen zu tanzen, manche mit gedankenloser Leichtigkeit, manche mit sichtlicher Mühe. Feste Paare schien es nicht zu geben. Nach zwei, spätestens drei Stücken trennten sich die Partner und fanden sich in neuen Kombinationen zusammen.

»Würden Sie mit mir tanzen?« Auf Englisch. Eine warme Stimme, eher rau. Die Frau war groß mit unnatürlich rehbraunen Augen im fast weißen Gesicht. Schulterlanges, schwarzes Haar, strenger Pony bis zu den Augenbrauen, blutroter Lippenstift. Das nicht mehr junge Gesicht der Frau kam Can merkwürdig vertraut vor, aber er wusste nicht, woher.

»Ich tanze nicht«, sagte er.

Die Frau lächelte amüsiert. »Schade. Vielleicht ergibt sich ja eine andere Gelegenheit. Ich bin im Hotel de l'Europe, Zimmer 347. Sehen wir uns dort? So gegen zwei?«

Sie glitt in Richtung Tanzfläche, ohne seine Antwort abzuwarten. Ihr schwarzer Hosenanzug aus Satin betonte die langen Beine und den Schwung ihrer Hüften.

Noch während Can ihr nachsah, wurde das Licht im Saal für den großen Tanzwettbewerb wieder gedimmt. In der nächsten halben Stunde turnten zehn Paare mit angelerntem Dauerlächeln durch eingeübte Choreographien. Das Publikum bedachte jede besonders gekonnte Volte mit Johlen und frenetischem Applaus. Can ließen die Darbietungen kalt. Er vermisste die rohe Energie, die er vorher auf der Tanzfläche beobachtet hatte.

Nachdem die Gewinner unter viel Tamtam gekürt worden waren, kam das Baro Winterberger Quintette zurück auf die Bühne. Nina kündigte zwei Überraschungsgäste an: Paul Lagarde und »La Belle Reine«. Ehrfürchtiges Raunen ging durch den Saal, dann wurde es still. Ein dicklicher, älterer Herr huschte auf die Bühne und küsste Nina die Hand. Nina deutete einen Knicks an und räumte die Bühne. Für einen Moment stand Lagarde alleine da, mit traurigem Jean-Reno-Gesicht über einem genau richtig sitzenden, abgetragenen Anzug und teuren alten Lederslippern. Dann begann der Geiger des Baro Winterberger Quintette zu spielen: »Minor Swing« von Django Reinhardt. Cans Magen verkrampfte sich. Genau das Stück, das er vor einer halben Ewigkeit für Isa aufgelegt hatte, nur um dann mit ansehen zu müssen, wie sie zu der Musik mit einem anderen Mann so vertraut tanzte, als würde sie öffentlich mit ihm vögeln.

Plötzlich stand die Frau mit dem schwarzen Satinanzug auf der Bühne. Sie durchmaß mit wenigen Schritten den Bühnenraum und reichte Lagarde die Hand. Das, was die beiden dann miteinander auf der Bühne abzogen, schien Can wie eine Parodie auf die Nummer, die Isa und Robert damals, vor zwanzig Jahren, geschoben hatten.

Lagarde zog die Frau brüsk an sich wie ein Tangotänzer, sie ließ ihn für ein paar Takte gewähren, nur um dann, den Oberkörper scheinbar sehnsüchtig an ihren Partner geschmiegt, mit den Füßen unter ihm wegzurutschen, sodass er sie auffangen und wieder in die Spur setzen musste. Kurz darauf rückte die Frau mit einer trägen Drehung von Lagarde ab und wartete, bis er sich von hinten wieder an sie ranmachte. Für ein paar Takte schien die Welt in Ordnung, dann lehnte Lagarde sich seinerseits müde gegen die Frau und ließ sich von ihr über die Bühne schieben.

Can sah den beiden zu und dachte, dass sie ein Paar sein mussten. Ein Paar, das seit Jahren zusammen war und immer noch miteinander konnte und wollte. Nur die Einladung der Frau zum Stelldichein in ihrem Hotelzimmer passte nicht ganz ins Bild.

Mit dem letzten Gitarrenakkord verschwanden Lagarde und die Frau von der Bühne. Der minutenlange Applaus versiegte erst, als klar war, dass es keine Zugabe geben würde. Das Quintett räumte die Bühne für einen DJ mit Tweed-Knickerbockers und Schiebermütze. Kurz darauf war die Tanzfläche wieder gepackt voll.

Erst jetzt begann Can sich zu fragen, was genau er an diesem Ort sollte. Er tastete ratlos nach dem Stick in seiner Hosentasche. Plötzlich stand eine knochige Gestalt vor ihm und hielt ihm einen speckigen Hut hin.

»Kleine Spende für die Musik?« Der Bassist des Baro Winterberger Quintette. Eingeschlagene Nase. Ein Auge spöttisch zugekniffen.

»Du spielst besser als früher, Rudi«, sagte Can.

»Isa meinte, du hättest was für mich.« Rudi deutete auf seinen Hut.

Can brauchte einen Moment, bis er begriff. Rudis Vater. Immer schon ein großes Tier bei der EU. Der hochrangige Kontakt in Brüssel, von dem Isa Max Schuen erzählt hatte. Er packte den Stick in einen Zwanziger und ließ ihn in Rudis Hut fallen.

»Die Kasse dankt.« Rudi machte eine ironische Verbeugung und verzog sich hinter den Bühnenvorhang.

Kurz darauf kam die Kellnerin zum Abkassieren. Es ging auf halb zwei. Can zahlte und griff sich seine Jacke. Beim Rausgehen fragte er den Türsteher nach dem Hotel de l'Europe.

»Rue Aubriot. Zweite rechts, dann die dritte links. Schmale Gasse. Rotes Neonschild.« Der Türsteher sah nicht von seinem Handy auf.

Can trat hinaus in die Nacht. Es war kalt. Er schlug den Kragen seiner Jacke hoch, zündete sich eine Zigarette an und ging los. Wann genau er merkte, dass er verfolgt wurde, hätte er nicht sagen können. Er drehte sich mehrfach um, machte aber nie mehr als einen Schatten aus. Ansonsten war die Straße leer.

Can bog in die Rue Aubriot ein, duckte sich hinter einen Haufen Müllsäcke und wartete. Der Mann war durchtrainiert, kurze Haare, Chinos, Sportjacke, bunte Nikes. Can drückte sich tiefer hinter die

Müllsäcke. Eine große Ratte huschte fiepend davon. Der Mann drehte sich um. Can sah die Waffe in seiner Hand.

Dann sah der Mann ihn.

Er war bei ihm, noch bevor Can sich aufrichten konnte.

»Wo ist der Stick? Los, her damit, Bullensau!« Ein kräftiger Tritt in den Magen. Can krümmte sich auf dem Boden. Aus einer der Tüten vor ihm quoll Müll – ausgequetschte Zitronen, ein leerer Erdbeerjoghurtbecher, eine halbverschimmelte Packung Toastbrot. Can dachte an Marie. Würde auch er von den Müllmännern gefunden werden? Ein angenagter Menschenkadaver im Abfall der letzten Woche?

»Bist du taub, oder was? Den Stick hab ich gesagt!«

Can hob den Blick. Das Gesicht über ihm war austauschbar, jung, fast unmerkliches Zucken um den rechten Augenwinkel, Stecknadelpupillen, leichtes Zittern der Hände an der Knarre.

»Ich hab ihn nicht mehr.«

»Verarsch mich nicht, Kanake!«

Im Licht der Straßenlaterne schimmerte die Pistole blauschwarz. Die Mündung war auf Cans Stirn gerichtet. Die Entfernung betrug weniger als einen Meter. Ein vereinzelter Nachtfalter umschwirrte die Straßenlaterne. Der Mann stellte sich noch breitbeiniger, die Pistole jetzt ganz ruhig auf Can gerichtet. Ein leises, metallisches Klicken. Raspelnde Atemzüge, immer lauter. Can dachte an eine Aureole aus rotblondem Haar, an die Andeutung von exquisit schönen Brüsten unter einem altmodischen Herrenhemd. Etwas Heißes, Warmes rann an seinen Beinen hinunter.

Das Aufblitzen nahm er nur aus dem Augenwinkel wahr.

Knochen barsten, ein unmenschliches Röcheln. Jemand schrie in Todesangst. Ein Körper schlug dumpf auf dem Asphalt auf.

Can lag mit dem Gesicht im Müll. Er hob den Kopf. Die Knarre lag in Griffweite vor ihm auf der Straße. Er zog sie behutsam zu sich herüber und richtete sich dann langsam auf.

Der Mann lag vor ihm auf dem Boden und versuchte verzweifelt, die schwarze Bestie abzuwehren, die sich geifernd in seinen rechten

Arm verbissen hatte. Plötzlich stand die Frau mit dem Satinanzug neben Can.

»Lauf!«, flüsterte sie auf Deutsch. »Los! Da runter!« Sie rannte voraus. Can hastete ihr nach. Neben einem alten Ford blieb sie abrupt stehen.

»Der da. Der geht.«

Sie fingerte irgendetwas aus der Tasche ihres Trenchcoats und machte sich am Schloss des Wagens zu schaffen. Sekunden später saß sie auf dem Fahrersitz, Can neben ihr.

»Mach die Beifahrertür auf«, sagte die Frau, nachdem sie den Motor kurzgeschlossen hatte. Dann beugte sie sich über Can hinweg aus dem Wagen. Zwei laute metallische Klickgeräusche. Sekundenlange Stille. Endlich scharrende Kratzgeräusche auf Asphalt und hart raspelnder Atem. Lilith sprang mit einem Satz in den Wagen. Ihr Strasshalsband blitzte im Licht der Straßenlaterne auf. Die Hündin ließ sich schwer atmend auf Cans Füße fallen. Isa riss sich die Perücke vom Kopf, steckte den quietschbunten Kinderknackfrosch in ihre Manteltasche und fuhr los. Im Rückspiegel sah Can den Mann reglos auf der Straße liegen.

In der nächsten Viertelstunde sprachen sie nur das Nötigste. »Lkw von rechts«, sagte Can und »Gas!«, oder: »Links ausweichen!«

Irgendwann waren sie auf der Autobahn. Isa behielt das Tempo bei, fuhr aber jetzt deutlich entspannter.

»Hundertzehn innerstädtisch kann auch nicht jeder«, sagte Can nach einiger Zeit versuchsweise, ohne sie anzusehen.

»Joyriding.« Isa wandte den Blick nicht von der Straße. »Haben wir früher gemacht. Robert, Bibi und ich. Als wir noch in der Schule waren. Roberts Vater war Gebrauchtwagenhändler. Robert wusste schon als Kind, wie man Autos knackt. An den Wochenenden sind wir losgezogen und haben Wagen kurzgeschlossen. Robert hat mir das Fahren beigebracht. Da war ich dreizehn.«

Isa kramte ein Paket Zigaretten aus ihrer Manteltasche. Sie zündete sich eine Kippe an und reichte Can die Packung weiter.

»Einmal haben wir uns in Frankfurt einen Porsche geholt«, sagte sie. »Robert ist gefahren, ich war auf dem Beifahrersitz, Bibi hinten. Bei Rödelheim hat es uns aus der Kurve getragen. Bibi hatte sich ein paar Rippen geprellt. Ich hatte einen gebrochenen Arm und das da.« Sie zeigte auf die Narbe an ihrem Kinn. »Robert hat es aus dem Wagen geschleudert. Er hat am ganzen Körper Schnittwunden gehabt. Die Ärzte haben gedacht, sie müssten ihm das Bein amputieren.« Sie zog an ihrer Zigarette, ohne den Blick von der Fahrbahn zu nehmen. »Ich habe ihm damals die alte Rolleiflex von meinem Opa geschenkt, damit er für mich aufnimmt, was er im Krankenhaus sieht. So ist er zum Fotografieren gekommen. Schon komisch, wie so Sachen anfangen, oder?« Isa wandte den Kopf zu Can. Ein langer Blick in Rehbraun.

»Diese Augenfarbe ist scheiße«, sagte Can.

»Bibi hatte nichts anderes mehr.« Isa wischte sich über die Augen und schnipste sich dann die Kontaktlinsen vom Finger. »Besser so?« Sie sah ihn an, die Augen um die Pupille herum nahezu goldfarben, zum Rand der Iris hin tiefgrau.

Can nickte.

Eine Zeit lang schwiegen sie.

»Du stehst auf ältere Männer, oder?«, sagte Can irgendwann.

»Wie kommst du darauf?«

»Max Schuen?«

Isa lächelte müde. »Seit vierzig Jahren verheiratet. Glücklich.«

»Und Paul Lagarde?«

»Stockschwul. Sonst noch wer auf deiner Liste?«

Can schüttelte den Kopf.

Isa drehte das Radio an und suchte so lange, bis sie einen Jazzsender gefunden hatte. Frank Sinatra sang »The World We Knew«.

»Als Robert aus dem Krankenhaus kam, war ich schon in diesem beschissenen Waldorf-Knast«, sagte Isa, als das Stück zu Ende war. »Ich bin da fast Amok gelaufen. Kaum Ausgang, einmal in der Woche telefonieren, kein Fernsehen, kein Radio, dafür gemeinsames Harfenspiel, und alles riecht nach Lavendelöl und Ringelblumen.«

Sie zündete sich eine neue Zigarette an. »Irgendwann hat die Schulleitung einen Swing-Workshop angeboten, als Alternative zum Namentanzen. Den Kurs hat damals Paul gegeben. Als ich gehört habe, dass er auch draußen Kurse gibt, habe ich so lange gequengelt, bis ich da hin durfte. Eigentlich nur, weil das die einzige Chance war, aus der Schule rauszukommen und mich mit Robert zu treffen.«

Sie lächelte, ohne Can anzusehen.

»Am Anfang ist Robert auf Krücken zu den Workshops gekommen. Paul hat das irgendwie gerührt, und dann hat er angefangen, sich um uns zu kümmern. Wir haben alles von ihm gelernt. Tanzen, Musik, Klamotten, alles. Paul war damals für uns der wichtigste Mensch überhaupt.«

Can schwieg. Er fragte sich, wie viel es noch gab, was er nicht von Isa wusste. Lilith stieß im Schlaf einen seltsamen Laut aus. Im Wagen roch es nach Blut, Pisse und Abfall. Can öffnete das Seitenfenster einen Spalt und sog die Nachtluft ein. Dann legte er seinen Kopf an die Nackenstütze und schloss die Augen.

Drei Stunden später fuhren sie in die Tiefgarage eines Fünfsternehotels am Düsseldorfer Flughafen.

»Ich kann da nicht rein«, sagte Can.

»Wo ist das Problem?«

»Guck mich an. Ich habe mich eingenässt und stinke wie eine Müllkippe. Außerdem habe ich keine Papiere.«

»Lass das meine Sorge sein.«

Sie fuhren nach oben. Can setzte sich in einen der cremefarbenen Ledersessel in der Lobby, Lilith zu seinen Füßen. Isa ging zur Rezeption. Can beobachtete sie von Weitem. Eine schlanke, hochgewachsene Frau in mittlerem Alter. Etwas übernächtigt vielleicht, ansonsten aber makellos elegant. Isa zückte eine metallicfarbene Karte, raunte dem Empfangschef etwas zu und nickte kurz mit dem Kinn in Cans Richtung. Der Empfangschef musterte Lilith und Can. Für den Bruchteil einer Sekunde wirkte er irritiert, dann zog er Isas Kreditkarte durch und reichte ihr die Zimmerschlüssel.

»Wie hast du das jetzt hingekriegt?«, fragte Can im Aufzug.

»Ich habe behauptet, ich hätte dich in einer Altstadt-Disco auf-gegabelt und wollte mir ein paar schöne Stunden mit dir machen.« Isa lachte, als sie Cans Gesicht sah. »Alles easy. Die kennen mich. Ich bin Stammkundin.«

Minuten später stand Can unter der Dusche. Der Aufprall des warmen Wassers auf seinen Blutergüssen schmerzte.

Als er in einen schweren Hotelbademantel gewickelt aus dem Bad kam, orderte Isa gerade beim Zimmerservice Frühstück. Dann ging sie selbst unter die Dusche. Kurz darauf lagen sie gemeinsam auf dem Bett, das Frühstückstablett und eine Zeitung zwischen ihnen. Isa las den Wirtschaftsteil, Can das Feuilleton. Lilith schnarchte am Fußende des Betts. Ansonsten war es still.

»Und was machen wir jetzt?«, fragte Can, als er mit der Lektüre durch war.

»Schlaf einfach 'ne Runde.«

Can nickte. Er drehte sich zur Seite und war sofort weg.

21

Gegen Mittag hämmerte jemand gegen die Zimmertür.

»Aufmachen! Bundesgrenzschutz!«

»Das ging ja fix.« Isa zog Volker ins Zimmer. Der Hundeführer stellte eine überdimensionierte Reisetasche und eine Planrolle ab.

»Da sind die Klamotten drin. Das Zeug für Can habe ich gekauft. Deine Sachen hat Bibi ausgesucht. Keine Ahnung, was sie da wieder gezaubert hat. Euer Flug geht in zwei Stunden. Flugsteig B. Tickets und Papiere sind in der Tasche. Ihr checkt getrennt ein.«

Volker beugte sich zu Lilith, die sich schwanzwedelnd vor ihm aufgebaut hatte, und tätschelte ihr den Rücken. »Na, meine kleine Killerbitch? Hast du dem bösen Mann den Arm zerbissen? Braves Hundi.« Lilith warf sich mit wollüstigem Schnaufen auf den Rücken und bot dem Hundeführer den Bauch zum Kraulen an. »Nix da, das täte dir so gefallen. An die Arbeit, Kampfmaschine!« Volker schnalzte mit der Zunge. Lilith sprang auf und folgte ihm aus der Tür.

Isa kippte den Inhalt der Reisetasche auf dem Bett aus. Can nahm die Klamotten, die für ihn bestimmt waren, und zog sich damit ins Bad zurück.

»Vom feinen Mann kaum zu unterscheiden«, kommentierte Isa, als er zehn Minuten später im anthrazitfarbenen Anzug, hellgrauem Hemd, weinroter Seidenkrawatte und teurer Aktentasche vor ihr stand.

Isa selbst hatte die Haare zu einer stacheligen Skulptur gegelt, dazu trug sie eine orange Schmetterlingsbrille und ein asymmetrisches schwarzes Leinen-Wallegewand über Bollerhosen und Entenschuhen. Ein Strickmantel aus Mohair und ein praktischer kleiner Lederrucksack komplettierten das Ensemble. Die Verkleidung war perfekt. Can hätte Isa auf der Straße nicht erkannt.

»Hier, deine Papiere.« Isa reichte ihm sein Flugticket und einen Reisepass.

Can schlug den Pass auf. Das biometrische Foto zeigte ein blondes, sehr junges Männergesicht. Daneben: Jansen, Holger. Geburtstag: 30. 12. 1985. Staatsangehörigkeit: Deutsch. Geburtsort: Lüneburg.

»Das ist ein Witz, oder?« Can sah Isa an.

»Wieso?«

»Was soll ich mit dem Pass von einem Kartoffeldeutschen, der halb so alt ist wie ich?«

»Oh, Verzeihung, wie nachlässig von uns, Herr Arat.« Isas Stimme war plötzlich eisig. »Wenn Sie das nächste Mal von einem Tag auf den anderen untertauchen müssen, werden wir uns natürlich bemühen, Ihnen rechtzeitig eine perfekte neue Identität zu verschaffen.«

Can sah sie an. Dann zuckte er mit den Schultern. »Wie soll ich mit dem Ding durch die Grenzkontrollen kommen?«

»Mach dir darum keinen Kopf.« Isa griff sich die Planrolle und ging zur Tür. »Bist du so weit?«

Zwanzig Minuten später wartete Can am Check-in für einen Flug nach London. Er war angespannt. Isa stand zehn Meter vor ihm in der Schlange. Ein Grenzschutzpolizist kam mit einem laut hechelnden Diensthund vorbei. Noch während sich Can fragte, seit wann der Grenzschutz auch Bullterrier einsetzte, war der Beamte mitsamt Hund durch die Sicherheitsschleuse in den Abflugbereich verschwunden. Isa folgte ihm kurz darauf. Die Warteschlange vor Can wurde kürzer. Als er die schon etwas angejahrte Bodenstewardess mit den wild hochtoupierten Haaren sah, die das Check-in machte, legte sich seine Nervosität. Entspannt reichte er sein Ticket und den Reisepass über den Counter.

Die Stewardess prüfte den Ausweis und tippte seine Daten routiniert in ihren PC. »Guten Flug, Herr Jansen.« Bibi händigte ihm seine Bordkarte aus, lächelte ihm unverbindlich zu und nahm dann den nächsten Passagier in den Blick. Can ging in Richtung Sicherheitsschleuse. Der Bundespolizist bei der Ausweiskontrolle winkte ihn mit ausdruckslosem Gesicht durch, als er den Pass mit dem Foto des blonden Lüneburgers hochhielt.

Dann war Can im Abflugbereich. Er kaufte sich eine Zeitung und setzte sich auf die Bänke vor dem Gate. Isa saß ihm gegenüber zwei Reihen entfernt und starrte auf ihr Tablet.

Kurz vor Beginn des Boardings kam ein blonder Kurzhaarträger mit hellen Chinos in die Wartezone. Er setzte sich mit ausgestreckten Beinen auf die Bank vor Isa und fixierte Can herausfordernd. Can suchte unauffällig Isas Blick. Sie registrierte den Neuankömmling und wischte ungerührt auf ihrem Tablet herum. Etwa dreißig Sekunden später bauten sich zwei Bundespolizisten vor dem Chino-Träger auf und forderten ihn auf mitzukommen. Der Mann wurde laut. Die Polizisten nahmen ihn in den Schwitzkasten und schleiften ihn fort.

Im Flieger vertiefte sich Isa in ein Magazin über die Lust, auf dem Land zu leben. Can sah auf die Wolkenberge vor dem Fenster.

Anderthalb Stunden später landete der Flieger in Heathrow. Noch während die Flugzeugtreppe herangeschoben wurde, fuhr eine schwarze Limousine mit verdunkelten Fenstern vor. Ein Packer holte einen Pet-Carrier aus dem Bauch des Flugzeugs und trug ihn zu dem Wagen. Der Pilot bat die Passagiere um Geduld, bis die VIP-Fluggäste ausgestiegen waren.

»Scheiß Russen«, maulte der Anzugträger hinter Can.

»Sie können dann«, flüsterte der gut aussehende Kabinenchef Isa ins Ohr. Sie griff sich ihren Mantel und die Planrolle.

»Kommst du?«

Can folgte Isa die Gangway hinunter zu der Limousine. Ein durchtrainierter Fahrer mit hohen Wangenknochen und makellosem grauen Anzug öffnete ihnen den Wagenschlag.

»Nice to see you, Mischa.« Isa küsste den Mann auf beide Wangen. Dann fuhren sie los. Der Wagen lag auffällig schwer auf der Straße. Isa lehnte sich zurück und schloss die Augen. Can studierte die Hände des Fahrers auf dem Lenkrad und versuchte sich zu erinnern, wofür die Tätowierungen auf seinem Handrücken und den Fingern standen.

Sie ließen London hinter sich und fuhren nach Nordosten, durch sanfte grüne Hügel und Dörfer mit Häusern aus grauem Kalkstein unter tiefgezogenen Reetdächern. Nach etwa zweieinhalb Stunden hielt der Wagen vor einem eleganten Herrenhaus. Eine Hausangestellte empfing Isa, als wäre sie ein vertrauter Gast. Sie brachte Isa und Can in eine Suite im ersten Stock. Isa verzog sich ins Bad. Can setzte sich auf das durchgesessene Sofa mit dem rostbraunen Samtbezug und sah nach draußen in den parkähnlichen Garten. Es klopfte diskret, dann rollte die Hausangestellte ein Wägelchen mit Teegeschirr, einem Samowar, Konfitüre, Gebäck und Kanapees herein. Hinter ihr drängte Lilith in den Raum und rollte sich vor dem Kamin zusammen.

Isa ließ sich in abgetragenen Cordhosen und ausgebeultem Pulli neben Can auf das Sofa fallen. Sie wickelte sich in eine graue Mohairdecke, nahm sich eine Tasse Tee und gab einen großen Löffel Kirschkonfitüre hinein.

Draußen war inzwischen die blaue Stunde angebrochen. Eine Stehlampe tauchte die Ledertapeten und die erlesenen alten Möbel in dem Raum in bernsteinfarbenes Licht.

Can gab Kandiszucker und Milch in seinen Tee und rührte länger um, als erforderlich

»Du bist öfter hier, oder?«, fragte er.

»Ich habe hier eine Zeit lang gewohnt, als ich noch mit Sergej zusammen war.«

»Sergej.«

»Sergej Solotov.«

»Der Oligarch.«

»Wenn man in solchen Kategorien denkt.« Isa sah ihn gleichmütig an, während sie an ihrem Tee nippte.

Can rief ab, was er über Solotov wusste: russischer Industrie-magnat, der sich Mitte der Neunziger mitsamt seinem Milliarden-vermögen nach England abgesetzt hatte, nachdem seine Frau und sein kleiner Sohn in Moskau unter ungeklärten Umständen ums Le-ben gekommen waren. Solotov hatte sich aus dem Geschäftsleben zurückgezogen und pflegte seitdem sein Image als Kunstsammler und Geldgeber für soziale Leuchtturmprojekte. Über Verbindungen zur russischen Mafia wurde gemunkelt, Beweise gab es keine. Aber es war klar, dass ein Russe, der nach '89 in kürzester Zeit zu sehr viel Geld gekommen war, gar keine sauberen Hände haben konnte. Und bei so einem saß Can jetzt auf dem Sofa.

»Was ist?«, fragte Isa.

»Nichts.« Can wich ihrem Blick aus. »Mir war nicht klar, dass du in russischen Milliardärskreisen unterwegs bist.«

Isa nahm sich ein Gurkensandwich. »Als ich damals in London die Restauratorenausbildung gemacht habe, hat Sergej gerade jeman-den gesucht, der ihm seine Möbel in Ordnung bringt. Ein Freund von ihm hat mich empfohlen. Ich war ein paar Monate mit Sergej zusammen. Irgendwann war klar, dass das mit uns nicht funktio-niert. Also haben wir uns wieder getrennt.«

»Und seitdem seid ihr gute Freunde.«

»Wir stehen uns immer noch nah.«

»So nah, dass du mich jetzt einfach hier anschleppen kannst, wie irgendwas, das die Katze von draußen reingebracht hat.«

Isa knallte ihre Tasse auf den Tisch und sprang auf.

»Du hast immer noch nicht kapiert, wie tief du in der Scheiße steckst, oder? Seit einer Woche ziehe ich ein Ass nach dem anderen aus dem Ärmel, um dir den Arsch zu retten. Hast du eine Ahnung, wie knapp das gestern Nacht war? Und heute die Sache am Flughafen?«

Can schwieg.

»Verdammt, Can. Du weißt doch, wo Nolden überall seine Leute sitzen hat. Und du hast gesehen, was die anrichten können. Das ist Mafia, Herr Kriminalhauptkommissar! Hausgemachte, deutsche Mafia! Glaubst du wirklich, du kommst da allein gegen an?«

»Und deshalb bringst du jetzt die Russenmafia an den Start?«

»Hast du eine bessere Idee?«

Can vermied ihren Blick.

»Das ist eine von deinen Flohmarktkommoden aus der Eifel, oder?«, sagte er nach einer Weile. Er zeigte auf ein klassizistisches Möbel, das prominent an der Stirnwand des Raumes stand.

Isa zuckte mit den Schultern. »Der Tischler, der die gebaut hat, war in den 1780-ern ein paar Jahre russischer Hoflieferant. Deshalb stehen seine Sachen bei russischen Sammlern hoch im Kurs. Als Sergej von der Kommode gehört hat, wollte er sie unbedingt haben. Von dem Geld habe ich *Concrete Gold* gegründet.«

»Und jetzt verkaufst du ihm die zweite Kommode, und mit der Kohle fängst du ein neues Leben an.«

»Das dürfte kaum für uns beide reichen.«

»Für uns beide?«

»Nicht?« Isa sah ihn an. Die Augen mehr grau als golden.

Can stand auf und ging zum Fenster. Draußen war es inzwischen vollkommen dunkel. Der Park war nur noch zu erahnen.

»Und jetzt?«, fragte er.

»Sergej kommt in zwei Stunden. Dann warten wir nur noch auf Robert.«

Can lehnte die Stirn an das kühle Fensterglas und schwieg.

Sergej Solotov war Mitte fünfzig, schlank, mittelgroß, mit regelmäßigen Gesichtszügen und wachsamen braunen Augen unter kurzem, sandfarbenem Haar. Er trug Jeans, Turnschuhe und einen beigen Kaschmirpulli. Als Gastgeber war er wohltuend zurückhaltend.

Nach dem Abendessen bat er Isa und Can zum Kaffee in ein intimes Kabinett mit Blick auf den Park. Die ausgebleichte grüne Seidentapete schimmerte im Kerzenlicht. Solotov nippte an seinem Mokka, während er sich mit Isa über die Entwicklungen am Berliner Immobilienmarkt austauschte.

Dann stieß Robert zu ihnen. Can hatte ihn vor mehr als fünfzehn Jahren zuletzt gesehen. Seitdem hatte sich der Großkünstler verändert. Roberts raue, ungesund gerötete Haut verriet den Gewohn-heitstrinker, und die Weste seines Dreiteilers spannte über dem Bauch.

Solotov reichte Single Malt in schweren Kristall-Tumblern. Ro-bert kippte seinen Whisky achtlos hinunter.

»Feiner Stoff«, sagte er.

Solotov schwenkte sein Glas und beobachtete für einen Moment das unruhige, honigfarbene Kreisen darin.

»Ich habe die Destillerie gekauft«, sagte er, als im Glas wieder Ruhe eingekehrt war. »Kurz nachdem ich nach England gekommen bin. Dieses Jahr haben wir zum ersten Mal abgefüllt. Ich war dabei. Auf den Äußeren Hebriden. Schön dort. Sehr von dieser Welt abge-schieden.« Solotov lächelte leise.

»Ist doch fein, was man mit Geld alles kaufen kann.« Robert hielt Solotov das Glas hin. »Refill, Russki!« Seine Hand zitterte fast un-merklich.

Solotov schenkte ihm mit unbewegtem Gesicht nach. Robert trank gierig. Isa stand abrupt auf, ging zum Fenster und starrte hin-aus in die Dunkelheit. Roberts Blick flackerte kurz zu ihr hinüber. Er nahm sich die Flasche und machte das Glas noch einmal rand-voll.

»Nasdarovje!« Robert trank auf ex. Dann knallte er den Tumbler hart auf den Tisch. »Was ist los?« Er starrte glasig in die Runde. »Warum redet keiner? Tut euch keinen Zwang an! Wir sind doch alle erwachsen. Schnaps ist Schnaps, und Geschäft ist Geschäft.«

Isas Ohrfeige traf Robert so unerwartet, dass sein Kopf zur Seite flog. Wimmernd sank er in sich zusammen. Isa packte ihn an den Schultern.

»Was soll das?«, schrie sie ihm ins Gesicht. »Willst du mir rein-reiben, dass ich an deinem Elend schuld bin? Falscher Adressat, mein Lieber! Du hast damals Scheiße gebaut, nicht ich!«

»Und jetzt gibst du mir die Chance, meine Schuld abzuarbeiten, oder was?« Robert loderte Gehässigkeit.

»Nein, Robert«, Isa wirkte plötzlich unendlich erschöpft. »Ich gebe dir die Chance, mir zu helfen. Für dich selbst, hast du das ja anscheinend schon aufgegeben.«

»Ich glaube, wir können alle etwas Schlaf gebrauchen«, sagte Solotov.

Zehn Minuten später war Can in seinem Zimmer. Sein Glas hatte er mitgenommen. Mit dem Rücken an die Wand gelehnt, saß er auf dem Bett und trank den Whisky. Er ließ die klare, rauchige Schärfe auf sich wirken und stellte sich wortkarge Männer mit rostfarbenem Haar vor, die über Torffeuern Gerste mälzten, bevor sie sich am Abend im einzigen Pub des Orts trafen. Irgendwann war das Glas leer. Can legte sich hin. Er starrte auf die grau getünchte Zimmerdecke und horchte auf Isas unruhige Schritte im Nebenzimmer, bis er einschlief.

22

Als Can am nächsten Morgen nach unten kam, schliefen die anderen noch. Die Hausangestellte legte ihm die Zeitungen bereit und brachte Tee und Gebäck. Während er frühstückte, sah er hinaus in den nebligen Park. Ein Pfau pickte Gewürm aus dem Rasen. Sonst war alles ruhig.

Etwa eine Stunde später erschienen Solotov, Robert und Isa wie auf Verabredung fast gleichzeitig am Frühstückstisch. Robert sichtlich ungewaschen und verquollen. Isa graugesichtig und unausgeschlafen. Nur Solotov schien einigermaßen aufgeräumt.

Sie aßen hastig und ohne miteinander zu reden.

»Sollen wir?«, fragte Isa, nachdem Robert seine zweite Bloody Mary gekippt hatte. Sie stand auf und griff sich die Planrolle, die sie in den Frühstücksraum mitgebracht hatte.

Solotov führte sie in die ehemalige Kapelle des Anwesens. Dort, wo früher der Altar gestanden hatte, hing ein mit weißen Laken verhängtes großes, dreigeteiltes Bild. Frontal gegenüber ein ebenfalls verhängtes Kunstwerk im gleichen Format.

Solotov zog behutsam die Laken herunter: *Golddust Perturbed* und *About Loss*. Can fühlte dieselbe Beklemmung wie damals in New York, als er die beiden Arbeiten zum ersten Mal in unmittelbarer Gegenüberstellung gesehen hatte. Hier, in diesem privaten Andachtsraum, ohne das weiße Rauschen von achtlosen Besuchern mit ihren Audioguides, war die Spannung zwischen den Porträts von Isa und Robert sogar noch deutlicher zu spüren.

Can wäre am liebsten sofort gegangen. Roberts Blick wanderte hilflos zwischen den Fotos hin und her. Isa starrte gequält auf den Boden. Dann sah sie Solotov an. Der Oligarch nickte ihr zu.

Isa öffnete ihre Planrolle, zog drei dicht zusammengerollte, großformatige Fotografien heraus und fixierte sie vorsichtig auf den weiß gestrichenen Hartfaserplatten, die an den Seitenwänden der Kapelle aufgehängt waren. Hinter ihrem Rücken machte sich Robert seinerseits an einer Planrolle zu schaffen.

Kurz darauf hingen die Abzüge. Robert hatte drei Aufnahmen mitgebracht, die er offenbar damals, in der Zeit nach seinem Autounfall im Krankenhaus gemacht hatte: Ein magerer Sechzehnjähriger in weißen Unterhosen der, den Selbstauslöser in der rechten Hand, mit schreckgeweiteten Augen frontal in die Kamera sah, um mit schonungslosem Blick die Zerstörungen zu dokumentieren, die der Crash an seinem Körper hinterlassen hatte. Can sah lange entzündete Narbenwülste mit schwarzen Nähten, er sah Metallschrauben und -stifte, und er sah das Loch in Roberts Oberschenkel, das geblieben war, nachdem die Ärzte ein Pfund Fleisch herausgeschnitten hatten, um das Bein zu retten.

Die drei Ganzkörperporträts von Isa waren genauso unerträglich. Robert musste die Fotos gemacht haben, als er Isa nach ihrem Selbstmordversuch in der Psychiatrie besucht hatte. Auch Isa starrte, nur mit einem weißen Slip bekleidet, frontal in die Kamera, die Augen von der Chemo wimpernlos im kahlen Schädel, mit ausgeschabten Brüsten, einer bösartig roten Bauchnarbe und tiefen, blutigen Scharten an den Handgelenken. All die Einzelheiten, die Can versucht hatte zu vergessen, seitdem er in jener Nacht vor fast zwei Jahrzehnten zufällig zu früh nach Hause gekommen war und Isa in der Küche gefunden hatte. Seine Hände zitterten, er kämpfte mit dem Würgereiz.

Sergej Solotov stand mit abwesendem Blick zwischen den Bildern.

»Ich möchte jetzt gerne alleine sein«, sagte er nach einer Weile. »Mischa kümmert sich um die Abwicklung.«

Isa nickte knapp und ging. Can und Robert folgten ihr wie ferngesteuert.

Im Frühstücksraum übergab Mischa Robert einen mit Geldbündeln gefüllten Aktenkoffer. Robert nahm ihn und ging wortlos auf sein Zimmer. Eine Viertelstunde später stieg er in ein Taxi, den Koffer dicht an den Körper gepresst.

Isa bekam keinen Aktenkoffer. Stattdessen händigte Mischa ihr zwei EC-Karten und zwei deutsche Reisepässe nebst Personalausweisen aus. Die Dokumente waren auf Sofia Seldeneck und Mesut Vardar ausgestellt, mit realistischen Geburtsdaten und echten biometrischen Fotos. Can steckte seine EC-Karte und die Papiere ein. Mesut Vardar war ein Namen so gut wie jeder andere.

Der Helipad befand sich am hinteren Ende des Parks. Lilith hatte sich in ihrem Transportkorb zusammengerollt und schlief.

»Sicher, dass ich euch nicht bis raus zur Insel fliegen soll?«, fragte Mischa fünf Stunden später beim Anflug auf Skye.

»Sicher«, sagte Isa. »Mit der Fähre ist es schöner.«

»Dann bringe ich euch noch runter zum Hafen.« Mischa flog eine Kurve und setzte den Helikopter auf einem privaten Landeplatz außerhalb der kleinen Hafenstadt auf.

Kurz darauf standen sie am Fährterminal.

»Die erste Lieferung kommen nächste Woche. Melde dich, falls du noch Werkzeug brauchst.« Mischa gab Isa einen schweren Schlüsselbund. »Das Haus ist so weit hergerichtet. Ihr werdet abgeholt.«

Isa nickte. »Was ist mit der Konzession?«

»Sollte nächste Woche durch sein.«

»Danke.« Isa küsste Mischa auf beide Wangen.

»Pass auf dich auf.« Der Russe drehte sich weg und ging mit steifen Schritten davon.

Kurz darauf legte die Fähre ab und hielt Kurs nach Westen, hinaus in den Atlantik, zu den letzten verstreuten Inseln weit draußen im Meer. Isa stand an der Reling. Die See war kabbelig und glänzte immer wieder quecksilbrig auf, wenn die Sonne durch die tief hängenden grauen Wolken brach.

»Es wird Sturm geben«, sagte sie, als sich Can neben sie stellte.

»Wie bist du auf den Deal mit den Fotos gekommen?«, fragte er.

Isa zuckte mit den Schultern.

»Ich habe Sergej vor ein paar Jahren mal von den Krankenhausporträts erzählt. Er wollte sie sofort haben. Robert wollte damals schon verkaufen. Ich nicht. Und jetzt hat es sich halt so ergeben.«

»Was will Solotov mit den Fotos?«

»Keine Ahnung. Ist das wichtig?«

Can schüttelte den Kopf. Sie standen lange nebeneinander an der Reling und sahen hinaus auf die See.

»Wohin fahren wir überhaupt?«, fragte Can.

»Farneigh. Äußere Hebriden. Da wo auch die Destillerie ist. Sergej hat damals die ganze Insel gekauft. Er hat recht: Es ist schön da und sehr von der Welt abgeschieden. Das finde ich beides gerade nicht so schlecht.«

Can starrte auf die Bugwelle tief unter ihnen.

»Und was sollen wir da machen?«, fragte er.

»Ich werde Möbel restaurieren. Für Sergej. Vielleicht auch für andere Sammler. Wird sich zeigen.«

»Und ich mache einen privaten Sicherheitsdienst auf.«

»Dafür hat Sergej dort schon seine Leute.«

»Sehr beruhigend.«

»Findest du nicht?«

Can zündete eine Zigarette an.

»Was passiert jetzt mit Nolden?«, fragte er nach einer Weile.

»Rudi hat deinen Stick an seinen Vater weitergegeben. Mit dem Hinweis, dass die ganze Sache über *Concrete Gold* an die Öffentlichkeit gespielt wird, falls Europol nicht innerhalb von drei Tagen Ermittlungen einleitet. Und dass wir dann auch schreiben, dass hohe EU-Funktionäre vorab informiert worden sind, aber nicht reagiert haben.«

Can pfiff leise durch die Zähne. Langsam brach die Dämmerung an.

»Jetzt mal ernsthaft«, sagte er. »Was soll ich da auf der Insel machen?«

»Wir haben die Wohnung über dem Pub. Der Laden steht seit Ewigkeiten leer.«

»Wer nichts wird, wird Wirt?«

»Meinetwegen kannst du auch Krabbenfischer oder Schafzüchter werden. Sehr viel mehr Optionen gibt es nicht.«

Als es völlig dunkel war, gingen sie nach drinnen. Zum Abendessen gab es schales Bier und Fish-Pies aus der Mikrowelle. Der Wetterbericht kündigte ein heraufziehendes Orkantief an. Can und Isa gingen in ihre Kabinen, während die Fähre stur weiter nach Westen pflügte.

Gegen halb acht am nächsten Morgen legten sie auf Farneigh an. Ein schweigsamer Russe holte sie am Hafen ab und fuhr sie an die Westküste.

Barraclaigh bestand aus einer Handvoll reetgedeckter Häuser aus dunklen Feldsteinen, die sich um einen kleinen Hafen drängten. Der Pub lag direkt am Quai. Die dazugehörige Wohnung war schlicht. Weiß gekalkte Steinwände, Holzdielen, nur die nötigsten Möbel. Ein Schlafzimmer mit ausladendem antiken Mahagonibett, ein Wohnzimmer, von dem aus man aufs Meer sah, eine Wohnküche mit gußeisernem Herd und großem Holztisch, ein einfaches Bad.

»Ich muss noch mal los. Kann ein paar Stunden dauern. Lilith nehme ich mit«, rief Isa von unten herauf.

»Ist okay.« Can stellte seine Tasche in das winzige Gästezimmer mit Blick auf den Garten hinter dem Haus. Danach sah er eine Weile auf das Meer vor dem Wohnzimmerfenster. Die Wellen hatten weiße Schaumkronen. Die Wolken am Horizont waren fast schwarz.

Irgendwann ging er hinunter in den Schankraum. An den Fenstern hingen Spinnweben, die dunklen Holzmöbel und die Theke lagen unter einer Staubschicht. Nichts, was man nicht mit ein paar Stunden Putzen in den Griff kriegen konnte. Die Küche war altmodisch eingerichtet, aber funktional. Irgendjemand hatte Feuerholz neben dem großen Kamin gestapelt. Auf der Anrichte stand eine volle Flasche Single Malt.

Can ging durch die Hintertür nach draußen. Die Vorbesitzer hatten hier ihren Küchengarten gehabt, vermutete er, als er die verwilderten Beete sah. Ganz hinten wucherte eine Brombeerhecke. Can kostete eine der letzten späten Beeren. Sie schmeckte süß.

Er kehrte ins Haus zurück, griff sich seine Jacke und die nagelneue EC-Karte und ging hinaus in den Ort. Am einzigen Bankautomaten zog er zweihundert Pfund. Erst danach kam es ihm in den Sinn, den Kontostand zu prüfen. Die Zahl, die der Automat ausspuckte, schien Can so irreal, dass er fast laut losgelacht hätte. Um seine wirtschaftliche Zukunft musste er sich jedenfalls keine Sorgen mehr machen. Im Supermarkt neben der Bank deckte er sich mit dem Nötigsten für die nächsten Tage ein: Lebensmittel, Putzzeug, Haushaltskerzen, bittere Orangenmarmelade für Isa, ein paar Flaschen Guinness und Brot für sie beide. Die Frau, die den Supermarkt führte, war in ihren Fünfzigern. Sie trug eine Kittelschürze und eine altmodische Brille. Als sie Can sagte, wie viel er zahlen musste, verstand er kein Wort.

Die Straße hinunter fand er einen Metzger. Er kaufte Lammragout, einen Markknochen und ein halbes Pfund Nierenfett. Dann ging er zum Hafen zurück. Die Fischerboote waren gerade eingelaufen. Can zeigte auf verschiedene Krustentiere in blauen Plastikbottichen, die schweigsame Männer mit rostfarbenem Haar am Quai zum Verkauf anboten. Die Männer packten ihm die Ware ein und nannten unverständliche Preise. Can gab ihnen auf Treu und Glauben Geld. Zurück im Pub, fachte er den Kamin an und begann zu putzen.

Am frühen Nachmittag war er fertig. Er holte eine Schale Brombeeren aus dem Garten, ein Büschel Thymian und ein paar zarte Blätter von einer gedrungenen Staude Meerkohl. In dem Moment, in dem er zurück in die Küche trat, fegten die ersten Regentropfen hart gegen das Fenster.

Can machte das Radio auf dem Kaminsims an und begann zu kochen. Er setzte Lammeintopf mit Guinness und Schmorkartoffeln auf und schob einen Brombeerkuchen in den Ofen. Dann machte er sich an die Krustentiere.

Draußen war es inzwischen dunkel geworden. Der Sturm orgelte immer heftiger ums Haus. Isa war seit mehr als neun Stunden weg. Can kam der Gedanke, dass sie ihn vielleicht nur auf der Insel ausgesetzt hatte, mit einem neuen Pass, einer halben Million Pfund auf dem Konto und einem Haus mit Seeblick, während sie längst auf dem Weg zurück in ihre Welt war. Zurück zu Sergej Solotov, Max Schuen, zu *Concrete Gold* und dem Leben, das sie bis vor knapp zwei Wochen noch geführt hatte.

Er stand auf, zündete eine Kerze an und stellte sie ins Fenster. Draußen schüttete es wie aus Eimern. Kurz darauf fiel der Strom aus. Das batteriebetriebene Radio kündigte für die Nacht einen schweren Sturm an.

Isa kam gegen acht zurück.

»Sorry, ist später geworden«, sagte sie, als sie völlig durchnässt mit Lilith in der Küche stand. Sie griff sich ein Küchentuch und rubbelte den Hund trocken.

Dann verschwand sie nach oben ins Bad. Kurz darauf war die Dusche zu hören. Can warf Lilith den Markknochen hin und stellte das Wasser für die Krustentiere auf.

Eine halbe Stunde später saßen Can und Isa bei Kerzenlicht am Küchentisch und aßen Muscheln mit Brot und Butter. Danach den würzigen, dunklen Eintopf mit den Kartoffeln und dem blanchierten Kohl, zum Schluss den noch warmen Brombeerkuchen.

»Ich brauch einen Schnaps«, sagte Isa, als sie fertig waren.

Sie machten den Malt auf.

»Auf das neue Leben.« Isa stieß mit Can an.

Can nickte stumm. »Und jetzt?«, fragte er nach einer Weile.

»Jetzt trägst du mich ins Bett.«

Später hatte Can keine Erinnerung mehr daran, wie er es geschafft hatte, mit Isa in den Armen die steile Treppe nach oben zu kommen. Er erinnerte sich nur noch an das, was danach kam. Die sanfte aber bestimmte Bewegung, mit der Isa seinen Kopf zu sich heruntergezogen hatte, als er sie vorsichtig auf dem großen Doppelbett absetzte. Ihre Lippen, zuerst auf seinem Hals, dann auf seinem Mund. Seine Scheu, ihre perfekt gerundeten Brüste zu berühren, nur um festzustellen, dass er zwar die feinen Narben auf Isas Haut ertasten konnte, nicht aber den Grenzverlauf zwischen lebendigem Fleisch und Silikon.

Er fuhr mit den Lippen die Linie von Isas Bauchnarbe nach, immer tiefer, bis die weiche Furche, die er mit der Zunge erforschte, nicht mehr von Menschenhand gezogen war. Isa hielt ihn da für eine halbe Ewigkeit, während ihre Finger der Narbe an seinem Kopf nachgingen, immer wieder. Irgendwann zog sie ihn mit festen, warmen Händen zu sich hoch. Er sah, wie Isa die Augen schloss, als er in sie eindrang, und kurz darauf ihre Hand, die sich neben ihrem Kopf zur Faust ballte, als sie kam. Danach lagen sie lange wach und wisperten sich Dinge ins Ohr, die sie beide nicht verstanden. Erst gegen Morgen schliefen sie ein.

Am nächsten Tag blieben sie lange im Bett. Der Sturm flaute erst am späten Nachmittag ab. Can und Isa zogen sich an und stiegen auf die Düne am Ortseingang. Vor ihnen eröffnete sich ein kilometerlanger Sandstrand. Treibgut markierte die Flutlinie der Nacht. Das Meer unter den schnellziehenden, dunklen Wolken schäumte immer noch dunkelgrau mit weißen Kronen.

Lilith rannte hinunter zum Wasser. Isa holte kräftig aus. Die neonfarbene Frisbee-Scheibe beschrieb eine scheinbar endlose Bogenlinie über der Gischt, bevor Lilith sie mit einem einzigen eleganten Satz aus der Luft holte.

Isa lachte.

Can drehte sich zu ihr um. Isa stand oben auf der Düne. Der Himmel hinter ihr hatte das gleiche Dunkelgrau wie ihr grob gestrickter, an den Ärmeln ausgefranster Pulli. Für einen Moment brach die tief stehende Sonne zwischen den Wolken durch und ließ Isas windzerrauftes Haar aufgleißen. Isa sah zu Lilith, die in der Gischt tobte. Dann sah sie zu Can. Ihre Augen waren nahezu goldfarben und nur zum Rand der Iris hin von fast violettem Grau.

Danksagung

Dieses Buch ist kein Sachbuch, sondern ein Thriller. Handlung und Personen sind frei erfunden, dennoch hätte sich vieles zumindest sehr ähnlich in der Realität ereignen können. Diese Realitätsnähe ist vor allem den Menschen zu verdanken, die mich bei meinen Recherchen oder der Arbeit am Text unterstützt haben, namentlich: Maruan Abu-Dagga, die Asociația De Ajutor Amurtel România, Fred Breitenbach, Dan Cismas, Sorin Gheorghe, Sergiu Grimalschi, Chris Härm, Matthias Lihl, Elisabeth Lohnert, Kristina Lowis, Anne und Douglas MacFarlane, Lavinia und Willy Schuster, Andrea Selinger, Norbert Toußaint, Stephan Wuthe und Berit Uhlhorn.

Dank gilt auch Christian Koch und Heiko Arntz sowie Tim Müller und dem ganzen Team bei Heyne, das sich für dieses Buch eingesetzt hat.

Ohne meinen Vater, Ferdi Saygin, hätte ich das Projekt nicht begonnen. Ohne die Ermutigung und Unterstützung von Stefan Kobel, der die die Entstehung des Textes über Jahre begleitet hat, hätte ich es vermutlich nicht zu Ende geführt. Ihnen beiden ist das Buch gewidmet.